George Tenner

Der Drachen des Todes

Originalausgabe – Erstdruck

George Tenner

Der Drachen des Todes

Usedom-Krimi

Lasse Larssons zweiter Fall

Schardt Verlag Oldenburg

Bibliographische Information der Deutschen Bibliothek:

Die Deutsche Bibliothek verzeichnet diese Publikation in *Der Deutschen Nationalbibliografie*; detaillierte bibliographische Daten sind im Internet über *http://dnb.ddb.de* abrufbar.

Umschlagphoto: Rainer Griese

1. Auflage 2008

Schardt Verlag
Uhlhornsweg 99a
26129 Oldenburg
Tel.: 0441-21779287
Fax: 0441-21779286
Email: schardtverlag@t-online.de
www.schardtverlag.de
Herstellung: Fuldaer Verlagsanstalt

ISBN 978-3-89841-385-5

Prolog

Heringsdorf auf Usedom
am 12. Dezember 2002

Der Mann stellte seinen Wagen, einen beigefarbenen Datsun, ab und ging zur Rezeption des Kurhotels.

„Ich habe ein Zimmer bestellt", sagte er und nannte seinen Namen. „Gestern Abend habe ich mit Ihrem Haus telefoniert. Man sagte mir, Sie haben noch freie Zimmer."

„Um diese Zeit haben wir immer freie Zimmer. Seeblick? Kostet aber etwas mehr."

„In dieser Jahreszeit sei es günstiger. 53 Euro wurden mir genannt."

„Also kein Seeblick. Für wie lange?"

„Haben Sie ein Zimmer, aus dem ich auf den anderen Turm schauen kann? Eine Nacht, vielleicht zwei. Ich habe hier geschäftlich zu tun."

„Auf den anderen Turm?" Die Frau schaute den Besucher ungläubig an. Für einen Augenblick zog sie in Erwägung, es mit einem Spanner zu tun zu haben. Dann verwarf sie den Gedanken, denn der Gast machte einen vertrauenerweckenden Eindruck.

„Mir imponieren derartig große Gebäude. Besonders wenn sie direkt am Strand stehen."

„Guter Mann, wir stehen nicht am Strand. Zwischen dem Ufer und uns liegt noch die Promenade."

Die Rezeptionistin wollte ihm ein Zimmer im dritten Stock geben, aber der Gast erhob Einspruch. „Haben Sie nicht ein Zimmer im siebten oder achten Stock?“

Der Kerl spinnt, dachte sie. Dann erinnerte sie sich an die Belehrung ihres Chefs. Der hatte sie ermahnt und ihr nahegelegt, dass der Gast König sei. Vor allem in dieser Jahreszeit. Mit einem gequälten Lächeln schob sie einen Schlüssel über den Tresen.

705, las der Mann. Ein freudiges Lächeln huschte über sein Gesicht. „Danke.“

„Brauchen Sie einen Pkw-Stellplatz? Draußen können Sie nicht stehen. Da werden Sie abgeschleppt.“

„Ja, dann nehme ich auch einen Parkplatz.“

„Einen Garagenplatz oder einen Außenplatz?“

„Was ist denn der Unterschied?“

„Parkgarage kostet sieben, draußen sechs Euro.“

Es ist gut, wenn der Wagen mit seiner exponierten Nummer nicht auf der Straße steht, dachte er. Es könnte sein, dass ihn durch Zufall eine Person aus meinem Umkreis entdeckt. Und gerade das will ich verhindern. „Ich nehme den Garagenplatz.“

Die Frau gab ihm einen Chip und sagte: „Wenn Sie rausgehen, rechts um die Ecke sehen Sie die Einfahrten. Sie nehmen das linke Tor. Es ist eine Gemeinschaftsgarage. Sie werden schon einen Platz finden. Führen Sie einfach den Chip in den vorgesehenen Schlitz an der Barriere.“

Der Mann bedankte sich. Er ging hinaus zu seinem Wagen, holte die große Reisetasche, die er in aller Eile gepackt hatte, und brachte sie zur Rezeption. „Kann ich die hierlassen, solange ich den Wagen in die Garage bringe?“

Die Frau schaute kurz auf und nickte.

Sechzig Euro für ein Zimmer im Winter, dachte er. Das ist ein verdammt stolzer Preis. Er fuhr den Wagen in die Garage. Gleich hinter dem Eingang hätte er einen freien Platz gefunden. Aber er entschloss sich, sein Fahrzeug im hinteren, sehr schlecht beleuchteten Teil zwischen einem großen Kombi und einem Kleinbus abzustellen, so dass sein eigenes Auto nunmehr nur zu sehen war, wenn man direkt davor stand.

Zufrieden ging er seine Tasche holen und fuhr mit dem Lift in den siebten Stock. Die 705 war kein Einzelzimmer, sondern ein Appartement, das aus zwei Zimmern, einem Flur und einem Bad bestand. Er schaute sich das Bad an. Aus einem kleinen Fenster konnte er auf die Seebrücke sehen, die dicht vor ihm halb im Dunst lag. Das Fenster war relativ hoch angebracht. Um diesen Ausblick genießen zu können, musste er auf die Toilettenbrille steigen.

Pausenlos hörte er ein Nebelhorn. Er ging zurück in den Raum, den er benutzen würde. An der Wand neben der Eingangstür war in halber Zimmerhöhe ein TV-Gerät auf einem drehbaren Fuß angebracht. Damit konnte man das Gerät so ausrichten, dass man gut sah, egal, in welchem der Betten man lag. Mit der Fernbedienung probierte er die Sender durch. Er stellte fest, dass die Auswahl beträchtlich war, und dass es sich um einen Apparat handelte, den er sowohl als Fernsehgerät als auch als Radio benutzen konnte. Die Einrichtung selbst war von eher durchschnittlicher Qualität und hatte auch schon bessere Tage gesehen. Außer einem kleinen, runden Tisch gab es die dazugehörigen zwei Sesselchen. Dazu die Betten. Sicher ließe sich aus dem Raum mehr machen. Sein Blick fiel auf die Balkontür. Er öffnete sie, trat hinaus und schaute hinunter. Würde man hier herunterfallen, hätte man keine Überlebenschance, dachte er.

Er fröstelte, ging zurück ins Zimmer und räumte seine Tasche aus, hängte zwei Oberhemden in den Schrank auf dem Flur. Zwischen der Unterwäsche hatte er ein Fernglas deponiert. Es war ein starkes Glas mit Nachtsichtqualität, das er sich gekauft hatte, als er sein Schifferpatent machte. Das lag nun schon einige Jahre zurück.

Der Mann zog die Übergardinen zur Seite und den Store so, dass er straff war, so dass er von der gegenüberliegenden Seite bei seinen Beobachtungen nicht gesehen werden konnte. Dann setzte er das Glas an und ging die Fenster in der siebten Etage von der Seeseite her einzeln durch. Das erste Zimmer war leer. Im zweiten Raum fiel sein Blick auf einen älteren Mann, der am Tisch saß, ununterbrochen kaute und irgendeinen Schmöker vor sich liegen hatte. Hinter dem dritten Fenster sah er die zwei Personen nur undeutlich hinter dem zugezogenen Store. Wenn er mit seiner Vermutung richtig lag, war das ein altes Ehepaar, das die Kur zusammengelegt hatte. Vielleicht aber war die Frau einem Kurschatten erlegen gewesen oder umgedreht. Bei dem Gedanken musste er lächeln. Im nächsten Zimmer wurde er fündig. Der Raum, soviel konnte er aus den unterschiedlich hohen Gebäudeteilen erkennen, lag hoch über einem kleinen Innenhof. Und jetzt sah er den Mann, wegen dem er den weiten Weg gekommen war. Ferdinand Huebner saß an dem kleinen Couchtisch. Ein wenig an der Einstellung des Glases justiert, und er konnte erkennen, in was für ein Blatt Huebner so interessiert schaute. Deutlich konnte er den Kopf erkennen, auf dem stand: *Financial Times.*

Es ist unglaublich, dachte der Mann. Wenn man so pleite ist wie Huebner, was will man dann mit dem Studium eines solchen Fachblattes erreichen? Im Augenblick wusste er keine Antwort darauf.

Er wollte gerade das Glas absetzen, als eine junge Frau das Zimmer betrat und mit Huebner redete. Er verfluchte, dass er nicht hören konnte, was sich die beiden zu sagen hatten. Dann sah er, wie sie mit einer Vase im Bad verschwand. Deutlich konnte er sie erkennen, denn sie hatte Licht gemacht. Sie kam zurück, stellte die Vase auf den Tisch und drapierte geschickt einen Strauß roter Blumen. Klar sah er die roten Knospen an den grünen Stängeln. Was für eine Pracht. Und das mitten im Winter.

Ich muss versuchen, ihn allein zu erreichen. Aber wie? Ich kann schlecht hinunter an die Rezeption der Kurklinik gehen und mich bei ihm melden lassen. Ich muss warten, bis er hinaus an die Luft geht.

Was, wenn er nicht rausgeht? Wenn ihn gar nicht interessiert, an was für einem wundervollen Ort er hier ist? Wenn er nur seine Fachzeitung liest, sein Programm innerhalb der Klinik absolviert

– was dann? Bliebe das Casino. Was sollte Huebner ohne Geld im Casino schon wollen?

Müdigkeit überfiel ihn. Jetzt machte sich bemerkbar, dass er die vielen Nachtstunden unterwegs gewesen war. Er stellte sich den Handywecker. Zwei Stunden würde er sich gönnen, nicht mehr. Dann müsste er versuchen, sein Ziel zu erreichen. Umsonst wollte er nicht die Strapaze der großen Fahrt auf sich genommen haben. Über diesen Gedanken schlief er ein.

Das Handy klingelte zur Mittagszeit und riss ihn aus einem unruhigen Schlaf. Bleiern kam er hoch. Er ging ins Bad. Dort schlug er sein Wasser ab und machte sich etwas frisch. Dann kehrte er wieder zu seinem Platz am Fenster zurück.

Der Nebel hatte sich ein wenig gelichtet, so dass das Horn sein widerwärtiges Tuten eingestellt hatte. Er nahm das Glas hoch und fand auf Anhieb das Zimmer Huebners. Doch es war leer. Entweder war der Mann jetzt zu einer therapeutischen Anwendung gegangen oder zum Mittagessen.

Er entschied, sich wettergerecht anzuziehen und erst einmal etwas frische Luft schnappen zu gehen. Im Foyer grüßte er höflich hinüber zu der Frau, die ihn eingecheckt hatte, und verließ das Haus. Er ging die kurze Fußgängerstraße zwischen dem Einkaufszentrum und dem Kurhotel hindurch hinunter zur Seebrücke. Es waren nur wenige Menschen unterwegs. Die meisten scheuten das unfreundliche Wetter. Andere lagen nach dem Mittagessen für einige Zeit zu einer Siesta auf dem Bett.

Vor und in der Seebrückenhalle waren einige Geschäfte geöffnet. Er kaufte sich eine Ostsee-Zeitung, um zu sehen, was es hier für lokale Probleme gab. Dass es Probleme gab, war eher die Wahrscheinlichkeit als die Ausnahme. In dieser Zeit gab es sie überall. Die Arbeitslosigkeit in Mecklenburg-Vorpommern war ungleich höher als in dem Bundesland, aus dem er kam. Und mit der Hoffnungslosigkeit, die die Menschen zu tragen hatten, waren die Rattenfänger unterwegs. Der Mann dachte an die Pressemeldungen über Neonazis, die er für den Heimatverein seiner Partei ausgewertet hatte und die auch auf die Aktivitäten in Mecklenburg-Vorpommern hinwiesen.

In der Nacht zum 1. Oktober bringen Neonazis am Gedenkstein für die Opfer der Weltkriege in Waren Hakenkreuze an.

Auch Anfang Oktober beschmierten Unbekannte in Hagenow das Eingangsportal des Ehrenfriedhofs für KZ-Opfer mit einem etwa zwanzig Zentimeter großen Hakenkreuz.

In Torgelow sieht sich ein 31-jähriger Mann gezwungen, seine Heimatstadt zu verlassen. Er erhielt von Personen aus dem rechten Spektrum mehrmals Morddrohungen und wurde von Neonazis in der Vergangenheit viermal angegriffen.

Und in Ahlbeck, nur wenige Kilometer von dieser Seebrücke, grölt eine Gruppe rechter Jugendlicher rechtsextreme Lieder und Parolen. Die Polizei musste Platzverweise aussprechen und ermittelte inzwischen gegen die Neonazis.

Der Mann ging zum Ende der Brückenhalle und trat hinaus. Der Dunst war mit einemmal wieder dichter geworden, und das Nebelhorn hatte mit seinem schaurigen Ton, der durch Mark und Bein ging, abermals eingesetzt. In Verbindung mit dem leisen Plätschern der leichten Dünungswellen war das eine beklemmende Szene.

Das Nauticus, jenes Restaurant, das in dem Rundbau mit dem metallenen Zeltdach zu einem der Wahrzeichen des Ortes geworden war, ließ sich nicht einmal erahnen.

Er ging ein Stück hinaus. Diese Atmosphäre erinnerte ihn an den Film *The Fog – Nebel des Grauens*, in dem eine bedrohlich erscheinende Nebelbank sich unaufhaltsam auf eine Küstenstadt zubewegte. Alte Gegenstände tauchten aus der Tiefe der See auf und wurden an Land gespült. Doch das war erst der Anfang, denn mit dem Nebel kehrten auch die Toten der *Elizabeth Dane* zurück, die eine Kolonie Lepra-Kranker, die sich auf der Insel niederlassen wollten, beförderte. Niemand auf dem Schiff überlebte damals das Unglück. Nun kamen sie aus ihrem nassen Grab zurück, um sich an den Nachfahren der einstigen Einwohner von Antonio Bay zu rächen.

Diese gespenstische Szene war es, die ihn zur raschen Umkehr veranlasste. Er gestand sich ein, plötzlich Furcht zu haben. Wie, so fragte er sich, konnte es sein, dass Menschen durch eine so stille Wandlung der Natur in Angst versetzt wurden?

Er ging zurück zum Hotel. Die Frau am Empfang sagte, dass eine Frau angerufen und darum gebeten habe, zurückgerufen zu werden. Die Anruferin hatte keinen Namen genannt, und sie habe schon in Erwägung gezogen, ihn gar nicht damit zu belästigen. Der Mann bedankte sich und fuhr mit dem Lift zum siebten Stock. In seinem Zimmer wählte er die Nummer der Frau, die vergeblich versucht hatte, ihn zu erreichen.

„Ich bin's."

„Es ist gut, dass du heil angekommen bist. Das beruhigt mich."

„Du musst dich wirklich nicht um mich sorgen. Ich komme zurecht."

„Hast du ihn gefunden?"

„Ja."

„Wirst du es tun?"

„Ich werde es zumindest versuchen."

„Sei vorsichtig! Bitte! Ich möchte nicht, dass dir noch etwas passiert."

Dann hatte die Frau aufgelegt. Nachdenklich steckte er das Handy wieder ein.

Der Mann stand geduckt im Eingang des Kaufcenters gegenüber der Heringsdorfer Seebrücke und beobachtete den hell beleuchteten Eingang des Spielcasinos. Zu dieser Jahreszeit war der Zulauf wesentlich geringer als in den Sommermonaten, in denen in diesem Etablissement an so manchem Abend kaum ein Platz erobert werden konnte.

Das Wetter hatte sich geändert. Noch am Tag lag das Meer ruhig, und die Wasservögel dümpelten im Nebel vor der Eisbarriere vor sich hin, den Kopf ab und zu unter Wasser steckend, um etwas Fressbares zu ergattern.

Nun kam ein eisiger Nordostwind von der See, dem er nur entging, wenn er sich tief in den Schatten des Eingangs drückte. Er hatte das Gefühl, dass seine Zehen abzusterben begannen. Dennoch würde er es aushalten müssen, denn wenn er Ferdinand Huebner hier mitten in der Nacht stellte, wo er ihn am wenigsten erwartete, würde der ihm kaum ausweichen können.

Er beobachtete die ankommenden und die abfahrenden Wagen mit Argwohn. Dann schaute er auf seine Armbanduhr. Es war kurz vor elf. Nur kurze Zeit später geschah, worauf er so lange gewartet hatte. Huebner bog, von der Klinik kommend, um die Ecke.

Aber was war das? Ferdinand Huebner kam nicht allein. Er war in Begleitung eines Mannes, den er nicht kannte. Nur die wenigen Wortfetzen, die an sein Ohr drangen, verrieten ihm, dass der Klang seiner Stimme nicht wie gewohnt Süddeutsch war. Vielmehr sprach der Begleiter Huebners mit dem gleichen Dialekt wie die Einheimischen. Er musste aus dem Norden kommen. Vielleicht kam er sogar aus Heringsdorf oder der Umgebung.

Der Mann im Eingang hielt die behandschuhten Hände vor sein Gesicht, um die verräterische Dampfwolke, die sein Atem hinterließ, zu reduzieren. Als sie nur wenige Meter entfernt an ihm vorbeigingen und die Straßenbeleuchtung über die Männer strich, konnte er ihre Gesichter erkennen. Ich werde weiter warten müssen, dachte er. Wenn Huebner aus dem Casino wieder herauskommt, werde ich ihn mir vorknöpfen. Und wenn er dann abermals nicht allein ist? Alles wäre umsonst gewesen. Die weite Anfahrt, der Tag, an dem er Huebner beobachtete, soweit das ging, und die Kosten, die sein Einsatz verursachte. Dazu der nötige Urlaub, den er nur unter Aufbietung all seiner Überredungskünste bekommen hatte, und die weite Fahrt. Eine Anfahrt von 1035 Kilometern war keine Kleinigkeit, auch für einen gestandenen Mann wie ihn nicht. Fast vierzehn Stunden war er ohne längere Unterbrechung unterwegs gewesen.

Zum Glück standen wenigstens die Hotels um diese Zeit halbleer. Ein Zimmer zu bekommen, war also nicht schwer; er hatte sich für die unmittelbare Nähe zu Huebner entschieden. Das Kurhotel war einer der beiden Zwillingstürme, die direkt gegenüber der Seebrücke standen, und hatte auch einen Zugang zur Reha-Klinik.

Eine spezielle Tarnung seiner Person war bisher nicht vonnöten. Dessen ungeachtet, war er unruhig. Huebner kannte ihn noch nicht. Aber das würde sich heute ändern.

Jedes Mal, wenn Bewegung am Eingang des Casinos sichtbar wurde, lugte der Mann vorsichtig aus seiner Deckung. Mit jeder Minute, die er dort stand, verfluchte er mehr, sich dieser Aufgabe gestellt zu haben. Doch dann, eine ganze Zeit nach Mitternacht, trat Huebner hinaus in die Nacht. Gott sei Dank war er allein. Es waren nur wenige Meter bis zu dem Punkt, an dem Ferdinand Huebner bei ihm vorbeikommen musste.

Gerade als er hervortreten wollte, um sein Werk zu vollenden, hörte er, wie Huebner gerufen wurde. Es war die Stimme einer Frau. Huebner blieb abrupt stehen. Um nicht entdeckt zu werden, drückte der Mann sich wieder gegen die Wand. Die Fremde lief auf Huebner zu. Nun konnte er deren Gesicht im vollen Schein der Straßenlaterne sehen. Er kannte auch diese Frau nicht. Sie war keine Deutsche. Er hatte es schon an ihrem Dialekt gehört. Doch nun sah er sie. Die Frau war eine Asiatin, hatte eine schlanke Figur und sah unglaublich gut aus. Sie sprach leise auf Huebner ein. Dann gingen beide weiter, bogen um die Ecke, die zur Kurklinik führte.

Der Mann glitt aus seinem Versteck und schlich zur Ecke des Hauses, das ihn bisher verborgen hatte. Vor sich sah er Huebner mit der Frau gehen. Er wird sie doch nicht mit hoch in sein Zimmer nehmen wollen, dachte er. Das müsste auffallen. Man würde das sicher in einer deutschen Kurklinik nicht dulden.

Ein Geräusch veranlasste ihn, sich umzudrehen. Der Mann, der jetzt vor dem Casino stand, war der Begleiter Huebners vor anderthalb Stunden gewesen. Doch er war nicht allein. Er palaverte aufgeregt mit einem zweiten, wesentlich kleineren Mann. Die beiden Männer kamen jetzt auf ihn zu.

Er glaubte, sein Herz würde jede Minute zerspringen. Torkelnd, einen Betrunkenen vortäuschend, versuchte er in die Dunkelheit zu entkommen.

1. Kapitel

Heringsdorf, 13. Dezember 2002

Längst waren die weißen Schiffe der Adler Linie in einen der Häfen Świnoujście oder Peenemünde verbannt worden, wo sie auf freundlichere Jahreszeiten warteten.

Ein eisiger Wind war von Osten gekommen, hielt das Eiland umfangen, und die Menschen, die dort wohnten, warteten auf eine neue, hoffentlich ertragreiche Zeit. Manche waren nach den Anstrengungen des Sommers in eine Art Winterschlaf verfallen, lebten von dem Geld, das sie zur Saison gemacht hatten. Andere waren dabei, Netze und Angelschnüre zu flicken, um in der nächsten Fangsaison wieder auf die Jagd nach dem begehrten Dorsch und dem Hering zu gehen, oder, wie es auch hin und wieder vorkam, einen kapitalen Lachs an einem der Angelhaken vorzufinden.

Die wenigen Winterbesucher waren meist Kurgäste der Krankenkassen oder eine reiche Klientel, die sich hier ein Appartement oder ein eigenes Haus leisteten und die nun die Sonneninsel einmal ganz anders erlebten, kalt, Eisblumen an die Fenster malend, mit ungenügend gestreuten Trottoirs und einer diesig graugrünen, wenig einladenden Ostsee.

Um die Ermittlungsgruppe Lasse Larssons war es ruhig geworden.

Karl Simons arbeitete mit den anderen der neun Beamten der Kriminalpolizei im Haus zusammen, die mit der Aufklärung einer Autodiebstahlsserie beschäftigt waren, die ganz Mecklenburg-Vorpommern beutelte.

Inge Mohaupt war nach Anklam zurückgeholt worden und saß nun wieder mit Schubert zusammen. Woran die beiden derzeit arbeiteten, wusste Larsson nicht. Er hatte Inge schon eine ganze Zeit nicht mehr gesehen. Nur einmal hatte es ein Telefonat gegeben, in dem sie über die Fortschritte berichtete, die ihre kleine Tochter in ihrer Entwicklung machte, und in dem sie beklagte, dass die augenblickliche Arbeit an Langeweile nicht zu überbieten sei.

Larsson selbst bearbeitete zusammen mit Rolf Andresen einen Betrugsfall.

Aber nun war Wochenende, und in Ermangelung einer Lebensgefährtin war Lasse Larsson nach dem ersten Violinkonzert in g-Moll von Max Bruch, das auf arte gesendet wurde und in dem Anne-Sophie Mutter die Violine spielte, mit einer Flasche Châteauneuf-du-Pape ins Bett gegangen.

Er schreckte hoch, als das Telefon ihn unsanft aus einem Traum holte, in dem er gerade dabei war, einer attraktiven Frau Avancen zu machen und diese ihm unmissverständlich Hoffnung auf eine längst notwendige Erfüllung machte.

Ächzend kam er aus dem Bett hoch, setzte sich auf. Seine Zunge fühlte sich pelzig an. Es war kurz vor zwei, als sich der diensthabende Offizier der Bereitschaftspolizei, Polizeihauptmeister Weller, aus der Seestraße meldete.

„Guten Morgen, Kollege. In der Kurklinik hat es einen Toten gegeben."

„Wer hat heute Nacht Bereitschaftsdienst bei der Kripo?" fragte Larsson.

„Simons."

„Dann schicken Sie ihn hin. Karl macht das ausgezeichnet."

„Simons ist schon unterwegs, aber er hat mich gebeten, Sie zu verständigen. Sie seien der Spezialist für Leichen."

Lasse Larsson ärgerte sich über den Unterton, den er herauszuhören glaubte. „Simons wird damit fertig. Wie sind Sie davon verständigt worden?"

„Der Notruf ist in der Zentrale in Anklam über die 110 eingegangen“, sagte Polizeihauptmeister Weller.

„Wenn Simons unterwegs ist, ist das in Ordnung. Der wird damit schon fertig.“

Larsson legte den Hörer auf. Er ließ sich wieder ins Bett zurückgleiten, zog die Decke über den Kopf und dachte, dass man ihm seine Ruhe lassen sollte.

Als das Telefon eine halbe Stunde später wieder seinen Schlaf störte, wusste er, dass die Hoffnung, seinen Traum wieder dort aufzunehmen, wo er ihn verlassen musste, vergeblich war. Die schöne Frau würde ihn nicht mehr zu einem Tête-à-Tête auffordern.

Karl Simons war am Apparat. „Ich würde dich nicht stören, Lasse, wenn das hier alles so einfach wäre. Der Mann ist aus dem siebten Stockwerk gefallen, auf eine Steinplatte aufgeschlagen, und überall ist Blut. Selbst die Scheiben des Schwimmbades sind vollgespritzt. Die Gehirnmasse ist ausgetreten. Ich frage mich, warum der das gerade machen muss, wenn *ich* Bereitschaftsdienst habe.“

„Weil in elf Tagen Weihnachten ist, Karl. Und er wollte dir ein besonderes Geschenk machen.“

Es sollte sarkastisch klingen; wer aber wusste, wie zart besaitet Simons war, musste wissen, dass ihn gerade diese Ironie empfindlich traf. Karl Simons nahm sich ein Herz und unterbrach einfach die Leitung.

Einen Augenblick saß Lasse Larsson auf dem Rand seines Bettes. Dann wurde ihm klar, dass er den jungen Kollegen nicht so einfach seinem Schicksal überlassen durfte. Simons war ein anständiger Kerl, dem es an Erfahrungen und der nötigen Härte noch fehlte, was die Auffindung von Leichen voraussetzte, die keines natürlichen Todes gestorben waren.

Als Lasse Larsson in der Reha-Klinik ankam, standen schon zwei Funkwagen vor der Tür. Am Tresen stand einer der Bereitschaftspolizisten und grüßte ihn.

Auch die Kriminaltechnik war bereits eingetroffen und hatte das Geschehen am Fundort der Leiche taghell ausgeleuchtet. Maier und einer seiner Leute waren dabei, nach Spuren zu suchen. Die Spurensicherung am Tatort war eine der wichtigsten Beweisführungen bei der Rekonstruktion des Tathergangs.

Larsson nickte Paul Maier zu, und dieser grüßte flüchtig zurück.

Es hatte sich ein Häufchen von neugierigen Zuschauern gebildet, die auf ihren Balkonen standen und laut gestikulierend auf die Szene im Hof starrten; einige versuchten gar, bis zur Aufschlagstelle des Toten vorzudringen, aber die Bereitschaftspolizei hatte den Tatort abgesichert.

„Gegen die Leute auf den Balkonen können wir nichts machen, aber schicken Sie diejenigen zurück, die anfangen, unsere Arbeit zu stören“, wies Lasse Larsson einen der Bereitschaftspolizisten an. Dann nahm er den Fahrstuhl zum siebten Stockwerk.

Simons stand bewegungslos mitten im Zimmer.

„Tod durch Sturz als Selbsttötung, oder liegt eine Fremdtötung vor? Das ist hier die Frage, Karl“, sagte Larsson. „Hast du die Leiche schon angesehen?“

Man sah Simons an, dass er froh war, Larsson zu sehen. „Nur oberflächlich. Maier meinte ...“

„Schon gut, Karl. Wir machen das gemeinsam. Weißt du schon, wer der Tote ist?“

„Ein gewisser Ferdinand Huebner.“

„Na, das ist doch schon einmal ein Anfang. Verheiratet?“

„Keine Ahnung.“

Larsson drehte sich der Frau zu, die offensichtlich als Nachtwache der Klinik hier war und von der diensthabenden Stationsschwester unterstützt wurde. Beide Frauen standen am Eingang des Zimmers, waren aber auf Anweisung Simons nicht hereingekommen.

„Können Sie mir mehr über den Toten sagen?“ fragte Lasse Larsson.

Die Frauen schauten sich kurz an, dann antwortete die Stationsschwester: „Huebner, Ferdinand Huebner. Er macht eine Kur, die von der Barmer Ersatzkasse genehmigt wurde."

„War er irgendwie auffällig?"

„Er ist ... war ein ruhiger, unauffälliger Typ, immer freundlich. Mehr kann ich nicht sagen."

„Wo kam er her?"

„Dem Dialekt nach kam er aus dem Süden Deutschlands."

„Hat er Familie? Manche wollen doch etwas loswerden, zum Beispiel bei den Massagen?"

Die Schwester hob die Schultern, sagte aber nichts.

„Richten Sie uns eine kleine Ecke, wo wir ungestört arbeiten können", sagte Larsson zu der zweiten Frau. „Wenn Sie die Möglichkeit haben, besorgen Sie bitte eine große Kanne Kaffee."

Larsson wies den Bereitschaftspolizisten an, den Raum zu sichern, und fuhr in Begleitung der beiden Frauen und Simons wieder ins Erdgeschoss.

Paul Maier sah Lasse Larsson kommen. „Wirklich, er war unentbehrlich! Überall, wo was geschah, zu dem Wohle der Gemeinde – er war tätig, er war da!"

„Paul, mitten in der Nacht sollten Sie die verdammten Sprüche lassen. Schon irgendeine Feststellung?"

„Suizid oder Selbstmord?" fragte Maier.

Larsson nickte.

„Keine. Wir sind hier fertig und gehen hoch ins Zimmer", sagte Maier.

Die Männer der Kriminaltechnik kamen aus dem kleinen Vorhof durch die einzige Tür ins Haus zurück.

„Habt ihr schon den Abtransport der Leiche veranlasst?" fragte Simons Maier.

„Wir machen das schon", schaltete sich Larsson ein.

Während die Männer der Kriminaltechnik dem Fahrstuhl zustrebten, betraten Larsson und Simons den kleinen Innenhof. Der Tote bot einen erbärmlichen Anblick.

„Der Sturz war kurz vor drei. Was fällt dir auf, Karl?“ fragte Larsson.

„Der Mann ist total bekleidet. Allerdings, die Schuhe fehlen.“

„Ja, das meine ich. Fragt sich, zieht sich einer an, bevor er sich das Leben nimmt? Zieht sich einer wirklich an, wenn er vom Balkon seines Zimmers springt?“

„Vielleicht war er eitel und wollte nicht, dass man ihn nackt sieht!“ wandte Simons ein.

„Wenn einer so eitel ist, springt er dann ohne Schuhe?“

Sie schauten auf die Leiche des Mannes. Rechtsseitig war der Schädel zertrümmert. Knochensplitter und ein Teil der Gehirnmasse waren aus den Wunden ausgetreten. Die Verletzungen erstreckten sich über den gesamten Seitenbereich bis zum Gesicht hin, das nach unten verschoben schien.

„Siehst du die Schürfwunden am Hals?“ fragte Simons.

„Ein paar Schürfwunden, ja. Hinweise auf einen Würge- oder Drosselvorgang kann ich nicht erkennen“, stellte Larsson fest.

„Aber die Schürfwunden können auf einen Kampf hinweisen.“

Lasse Larsson lächelte, als er sagte: „Das allerdings ist richtig, Karl. Es ist ein Indiz dafür, dass er nicht von allein gesprungen ist, es sei denn, er hätte sich an irgendeinem Draht oder Ähnlichem verletzt. Das halte ich für unwahrscheinlich.“

„Mord?“

„Das ist noch nicht ganz klar, Karl.“

Larsson zog sich Latexhandschuhe über und schob den linken Ärmel des Sakkos des Toten etwas hoch. Der Hemdknopf am Ärmel fehlte. Wo er sonst festgenäht war, gab es ein unförmig ausgerissenes Loch.

„Auch hier gibt es eine ganze Menge Schürfwunden, Lasse“, stellte Simons fest.

„Das Handgelenk scheint gebrochen zu sein.“

Polizeiobermeisterin Monika Landris stand plötzlich im Durchgang zum Innenhof. Larsson sah sie, als er den Arm des Toten auf die Steinplatte zurücklegte. Sie war eine Frau mit einem leichten Akzent, den er nicht zuordnen konnte. Aber sie sah sehr gut aus. Blond und langbeinig, mit allen notwendigen Rundungen einer Frau versehen, weckte sie sicher so manche Begehrlichkeit der Kollegen, auch seine eigenen.

„Ich habe die Frau geholt, die als Erste in der Zentrale angerufen und den Sturz gemeldet hat", sagte Monika Landris.

Lasse Larsson stand auf und streifte die Handschuhe ab.

„Du kannst jetzt den Leichenwagen anfordern, Karl. Der Tote geht zur Rechtsmedizin nach Greifswald."

Er ging auf die Polizeiobermeisterin zu. „Ich wusste gar nicht, dass Sie Dienst haben. Wo ist die Frau?"

„Im Foyer."

Sie gingen gemeinsam zum Foyer. Simons telefonierte mit einem der Bestatter und bestellte den Leichenwagen. Die Frau, die als Zeugin gehört wurde, war schon älter. Sie war nur mit einem Bademantel bekleidet und sah aus wie ein Häufchen Elend.

Larsson gab ihr die Hand. Als sie aufstehen wollte, sagte er: „Bleiben Sie ruhig sitzen. Wie haben Sie den Unfall bemerkt?"

„Ich hörte einen Schrei ..."

„Einen Schrei?" setzte Larsson nach, als sie nicht weiterreden wollte.

„Ja. Es war ein sehr langgezogener Schrei, ähnlich einem Wolfsgeheul. Etwa so: ... Auhhhhhuiiiiiiuu! Als er an meinem Fenster vorbeiflog, war der Schrei etwas lauter, dann ebbte er wieder ab, bevor der Körper, einem Klatschen gleich, aufschlug."

Sie unterstützte die letzten Worte mit einem Schlag auf die Platte des Tisches. Die Frau hatte versucht, den Schrei nachzumachen; tatsächlich hatte es nur wie ein klägliches Stöhnen geklungen.

Für Larsson stand fest, dass sie unter einer Art Schock stand. Nicht jeder wird mitten in der Nacht mit dem Tod konfrontiert.

„Haben Sie sonst noch etwas bemerkt?"

„Nein. Ich konnte nicht schlafen, wie nahezu in jeder Nacht. Andernfalls hätte ich es vielleicht gar nicht bemerkt."

„Die Polizeiobermeisterin wird jetzt Ihre Personalien notieren, und wir werden dann morgen noch einmal mit Ihnen reden!“

Er wandte sich der Polizistin zu.

„Wenn Sie damit fertig sind, wir haben irgendwo einen Raum. Ich möchte, dass Sie mit dem Gruppenleiter dort hinkommen.“

Dann ging er zur Rezeption, wo die beiden Frauen das Geschehen beobachteten, die er zuvor vor dem Zimmer des Toten angetroffen hatte.

„Ich habe mit dem Hotel gesprochen. Man wird den Frühstücksraum für Sie öffnen. Die Gäste kommen erst ab acht. Bis dahin sind Sie ungestört.“ Eine Frau zeigte auf den Durchgang, in dem an jedem Nachmittag ein kleines Café für die Kurgäste eingerichtet war.

Die Männer gingen zur Hotellobby hinüber.

„Ich kann Ihnen kein Frühstück machen“, sagte die Frau hinter dem Empfangstresen des Hotels, „aber eine Kanne Kaffee ist gleich fertig. Gehen Sie hier rechts herum. Sie finden die Tür bereits offen.“

Die Frau hatte ihnen zwei Tische zusammengeschoben und eingedeckt. Sie war schwarzhaarig, groß gewachsen und trug für Larssons Geschmack einen zu weit ausgeschnittenen Pullover, der ihre voluminösen Brüste deutlich zur Schau stellte. Er registrierte das mit Bewunderung für den Mut, in einem solchen Haus einen derartigen Aufzug zu tragen.

„Schauen wir mal, was wir haben, Karl. Wir haben einen offenen Tatort, bei dem Übertragungsmöglichkeiten biologischer Spuren ausgeschlossen sind.“

„Der Innenhof ist doch kein offener Tatort!“ widersprach Simons.

„Es ist, genau betrachtet, ein Grenzfall. Dadurch, dass ein Teil des kleinen Hofes betoniert ist und somit in dieser kurzen Liegezeit kaum Veränderungen an der Leiche aufgetreten sein dürften, eine nachweisbare Autolyse, die allenfalls Spuren auf dem Untergrund hinterlassen würde, noch nicht stattgefunden hat, lässt sich kriminaltechnisch im Augenblick dort rein gar nichts nachweisen."

„Da bist du dir sicher?"

„Du kannst ja Maier fragen, wenn du mir nicht glaubst."

Simons machte eine abweisende Handbewegung.

„Es ist aussichtslos, hier Formspuren wie Schuh- und Schleifspuren zu finden. Kampfspuren, wenn ein solcher stattgefunden hat, worauf die Schürfwunden hinweisen, sind allenfalls oben im siebten Stock zu finden."

Als er zur Tür schaute, sah Lasse Larsson die Polizeiobermeisterin Monika Landris. Sie war im Eingang stehengeblieben und sah zu den Männern herüber. Larsson winkte sie heran.

„Warum so schüchtern? Wir beißen nicht." Die Frau setzte sich, und Larsson fuhr fort: „Gehst du von Suizid aus oder von §159 der Strafprozessordnung, Karl?"

Simons lachte. „Ich würde auf einen nichtnatürlichen Tod erkennen."

„Gut, dann stimmen wir hier überein. Der Tod dürfte kurz vor dem Anruf eingetreten sein. Jetzt ist es halb fünf. Das deutliche Zusammenfließen der Totenflecken bestätigt uns den Zeitpunkt."

Paul Maier steckte seinen Kopf durch die Tür. Er trug noch die weiße Spezialausrüstung. In der Hand hielt er eine kleine Zellophantüte. „Heißa! – rufet Sauerbrot – Heißa, dieser Mann ist tot!"

„Also kein Suizid", stellte Larsson lapidar fest, ohne auf Maiers Reim einzugehen.

„Es gibt Kampfspuren. Jemand hat sie in aller Eile beseitigen wollen. Es ist ihm aber nicht gelungen. Die Zeit hat einfach gefehlt." Siegessicher wie ein Triumphator schwenkte Maier die kleine Tüte in seiner Hand.

„Was ist das?" fragte Simons.

„Ein Jeton!"

„Sieh da, ein Spieler! Karl, die Puzzleteile fallen dir gerade in den Schoß!"

„Wieso mir?"

„Weil du heute Bereitschaftsdienst hast und ich ausschließlich mal vorbeigekommen bin, weil ich nicht schlafen konnte. Es ist bis zur Übergabe an die Kollegen aus Anklam dein Fall. Wann schließt das Casino?"

Monika Landris sagte: „Das Heringsdorfer Casino hat täglich von 14 Uhr am Nachmittag bis zwei Uhr nachts geöffnet."

„Siehst du, Karl. Dann kannst du morgen Nachmittag spielen gehen!" Larsson lächelte ihn herausfordernd an.

Maier stand auf. „Ich muss noch einmal hochfahren. Allerdings dachte ich, es sei wichtig für euch."

„Das ist es auch, Paul. Sie können versichert sein, Karl ist Ihnen dankbar dafür, dass Sie sich persönlich herunterbemüht haben, eigens um ihn zu informieren."

Maier dachte: Sie könnten die Arbeit der Kriminaltechnik schon ein wenig mehr würdigen. Aber die Ermittler sind ein eingebildetes Volk. Worauf eigentlich? Ohne uns wären sie nichts!

Larsson dachte daran, dass die Leute der Kriminaltechnik, voraus Maier, wirklich gute Arbeit leisteten. Warum aber wollten die Kerle bloß immer so gelobt werden, als wären sie Zauberer?

Simons überlegte, wie er Larsson den ganzen Fall andrehen könnte. Aber dann dachte er daran, dass die ganze Schreibarbeit wieder bei ihm hängenbleiben würde. Und das verfluchte er.

Blieb Monika Landris. Auch sie machte sich ihre Gedanken. Simons ist ein junger Spund, der sicher eine Menge von Lasse Larsson lernen könnte. Der Hauptkommissar ist ein kerniger Typ, zugegeben. Aber er ist blond. Ich stehe auf Latino-Typen, braungebrannt mit dunklen Haaren. Schade eigentlich.

„Du wirst nicht umhin können, Karl, die Personen zu befragen, die in der unmittelbaren Nachbarschaft Ferdinand Huebners einquartiert sind. Nimm dir Frau Landris dazu und einige Kollegen der Bereitschaftspolizei."

Monika Landris nickte Simons aufmunternd zu.

„Achte darauf, dass die Zeugen getrennt bereitgehalten, dass alle Personalien schriftlich festgehalten werden. Und nun befrage die Frau am Empfang der Kurklinik, wann sie Ferdinand Huebner in der Nacht kommen sehen hat, ob das überhaupt der Fall war, ob irgendjemand an ihr vorbeikommt, ohne dass sie das merken würde, und ob andere Personen von ihr ins Haus gelassen wurden und wann. Du siehst, es gibt eine Menge Fragen."

Als Simons bereits an der Tür und Monika Landris aufgestanden war, um ihm zu folgen, fragte Larsson die Polizeiobermeisterin: „Sie interessieren sich wohl sehr für die Arbeit der Kriminalpolizei?"

„Merkt man das?"

Larsson nickte.

„Ich fühle mich mit der Fahrzeugkontrolle oder der Klärung von Familienstreitigkeiten unterfordert. Die Recherchen, mit denen Sie mich im Fall Treetz beauftragt hatten, forderten eine gewisse Kreativität. Derartige Arbeiten kommen mir sehr entgegen, weil sie nicht langweilig sind."

Die Frau vom Empfang tauchte auf und hantierte hinter dem Tresen des Raumes, der am Abend den Hotelgästen als Bar und am Morgen als Frühstücksraum zur Verfügung stand.

„Haben Sie sich bei der Direktion schon um eine Weiterbildung beworben?"

„Ja. Man sagte mir, das sei zwecklos. Im Augenblick wenigstens."

Simons fragte: „Kommen Sie nun mit?"

Larsson nickte Monika Landris zu, und sie ging mit Simons durch den Gang, der am Tag als Café genutzt wurde, zur Kurklinik zurück.

2. Kapitel

Als Lasse Larsson gegen acht Uhr in der Inspektion ankam, wurde er schon auf dem Gang vor seinem Zimmer von Andresen erwartet.

„Ich dachte schon, du kommst überhaupt nicht mehr“, sagte Andresen. „Aber dann habe ich gehört, dass du bei Simons warst.“

„Reine Neugier hat mich getrieben. Ich habe Karl nur über die Schulter geschaut. Er macht seine Sache ausgezeichnet. Es war also völlig überflüssig, hinzugehen. Halb fünf bin ich gegangen. Ich brauchte einfach eine Dusche und einen Kaffee zu Hause.“

„Das kann ich verstehen.“ Sie betraten beide Larssons Zimmer.

„Wirst du den Fall bekommen?“ fragte Andresen.

„Unsere Mordkommission sitzt bekanntlich in Anklam“, erwiderte Larsson. „Wir haben den Betrugsfall der PPJB-Finanzservice GmbH auf dem Tisch, und nur darum werden wir uns kümmern.“

Er fuhr seinen Computer hoch und loggte sich ein. Dann rief er seine Wingdings auf, die er, wie beim vorigen Fall, wieder auf ein Tableau drapierte und die er später mit Verbindungslinien versehen würde. So, dass Andresen es nicht sehen konnte, fügte er eine Figur ein und setzte ein dickes Kreuz und die Buchstaben FH daneben. Es symbolisierte den Toten, der im Hof der Kurklinik gefunden wurde. Warum er das machte, wusste Larsson im Augenblick nicht zu sagen.

„Hast du die Unterlagen der Staatsanwaltschaft gesichtet, Rolf?“ fragte Larsson.

Andresen lachte. „Es sind mehrere Anzeigen von geschädigten Bürgern, aber es wird dauern, bis wir alles nachgeprüft haben. Ich mache eine Anfrage an die Steuerbehörde fertig. Schauen wir einmal, was die PPJB-Finanzservice GmbH versteuert hat. Vielleicht kommen wir über diesen Weg ein Stück weiter."

Larsson stimmte ihm zu.

„Fangen wir mit Peter Petersen und Jørgen Bagh an. Schauen wir mal, was wir über die beiden Herren im Polizeicomputer finden können. Vielleicht sind sie ja irgendwo schon einmal aufgefallen."

Als Rolf Andresen sein Büro verlassen hatte, wandte sich Larsson wieder seinen Wingdings zu. In der Mitte der Seite platzierte er den Tod in Form eines Mannes, dessen Kopf in einer Kapuze steckte und der eine Sense hielt. Böse leuchteten die kleinen roten Augen. Dann kam ihm zum Bewusstsein, dass er etwas völlig Sinnloses getan hatte. In Berlin, ja, in Berlin wäre das so in Ordnung gewesen. Aber nun war er in der Provinz gelandet und gehörte nicht mehr zu einer Mordkommission.

Er versuchte das Positive seiner neuen Situation zu sehen. Dann fiel ihm ein, dass er wohl die Übertragung des ersten Falles mehr dem Umstand zu verdanken hatte, dass die eigentliche, bei der Polizeidirektion in Anklam angesiedelte Mordkommission im Einsatz war. Er jedoch war frei und gerade von einer Mordkommission aus der Hauptstadt übergesiedelt. Seiner Erfahrung hatte man sich bedient und war gut damit gefahren.

In Erkenntnis der Einmaligkeit dieser Aufgabe löschte er die beiden gesetzten Wingdings wieder. Bei einer Mordkommission musste er zu jeder Tages- und Nachtzeit verfügbar sein. Er dachte auch daran, warum seine Beziehungen allesamt den Bach runtergegangen waren. Und er beantwortete sich die Frage, dass eben diese Verfügbarkeit über seine Lebenszeit schuld daran sein musste, dass ihm die Frauen wegliefen.

Nachdem er die Wingdings gelöscht hatte, beendete er das Programm. Eigentlich hätte er sich nun ebenfalls der Ermittlungsarbeit bezüglich der PPJB-Finanzservice GmbH zuwenden müssen. Stattdessen stand er auf und lief unruhig im Zimmer umher, blieb vor dem Fenster stehen, starrte hinaus auf die Straße, um dann wieder seine Wanderung aufzunehmen.

Inzwischen war es fast halb zehn. Simons war noch immer nicht von der Kurklinik zurückgekommen. Sämtliche Rekonvaleszenten zu befragen, war sicher eine Menge Arbeit. Dennoch hätte er nie vermutet, dass es so lange dauerte. Schließlich hielt er es nicht mehr aus. Er ging am Zimmer Andresens vorbei, steckte seinen Kopf durch die Tür und sagte ihm, dass er Kopfschmerzen habe und ein wenig an die Luft gehe. Bei der Wache am Ausgang hinterließ er, dass er für kurze Zeit außer Haus sei und Andresen eingehende Anrufe annehme. Dann trat er hinaus auf die Straße.

Der Wind hatte leicht aufgefrischt, der Nebel der Nacht war verflogen, die Luft war eiskalt und ließ ihn frösteln. Elf Tage vor Weihnachten war das ein durchaus normales Wetter. Er hasste den Winter. Nachdem er ausgerutscht war und um ein Haar hingefallen wäre, tastete er sich vorsichtig weiter über die vereisten, schlecht geräumten Bürgersteige.

Als er vor der Kurklinik ankam, sah er nur noch einen der beiden Funkwagen stehen. Der zweite Wagen war abgezogen worden, und auch der VW-T4 der Kriminaltechnik fehlte. Also war Maier bereits auf dem Weg nach Anklam oder schon dort eingetroffen.

Im Eingang schien alles wieder zu laufen wie immer. Menschen saßen in der Halle. Einige lasen in dem am Sonnabend erscheinenden kostenfreien Anzeigenblatt, andere saßen in ihren Bademänteln laut palavernd um die kleinen, runden Tische des Foyers und warteten ungeduldig auf ihre Behandlung im Schwimmbad.

Da Larsson keinen Polizisten sehen konnte, wandte er sich an die Dame an der Rezeption. Es war eine andere Frau als am frühen Morgen. Er zog seinen Dienstausweis und zeigte ihn der Mitarbeiterin der Klinik.

„Haben Sie eine Ahnung, wo meine Leute stecken?“

Eine ältere Frau kam an den Tresen gehumpelt und fragte, ohne darauf zu warten, dass sie an der Reihe war, nach dem Bus, der sie nach Greifswald bringen sollte.

Larsson schätzte es nicht, so unhöflich unterbrochen zu werden, und er unterdrückte nur mühsam einen Fluch. Nachdem die Frau, mit ihrer Auskunft sichtlich unzufrieden, wieder abgezogen war, erklärte ihm die Rezeptionistin, dass der Frühstücksraum im Hotel nun nicht mehr zur Verfügung stehe und die Polizei nun, da die Spurensicherung fertig sei, in dem Mordzimmer arbeite. Larsson fuhr hoch in den siebten Stock. Als er ins Zimmer trat, schaute ihn Simons irritiert an. Er und die beiden Beamten des letzten verbliebenen Funkwagens waren gerade dabei, ihre Protokolle zu vergleichen.

Die Aussagen liefen alle auf dasselbe hinaus. Keiner hatte etwas gesehen, aber nahezu alle waren wegen der Unruhe im Haus, die mit dem Balkonsturz einherging, munter geworden, und niemand von ihnen wäre ins Bett gegangen, ohne über das Mysterium Näheres zu wissen.

Außer Ferdinand Huebner war niemand zu so später Stunde von irgendwo zurückgekommen oder hatte das Haus verlassen. Angeblich war es unmöglich, das Gebäude zu betreten, ohne entweder von der Rezeptionistin der Kurklinik oder der des Kurhotels eingelassen zu werden.

„Was hat die Durchsuchung des Zimmers ergeben?“ fragte Lasse Larsson.

„Ferdinand Huebner hat sich mit der internationalen Finanzwelt beschäftigt“, sagte Simons und zeigte auf eine Financial Times, auf der verschiedene Börsennotierungen angestrichen waren.

„Glaubst du, dass der spekuliert hat?“

Simons hob unbeholfen die Schultern. „Seine Utensilien im Bad stehen im Gegensatz zu seinen abgetragenen Schuhen. Und die Hemden haben auch schon bessere Zeiten gesehen.“

„Typisch für einen Spieler, der einmal betucht war und große Verluste erlitten hat. Verluste, die ihn ruiniert haben“, sagte Larsson.

Er machte den Schrank auf, schaute sich erst die Wäsche, dann die Anzüge und sonstige Garderobe an.

„Und was wurde sonst noch gefunden?“

„Ein kleines Kalendernotizbuch. Maier hat es mitgenommen.“

„Weißt du inzwischen, wo er herkommt?“

„Aus Singen am Hohentwiel.“

„Na, dann kann ja Anklam eine Anfrage an die Kollegen in Singen formulieren. Die haben bestimmt mehr über Huebner.“

Lasse Larsson ging zur Tür, die zum Balkon führte, öffnete sie und trat hinaus. Er lehnte sich übers Geländer und schaute hinunter auf den Kies und die Betoneinfassung, auf der Ferdinand Huebner aufgeschlagen war. So leicht fällt man nicht über dieses Geländer, dachte er. Nicht ohne fremde Einwirkung oder einen klaren Suizidvorsatz. Aber das würde die Obduktion sicher klären helfen. Für ihn stand fest, dass es keine Selbsttötung war. Er ging wieder ins Zimmer und schloss die Tür.

„Verdammtes Wetter“, sagte Larsson.

„Ich glaube, wir haben jetzt alles“, stellte Simons fest. „Wir fahren zurück zur Inspektion.“

„Fass alles zu einem ersten Protokoll zusammen und schick es nach Anklam. Wo ist die Polizeimeisterin Landris?“

„Ihr Wagen wurde abgezogen.“

Wortlos verließ Lasse Larsson das Zimmer. Er sah sich noch einmal den Fundort der Leiche an, konnte aber nichts feststellen, was er nicht schon in der Nacht in sich aufgenommen hatte. Er ging die wenigen Meter zur Seebrücke und nahm in der Geschäftszeile bei der Stadtbäckerei Junge einen Kaffee. Seine Gedanken kreisten um den Toten. Obwohl er nichts mit diesem Fall zu tun hatte, war sein Jagdinstinkt geweckt. Dieser Jagdinstinkt war ein ihm angeborener, nervöser Mechanismus, der zwanghaft bestimmte warnende, auslösende und richtende innere und äußere Reize auf ihn ausübte, und dem Larsson absolut verfallen war.

Die Vorstellung beutelte ihn; er schwankte zwischen dem geregelten Arbeitstag bei der Aufklärung eines Vermögensdeliktes und der Ermittlungsarbeit, einen Mörder zu überführen. Wofür er letztlich plädieren würde, wusste er. Aber er hatte keinen Einfluss darauf. Missmutig ging er zurück zur Inspektion. Das Mittagessen ließ er ausfallen.

Am frühen Nachmittag klopfte Simons an Larssons Bürotür.

„Ich habe bei den Kollegen in Singen bezüglich Ferdinand Huebner angefragt. Jetzt habe ich eine Antwort."

„Komm rein und setz dich, Karl!"

„Huebner war den Kollegen in Singen durchaus kein Unbekannter. Der Mann hatte Geld, denn er hatte ein Autohaus von seinem Vater geerbt. Nach zwei Jahren musste er das Geschäft verkaufen."

„Lass mich raten. Er hatte es verzockt?" fragte Larsson.

Karl Simons nickte. „Er hat sich kaum um den Laden gekümmert, hat die angeschlossene Tankstelle sofort geschlossen. Der angestellte Tankwart hätte sich am Geld bedient, ließ er verlauten. Genaueres wurde polizeilicherseits aber nicht ermittelt. Es war wohl mehr eine Schutzbehauptung. Dann verkaufte er Autos."

„Das sollte üblich sein, wenn man einen solchen Laden betreibt", unterbrach ihn Lasse Larsson.

„Natürlich, aber nicht unter Preis."

„Unter Preis?"

„Er war dafür bekannt. Einem Kellner im Restaurant der Spielbank in Konstanz hatte er einen Audi TT angeboten. Aber er wollte das Geld gleich, um weiterspielen zu können."

Wie weit muss ein Mensch gesunken sein, wenn er sich so von der Spielsucht beherrschen lässt, dass er seine Existenz verzockt, dachte Larsson. Eine bedauerliche Kreatur musste das gewesen sein, die unter dem Spielzwang dem Ruin entgegengegangen war.

„Ich weiß genau, was du jetzt denkst, Lasse", sagte Simons. „Wenn er pleite war, wovon hat er eigentlich gelebt?"

„Du bist unter die Hellseher gegangen."

„Ferdinand Huebner war kommissarischer Leiter des Baudezernats in Singen. Das sicherte ihm ein festes Einkommen", klärte Simons auf.

„Nobel. Dann war er möglicherweise Beamter. In diesem Fall hätte er den Betrieb seines Vaters gar nicht führen dürfen."

Simons lachte.

„Das war ihm auch bewusst. Deshalb hatte er seiner Frau die Betriebsführung überlassen und sie als Hauptinhaberin der GmbH eingesetzt."

Das ist ja eine Tragödie, dachte Larsson. Er konnte sich vorstellen, was gekommen war. Huebner hatte das Autohaus verzockt und seine Frau, die als Hauptgeschäftsführerin fungierte und die Verantwortung trug, ins Unglück gestürzt.

Als Larsson nichts sagte, stellte Simons fest: „Gegen Huebner läuft ein Ermittlungsverfahren."

„Worum geht es da?"

„Vorteilnahme im Amt."

„Sieh zu, dass du Genaueres darüber erfährst."

Simons dachte, dass es eine unsinnige Anweisung war, die Larsson da gab. Warum sollten sie weitere Arbeit investieren, wenn man ihnen den Fall ohnehin abnehmen würde?

„Ich werde Ärger mit Fischer kriegen", sagte er ruhig. „Unsere Gruppe ist an der Autoschieberbande dran, und da wird jede Hand gebraucht."

„Ich lach mich krank! Seit wann ist die Autoschieberbande wichtiger als die Aufklärung eines Mordes?"

Simons hörte deutlich einen unerfreulichen Unterton heraus. Lasse Larsson wollte nicht begreifen, dass er nicht mehr bei der Mordkommission war. Er setzte sich einfach darüber hinweg, und das roch nach Ärger.

„Gut, Karl. Vergessen wir den ganzen Zirkus. Recht hast du. Es ist nicht unser Ding."

Gerade als Simons ansetzen wollte, Larsson seine Meinung zu dieser Situation zu sagen, kam Andresen.

„Du sollst in zehn Minuten den Alten anrufen, Lasse“, sagte er und kniff das rechte Auge vertraulich zu.

„Was will er?“ Die Frage kam knurrig.

„Zuerst hat er nach Karl gefragt. Als ich ihm sagte, er sei im Haus unterwegs, wollte er dich sprechen, blockte aber das Gespräch ab, als irgendjemand in sein Zimmer kam, und dann sagte er, du mögest ihn anrufen. Aber erst in zehn Minuten.“

Simons zeigte Andresen den rechten Daumen, was heißen sollte: Jetzt kriegt Larsson den Fall vielleicht doch. Andresen nickte ihm zu.

„Ich denke, wir gehen jetzt alle unserer gewohnten Arbeit nach und lassen uns nicht durch irgendwelche Anrufe verrückt machen.“

Andresen und Simons verließen das Zimmer, und Larsson schaute unruhig zur Uhr, um festzustellen, wann die Zeit des Anrufs gekommen war. Nicht durchdrehen, Junge, dachte er. Wer weiß, was der Alte von dir will. Wer vorher rechnet, rechnet zweimal. Also mach dich frei von irgendeiner Erwartungshaltung. Ce sera, sera – was kommt, kommt!

Als die zehn Minuten um waren, wollte er zum Telefonhörer greifen, hielt aber inne. Nicht so schnell, Junge. Vielleicht wartet er nur darauf, dass du übereilt anrufst, um dir dann deine begrenzten Möglichkeiten aufzuzeigen. Nach weiteren acht Minuten wählte er schließlich Kruses Nummer und landete bei dessen Sekretärin, die ihn sofort mit Kruse verband.

„Was hat es mit dem Suizid im Kurhotel auf sich?“ Kruse tat, als wisse er bereits die Lösung des Falles.

„Wer sagt, dass es Suizid war?“

„Sie waren doch heute Nacht dort.“ Es war keine Frage, vielmehr eine Feststellung.

„Simons hatte Bereitschaft, Herr Kriminaloberrat.“

„Man sagte mir, Sie seien dort gewesen.“

„Simons holte sich meine Meinung ein, und da ich ohnehin nicht schlafen konnte, bin ich eben vorbeigejoggt.“

Es blieb einige Sekunden ruhig. Offensichtlich brauchte Kruse die Zeit, um die faustdicke Lüge Larssons zu verdauen.

„Joggen Sie immer mitten in der Nacht?“

„Normal wäre ich erst gegen sechs gestartet wie jeden Morgen. Aber ich kann den Kollegen Simons verstehen, sich eine zweite Meinung einzuholen.“

„Wie ist Ihr Standpunkt zu dem Fall?“

„Es war kein Suizid und auch kein Unfall, Herr Kriminaloberrat.“

„Sicher?“

„Ja!“

„Woran arbeiten Sie gerade?“

„An einem Betrugsfall.“

„Im PPJB-Finanzservice-Fall?“

„Ja.“

„Das kann warten“, sagte Kruse bestimmt. „Sie übernehmen die Aufklärung dieses Falles.“

„Aber hoffentlich nicht allein.“

„Wen brauchen Sie?“

„Andresen, Simons, Frau Mohaupt aus Anklam. Das sind meine bevorzugten Mitarbeiter bei der Aufklärung eines Mordes.“

„Stopp. Andresen bleibt erst einmal an dem Betrugsfall. Da sitzt mir schon der Staatsanwalt im Nacken, und der Mann hat Erfahrung bei der Aufklärung von Betrugsfällen. Was Frau Mohaupt betrifft, muss ich erst klären, ob sie hier entbehrlich ist. Simons kann ich Ihnen gleich zusagen.“

„Wir haben hier im Haus eine Obermeisterin bei der Bereitschaftspolizei. Die ist sehr interessiert und hat schon so manche Recherche zu meiner Zufriedenheit erledigt. Können Sie nicht veranlassen, dass wenigstens ...“

„Wie heißt sie?“

„Monika Landris.“

„Das regle ich. Halten Sie mich auf dem Laufenden!“

Es klickte in der Leitung. Kruse hatte aufgelegt. Niemand sah das Lächeln Lasse Larssons. Es dauerte keine zwanzig Minuten, als an die Tür geklopft wurde und Monika Landris ihren Kopf hereinsteckte.

„Ich soll mich bei Ihnen melden!“ Sie lächelte ihn herausfordernd an.

„Setzen Sie sich einen Augenblick.“

Monika Landris nahm vor dem Schreibtisch Larssons Platz. Larsson wählte Andresens Nummer. Als der sich meldete, bat er ihn und Simons zu sich herüber.

„Haben Sie ein Problem damit, auch am Wochenende zu arbeiten und, wenn es sein muss, nachts?“

„Nein.“

„Und ein paar Jeans besitzen Sie sicher auch“, stellte Larsson fest. „Wir arbeiten in der Regel in Zivil!“

Andresen und Simons kamen. Sie schauten erstaunt zu Monika Landris.

„Heute ist zwar Freitag, der 13., aber mein Aberglaube scheint fehl am Platz. Zuerst zum Fall Huebner. Wir haben den Fall. Du, Rolf, bearbeitest zuerst den Finanzservice-Fall allein weiter, wobei ich versuchen werde, dich zugeteilt zu bekommen. Kruse hat das so angeordnet, und vorerst kann ich das nicht ändern. Er meint, du seiest Spezialist für Betrugsfälle. Frau Landris hier wird uns unterstützen. Könnt ihr noch einen Schreibtisch bei euch unterbringen?“

„Soll ich mir ein anderes Zimmer suchen?“ fragte Andresen bissig.

Larsson merkte, dass er einen Fehler gemacht hatte. Es wäre besser gewesen, mit Rolf vorher allein zu sprechen, dachte er. Aber die Sache war nun gelaufen und Rolf Andresen offensichtlich beleidigt.

„Wir treffen uns am Montag um acht Uhr zur Lagebesprechung und gehen jetzt ins Wochenende. Hat noch jemand eine Frage?“

Als niemand etwas sagte, fuhr Larsson fort: „Also dann ... Ach Rolf, einen Augenblick noch!“

Als Monika Landris und Simons gegangen waren, sagte er, auf den frei gewordenen Stuhl deutend, auf dem sich Andresen nun niederließ: „Es ist tatsächlich, wie ich es gesagt habe. Es war die ausdrückliche Anordnung Kruses, dass du den Betrugsfall vorerst weiterbearbeitest. Ich aber möchte, dass du ganz eng mit mir kooperierst.“ Er lächelte Andresen zu. „Ich möchte, dass wir gemeinsam beide Fälle bearbeiten oder aber den Finanzfall abgeben.“

„Wie stellst du dir das vor?“

„Wir stellen für die Zeit der Arbeit an den beiden Fällen deinen Schreibtisch zu mir ins Zimmer. Simons kann sich dann mit den beiden Damen arrangieren.“

Ich denke, Inge bleibt in Anklam“, sagte Andresen.

„Vorerst. Wenn Kruse geklärt hat, ob sie entbehrlich ist, werden wir sie zugeteilt bekommen. Und weißt du was? Ich habe so ein Gefühl, dass das bald sein wird.“

„Was macht dich so sicher?“

„Die Gewissheit, dass Kruse keinen ungeklärten Mordfall in seiner Polizeidirektion haben will.“

Andresen dachte einen Augenblick nach. „Ja, das könnte eine Lösung sein. Aber sei vorsichtig, dass der Alte nicht mitbekommt, dass wir hier unser eigenes Ding machen. Auf so etwas reagiert er sauer.“

Larsson fuhr seinen Computer herunter. „Hast du noch Lust auf ein Bier?“

„Das ist eine gute Idee. Meine Schwiegermutter ist heute zum Abendessen da. Und ich suchte ohnehin einen Grund, der Inquisition zu entgehen. Ich hole nur meinen Mantel.“

Wenig später trafen sich die beiden Männer und gingen die wenigen Schritte zum Brauhaus.

3. Kapitel

Das Wetter hatte sich verschlechtert. Ein feiner Regen fiel durch den Nebelschleier und gefror sofort. Das Blitzeis machte sich auch den Autofahrern bemerkbar; zwei Unfälle hatte Lasse Larsson auf der kurzen Strecke von seinem kleinen Haus bis zur Polizeiinspektion in der Seestraße registriert. Die Kollegen der Bereitschaftspolizei hatten alle Hände voll damit zu tun, die Unfallstellen zu sichern und die Unfälle aufzunehmen.

Andresen kam kurz nach ihm auf den Hof gefahren. Lasse Larsson sah vom Fenster des Flures, wie sich sein Kollege mühte und um ein Haar gegen die Einfahrt und einen anderen Wagen gerutscht wäre. An einem solchen Tag tut man gut daran, im Bett zu bleiben, dachte er.

Er ging zum Büro seiner Mitarbeiter. Simons war schon da, und er bemerkte sofort, wie der Monika Landris den Hof machte.

„Guten Morgen, Kollegen“, sagte Larsson, und zu Simons: „Ich hoffe, du vergisst das Arbeiten nicht, nur weil eine Frau in deiner Nähe ist, Karl.“

Karl Simons fühlte sich ertappt. Die Ankunft Andresens verschonte ihn, eine entlastende Floskel in den Raum zu stellen.

„Jetzt wäre es beinahe noch auf dem Hof passiert“, sagte Andresen, „und ich hätte mein eigenes Auto verschrammt und ein zweites beschädigt.“

„Ich habe es gesehen“, sagte Larsson. „Bei dem Wetter kann man gar nicht vorsichtig genug sein.“ Er zögerte einen Augenblick, dann sagte er: „Frau Landris bekommt übergangsweise Rolfs Schreibtisch.“

„Sie kann doch Inges Schreibtisch nehmen, der ist ohnehin frei, seit sie weg ist“, warf Simons ein.

„Na gut. Mir ist es egal. Aber Rolf zieht erst einmal zu mir rüber. Jedenfalls für diesen einen Fall.“

Larsson sagte nicht, dass sie vorerst beide Fälle parallel bearbeiten würden. Je weniger Leute von seiner Entscheidung wussten, umso geringer war die Gefahr, dass Kruse etwas zugetragen wurde, was Ärger bereiten würde.

„Ich kümmere mich darum, dass der Hausmeister einen Schreibtisch bringt“, sagte Andresen und verließ den Raum.

„Warst du am Freitag noch im Casino, Karl?“ fragte Larsson.

„Natürlich. Der Croupier, der an dem Spieltisch Dienst hatte, wo der 36.000-Euro-Gewinn realisiert wurde, hat sich krank gemeldet.“

„Dann bist du sicher zu ihm hingefahren?“

„Es war Freitagnachmittag!“

„Ist das üblich? Ich meine, ist es üblich, dass sich Croupiers krank melden, unmittelbar, nachdem ein solcher Gewinn zu verzeichnen ist?“

Simons hob die Schultern.

Monika Landris sagte: „Eine Spielbank muss damit rechnen, dass auch einmal größere Gewinne anfallen. Ich glaube nicht, dass ein Croupier deshalb nicht zur Arbeit kommt.“

Larsson schaute sie an. „Ihr Vertrauen in allen Ehren, Kollegin, aber jetzt haben Sie sich gerade dafür qualifiziert, die Adresse des Croupiers herauszukriegen. Anschließend fahren Sie mit Karl zu dem Mann in die Wohnung und befragen ihn!“

„Die Spielbank macht erst um 14 Uhr auf.“

„Und?“ Larsson schaute Monika Landris an. „Haben Sie eine Antwort darauf?“

„Ich rufe zuerst in der Zentrale der Ostseespielbanken in Stralsund an. Möglicherweise können die mir weiterhelfen.“

„Willkommen im Club“, sagte Larsson. „Die Frau ist bei uns richtig!“ Und an Simons gewandt: „Hast du alle Türen im Erdgeschoss der Kurklinik geprüft?“

„Ich dachte, die Kriminaltechnik hat das gemacht.“

„Ruf Maier an, wenn das nicht der Fall war, soll die Kriminaltechnik noch einmal anrücken und alle Schlösser im Erdgeschoss untersuchen.“

„Lasse hat verdammt schlechte Laune“, stellte Simons fest, als Larsson gegangen war. „Warum er die nur an mir auslässt?“

Monika Landris lächelte und hob die Schultern, sagte aber nichts dazu.

Auf dem Gang traf Larsson Andresen, der vom Hausmeister zurückkam. „Stell, dir vor, Förtsch meinte, wir könnten doch bis nach den Feiertagen warten. Er habe im Augenblick keine Hilfe zum Tragen.“

Larsson lachte laut auf. „Hausmeister müsste man sein.“

„Ich hole mir Karl, und dann machen wir das selbst. Förtsch sucht inzwischen ein einigermaßen ordentliches Teil heraus.“

Andresen verschwand im Büro, und Larsson ging zu der kleinen Küche, die am Ende des Ganges untergebracht war und den einzelnen Abteilungen zum Kaffeekochen diente. Gerade lief eine neue Füllung in eine der Thermoskannen. Larsson erkannte, dass es die Kanne seiner Abteilung war. Er war gerade dabei, sich eine Tasse einzuschenken, als Monika Landris kam.

„Sie hätten es sagen können, Hauptkommissar. Ich wäre mit der Kanne bei Ihnen vorbeigekommen.“

Larsson schaute sie an. Einen Augenblick durchfuhr ihn der Gedanke an das Wochenende. Nachdem er am Freitag vom Brauhaus nach Hause gelaufen war, hatte er ein Stück *Xerxes* von Händel gehört. Es war eine Aufnahme mit Elisabeth Schwarzkopf aus den fünfziger Jahren. Der Alkohol hatte sich bemerkbar gemacht, denn nach dem wunderbar intonierten *Ombra mai fu* war er prompt eingeschlafen.

Es war schon nach drei Uhr, als er erwachte und endlich zu Bett ging. Das Licht brannte, die CD war längst abgelaufen, und er spürte empfindlich die Nachwirkungen des Klaren, gepaart mit jeweils einem Pils, die sich nunmehr bemerkbar machten.

Andresen wiederum hatte sein Auto stehengelassen und war mit einem Taxi nach Hause gefahren; Larsson empfand das als die logische Konsequenz für einen Polizisten. Er hatte sich am Sonnabend versucht auszumalen, wie die Inquisitoren Andresen empfangen hatten, und war bemüht, diesen Gedanken bei einem Alka Selzer schnell zu verdrängen.

Am Sonnabendnachmittag hatte er mehrere Stunden gelesen. *Die Liebe zu Zeiten der Cholera* war ein faszinierendes Buch. Was selten vorkam, vermochte die blumige Prosa des Gabriel Garcia Márquez. Sie zog ihn so in den Bann, dass er alles um sich herum vergaß. Auch dass er eigentlich am Abend versuchen wollte, irgendwo eine Frau kennenzulernen, war vergessen. Am Sonntag war dann das Wetter so schlecht, dass er ebenfalls zu Hause blieb. Er wusste nicht, zum wievielten Male er daran dachte, dass das Leben an ihm vorbeilief. Aber er dachte in diesem Augenblick mit der gleichen Wehmut daran wie immer.

„Sie sind nicht hier, um mir Kaffee zu bringen“, sagte Larsson und lächelte Monika Landris an. „Hier macht sich jeder selbst seinen Kaffee. Es sei denn, jemand aus der Gruppe hat schon Kaffee gekocht.“

Er nahm seine volle Tasse und ging zu seinem Büro. Andresen war noch nicht da, und so fuhr Larsson erst einmal seinen Computer hoch und rief die Wingdings auf, die er am Freitag angelegt hatte. Fast hätte er bereut, dass er die beiden letzten Bilder, das Wingding mit dem Kreuz und den beiden Buchstaben F und H und den Sensenmann, gelöscht hatte. Doch dann rief er die Sicherungsdatei auf und fand alles so vor, wie er es angelegt hatte.

Draußen auf dem Gang hörte er die Stimmen seiner Mitarbeiter. Die Tür wurde aufgestoßen. Andresen und Simons schleppten den Schreibtisch herein. Hausmeister Förtsch trug den Stuhl.

„Wir brauchen auch einen Computer“, sagte Larsson.

„Und alles möglichst vorgestern“, stellte Förtsch fest.

„Genau“, sagte Simons.

Förtsch merkte, dass er hier mit Nörgelei nichts bewirken würde, und trollte sich. Andresen lief zwischen den Büros hin und her, um seine Sachen umzuräumen.

Erst gegen zehn Uhr erreichte Monika Landris in der Zentrale der Ostseespielbanken jemanden, der ihr Auskunft und eine Telefonnummer gab. Dann rief sie den Mitarbeiter, der als Spielleiter fungierte, an und erfuhr die Telefonnummer des Croupiers, der nicht zur Arbeit erschienen war. Sie rief auch ihn an. Er hatte eine Wohnung in Bansin. Nachdem sie sich angemeldet hatte, machte sie sich zusammen mit Simons auf, um den Mann zu besuchen.

Als Andresen sich schließlich eingerichtet und der Hausmeister einen Computer installiert hatte, bemühte er sich, nach Eintragungen im Fall PPJB-Finanzservice GmbH zu suchen. Bisher war die Gesellschaft nicht aufgefallen. Jørgen Bagh war sauber. Peter Petersen hatte zwei Eintragungen wegen zu schnellen Fahrens mit seinem Auto und einer dreimonatigen Fahrsperre, die er wohl eingehalten hatte.

Maier rief an, sagte, dass Simons von ihm verlange, die Parterretüren der Kurklinik zu untersuchen. Ob das rechtens sei.

Larsson bestätigte die Anweisung.

Maier fluchte auf seine Art. „Hier strotzt die Backe voller Saft; da hängt die Hand, gefüllt mit Kraft. Die Kraft, infolge der Erregung, verwandelt sich in Schwungbewegung. Bewegung, die in schnellem Blitze zur Backe eilt, wird hier zu Hitze. Ohrfeige heißt man diese Handlung, der Forscher nennt es Kraftverwandlung."

Ohne etwas zu entgegnen, legte Larsson den Hörer auf.

Simons und Monika Landris waren nach Bansin gefahren. Der Croupier Johann Pfleiderer war ein gebürtiger Schwabe, den es nach der Eröffnung der Spielbank aus dem Casino in Baden-Baden nach Heringsdorf gezogen hatte. Ehemalige Arbeitskollegen behaupteten, man habe ihn abgeworben, um den Betrieb an der Ostsee in Schwung zu bringen. Pfleiderer bewohnte eine

Wohnung in einem Einfamilienhaus. Sie war komfortabel, für einen Junggesellen äußerst geschmackvoll eingerichtet.

„Der Gewinner“, sagte er auf die Frage von Monika Landris nach dem Hergang des Spieles, das Ferdinand Huebner die stolze Summe von 36.000 Euro beschert hatte, „war ein alter Hase. Man sieht das an jeder Bewegung, am Spiel seiner Augen. Wie ein Mann die Kugel verfolgt, ob er einen gehetzten, nervösen Eindruck macht oder cool wartet, bis die Kugel ihr Ziel erreicht hat. Ein erfahrener Croupier fühlt, ob er es mit einem Reichen zu tun hat, der ein Vermögen aus der Portokasse verspielt, oder mit einem Hasardeur, der den letzten Hemdknopf setzt.“

„Der Mann, der gewonnen hat“, mischte Simons sich ein, „war das Ihrer Meinung nach ein Reicher?“

„Eher nicht. Er spielte zuerst Black Jack und kam dann an meinen Tisch, um einen relativ kleinen Betrag zu setzen.“

„Wie klein?“

„200 Euro oder geringfügig mehr.“

„Wann kam er an Ihren Tisch?“

„Vielleicht so gegen eins.“

„Und dann hat er gleich gewonnen?“ Simons tat einen Augenblick erstaunt.

„Nein, er hat zweimal kleinere Summen verloren und setzte dann einen Tausender auf Sieben rot, die prompt kam.“

„Zufall oder Manipulation? Gibt es Manipulationen beim Roulette?“

Johann Pfleiderer lachte. „Sie sehen zu viele Krimis, Herr Kommissar. Na ja, Manipulationen hat es schon gegeben.“

„Wie funktioniert eine solche Manipulation?“

„Im Februar 1999 ging die Meldung durch die Presse, dass ein Kessel in Hittfeld manipuliert war.“

Als Pfleiderer einen Augenblick schwieg, bohrte Monika Landris nach. „Sie werden sich doch sicher erinnern, was in der Meldung stand?“

„Beamte des LKA Niedersachsen beschlagnahmten einen Roulettekessel, weil der Verdacht der Manipulation offensichtlich war."

„Und?"

„Über einen längeren Zeitraum hinweg seien die Einspielergebnisse am umsatzstärksten Permanenztisch deutlich rückläufig gewesen. Außerdem gab es Gerüchte aus der Szene, die nach einiger Zeit auch der Spielbankaufsicht nicht verborgen blieben."

„Aus der Szene ...", sagte Simons.

„Ja. Die Spieler sind ein eigenes Völkchen. Sie brauchen den Kick: Barfuß oder Lackschuh!"

„Darauf könnte ich verzichten", sagte Monika Landris.

„Man hat die Sache deshalb auf wissenschaftlichem Wege anhand der Permanenz-Zahlen dieses Tisches analysiert. Und tatsächlich, die Permanenz der Monate Dezember 1998 und teilweise Januar 1999 wies Besonderheiten auf, die nicht mehr als zufällig eingestuft werden konnten. So erschien die Zahl 18 im Monat Dezember 97-mal öfter, als durchschnittlich zu erwarten war. Das entsprach der sechsfachen Standardabweichung. Zum Vergleich: In zehn geprüften Permanenz-Jahren lag die Standardabweichung der einzelnen Plein-Nummern je Monat durchweg in einem Bereich zwischen ein- und etwa dreifach."

„Wie kann man das eigentlich errechnen?"

„Die Standardabweichung errechnet sich aus der Wurzel der Gesamtcoups geteilt durch beteiligte Chancen mal Nichttrefferwahrscheinlichkeit. Am Beispiel Hittfeld, hier hatte die Permanenz des Monats Dezember 1998 9802 Gesamtcoups. Der Mittelwert errechnet sich aus der Formel 9802 mal 1137 minus Trefferwahrscheinlichkeit ist 265. Die Standardabweichung beträgt 1 (265x36137) = etwa 16. Ohne Manipulation am Kessel wäre die Streuung der Häufigkeiten im Bereich der 3Sigma-Schranke (3o) verblieben oder hätte diesen nur geringfügig verlassen. Danach hätte sich die Häufigkeit aller einzelnen Plein-Nummern im Bereich zwischen etwa 215 bis 315 Erscheinungen im Dezember

1998 bewegen müssen. Tatsächlich lag die Streubreite jedoch zwischen 207 und 363."

„Das sind böhmische Dörfer für mich", stellte Simons fest, „aber irgendwie wird es schon seine Richtigkeit haben."

„Na ja, die Zahl 18 erschien also im Dezember 97-mal öfter als durchschnittlich zu erwarten. Das sind etwa fünfzig Erscheinungen zuviel, wahrscheinlich sogar mehr, wenn man davon ausgeht, dass die 18 nicht unbedingt der Favorit geworden wäre."

„Wie hatte man manipuliert?"

„Wie ich schon sagte, am Kessel. Auch ohne die Untersuchung des Kessels durch das LKA liegt jetzt nahe, zwischen welchen Zahlenfächern der Steg im Kessel verändert wurde: zwischen der Zahl 18 und dem benachbarten Fach der 22. Die Plein-Nummer 22 lag mit nur 207 Erscheinungen ebenfalls außerhalb des üblichen Zufallsbereiches und war die deutlich schwächste Zahl. Maßgeblich zu Ungunsten der 22 konnte sich somit die sechsfache Standardabweichung bei der extrem bevorzugten Nachbarzahl 18 ergeben. Echten Schaden könnten Grilleau-Spieler erlitten haben, die gegen vermeintliche natürliche Spannungen gesetzt haben. Auch aus diesem Grunde ist es empfehlenswerter, sich stets der Tendenz bzw. den favorisierten Chancen anzupassen. Dann wird man an frisierten Kesseln wohl eher von der Ungleichverteilung profitieren können."

„Und gegen solche Beeinflussungen kann man nichts machen?"

„So gut wie sicher vor Manipulationen kann man nur in Wiesbaden und Hamburg sein. Die Kessel bestehen aus einem Edelstahlblock, in dem die unbeweglichen Stege mit einem Hundertstel Millimeter Genauigkeit ausgefräst wurden."

„Wie viel Schaden kann man mit einem solch manipulierten Kessel anrichten?"

„Na ja, wer Bescheid wusste und über den Monat hinweg ständig mit Maximum am Fünfer-Tisch 200 Mark pro Satz auf die Zahl 18 setzte, hätte knapp 600.000 Mark Gewinn machen können. Für die Angestellten wäre dabei die Kleinigkeit von über 70.000 Mark an Trinkgeld herausgesprungen."

„Und diese Veränderungen am Kessel wären bei Ihnen auch möglich gewesen?"

„In der Theorie schon."

„Und in der Praxis?"

„Hätten eine Menge Leute eingeweiht werden und mitmachen müssen. Das bedeutet eine derart große Gefahr, entdeckt zu werden, dass Sie bei uns in Heringsdorf keinen finden würden, der einen Freifahrtschein für den Knast lösen würde."

„Wissen Sie, wann der Gewinner gegangen ist?" Simons sah den Croupier durchdringend an.

„Ich würde sagen, gegen halb zwei in der Nacht. Es war jedenfalls nicht mehr lange hin bis zum Feierabend."

„War der Mann alleine?"

„Ja, aber ich sah ihn einmal im Durchgang mit einem Mann sprechen. Aber Sie müssen verstehen, ich muss mich auf meinen Tisch konzentrieren, nicht auf Besucher."

„Kannten Sie den Mann, mit dem der Gewinner sprach?"

Der Croupier schien zu überlegen. „Er war schon einige Male im Casino. Soweit ich mich erinnern kann, hat er aber nie nennenswert gewonnen."

„Hat er denn an diesem Abend erwähnenswert verloren?"

„Er hat sicher verloren. Aber eine eindrucksvolle Summe gewiss nicht. Daran würde ich mich erinnern."

„Ich habe gefragt, ob Sie den Mann kannten", sagte Monika Landris. „Ich meinte damit, wissen Sie seinen Namen?"

„Nein."

Die beiden Beamten verabschiedeten sich von dem Croupier und fuhren zur Inspektion zurück.

Als sie angekommen waren, rief Simons im Internet die Seite *Roulette und Unregelmäßigkeiten* auf und kam zu einer Meldung der APA, der Austria Presse Agentur:

Klagenfurt. Drei Wochen nach dem Auffliegen von Malversationen (Unregelmäßigkeiten) im Casino Velden herrscht noch immer Unklarheit, wie es dazu kommen konnte, dass die Betrüger eine Magnetkugel ins Spiel bringen konnten. Die in den Medien genannte Schadenssumme von 300.000 Euro wird von Casino-Direktor Othmar Resch nicht bestätigt.

Kurz vor Weihnachten war an einem sogenannten Amerikanischen Roulettetische im Veldener Casino einem Croupier aufgefallen, dass die Kugel einen leicht geänderten „Lauf" hatte. Bei der genauen Untersuchung stellte sich heraus, dass sie entweder einen Magnetkern hat oder magnetisiert wurde. Sie wird derzeit von Spezialisten in Wien untersucht. „Für unsere Sicherheitstechniker ist eine Magnet-Roulettekugel etwas Neues", wird der Generaldirektor der Casinos Austria AG, Leo Wallner, am Sonntag in der „Kleinen Zeitung" zitiert. Wie die echte Kugel gegen eine falsche ausgetauscht werden konnte, ist ebenfalls unklar. Othmar Resch schließt aus, dass ein Mitarbeiter des Casinos Velden seine Hände im Spiel hatte. Der Normalvorgang ist, dass vor Spielbeginn vom Chefcroupier die Kugeln und Jetons an den Tischen übergeben werden. Die Kugel kommt anschließend in den so genannten Zylinder – das ist der Spielkessel mit den Feldern und den Zahlen – und wird bei jedem Spiel von einem Croupier eingeworfen.

Bei der Casinos Austria AG wird vermutet, dass zur Manipulation der Kugel ein zweites Gerät notwendig sei. Dieses dürften die Betrüger bei sich getragen haben. Denn am betreffenden Spieltisch war weder ein Magnet noch sonst eine Manipulation festgestellt worden. Die Magnetkugel selbst wird als „sehr gute" Fälschung bezeichnet und sieht einer Roulettekugel täuschend ähnlich.

Im Verdacht, Manipulationen vorbereitet, vielleicht sogar auch durchgeführt zu haben, stehen ein Österreicher und vier Deutsche. Sie sind vor Weihnachten nicht nur in Velden, sondern auch in den Casinos von Salzburg und Graz gesehen worden. In den beiden anderen Orten wurde jedoch bisher keine Manipulation festgestellt.

Betrüger wurden von Kärntner Spielerin beobachtet

Jene deutschen Spieler und ihr österreichischer Komplize, die sich jetzt als Betrüger herausstellten, sind im Casino Velden über mehrere Wochen hindurch von einer Kärntner Spielerin beobachtet worden, ohne dass diese zu diesem Zeitpunkt etwas von den Betrügereien ahnte. Die Kärntnerin ist sich auch sicher, dass die Bande einen ziemlich hohen Gewinn einstreichen konnte. „Die Männer sind sehr schlau vorgegangen", sagte die Casino-Besucherin, die ungenannt bleiben will, am Sonntag im Gespräch mit der APA.

Demnach hätten die drei Deutschen jeden Abend an verschiedenen Tischen gespielt, während ihr österreichischer Komplize „nur herumgestanden ist und beobachtet hat". Die Männer hätten nicht mit allzu hohen Einsätzen gespielt und auch nicht hoch gewonnen. „Sie haben vermutlich nur auf den günstigen Zeitpunkt gewartet, die Roulettekugel austauschen zu können", meinte die Kärntner Spielerin.

Als ihnen an einem amerikanischen Tisch – sie sind kleiner als die französischen Tische, und das Spiel läuft viel schneller ab – der Tausch der Roulettekugel gelungen war, habe sich nach Angaben der Kärntnerin das Spielverhalten der Deutschen schlagartig geändert. „Vor allem einer von ihnen, ein schlanker Mann um die fünfzig, hat plötzlich sehr hoch gespielt und auch viel gewonnen". Der Mann sei ihr aber nicht nur durch seine hohen Gewinne, sondern auch durch seine primitive Ausdrucksweise aufgefallen. „Wenn er einmal, auch schon vor dem Kugeltausch, verloren hat, gebrauchte er lautstark unflätige Schimpfwörter", sagte die Kärntner Spielerin.

Wie die Frau weiter schilderte, hätten die Deutschen zumeist die „Kleine Serie" gespielt. Dabei handelt es sich um zwölf Zahlen, die auf dem Roulettezylinder hintereinander angeordnet sind. Auch hätten die Betrüger, wenn sie gewannen, sehr oft „Paroli" geboten, also um den doppelten Einsatz gespielt. Die Kärntnerin will auch beobachtet haben, dass innerhalb von zwei Tagen zweimal an einem der Tische „nachgefüllt“ werden musste, das heißt, dass aufgrund des hohen Gewinnes von Spielern neue Jetons herbeigeschafft werden mussten.

Die Kärntnerin, seit vielen Jahren Stammgast im Casino Velden, hat auch eine Theorie, wie die Betrüger die Roulettekugel ausgetauscht haben. „Es passiert jeden Abend zwei- bis dreimal an einem Tisch, dass eine Roulettekugel herausspringt und auf den Tisch oder auf den Boden fällt.“ Auf ein solches Ereignis hätten die Betrüger ganz offensichtlich geduldig tage- und wochenlang gewartet. „Sie haben darauf gelauert, bis die Kugel auf den Boden fiel, sie dann blitzschnell gegen ihre eigene manipulierte Kugel ausgetauscht und diese dem Croupier gereicht“, ist sich die Kärntnerin sicher.

Konkret habe wahrscheinlich jeder der drei Deutschen und der Österreicher eine manipulierte Kugel bei sich gehabt. „Der, der am nächsten stand, hat sich dann nach der Kugel gebückt, die auf den Boden gefallen ist, und sie vertauscht“, glaubt die Frau. Sie ist sich auf Grund der professionellen Vorgehensweise der Betrüger sicher, dass diese auch schon in deutschen Casinos ihr Unwesen getrieben haben. „Nur ist ihnen bisher, außer in Velden, noch niemand draufgekommen.“

Simons druckte die Meldung aus und legte sie Monika Landris auf den Tisch.

„Nehmen wir einmal an, Pfleiderer hätte Komplizen, dann wäre eine Manipulation möglich“, sagte er. „Wie denken Sie darüber?“

Monika Landris schüttelte den Kopf. „Ich glaube nicht daran. Wir müssten mal prüfen, wie viele große Summen überhaupt gewonnen wurden und in welchen Abständen.“

„Und die Konten Pfleiderers“, sagte Simons.

„Ja, die auch.“

Es war fast 18 Uhr, als die beiden zu Lasse Larssons Büro gingen, um Bericht zu erstatten.

„Wir sind unterschiedlicher Meinung in der Beurteilung unserer Recherchen“, sagte Simons.

Larsson lachte. „Das soll vorkommen, Karl. Oder glaubst du, ich wäre immer der Meinung von Rolf, Inge oder dir gewesen? Ich habe mir eure Meinungen angehört, sie mit meiner verglichen, versucht herauszufinden, warum sie so different zu meiner Beurteilung der Sachlage war, und erst nach dieser Analyse entschieden.“

„Ich denke, es besteht die Möglichkeit, dass manipuliert wurde“, sagte Simons.

Larsson schaute Monika Landris an. „Und Sie? Zu welcher Einschätzung kommen Sie?“

„Ich denke, dass er nicht betrogen hat. Jedenfalls gibt es gar keine Anzeichen dafür. Ich sagte schon zu meinem Kollegen, wir müssten mal prüfen, wie viele große Summen überhaupt gewonnen wurden und in welchen Abständen.“

„Und die Konten Pfleiderers“, sagte Simons beharrlich.

„Gut, dann hat jeder von euch einen Grund, in seine Richtung zu recherchieren. Sie, Frau Landris, werden Ihre Untersuchungen dahin führen, dass Sie die Abstände der großen Gewinne überprüfen. Und du, Karl, wirst versuchen herauszufinden, ob zwischen dem Croupier und Ferdinand Huebner irgendeine Verbindung bestand. Die könnte natürlich aus der Zeit stammen, als dieser Pfleiderer noch in Baden-Baden arbeitete. Und das trifft auch für den Mann zu, dessen Namen der Croupier zwar nicht wusste, der aber hin und wieder die Heringsdorfer Spielbank besucht hat.“

Andresen kam herein. Er hatte noch irgendetwas im Haus zusammengesucht, was er glaubte, für seinen Platz zu brauchen.

„Ich gehe jetzt nach Hause, Lasse. Und morgen bin ich erst einmal nicht da. Ich fahre zum Finanzamt, um dort etwas über die PPJB-Finanzservice GmbH zu erfahren.“

„Wir gehen jetzt alle in den Feierabend“, sagte Larsson. „Überstunden machen wir gern, aber nur, wenn sie unbedingt notwendig sind.“

4. Kapitel

Das Erste, was Lasse Larsson am Montag, dem 16. Dezember, in seiner Dienststelle unangenehm auffiel, war der zweite Schreibtisch in seinem Büro. Als er den beiden Kommissaren Andresen und Simons Monika Landris als vorläufige Mitarbeiterin ihrer Sonderkommission vorstellte und den Auftrag für die Aufstellung eines weiteren Schreibtisches in deren Zimmer veranlasste, hatte er einen Fehler gemacht. Andresen war verletzt, mehr über die Art, wie er es erfuhr, als über die Tatsache an sich.

Und nun musste er feststellen, dass er das mit einer zweiten, weitaus größeren Fehlentscheidung vergessen machen wollte. Dabei hatte er übersehen, dass es schwer werden würde, den alten Zustand wiederherzustellen. Auf Dauer war er aber nicht bereit, seine Ruhe, die er beim Nachdenken brauchte und die nur ein separater Raum garantierte, aufzugeben.

Nun war an diesem ersten gemeinsamen Tag Andresen zum Glück außerhalb beschäftigt, so dass Larsson die Tragweite seiner Entscheidung stillschweigend in sich aufnehmen konnte, ohne dass ihn Andresen dabei beobachten konnte.

Es klopfte. Monika Landris steckte ihren Kopf zur Tür herein und fragte, ob er Kaffee wolle.

„Ich werde meinen Kaffee in Ihrem Büro nehmen. Da können wir gleich noch einmal über die Vorgehensweise sprechen."

Als er aufstand, klingelte das Telefon. Maier war am anderen Ende der Leitung. „Wir waren gestern noch mal draußen in Heringsdorf und haben uns Fenster und Türen im Parterre der Kurklinik vorgenommen. Es ist eine Seitenausgangstür geöffnet worden."

„Sind die Türen nicht gesichert?"

„Mit Ausnahme des Personaleinganges sind alle Schlösser von außen zugedeckelt."

„Also ist der Personaleingang die Schwachstelle", sagte Larsson.

„Das Kuriose ist, dass der Eingang mit einer Karte elektronisch geöffnet werden kann und im Computer der Name desjenigen erscheint, der das Gebäude betritt. In unserem Fall aber ist keine Meldung verzeichnet", sagte Paul Maier. „Es war nicht der Personaleingang."

„Nicht? Mit Gewalt? Das wäre doch kaum möglich", stellte Larsson fest."

„Nein, mit Gewalt ist dort nicht gearbeitet worden. Es war ein Fachmann, der Picking-Werkzeuge verwendet hat. Man kann heute ein komplettes Einbrecherwerkzeug für Spezialschließzylinder per Mail in Meckenbeuren ordern. Es kostet nicht einmal einen Tausender, um sogar elektrisch ein Spezialschloss öffnen zu können."

„Einbruch leicht gemacht, Paul."

„Probieren Sie es selbst, Lasse. Wenn Sie bei google das Stichwort Picking-Werkzeuge eingeben, dann bekommen Sie eine komplette Liste aller Möglichkeiten, einschließlich der Herkunftsnachweise. Ich habe mir selbst bei der Firma in Bayern Werkzeuge bestellt, um Vergleiche anstellen zu können. Picking-Werkzeuge verursachen zwar Spuren im Schlüsselkanal und auf den Stiften. Eine Identifizierung ist selten möglich, aber eindeutige Spuren der Begehungsweise sind festzustellen, so dass ein Ausschluss des Vortäuschungsverdachtes möglich ist." Maier spielte genüsslich sein Fachwissen aus.

Larsson dankte für die Information. Er beendete das Gespräch und ging über den Flur ins Zimmer seiner Mitarbeiter. Der Duft frischgebrühten Kaffees stieg ihm in die Nase und stimmte ihn versöhnlich.

„Es geht doch nichts über einen ordentlichen Kaffee", sagte er. „Gehen wir noch einmal die Protokolle durch, die von der Befragung der Kurgäste in den Nebenzimmern Ferdinand Huebners gemacht wurden."

Simons stand auf und holte einen Ordner aus dem Regal. Monika Landris stellte eine Tasse vor Larsson ab und lachte ihm aufmunternd zu.

„Im Nebenzimmer zur rechten Seite wohnte ein 76-jähriger Mann aus Wanne-Eickel, der nichts gehört und nichts gesehen haben will. Ich glaube ihm, denn er ist so schwerhörig, dass er ohne sein Hörgerät fast alles vom Mund ablesen muss. Linksseitig hat eine flotte Sechzigerin, eine Frau Lindhorst aus Dresden, am Tag zuvor das Zimmer bezogen. Es ist ausgeschlossen, dass sie etwas damit zu tun hat", sagte Simons.

Sie gingen noch einige Zimmerbelegungen durch, bevor Lasse Larsson kurzerhand meinte: „Der Mörder kam von außen."

„Dafür haben wir noch keinen Beweis."

„Wenn das so wäre, Karl, hätte ich das Wort ‚wahrscheinlich' eingefügt. Da ich das unterlassen habe, gibt es Beweise einer Manipulation an einem der Schlösser."

„Sagt das die KTU?"

Larsson nickte. „Maier war gestern noch einmal vor Ort und hat das Schloss des Personalausgangs mitgenommen, der vom Tiefparterre an der Ostseite hinausführt. Er hat festgestellt, dass der Eindringling Picking-Werkzeuge benutzte."

Simons ärgerte sich darüber, dass Larsson mit der Anordnung, Maier noch einmal zum Tatort zu zitieren, recht behalten hatte.

Monika Landris hatte sich bisher bei der Diskussion zurückgehalten. Jetzt sagte sie: „Über das Treppenhaus kommt man ungesehen bis in den siebten Stock. Jedenfalls besteht zur Nacht überhaupt keine Gefahr, dass einem dort irgendjemand begegnet. Wenn überhaupt einer hoch oder runter will, wird er sich niemals freiwillig auf eine so einsame Strecke begeben. Rein psychologisch gesehen jedenfalls nicht. Er wird den Fahrstuhl benutzen. Und ein Fahrstuhl macht Geräusche, die man zwar am Tag in der Lobby nicht wahrnehmen kann, nachts aber wären sie unüberhörbar. Diese Erkenntnis hat unser Mann genutzt und ist gelaufen. Und genau so ist er auch wieder verschwunden. In der allgemeinen Aufregung wäre er nicht einmal aufgefallen, selbst dann nicht, wenn man ihn beim Weggehen gesehen hätte."

Larsson musste ihr zustimmen. Rein psychologisch gesehen, wie sie das sagt, dachte er, und ihm imponierte, dass die Frau mit dieser Feststellung recht hatte. „Es kann davon ausgegangen werden, dass der Mörder von außen kam. Die Spuren am Schloss sind taufrisch."

„Wir müssen bei dem Toten anfangen", stellte Simons fest. „Bei seiner Umgebung, seinen Kontakten. Wer dem Spiel so verfallen ist, dass er seine Habe verzockt, hat meist Schulden. Wo hat er sich Geld geliehen und nicht zurückgezahlt?"

„Mit wem hat er als kommissarischer Leiter des Baudezernats gekungelt?"

„Und wer in Gottes Namen war der Mann, mit dem er sich im Casino unterhalten hat? War es ein zufälliger Bekannter? Ein Geldeintreiber? Ein Freund?"

Lasse Larsson dachte an das kommende Weihnachtsfest. Er war noch gar nicht dazu gekommen, irgendetwas in dieser Richtung für seine Ermittlungsgruppe zu arrangieren. Wie auch? Bis vor zwei Tagen waren sie ja noch gar keine gemeinsame Ermittlungsgruppe. „Was haben wir eigentlich in der Kasse, Karl?"

Simons schaute ihn irritiert an.

„Ich meine in der Wettkasse, in die auch ich eingezahlt habe?"

„So um die 300 Euro."

„Was haltet ihr davon, wenn wir die bei einer Weihnachtsfeier auf den Kopf hauen?"

„Eine Weihnachtsfeier wird meist hier im Haus veranstaltet", sagte Simons. „Das heißt, jede Abteilung feiert für sich."

„Da wäre es doch angebracht, dass wir uns etwas abheben würden. Ich denke an ein First-class-Essen im Kulmeck." Larsson schaute die neue Kollegin an. „Das Kulmeck, müssen Sie wissen, wird von einem Starkoch geführt. Ich bin dort noch nie enttäuscht worden."

„Das ist sein Lieblingsrestaurant", sagte Simons und verdrehte die Augen. „Kleine Portionen, aber fein."

„Es ist nun einmal ausgezeichnet, dort zu speisen."

„Wer weiß, ob Rolf sich von seinem Drachen freimachen kann."

„Das lässt sich leicht in Erfahrung bringen. Ruf ihn an! Frag ihn, ob er das regeln kann."

Simons wählte die Handynummer Andresens. Als die Verbindung zustande gekommen war, teilte er ihm mit, was Larsson vorgeschlagen hatte. Wider Erwarten fand Andresen die Idee, etwas außerhalb der Polizeiinspektion zu machen, großartig. Nur gegen das Kulmeck hatte er Bedenken, die Simons aber wegwischte.

„Also haben wir unsere Weihnachtsfeier terminiert", sagte Larsson erleichtert. „Donnerstag 19 Uhr im Kulmeck."

Simons sagte: „Im Hinblick auf die Ermittlungen werden wir uns wohl jetzt auf Überstunden einrichten müssen."

„Ist das bei einem Mordfall nicht üblich?" fragte Monika Landris.

„Du bist ein guter Polizist, Karl", sagte Larsson. „Für dich steht sicher außer Zweifel, da zu sein, wenn es nötig ist."

„Nein, das ist es wohl nicht, Lasse. Das weißt du. Es war nur eine Feststellung. Wie ist es mit dir? Du hast doch ab dem 21. eine Woche Urlaub? Keine Dienststelle wird erfahrungsgemäß zwischen den Jahren voll arbeiten. Überstunden fallen also sicher erst im Januar an." Simons dachte daran, dass es ein Glück sei, es bis nach Silvester ein wenig ruhiger laufen lassen zu können.

Monika Landris fragte sich, was Larsson wohl in seinem Urlaub machen würde. Und Lasse Larsson überlegte, dass es schön wäre, eine Frau wie Monika Landris mit in den Urlaub zu nehmen. Aber das war unmöglich, und er würde sich damit abfinden.

„Die ersten 48 Stunden sind die wichtigsten bei der Ermittlung. Ich denke, ich werde den Urlaub verschieben müssen“, sagte er.

Als er wieder in seinem Zimmer war, rief er Inge Mohaupt an. „Hat Kruse schon mit dir gesprochen?“

„Ja.“

„Wirst du kommen?“

„Im neuen Jahr vielleicht.“

„Versteh mich richtig, Inge, ich hätte dich nicht angefordert, wenn ich nicht davon überzeugt wäre, dass wir dich hier dringend brauchen.“

„Vor dem Fest hat es doch kaum einen Zweck, nach Heringsdorf zu kommen, Lasse. Und ich wüsste auch nicht, wo ich mein Kind so schnell unterbringen könnte.“

„Übrigens, ich habe ein Attentat auf dich vor. Kannst du dich Donnerstagabend freimachen?“

„Du willst mich einladen?“

„Erinnerst du dich, dass Andresen beim Wetten einen Hunderter verloren hat?“

„Ja. Aber er wusste nicht, dass man mit einem Elitepolizisten nicht wetten kann. Die legen einen immer aufs Kreuz!“

Sie sah Larssons Lächeln nicht. „Ich hatte die gleiche Summe zugelegt, ohne dazu verpflichtet zu sein, und den Elitepolizisten will ich überhört haben. Simons sagt, es wären über 300 Euro in der Kaffeekasse, und die wollen wir Donnerstag auf den Kopf hauen.“

„Und dabei soll ich helfen?“

„Alle Abteilungen veranstalten eine Weihnachtsfeier. Wir feiern auch, aber nicht klein, klein. Wir gönnen uns etwas Feines.“

„Kochst du selbst?“

„Wieso?“

„Es gibt keinen Gott – außer mir!“ warf Inge Mohaupt ein. „Du kennst das Sprichwort besser als jeder andere.“

„Wir gehen ins ...“

„Kulmeck!“

„Ja. Bist du Hellseherin?“

„Die Insel hat so viele gute Restaurants zu bieten. Ich denke, du gehst da hin, weil es relativ nahe zu deinem Haus ist.“

„Ich gehe zu Seifert, weil er exzellent kocht. Aus keinem anderen Grund. Wirst du kommen?“

„Was sagen die anderen dazu?“

„Nichts. Du bist die Überraschung des Abends!“

Inge Mohaupt lachte. „Das sieht dir wieder ähnlich, Lasse. Du stellst Andresen und Simons vor vollendete Tatsachen.“

„Und Monika Landris.“

„Wer?“

„Unsere ausgeliehene Mitarbeiterin.“

„Wieso ausgeliehen?“

„In der Regel macht sie Verkehrskontrollen oder schlichtet Familienstreitigkeiten.“

„Und nun arbeitet sie für dich? Nachtigall ...“

„Nichts Nachtigall. Sie kann analytisch denken, und ich brauche jede Hilfe, die ich bekommen kann.“

Inge Mohaupts Neugier war erwacht. Sie wollte sehen, welches weibliche Wesen Lasse Larsson dazu gebracht hatte, sich für sie einzusetzen.

„Gut. Ich werde versuchen, pünktlich da zu sein.“

Larsson bedankte sich. Als er das Gespräch beendet hatte, kam ihm Ferdinand Huebner wieder in den Sinn.

Sie hatten bisher keinen brauchbaren Zeugen für die lausige Bluttat an diesem Spieler aus Süddeutschland. Es gab sicher viele Möglichkeiten, sich Feinde zu machen. Eine davon war, Spielschulden nicht zurückzuzahlen und damit irgendeine Geldmafia zu aktivieren. Eine andere Möglichkeit war, dass die Frau, die er betrogen hatte, sich rächte. Manchmal verfliegt die Liebe wie ein Furz, dachte er. Vor allem, wenn man sie in Abhängigkeit bringt, sie dann mit Schulden zurück- und wie eine heiße Kartoffel fallenlässt. Er machte sich eine Notiz zum Verhältnis Ferdinand Huebners zu dessen Frau, fügte sie als Wingding auf seinem

Piktogramm dazu und machte hinter ihrem Namen ein dickes Fragezeichen.

Gegen Mittag kam eine Mail von der Gerichtsmedizin in Greifswald. Es war ein Vorabbericht, um den Larsson Dr. Beckert gebeten hatte. Und die Frau war nicht nur schnell, sie war auch verdammt gründlich.

Was wären wir ohne die Rechtsmedizin, dachte Larsson.

Ferdinand Huebner war, wie Larsson vermutet hatte, nicht eines natürlichen Todes gestorben. Er war zumindest betäubt, als er den Sturz vom Balkon des siebten Stockes antrat. Obwohl es angesichts der Zerstörung, die der Körper und vor allem der Gesichts- und Kopfbereich aufwiesen, schwer nachzuweisen war, hatte die Gerichtsmedizinerin herausgefunden, dass die Auffindung der Leiche – mit dem Gesicht nach unten, Verschiebung der Gesichtshälfte – und dem Hämatom auf dem unzerstörten Hinterkopf darauf schließen ließ, dass ihn ein Schlag mit einem stumpfen Gegenstand vor dem Sturz getroffen haben musste. Darüber hinaus hatte sie Hautpartikel von einer fremden Person unter seinen Fingernägeln gefunden.

Es war also gekämpft worden. Die Tatsache, dass Huebner nicht um Hilfe rief, als er zum Balkon gebracht und über das Geländer gehievt wurde, zeugte davon, dass er zu dieser Zeit besinnungslos gewesen sein musste. Wenn er aber besinnungslos war, dann gab es eine dritte Person im Zimmer. Und diese dritte Person hatte von hinten mit irgendeinem Gegenstand zugeschlagen. Jedenfalls sagte das der Bericht der Rechtsmedizinerin, und das war für Larsson durchaus einleuchtend. Maier hatte keinen Gegenstand gefunden, der dafür in Frage kam. Der oder die Täter mussten das Corpus delicti mitgenommen haben.

Lasse Larsson hob den Hörer des Telefons ab und wählte die Direktnummer Dr. Beckerts. Als sie sich meldete, sagte er: „Schnelle Arbeit, Frau Doktor. Danke. Ich habe noch eine Frage zu dem Schlag auf den Hinterkopf des Mannes. Sie schreiben in Ihrem Bericht, es handle sich um einen Schlag mit einem stumpfen Gegenstand. Was könnte es gewesen sein? Eine Lampe, ein Stuhlbein oder ..."

„Dann müsste die Lampe schon sehr klein, sehr schmal gewesen sein, etwa eine relativ dünne Taschenlampe, und ob dann der Schlag mit einer solchen Wucht hätte geführt werden können, ist fraglich."

„Sie tippen auf einen anderen Gegenstand?"

„Es könnte eine Art Totschläger gewesen sein, einer dieser ausziehbaren Dinger. Das würde ich in Erwägung ziehen."

„Die Haut unter den Fingernägeln des Opfers lässt auf einen Kampf schließen. Kann ein einzelner Mann einen Kampf führen und gleichzeitig von hinten zuschlagen?"

„Kann er, aber dann wäre der Schlag schräg von oben nach unten verlaufen. Es steht aber eindeutig fest, dass er direkt ausgeführt wurde und absolut gerade. Das lässt den Schluss zu, dass derjenige, der den Schlag ausgeführt hat, genau hinter dem Opfer stand."

„Können Sie noch etwas zur Wucht des Schlages sagen?"

„Eine Differenzierung, ob der Schlag von einem Mann oder einer Frau ausgeführt wurde, lässt sich nicht feststellen, wenn Sie das meinen, Hauptkommissar."

„Ja, das meinte ich."

Larsson bedankte sich. Als er das Gespräch beendet hatte, machte er sich eine Notiz, der Sache dahingehend nachzugehen, im Polizeicomputer nach gespeicherten Straftaten zu suchen, die mit einem solchen Totschläger ausgeführt worden waren.

Dann rief er Karl Simons zu sich. „Die Gerichtsmedizinerin glaubt, dass das Hämatom am Hinterkopf Ferdinand Huebners möglicherweise von einem Totschläger herrührt. Schau mal in den Polizeicomputer, ob du irgendetwas findest."

Den Vormittag brachte die Ermittlungsgruppe mit Telefonaten zu, die unerlässlich zur Zusammenstellung des Puzzles waren. Am frühen Nachmittag erhielt Lasse Larsson einen Anruf von Kriminaloberrat Theo Kruse, der ihm mitteilte, dass die Ermittlungen im Betrugsfall der Finanzservicefirma Zinnowitz nach

Anklam abzugeben seien, damit er bei der Aufklärung des Mordes an Huebner den Kriminalkommissar Rolf Andresen in seinem Team habe, und dass ab dem 2. Januar die Kriminalhauptkommissarin Inge Mohaupt in Heringsdorf ihren Dienst tun würde.

Lasse Larsson war über diese Nachricht erfreut. Langsam gestaltete sich die Angelegenheit zu seiner Zufriedenheit. Ich werde diese frohe Nachricht zur Weihnachtsfeier bekanntmachen, dachte er. Das wird bei allen eine gewisse Freude auslösen. Schließlich haben wir schon einmal einen Fall gemeinsam gelöst. Warum nicht auch diesen? Bliebe noch eine Aufgabe, die Reservierung im Kulmeck.

Die Enttäuschung war ihm deutlich anzusehen. Die Nachricht, dass sie sich in einem anderen Restaurant treffen mussten, ließ Lasse Larssons Stimmung auf den Nullpunkt sinken. Obwohl er immer behauptete, absolut flexibel zu sein, hatte er seine eingetretenen Pfade, wie er es zu nennen pflegte, und das Kulmeck gehörte dazu. Nun würde sich das ändern. An ihm hatte das nicht gelegen.

Larsson wählte Rolf Andresens Handynummer und erreichte ihn auf der Heimfahrt vom Finanzamt.

„Ich habe zwei Neuigkeiten, Rolf", sagte er, „eine erfreuliche und eine bescheidene. Welche zuerst?"

„Die schlechte!"

„Wir können unsere Weihnachtsfeier nicht im Kulmeck machen. Die haben eine geschlossene Gesellschaft."

„Gott sei Dank!"

„Was?" fragte Larsson irritiert.

„Ich fühle mich dort nicht so recht wohl, Lasse. Es ist nicht mein gewohntes Terrain, und ich glaube, die anderen denken ebenso."

„Na, dann."

„Und die gute Nachricht?"

„PPJB. Du gibst den Fall morgen ab. Anklam wird sich darum kümmern!"

„Das ist wirklich eine gute Nachricht, Lasse. Weiß Gott!"

Als er aufgelegt hatte, beendete Larsson seinen Arbeitstag.

Auf dem Gang traf er auf Simons, der gerade zu ihm wollte. „Es gibt vier Einträge von Leuten, die Totschläger benutzt haben und die von der Polizei beschlagnahmt wurden. Drei davon sind Leute aus der rechten Szene", sagte Simons, „der vierte ist ein Mann namens Kreyenbrink. Er war Türsteher in einem Hamburger Puff. Bei einer Schlägerei im Milieu hat er dann den Totschläger rücksichtslos benutzt und zwar so, dass sein Gegner ins Krankenhaus musste."

„Sauber!"

„Das Schönste kommt aber noch. Er arbeitet jetzt im Casino."

„Was alles so aus Hamburg kommt! Ist er vorbestraft?"

„Hier steht, dass das Gericht der Notwehrthese gefolgt ist."

„Also ist er sauber. Wir werden ihn trotzdem befragen."

5. Kapitel

Am Donnerstag, dem 19. Dezember, kurz nach fünf war Lasse Larsson aufgestanden. Er hatte schon eine ganze Zeit wachgelegen, sich hin- und hergewälzt, einen kurzen, unruhigen Traum gehabt, von dem er hochgeschreckt war. Schließlich stemmte er sich ächzend hoch; es würde keine vernünftige Fortsetzung der Nachtruhe mehr geben. Larsson ging ins Bad, stellte sich unter die Dusche, fröstelte. Auf die sonst übliche abschließend kalte Dusche verzichtete er.

Der schön guillochierte venezianische Spiegel mit dem saphirblauen Rand und den eingeschliffenen Sternen, den er bei einem Trödler in Berlin erstanden hatte, schmeichelte seinem Ebenbild beim Rasieren an diesem Morgen nur wenig.

Der Blick aus dem Fenster belehrte ihn, dass sich das Wetter noch nicht geändert hatte. Der Winter malte Eisblumen ans Fenster der Küche. Lasse Larsson beschloss, nicht joggen zu gehen. Stattdessen drehte er die Heizung höher und stellte den Kaffeeautomaten an. Heiß und schaumig presste die Maschine die belebende Flüssigkeit in die Tasse.

In Gedanken ging er noch einmal die Protokolle durch, verglich die einzelnen Aussagen miteinander; die beiden Angestellten der Klinik, die Rezeptionistin und die Stationsschwester, die ihnen eine erste Einschätzung des toten Ferdinand Huebner gaben, schieden seiner Meinung nach als Täterinnen aus. Auch die alte Frau, die das Geräusch vorgemacht hatte, als Huebner auf dem Weg nach unten ihr Fenster passiert hatte, wäre sicher allein kräftemäßig nicht in der Lage gewesen, Ferdinand Huebner über die Brüstung zu schleifen. Doch was ihn stutzig werden ließ, war der Schrei oder das, was die alte Frau als Schrei bezeichnet hatte. Es sollte ein sehr langgezogener Schrei gewesen sein, hatte die Frau gesagt, ähnlich einem Wolfsgeheul. Er musste feststellen, ob dieser Schrei bei den Vernehmungen der anderen Parteien aufgetaucht war. Denn setzte er diesen Schrei ins Verhältnis zu der Feststellung der Rechtsmedizinerin, so fragte er sich, ob es überhaupt möglich wäre, dass ein offensichtlich besinnungsloser Mann zu einem Schrei fähig war. Für sich verneinte er das.

Pünktlich um acht war Larsson im Kommissariat. Andresen war noch nicht da. Stattdessen fand Larsson einen Zettel auf seinem Tisch, dass Rolf Andresen zum Zahnarzt müsse und deshalb später komme.

Larsson rief Schubert in Anklam an und stellte ihm eine Frage. Es drehte sich um die Befragung der Neonazis, die einige Zeit zurücklag und im Zusammenhang mit dem Mord unter der Seebrücke stattgefunden hatte. Soweit sich Schubert erinnerte, konnte den vier Männern keine direkte Mitschuld nachgewiesen werden. Aber sie waren polizeidienstlich erfasst worden, also gab es Fotos von ihnen.

Es brauchte einen Augenblick, bevor Larsson im Polizeicomputer eingeloggt war. Dann fuhr er sich seine für diesen Fall angelegten Wingdings ein. Die Fotos, die Schubert von den aktenkundig gemachten Neonazis Torsten Stein, Manfred Lose, Ronald Schütze und Leonhard Müller in den Computer gespeist hatte, ordnete er den für diese Personengruppe angelegten Wingdings zu. Er hatte nun eine ganze Reihe von Namen, und einige davon hatten bereits Gesichter.

Gegen zehn kam Alfred Kreyenbrink ins Kommissariat. Simons hatte ihn hinbestellt. Er war es auch, der Lasse Larsson telefonisch vom Eintreffen des Mannes verständigte.

Er ging über den Flur zum Zimmer der Kommissare. Monika Landris war die Erste, die er bewundernd wahrnahm. Jung, hübsch und intelligent; es war die Zusammenstellung, die er sich für ein Zusammenleben wünschte. Er schüttelte den Gedanken ab, als Kreyenbrink sich nach ihm umdrehte.

Simons deutete auf den Mann. „Herr Kreyenbrink hat sich das Foto Ferdinand Huebners angesehen. Er hat bestätigt, den Mann gesehen zu haben. Und er hat ihn später mit einem anderen Mann reden sehen, einem Asiaten.“

Larsson nickte Kreyenbrink zu. „Ein Asiat? Haben Sie den Mann zuvor schon einmal im Casino getroffen?“

„Ich bin erst einige Tage hier. Nein, es war das erste Mal, dass ich den Mann sah.“

„Sie meinen, Sie sind erst einige Tage Angestellter der Casino GmbH?“

„Ja. Und ich bin auch erst einige Tage auf der Insel.“

„Wo haben Sie zuvor gewohnt?“ fragte Larsson, obwohl er es längst wusste.

„In Hamburg.“

„Als was haben Sie in Hamburg gearbeitet?“

„Ich war bei einem Sicherheitsdienst.“

Lasse Larsson lächelte süffisant. „Bei einem Sicherheitsdienst?“

„Die Firma betreibt Personen- und Objektschutz.“

„Personenschutz? Und es ist eine Privatfirma?“

„Ja. Der Betrieb bildet seine Leute selbst aus. Teilweise kommen die Mitarbeiter aus der Polizei oder sind aus der Bundeswehr ausgeschieden. Sie nehmen nur die Fittesten für Spezialeinsätze.“

„Ist es ein seriöses Unternehmen?“

„Ich denke schon. Sie schicken ihre Mitarbeiter in alle Welt. Ob Promis im Inland, Politiker oder Industrielle im Ausland, die Männer sind sehr gefragt. Selbst im Irak sind sie tätig.“

„Und Sie haben auf St. Pauli ein Etablissement bewacht?“

Kreyenbrink merkte, dass der Kommissar gut unterrichtet sein musste, wenn er so direkt auf seine Tätigkeit zu sprechen kam. „Übergangsweise. Ich wollte nicht ins Ausland, schon gar nicht in den Irak. Zu gefährlich, wenn Sie verstehen. Viel zu gefährlich. Dann bekam ich das Angebot, hier beim Casino zu arbeiten und nahm an.“

„Bekamen Sie das Angebot über die Hamburger Firma oder direkt?“

„Direkt.“

„Sie haben sich persönlich um eine andere Arbeit bemüht?“

Kreyenbrink nickte.

„Warum taten Sie das, wenn die Firma doch so seriös war, wie Sie sagen?“

„Weil ich vor die Wahl gestellt wurde: Personenschutz im Irak oder die Kündigung. Weicheier, sagten sie mir, könnten sie nicht gebrauchen.“

„Sind Sie denn ein Weichei?“

Noch bevor Kreyenbrink antworten konnte, rief Simons. Er hatte eine Zeit lang aus dem Fenster geschaut. Jetzt drehte er sich zu Larsson um und sagte: „Kommst du mal bitte, Lasse?“

Larsson ging zum Fenster.

Simons senkte seine Stimme. „Seit einigen Tagen beobachte ich einen Mann, der sich herumtreibt und hier hochstarrt. Kennst du ihn?“

Augenblicklich erkannte Larsson den Mann. Es war der Vater des Türken, der mit einem Messer in Berlin auf ihn losgegangen war und den er mit einem Handkantenschlag ins Reich der Träume befördert hatte. Wenn der bei dieser Kälte stundenlang vor dem Kommissariat stand und möglicherweise auf ihn wartete, konnte das nur bedeuten, dass er sich an ihm rächen wollte.

„Nimm dir zwei, drei Mann der Bereitschaftspolizei, umgeht ihn und kommt von beiden Seiten. Nehmt ihn fest! Ich will mit ihm sprechen, wenn ich hier fertig bin.“

Als Simons an der Tür war, sagte Larsson: „Danke, Karl. Hast was gut bei mir.“

„Sind Sie denn ein Weichei?“ wiederholte Monika Landris ihre Frage.

„Er ist kein Weichei“, ließ sich Larsson vernehmen. „Als Türsteher in einem Puff ist man ganz bestimmt kein Weichei. Stimmt’s, Herr Kreyenbrink?“

„Sie wissen doch, dass man mich angeklagt hat, einen Totschläger benutzt zu haben. Sie dürfen mir glauben, es ist mir nicht leicht gefallen, aber ich sah mich einer Horde junger, hungriger und kraftstrotzender Kerle gegenüber. Nur wer da zuerst reagiert, überlebt."

Lasse Larsson verglich diese Aussage mit seinem Fall in Berlin und musste dem Mann insgeheim Recht geben.

„Das Gericht hat Sie freigesprochen. Allein das zählt für uns."

Rolf Andresen schaute zur Tür herein, nickte in die Runde und machte Larsson ein Zeichen, dass er in das gemeinsame Büro gehen würde.

„Sie haben also Ferdinand Huebner im Casino gesehen?" fragte Lasse Larsson.

„Ich habe ihn kommen sehen, und später, als ich kurz durch die Halle gegangen bin, habe ich ihn mit einem Mann reden sehen."

„Mit einem Asiaten", stellte Monika Landris fest.

„Ja, mit einem Asiaten."

„Den Sie noch nie gesehen hatten."

„Richtig."

„Haben Sie sich den Mann genauer angesehen? Ich denke, wenn eine Person aus dem Rahmen fällt, schaut man einmal mehr hin."

„Ich denke, er war mittelgroß und vielleicht um die vierzig. Das Alter von Asiaten ist schwer zu schätzen."

„Haben Sie auch gesehen, wie der Mann das Gebäude verlassen hat?"

„Der Asiat?"

„Der auch. Aber wie ist es mit dem Mann, den Sie auf dem Foto erkannt haben?"

„Er ist so gegen Mitternacht gegangen. Der Asiat etwas vor ihm."

Lasse Larsson schaute Monika Landris an und zog die Augenbrauen hoch. „Glauben Sie, dass der es war?"

„Es ist eine Möglichkeit. Nicht mehr und nicht weniger. Wir müssen alles bedenken."

Larsson gab Anweisung, die Personalien Kreyenbrinks zu registrieren und ihn dann nach Hause zu schicken. Dann ging er zu seinem Büro. Als er die Tür öffnete, sah er Andresen telefonieren. Andresen legte auf. „Die Wache hat angerufen und fragt, was mit dem Mann geschehen soll, den Simons festgenommen hat."

„Ist er denn nicht unten?"

In diesem Moment klopfte es, und Simons steckte seinen Kopf herein. „Der Mann ist sehr verstört. Er will nur mit dir sprechen, Lasse. Er hat keine Waffe bei sich."

„Bitte prüf mit Monika Landris alle Protokolle, die du in der Kurklinik gemacht hast, auf den Schrei, den der Tote vor seiner unsanften Landung abgegeben haben soll."

„Hast du Zweifel an der Aussage der Frau?"

„Die Frau ist sehr alt, sicher schwerhörig und stand unter Schock." Lasse Larsson wandte sich Andresen zu. „Kommst du mit, Rolf? Vielleicht interessiert es dich ja. Schließlich hast du bei deinem Anruf in Berlin gehört, was ich mit dem Sohn des Mannes gemacht haben soll."

Die beiden Männer gingen hinunter zur Wache.

Der Mann saß da, bleich und durchgefroren. Er war schon alt, und man konnte ihm die Anstrengungen der letzten Tage ansehen, die ihn die Überwachung Larssons gekostet hatten.

„Ismail Arasücü auf Urlaub an der Ostsee?" fragte Lasse Larsson lakonisch. „Kommen Sie!"

Der Mann stand umständlich auf und folgte den beiden Polizisten in einen Verhörraum, in dem ein großer, rechteckiger Tisch stand.

„Was führt Sie nach Heringsdorf, Herr Arasücü?" fragte Larsson und wies den Mann mit einer Handbewegung an, sich zu setzen. Andresen stellte ein Mikrofon auf den Tisch und ließ ein Band mitlaufen, um die Vernehmung aufzuzeichnen.

„Meine Söhne Bilâl und Mohammed." Er setzte sich umständlich.

„Sie sind ja ganz durchgefroren. Möchten Sie einen Kaffee?“

Der alte Mann nickte. „Bilâl ist zu Allah gegangen.“

„Sie meinen, er hat es nicht geschafft?“

„Das Gehirn war zu lange ohne Sauerstoff. Vielleicht ist er auch als Märtyrer gestorben, und die Jungfrauen haben ihn im Garten Allahs empfangen.“

„Wahrscheinlich sind Allah aber die Jungfrauen ausgegangen, als er hörte, wer da kommt“, sagte Larsson. „Als Märtyrer stirbt man nur im Djihad. Einen solchen kann ich nicht erkennen. Ihre Familie hat Ihre Tochter hingerichtet, und ich wollte Ihren Sohn, der verdächtig war, den Mord begangen zu haben, verhaften. Er ist mit einem Messer auf einen Polizisten losgegangen, und der hat sich gewehrt. Und zwar nur mit seinen Fäusten. Was also macht Ihren Sohn zum Märtyrer?“

„Der Kampf um die Einhaltung der Überlieferungen des Islams.“

Larsson lachte. „Der Islam predigt, dass ihr eure Töchter abschlachten sollt, wenn sie sich Zwangsverheiratungen widersetzen? Die Stelle im Koran müssen Sie mir erst zeigen!“

Andresen kam mit einer Thermoskanne und drei Tassen. Aus einer der Tassen, die er in der rechten Hand trug, hing das Schildchen eines Teebeutels herunter. Andresen stellte die Tassen auf den Tisch und goss für Larsson und sich Kaffee ein.

„Nicht der Islam ist der Feind des Islams, die Islamisten sind die bigotten Hunde, die sich ihre persönliche Auslegung des Korans zu eigen machen und dem wahren Islam, dem Islam Allahs und seines Propheten Mohammed, schaden! Und das Schlimme daran ist, dass Sie das wissen. Und trotzdem tragen Sie zu dieser Bigotterie bei“, fuhr Lasse Larsson nach einer kurzen Pause fort.

Laut schlürfend nahm der Alte einen Schluck des heißen Tees. Freilich war es nicht der Tee, den er zu Hause trank. Aber er war ihm noch immer lieber als der Kaffee, den die Ungläubigen in Massen zu sich nahmen.

„Wo wohnen Sie überhaupt?“ fragte Andresen.

„In einer kleinen Pension hier im Ort. Fischerweg.“

„Kommen wir auf meine Eingangsfrage zurück. Was führt Sie nach Heringsdorf?“ fragte Larsson.

„Bilâl ist zu Allah gegangen.“

„Das sagten Sie bereits. Und nun sind Sie gekommen, um Bilâl zu rächen. Ist es das, was Sie hertreibt?“ ließ Andresen sich vernehmen.

Der alte Mann schüttelte den Kopf.

„Was ist es dann?“ Larsson war zum Fenster gegangen und schaute hinaus, beobachtete die wenigen Menschen, die bei dieser Kälte die Straße am Polizeigebäude entlanggingen. Bilâl war tot, und es war nicht seine Schuld gewesen, dass es dazu gekommen war. Aber er fragte sich, wie der Alte seinen Aufenthaltsort erfahren hatte und wo der zweite Sohn war.

„Woher wussten Sie, dass ich hier auf Usedom lebe?“

„Mohammed hat einen Freund, der arbeitet bei der Polizei in der Fidicinstraße. Er hat die Adresse erfahren und sie meinem Sohn mitgeteilt.“

„Wie heißt er?“ Als der Alte herumdruckste, fasste er nach. „Wie heißt der Mann, von dem Ihr Sohn meinen Aufenthaltsort erfahren hat?“

„Mehmet.“

„Mehmet wie?“

„Mehmet. Mehr weiß ich nicht.“

Lasse Larsson lächelte den Mann zweideutig an und fragte in Anspielung auf den Bezwinger Konstantinopels im Jahr 1453: „Mehmet Fatih? Mehmet, der Eroberer?“

Ismail Arasücü schüttelte den Kopf.

Lasse Larsson nahm sich vor, in Berlin anzurufen und nach diesem Mehmet zu fragen. Er würde sich den Mann vorknöpfen. Denn eines war klar: Mit der Herausgabe seines Arbeitsortes war sein Leben in Gefahr. Noch immer frönten die Muslime ihrer mittelalterlichen Einstellung zur Blutrache. Und ihnen war es gleich, wo sie diese ausübten, in Ost-Anatolien oder im jeweiligen Gastland. Warum, so fragte sich Larsson, hatte sich der Westen so weit mit einer so fremden Kultur eingelassen. Die Globalisierung war eher ein Fluch als ein Glück für Europa. Die Differenz zwischen Orient und Okzident zu groß, als dass es jemals zu einem gleichen Wertekodex zwischen den Parteien kommen würde. Warum tat man sich das an? Die Türken kamen jetzt wieder. Diesmal standen sie nicht an der Donau wie im September 1683. Da hallte ein Schreckensruf durch Europa: Die Türken stehen vor Wien. 61 Tage belagerten die Osmanen unter Führung von Großwesir Kara Mustafa die Stadt. Für die Wiener schien die Lage hoffnungslos. Unter der Löbelbastei rollten die türkischen Mineure bereits Pulverfässer in eine Minenkammer. Fiel Wien, würde den Osmanen das Tor zum christlichen Abendland offenstehen. Damals ließ sich das Blatt noch wenden. Heute kamen die Türken, und nicht nur sie, ganz legal ins Land. Fast zwei Millionen von ihnen waren schon nach Deutschland übergesiedelt, hatten Bürgerrechte erhalten, konnten wählen. Wenn das so weitergeht, dachte Larsson, dann werden wir noch Gäste im eigenen Land. Die Moscheen werden irgendwann die christlichen Kirchen zurückdrängen, und wir werden uns unter der Knute der Islamisten ducken müssen.

„Wenn Sie nicht hier sind, um Rache für eine Schuld zu üben, die es nicht gibt, weshalb sind Sie dann hier?“ fragte Larsson.

„Weil ich ein Unglück verhindern will!“

„Ein Unglück?“ fragte Andresen.

„Was Herr Arasücü meint, ist, dass mich sein Sohn Mohammed umbringen will“, sagte Larsson ruhig, sich der Gefahr durchaus bewusst. Mit einemmal war ihm klar, dass er sich vor der Rache der Türken nicht erfolgreich würde verstecken können. Der Wechsel von Berlin nach Usedom war also nicht von Erfolg gekrönt. Jedenfalls wenn er unter der Prämisse stattgefunden hatte, dem zu entgehen.

„Ist das so, wie der Hauptkommissar sagt?“ fragte Andresen.

„Ja. Mohammed ist verschwunden. Ich denke, er wird Sie suchen, Kommissar!“ sagte der Alte an Larsson gewandt.

„Wohnt er mit Ihnen zusammen in der Pension?“

Der Alte schüttelte den Kopf. „Ich will das Unglück verhindern! Mohammed ist, nachdem er von diesem Ort wusste, nur noch nach Hause gekommen, um zu sagen, dass er tun wird, was getan werden muss."

Wahrscheinlich, dachte Larsson, ist Mohammed Arasücü schon in Heringsdorf und beobachtet mich. Wann wird er zuschlagen? Und wie? Mit einem Messer? Mit einer Feuerwaffe?

„Haben Sie Ihren Sohn schon hier gesehen?"

„Nein."

„Glauben Sie, dass er schon hier ist?"

„Ich glaube, dass er zumindest herkommen wird. Ob er schon hier ist, das weiß nur Allah!"

„Haben Sie vielleicht ein Bild Ihres Sohnes dabei?" fragte Andresen.

„Wenn ich eins hätte, würde ich es Ihnen nicht freiwillig geben. Schließlich verrate ich nicht meinen eigenen Sohn!"

„Leeren Sie mal Ihre Taschen aus! Legen Sie alles auf den Tisch."

Umständlich legte der Mann eine abgewetzte, braune Lederbrieftasche auf den Tisch und klappte sie auf. Obenauf lag ein Bild der ganzen Familie Arasücü, einschließlich der getöteten Tochter.

Andresen nahm das obere Bild weg. Unter der Fotografie lag eine zweite, die die beiden Söhne zeigte, als sie noch Kinder waren. Darunter kam ein neueres Bild Mohammed Arasücüs zum Vorschein. Es mochte vielleicht weniger als ein Jahr alt sein und zeigte ihn beim Grillen in Berlins Tiergarten. Im Hintergrund stand seine Schwester.

„Na also!"

„Ich protestiere", sagte der Alte leise, aber ohne sichtliche Enttäuschung.

Lasse Larsson stand auf, nahm das Bild und sagte zu Andresen: „Ich komme gleich zurück. Mach du hier weiter!"

Er ging über den Flur hinüber zum Zimmer der Kommissare. Monika Landris und Karl Simons waren dabei, die Protokolle der

Personen nach dem angeblichen Schrei des Toten durchzusehen; die vernommenen Patienten der Kurklinik hatten einen derartigen Schrei nicht erwähnt.

„Habt ihr etwas gefunden?"

„Nein. Niemand hat diesen ominösen Schrei gehört", sagte Simons.

„Dann legt das mal beiseite." Lasse Larsson schnippte die Fotografie auf den Tisch. „Das ist Mohammed Arasücü aus Berlin. Er ist in irgendeinem Hotel, wahrscheinlich aber in einer kleineren Pension oder bei einem Landsmann untergekrochen. Er ist Türke. Gib bitte eine Fahndung nach ihm raus, Karl! Wir suchen ihn dringend. Nehmt zuerst die Gäste- und Beherbergungshäuser der drei Kaiserbäder. Spannt sofort die Bereitschaftspolizei ein!"

„Was ist mit dem Mann?" fragte Monika Landris.

Karl Simons hatte sich an den Vorgang erinnert, als Lasse Larsson den ersten Tag bei ihnen war und Andresen mit Berlin telefonierte, um etwas über den neuen Mann herauszufinden. „Es hat etwas mit Lasses Vergangenheit zu tun." Er zwinkerte seinem Chef zu, der bereits wieder im Hinausgehen war und der das Zwinkern erwiderte.

„Was heißt das?" bohrte Monika Landris.

„Ich denke, der Türke ist gekommen, um sich an Lasse zu rächen."

„Wieso?"

„Lasse hat irgendetwas mit der Familie zu tun. Es war ein Mordfall. Die Familie hatte die Tochter getötet, weil sie sich einer Zwangsheirat widersetzte."

„Das ist ja ..."

„Lasse hat einen der Brüder, der für den Mord in Frage kam, mit einem Handkantenschlag ins Koma geschickt, aus dem der Mann nicht aufgewacht ist. Deshalb hat er auch Berlin verlassen und dachte, hier Ruhe zu haben."

„Tritt in einen Hundehaufen, und du wirst das Produkt bis zum jüngsten Tag an deinem Schuh finden“, sagte Monika Landris.

Inzwischen war Lasse Larsson über den Flur gegangen und am Fenster, das auf die Seestraße zeigte, stehen geblieben. Er schaute hinaus, konnte aber niemanden erblicken, der wie ein rachsüchtiger Türke aussah. Ich habe Hunger, dachte er. Normalerweise würde ich jetzt ein Stück rausgehen und draußen an irgendeinem Kiosk oder in einer der kleinen Kneipen etwas essen. Er ertappte sich bei der Vorstellung, dass Mohammed Arasücü aus dem Hinterhalt auf ihn schießen und er keine Zeit zu seiner Verteidigung haben würde. Wie man doch am Leben hängt, wenn es einem gutgeht. Er überlegte, was zu tun sei, um den Mann, der einem Indianer gleich auf dem Kriegspfad war, zu stoppen. Wenn ich Personenschutz für mich beantrage, wird man mich aus dem Verkehr ziehen. Wenn ich mit meinen Mitarbeitern heute Abend zur Weihnachtsfeier gehe und der Kerl auf mich schießt, könnte er einen Kollegen treffen. Es wäre verantwortungslos. Ich war noch nie fahrlässig, wenn es um die Gesundheit oder das Leben meiner Mitarbeiter geht. Auf der anderen Seite wäre es vielleicht eine Falle, in die Mohammed Arasücü tappen würde! Könnte man den Ort so absichern, dass niemand zu Schaden käme, wäre es eine Möglichkeit, den Mann zu stellen.

Als er die Tür zu seinem Zimmer öffnete, hörte er gerade, wie Andresen sagte, Ismail Arasücü könne seine Brieftasche wieder einstecken. Nur das eine Bild würde die Polizei benötigen.

„Lass ihn erkennungsdienstlich behandeln, Rolf, und von einer Streife in seine Unterkunft bringen. Sag den Kollegen, sie sollen seine Bude in Augenschein nehmen, soweit das ohne Durchsuchungsbefehl möglich ist.“

„Ich kann ja mitfahren.“

„Nein, Rolf, ich brauche dich hier.“ Und mit einem Blick zu Ismail Arasücü: „Er soll sich in den nächsten zwei Tagen zu unserer Verfügung halten!“

Andresen verließ mit dem Alten den Raum.

Larsson setzte sich an seinen Schreibtisch. Er brauchte eine Zeit, um seine Gedanken zu ordnen. Er war ein Greifer, ein unermüdlicher Jäger, der zum Gejagten geworden war. Er zog die Schublade seines Schreibtisches auf. In der hinteren Ecke rechts hatte er einen Taschenspiegel platziert, den er benutzte, um sein Aussehen zu kontrollieren, wenn er mit irgendeiner Persönlichkeit zusammentreffen wollte. Jetzt zog er ihn hervor und sah hinein. Das Gesicht, das ihn anschaute, war grau vor Erschöpfung und Angst.

Um sich abzulenken, versuchte er an den toten Ferdinand Huebner zu denken, dessen Mord er mit seiner Mannschaft aufzuklären hatte, was ihm aber nicht gelang. Immer wieder drängte sich der Tag in sein Gedächtnis, an dem sie festgestellt hatten, dass einer der Brüder Arasücü der Mörder der jungen Hatun sein musste und er sein Leben bei der Festnahme des jungen Bilâl verteidigen musste. Es war für Larsson nicht leicht gewesen, zu sehen, wie der junge Türke umfiel, als hätte ihn der Blitz getroffen. Aber das hatte sein eigenes Leben gerettet.

Als Tage später die Schüler einer Neuköllner Hauptschule im Unterricht den Mord an der jungen Türkin gutgeheißen hatten und die Tat der Polizei geißelten, hatte die Schule reagiert. Der offene Brief des Direktors löste eine landesweite Debatte aus.

Thomas-Morus-Oberschule, Neukölln. Der Namensgeber unserer Schule steht für Humanismus, Nächstenliebe, Achtung des Anderen. Werte, denen sich die Hauptschule verpflichtet fühlt. Sie gilt als tolerant, weltoffen und kreativ. Sie ist keine Problemschule wie so viele andere in Neukölln, Wedding, Moabit oder Kreuzberg. Und doch steht sie seit gestern im Licht der Öffentlichkeit. Drei Schüler haben den Mord an Hatun Arasücü in einer Unterrichtsstunde gutgeheißen. Auch ein Mädchen soll zugestimmt haben. Offen haben sie das Gewaltverbrechen an einer jungen Frau gerechtfertigt, die frei sein wollte von religiösen Konventionen und traditionellen Zwängen. Auch sollen bereits in der Vergangenheit Schülerinnen beleidigt und bedrängt worden sein, weil sie – wie Hatun Arasücü – kein Kopftuch mehr tragen wollten.

Humanismus, dachte Lasse Larsson, als die Bilder der Festnahme wieder vor ihm auftauchten, war Nächstenliebe und Achtung des Anderen. Seit 470 Jahren war nun der hingerichtete Brite Thomas Morus tot. An der nach ihm benannten Berliner Hauptschule schien er nun gerade wieder zu erwachen.

Als es an der Tür klopfte, schreckte er hoch. Karl Simons steckte seinen Kopf herein und sagte triumphierend: „Es gibt ein Bild von dem Asiaten."

„Wo?" Augenblicklich kehrte der Jagdinstinkt in Larsson zurück.

„Die Eingangsüberwachungskamera des Casinos hat ihn erfasst. Ich gehe schnell hinüber zum Casino. Kreyenbrink hat uns verständigt."

Lasse Larsson nickte Simons aufmunternd zu. Manchmal denkt man, es gehe nicht mehr weiter, dachte er. Und dann fällt einem eine Nachricht zu, die vielleicht zur Aufklärung eines Mordes beiträgt. Das nenne ich einen Glückstag zu haben, auch wenn die zweite Nachricht, die Jagd auf mein Leben, nicht gerade das ist, was sich ein Mann wünscht.

Als Simons gegangen war, wählte Lasse Larsson die Nummer seiner alten Dienststelle in Berlin. Er hatte Glück und bekam Wegner direkt an den Apparat. Nach einigen Höflichkeitsfloskeln schilderte Larsson, dass die türkische Familie ihn aufgespürt habe und dass der ältere Bruder der getöteten Hatun Arasücü nun hinter ihm her sei. Dann fragte er, ob Wegner innerhalb des LKA II in Berlin ein türkischer Mitarbeiter mit dem Vornamen Mehmet bekannt sei. Er schilderte die Ausführungen Ismail Arasücüs bezüglich des Rachefeldzugs seines Sohnes Mohammed, und dass der seinen Aufenthaltsort von eben diesem Mehmet bekommen habe. Wegner versprach, sich gleich darum zu kümmern.

Dann telefonierte Larsson mit dem Forsthaus Damerow, um zu ergründen, ob dort die Möglichkeit bestehe, die Weihnachtsfeier auszurichten. Man garantierte ihm einen Raum in einer kleinen Bar.

Kurz vor eins trafen sich die Kommissare in Larssons Büro. Um Ismail Arasücü kümmerten sich, wie er es angeordnet hatte, die Kollegen der Bereitschaftspolizei. Karl Simons hatte die Überwachungsbänder von der Spielbank geholt.

„Wir haben eine Menge Material", sagte Larsson, „das in Ruhe bearbeitet werden muss. Aber eines ist sicher, man muss auch ein wenig Zeit haben, um die Sachen zu ordnen und zu überdenken. Wir werden jetzt Schluss machen und uns auf unsere Weihnachtsfeier vorbereiten. Ich möchte die nicht ausfallen lassen. Aber wir werden unsere Strategie ändern."

„Du willst doch nicht etwa, dass wir in die Öffentlichkeit gehen und du eine Zielscheibe für einen rachsüchtigen Türken abgibst", sagte Rolf Andresen.

„Ich denke, wir machen Folgendes: In zwei Taxis fahren wir zum Forsthaus Damerow. Dann sind wir erst einmal in Heringsdorf nicht präsent. Und wir lassen uns auch von dort zurückfahren. So haben wir auch die Möglichkeit, etwas zu trinken, ohne dass wir gegen irgendwelche Gesetze verstoßen."

„Und mit den eigenen Autos zu fahren", ergänzte Monika Landris.

„Dann könnten wir nicht einmal anstoßen, und das wollen wir doch sicher", sagte Rolf Andresen.

„Wer übernimmt die Bestellung der Autos?"

„Ich mache das!" Simons war immer da, wenn es darum ging, irgendetwas für das Team zu tun. Auch bei Dingen, die mit der unmittelbaren Arbeit an einem Fall nichts zu tun hatten. Larsson registrierte derartige Bemühungen und würde es bei einer Gesamtbeurteilung auch nicht vergessen.

„Wo treffen wir uns?"

„Hier am Haus würden wir gleich eine Spur legen, die leicht zu verfolgen wäre", sagte Andresen.

„Das halte ich auch nicht für gut. Ich denke, ihr bestellt das erste Taxi nach Ahlbeck. Dort kann auch Inge Mohaupt hinkommen und zusteigen. Treffpunkt Mercedes-Kruse. Rufst du Inge an, Karl? 19.30 Uhr ab Kruse.“

6. Kapitel

In dieser Nacht hatte es nur wenig geschneit. Leichter Wind schob die Schneeflocken zu kleinen Dünen auf. Die Fahrer der beiden Taxis hatten sich per Funk verabredet und kamen fast gleichzeitig vor dem Forsthaus Damerow an, um die Kommissare abzuholen, die einen feuchtfröhlichen Abend begangen hatten; sie wurden animiert, einen kleinen Imbiss zu sich zu nehmen, was sie angesichts des kommenden Feierabends nur widerwillig über sich ergehen ließen.

Inge Mohaupt und Monika Landris schienen sich über die Männer, die dem Alkohol, mehr als ihnen gut tat, zugesprochen hatten, lustig zu machen. Sie schienen angeregt zu diskutieren. Aber sie waren alle Menschen, die den Schwankungen des Lebens unterlagen. Jeder Tag forderte von ihnen einen vollen Einsatz. Oft wurden Missverständnisse, die besser ausdiskutiert worden wären, heruntergeschluckt, um auch nur einen noch so kleinen Ansatz einer Ermittlung nicht zu gefährden. Nun aber, unter dem Einfluss des Alkohols, kamen sie hervor. Lasse Larsson beobachtete das mit Skepsis; eine Unterdrückung hielt er aber schon deshalb für nicht angebracht, weil eine Aussprache der Dinge, wie sie seine Mitarbeiter bedrückten, in einem normalen Zustand niemals bis zu ihm vorgedrungen wäre.

Rolf Andresen beklagte sich, mit seinen 46 Jahren noch auf der gleichen Gehaltsstufe zu stehen wie sein 28jähriger Kollege Karl Simons. Es war keine Feindschaft, aber unverkennbare Unzufriedenheit, die Andresen kundtat.

Karl Simons war ein anständiger Kerl, dem es sicher an Erfahrungen und der nötigen Härte noch fehlte. Freilich war er ein smarter Junge, der sich mit großem Eifer das ihm noch fehlende Fachwissen, mehr noch die nötige Intuition, über die ein Kriminalist verfügen musste, anzueignen versuchte. Andresen hatte diesbezüglich keine Unvollkommenheiten.

Larsson dachte daran, dass er aufgefordert worden war, über beide Personaleinschätzungen abzugeben. Die Anforderung lag noch in seinem Schreibtisch. Er hatte diese Bewertungen vor sich hergeschoben.

Simons war mit seinem Dienstgrad und seinem derzeitigen Ausbildungsstand angemessen besoldet. Sein Einsatz war vorbildlich.

Bliebe Rolf Andresen, dessen polizeiliche Anfänge in Zeiten der DDR begründet wurden. Der Mann wurde unterschätzt. Larsson fragte sich, ob das mit seiner Vergangenheit zu tun hatte. Aber im Augenblick fand er keine Antwort darauf. Er würde einige Erkundigungen einziehen. Einzige Einschränkung war vielleicht die Auffassung Andresens zum Feierabend am Wochenende. Sein Spruch „Freitag nach eins macht jeder seins!“ war eine im Osten des Landes allgemein gültige Spielregel. Im Sommer zog es Andresen dann zu seinem Jollenkreuzer auf das Achterwasser. Bei den beiden Männern, darüber war sich Larsson klar, war der Nutzen für den Staat gleichrangig. Dennoch würde er sich dafür stark machen, dass Andresen bei der nächsten Beförderung nicht übergangen würde. Denn er wusste aus eigener Erfahrung, dass versagte Anerkennung allemal den Arbeitseifer bremste.

Mit großem Hallo begann der Aufbruch.

„Wer fährt mit wem?“ fragte Simons.

„Du fährst mit Rolf“, sagte Larsson, „und die beiden Frauen fahren zusammen.“

„Und du?“

„Ich habe mir hier im Haus ein Zimmer gebucht.“

„Du hast Probleme, mitten in der Nacht zu Hause anzukommen und nicht zu wissen, ob dich im Dunkel der Nacht etwas Unangenehmes erwartet“, sagte Andresen.

Mit einem Male war die Stimmung dahin.

„Nun mal nicht so schwarz, Rolf."

„Aber es ist so. Leugnen zwecklos."

„Ich bin nur vorsichtig. Und nun geht! Wir treffen uns um zehn im Kommissariat."

Als die Wagen endlich abgefahren waren, ging Lasse Larsson noch zum Abrechnen zur Rezeption. Die Kaffeekasse aus den diversen Wetten hatte nicht gereicht. Er legte den Rest drauf. Es war eine beträchtliche Summe, aber er verbuchte das unter Sichkennenlernen außerhalb des Kommissariats. Und da waren nun einmal die Leute anders als bei der Arbeit. Ein guter Chef muss über alle Stimmungen innerhalb seiner Abteilung Bescheid wissen.

Die Nacht war kurz. Gegen acht stand Larsson auf, duschte und ging hinunter zum Restaurant, in dem das Frühstück gereicht wurde. Er ließ sich einen Kaffee eingießen und war gerade dabei, sich vom Büfett zwei Brötchen, Marmelade und ein Ei zu holen, als Simons in der Tür stand und aufgeregt winkte. „Sie haben bei dem alten Arasücü ein Handy gefunden."

„Hast du schon gefrühstückt?"

„Ich habe noch keinen Appetit und Angst, dass es nicht drinnen bleibt."

„War es denn so schlimm?"

„Du siehst auch nicht gerade frisch aus, Lasse."

Er musste dem jungen Kollegen Recht geben. „Na komm, nimm einen Kaffee und iss etwas, dann sieht die Welt schon wieder ganz anders aus."

„Das Handy ..."

„Also, was ist damit?"

„Weller war im Funkwagen. Als er das Handy entdeckte, hat er seine eigene Nummer angewählt. Als er die Leitung unterbrochen hatte, war die Nummer des Handys bei ihm gespeichert. Wir können uns jetzt die Verbindungen heraussuchen lassen, die er in den letzten Tagen hatte."

„Wozu braucht ihr mich eigentlich noch? Ihr macht genau das Richtige." Lasse Larsson freute sich über die Eigeninitiative, die seine Leute an den Tag legten.

„Wenn wir im Büro sind, werden wir wahrscheinlich schon die letzten Verbindungen wissen."

Larsson lehnte sich zurück. „Und die Suche nach Mohammed Arasücü? Hat die nichts ergeben?"

„Noch nicht. Vielleicht ist der gar nicht auf der Insel."

„Ja, vielleicht." Larsson wusste, dass ein Türke mit dem Hintergrund Mohammed Arasücüs auf einen Ehrenmord nicht verzichten würde. Und dass es sich im Bewusstsein dieser Menschen um einen solchen handelte, bezweifelte er keinen Augenblick. Gerade das machte die Situation so gefährlich. Der Mord an Hatun Arasücü war kein Einzelfall. Nach einer Erhebung des Bundeskriminalamts waren in Deutschland 48 Menschen Opfer so genannter Ehrenmorde geworden. Getötet wurden 36 Frauen und zwölf Männer, darunter auch deutsche Lebensgefährten von Migrantenfrauen. Warum sollte da vor einem Polizisten Halt gemacht werden?

Simons trank unlustig seinen Kaffee. Larsson beendete sein Frühstück. Dann gingen sie hinaus zum Fahrzeug. Simons war mit seinem eigenen Wagen gekommen. Auf dem Beifahrersitz lag eine große Tüte, die Larsson nach hinten werfen wollte.

„Nein, nein", sagte Simons. „Schau, was ich dir mitgebracht habe!" Er zog eine schusssichere Weste aus der Tüte. „Wir waren uns im Büro einig. Vorsichtig zu sein, bedeutet nicht, Angst zu haben. Also zieh sie bitte an!"

„Ich habe es schon einmal gesagt, Karl, Angst ganz wegzulassen bedeutet Leichtsinn. Und mit seinem Leben sollte man nicht leichtsinnig umgehen. Wir haben nur eins." Er zog sich die Jacke aus und die Weste an und verdeckte sie wieder mit dem Jackett. Dann fuhren sie zur Polizeiinspektion nach Heringsdorf.

„Da war ein Anruf aus Berlin", sagte Monika Landris nach der Begrüßung zu Larsson.

„Ich rufe gleich zurück. Wo ist Inge?"

„Sie hat bei mir übernachtet und ist gleich am Morgen nach Hause gefahren. Sie hat wohl niemanden für ihr Kind."

Larsson schloss die Tür seines Büros hinter sich. Er zog die ihm lästige schusssichere Weste aus und legte sie lässig über die Lehne seines Stuhles. Dann rief er Wegner in Berlin an.

„Wir haben einen Mehmet", sagte dieser. „Mehmet Sertoğlu. Er arbeitet im Rauschgiftdezernat und hat sich nach dir erkundigt."

„Wir haben also einen Maulwurf, der Informationen, die unsere Sicherheit betreffen, nach außen gibt. Findest du das normal?"

„Nein, absolut nicht. Ich werde mir den Mann vorknöpfen."

„Ich wäre gern dabei, wenn du ihn verhörst."

„Es ist der 20. Dezember, Lasse. Hast du das vergessen? Der Mann hat einige Tage Urlaub. Am Dienstag ist Heiligabend."

„Aber nicht für die Türken."

„Aber für alle Dienststellen. Da haben wir nur die Stallwachenbesetzungen."

„Und wenn Mohammed Arasücü hier auftaucht und mir auflauert, kann es sein, dass es einen Polizisten weniger gibt. Und weißt du, was mir dabei Angst macht?" Wegner sagte nichts, und Larsson fuhr fort: „Dass ich der eine Polizist bin, den es möglicherweise weniger geben wird. Und das kotzt mich an!"

„Lass uns das Anfang Januar machen."

Wütend und enttäuscht warf Larsson den Hörer auf die Gabel. Was hatte sich nur in Berlin geändert. Er konnte sich nicht erinnern, dass jemals zu seiner Zeit so ignorant verfahren worden wäre. Aber so ist das Leben. Nichts ist beständiger als die Veränderung. Und wenn es der Wandel zum Unguten wäre.

Simons klopfte. Er brachte die Ergebnisse von Telefonaten, die mit dem Handy Ismail Arasücüs geführt worden waren. Zweimal hatte der Alte mit seiner Wohnung telefoniert. Einmal vor vier Tagen und einmal, nachdem er in seine Pension zurückgebracht worden war.

„Derzeit haben wir gegen den Mann nichts in der Hand. Er war hier, hat dich gewarnt. Er hat uns ein Bild seines Sohnes überlassen. Wir können wirklich im Augenblick nur warten."

Larsson lehnte sich zurück. Er wusste, dass Simons Recht hatte. Er führte seinen Zeigefinger zur Nasenspitze. „Gut, warten wir. Ich denke, Mohammed Arasücü wird irgendwann in der allernächsten Zeit mit seinem Vater Verbindung aufnehmen. Dann holen wir uns den Mann. Vorerst machen wir mit den Bildern aus der Überwachungskamera weiter. Wir treffen uns in einer Viertelstunde bei mir im Büro."

Simons ging, um den anderen Bescheid zu sagen.

Larsson stand auf und schaute aus dem Fenster. Er konnte nicht sagen, dass es ihn unbeeindruckt ließ. Eine solche Drohung im Rücken würde ihm ein sehr unruhiges Weihnachtsfest bescheren. Die Möglichkeit, für einige Zeit an die Luft zu gehen und dort die eigenen Gedanken zu ordnen, war ihm genommen.

Er rief Kriminaloberrat Kruse an, schilderte ihm kurz den Fall Arasücü, spielte die ihm vorgehaltene Gefahr herunter und erwähnte das Bild des Asiaten, das in der Halle der Spielbank gemacht worden war. Er legte Kruse nahe, auf der Insel mit dem nötigen Personal nach beiden zu suchen. Das wäre eine einmalige Möglichkeit, zwei Fälle mit einem Arbeitsaufwand abzuarbeiten. Obwohl er schon wegen des Termins – Wochenende und Weihnachten – nicht mit einer Zustimmung Kruses gerechnet hatte, war der einverstanden. Er schlug sogar vor, die Leitung des Einsatzes von Anklam aus zu überwachen. Auch dem Reisewunsch Lasse Larssons nach Konstanz und Singen am Hohentwiel stand Kruse positiv gegenüber. Eigentlich hätte ihn das warnen müssen. Larsson vermutete, dass Kruse in Weihnachtsstimmung und damit in Geberlaune war. Ich hätte ihn gleich noch nach Verstärkung fragen sollen, dachte Larsson. Aber ihm war bewusst, dass man den Bogen nicht überspannen sollte. Dann telefonierte er mit der Kriminalpolizei in Konstanz.

Andresen, Monika Landris und Simons kamen wie verabredet und nahmen ihre Plätze am Besprechungstisch ein. Drei Leute für eine Mordaufklärung, bei der wenigstens dreißig Beamte notwendig wären, dachte Larsson. Dann fiel ihm Inge Mohaupt ein. Die Frau war eine äußerst tüchtige Beamtin, deren Mitarbeit er sehr schätzte. Sie würde in jedem Fall im neuen Jahr seinem Ermittlungsteam angehören. Die Zusage hatte er schon.

„Ich habe gerade mit dem Kriminaloberrat telefoniert", sagte Larsson. „Er wird eine Armada von Beamten in Zivil und Uniform in Gang setzen, um von beiden Seiten der Insel sämtliche Beherbergungsunternehmen nach dem Türken und dem Asiaten abzusuchen. Karl, du schickst ihm bitte gleich die beiden Bilder per Mail!"

Simons stand auf und ging ins Doppelbüro der Kommissare, um den Auftrag auszuführen.

„Ich werde bis Mittwoch unterwegs sein. Rolf, sei so nett und notiere dir bitte, was vordringlich gemacht werden muss. Im Mordfall Huebner wird das Bild des Asiaten heute noch dem BKA zugeschickt mit einer Anfrage, ob der Mann bekannt ist. Die haben Spezialisten für derartige Fälle. Im Fall Arasücü wird geprüft, wie lange er den Aufenthalt in der Pension gebucht hat. Ferner, ob er Besuch hatte und wenn, von wem. Ich möchte, dass Ismail Arasücü keinen Atemzug macht, den wir nicht registriert haben."

„Du kannst dich darauf verlassen", sagte Andresen.

„Ferner möchte ich täglich und bei brisanten Entwicklungen jeweils sofort telefonisch unterrichtet werden."

Simons kam zurück.

Lasse Larsson wiederholte, was er kurz zuvor angeordnet hatte. „Ferner möchte ich, dass während meiner Abwesenheit Rolf das Kommando hat. Ohne Wenn und Aber oder irgendwelche Diskussionen." Während der Weihnachtsfeier am Abend zuvor hatte er sich abwartend verhalten, während sich die beiden stritten. Doch nun fühlte er sich verpflichtet, Eckpunkte zu setzen.

Keiner von beiden machte einen Einwand geltend. Andresen genoss die Anerkennung, Simons erkannte an, dass Andresen über die größere Erfahrung verfügte.

Lasse Larsson beendete die Zusammenkunft. Als die Mitarbeiter der Ermittlungsgruppe gegangen waren, wählte er die Nummer Dr. Beckerts. Es meldete sich die Sekretärin der Rechtsmedizin in Greifswald, die offensichtlich Bürostallwache hatte. Larsson erfuhr, dass sich die Rechtsmedizinerin bereits im Weihnachtsurlaub und sicher auf der Fahrt nach Berlin befände. Larsson ließ sich die Handynummer geben und rief sie an.

„Ich habe nur eine Frage, Frau Dr. Beckert. Wir sind bisher davon ausgegangen, dass der Bruch des dritten Halswirbels Huebners durch einen Gegenstand verursacht wurde."

„Durch einen Totschläger etwa oder eine rutenartiges Gebilde, ja."

„Könnte es auch ein stark ausgeführter Handkantenschlag gewesen sein, etwa der eines Karateka?"

Für einen Augenblick war es still. Dr. Beckert schien nachzudenken. Dann sagte sie: „Ja, denkbar wäre es. Aber es müsste ein gut durchtrainierter Mann sein. Etwa so, wie wir die Karatevorstellungen kennen, mit Zerschlagen von Ziegelsteinen oder Brettern. Wenn man aber das Gesamtbild aller Verletzungen würdigt, vor allem die Aufschlagposition des Körpers, und die ist meistens durch die Obduktion gut zu rekonstruieren, dürfte die Kopfverletzung, die bei entsprechenden Befunden nicht in das Gesamtbild passt, auffallen. Aber es hängt wie immer von verschiedenen Aspekten ab."

Larsson bedankte sich und wünschte ihr einen schönen Weihnachtsurlaub. Dann fuhr er sich seine Wingdings ein und platzierte ein spezielles Männchen mit einer Sense als Synonym für den Mörder Huebners.

Das Telefon unterbrach Larsson bei seiner Arbeit am Computer. Kriminalhauptkommissar Carsten Sauter aus Konstanz war am Apparat. Er berichtete in Kurzform, was den Behörden am Bodensee über Ferdinand Huebner bekannt war. Larsson verschlug es fast den Atem, als er daran dachte, dass Huebner stellvertretender Leiter des Baudezernates in Singen war. Wieso löste man einen solchen Mann nicht ab? Nachdem der Kollege aus Baden-Württemberg seine Bereitschaft signalisiert hatte, mit Larsson am Sonnabend zusammenzutreffen und ihn vom Flughafen in Friedrichshafen abzuholen, packte Larsson seine Sachen zusammen.

7. Kapitel

Lasse Larsson pfiff beim Fahren leise vor sich hin. Von Zeit zu Zeit sang er mit missgetönter Stimme Ausschnitte aus Puccinis La Bohème mit, die im Radio kamen. Mit seinem alten Renault Clio muteten die zweieinhalb Stunden von Heringsdorf nach Berlin an wie ein fulminanter Sieg gegen die Trägheit der Zeit.

Larsson fand einen Parkplatz in unmittelbarer Nähe zum Flughafen auf dem Mittelstreifen im zweispurigen Bayernring. An diesem Tag waren nur noch wenige Menschen unterwegs. Er empfand es als Glück, dass der Flug nicht gestrichen wurde. Offensichtlich brauchte man die Maschine, deren Heimatflughafen Bregenz war, zu einem dortigen Einsatz.

Die Passagiere wurden mit einem Kleinbus zum etwas abseits auf der Piste stehenden Flugzeug gebracht. Die zweimotorige Propellermaschine der InterSky, eine weiße Dash 8-300Q mit dunkelblauer Heckflosse, glitzerte auf der winterlichen Piste. Der kalte Nebel hatte sich in einer Eisschicht über den Flieger gelegt, der nun mit einem riesigen, fahrbaren Sprühgerät von dem ungebetenen Gewicht befreit wurde.

Aus der Mitte der Stadt zu starten, würde einen interessanten Blick über die Stadt gestatten. Er freute sich darauf, und doch hatte er Angst. Lasse Larsson setzte sich auf seinen Platz und schnallte sich an. Er hörte das „Tschunk", mit dem die Kabinentür zugemacht wurde, und stellte mit Befriedigung fest, dass das Flugzeug fast leer war. Fein, da konnte er nach dem Start die beiden Armlehnen für sich in Anspruch nehmen und, wenn er Glück hatte, die ganze Strecke bis Friedrichshafen schlafen. Er seufzte, während die Maschine leise über die Betonpiste humpelnd zur Startbahn rollte.

Als die Turboprop-Maschine schließlich abhob, wurde er in seinen Sitz gedrückt. Für einen Augenblick schloss er die Augen. Was, wenn diese Kiste die erforderliche Höhe nicht erreichte? Schließlich flogen die Maschinen, die auf diesem innerstädtischen Flughafen landeten, dicht über die Häuser Tempelhofs hinweg.

Blitzartig kamen ihm die Flugunfälle in den Sinn, die während der zweijährigen Blockade Berlins durch die Sowjets 1948/49 die Stadt aufrüttelten. Die Rosinenbomber, die Berlin mit allen erdenklichen Gebrauchsgütern versorgten, starteten und landeten im Dreiminutentakt. Da waren Unfälle vorprogrammiert. Die damals rund zwei Millionen Einwohner Berlins benötigten täglich 13.000 Tonnen Lebensmittel und Brennstoffe. Da anfangs nur alte zweimotorige C-47 aus dem Weltkrieg zur Verfügung standen, wurde die Wirksamkeit der Luftbrücke von vielen in Frage gestellt. Auch die Sowjets nahmen sie in den ersten Wochen nicht ernst. Am 26. Juni wurden lediglich 500 Tonnen nach Berlin geflogen. Am Ende der Luftbrücke erreichte die Kapazität nahezu das Dreißigfache. Bis zum Oktober 1948 wurden jedoch die C-47 Maschinen fast vollständig durch die sechsmal leistungsfähigeren C-54 Skymaster DC-4 ersetzt. Bereits zwei Tage nach Beginn der Luftbrücke beteiligten sich auch die Engländer an dem Unternehmen und flogen mit ihren C-47 den Flughafen Gatow an. Auch britische Wasserflugzeuge vom Typ Sunderland kamen zum Einsatz und landeten auf Wannsee und Havel. Gleichzeitig wurde mit dem Bau eines neuen Flughafens in Berlin-Tegel begonnen, der bereits nach 85 Tagen einsatzfähig war. Die Flugzeuge kamen anfangs vor allem von der Rhein-Main Airbase Frankfurt und von Wiesbaden. Was für eine enorme Logistik, die aus der Not heraus entwickelt wurde.

Der tägliche Flugbetrieb von und nach Berlin wurde damals durch die schmalen Korridore und die große Anzahl der Flüge zusätzlich erschwert. In den Korridoren war jegliches Manövrieren unmöglich. Alles musste im ersten Versuch funktionieren. Wenn der erste Landeanflug missglückte, musste nach Westen zurückgeflogen werden, und der Pilot musste sich neu in die Kette einreihen

Die Sicht an diesem 21. Dezember war schlecht. Die Vorfreude auf einen interessanten Blick über die Stadt konnte sich nicht erfüllen. Häuser verschwanden unter den Schleiern der Wolken, und bald erstrahlte ein kalter, blauer Himmel. Die weiße Dash 8-300Q schraubte sich unaufhörlich weiter in den Himmel.

Der Tod ist immer in deiner Nähe, Lasse, dachte er. Larsson ließ sich von der Stewardess einen Bourbon-Whiskey mit Ginger Ale bringen, um kurz das Überleben zu feiern. Noch einmal davongekommen, dachte er erleichtert. Über diesen Gedanken schlief er ein.

Er wurde erst wach, als sich die Maschine im Sinkflug befand. Der fade Geschmack, der von dem Bourbon übrig geblieben war, erinnerte ihn daran, dass er es versäumt hatte, rechtzeitig einen Kaffee kommen zu lassen. Das ärgerte ihn. Obwohl er während des Fluges geschlafen hatte, fühlte er sich zerschlagen. Larsson wusste, dass es noch die Weihnachtsfeier war, die ihm in den Knochen saß, und eine beginnende Erkältung, die er sich wohl zugezogen hatte, weil in der Bar des Forsthauses Damerow, in der sie gefeiert hatten, periodisch die Außentür aufgemacht wurde, um des Rauchs Herr zu werden. Er, der leidenschaftlicher Nichtraucher war, hasste verqualmte Räume.

Larsson entdeckte ihn sofort, als er die Gangway hinunterging. Er erkannte in ihm sogleich den Polizisten. Es war der suchende Blick, der Sauter verraten hatte. Larsson kannte diese Art von Jäger. Nur selten irrte er sich in der Bewertung, ob jemand Jäger oder Gejagter war. Carsten Sauter stand hinter einer Glaswand und schaute fragend zu ihm herüber. Dann huschte ein erkennendes Lächeln über sein Gesicht, und er winkte.

Larsson winkte zurück. Er ging durch die Abfertigungssperre auf den Kriminalhauptkommissar aus Konstanz zu und begrüßte ihn.

„Es ist ein ungünstiger Termin, den Sie sich ausgesucht haben“, sagte Sauter. „Am Dienstag ist Heiligabend und heute ist Sonnabend. Alles, was ich für Sie tun konnte, ist, einen Termin mit dem Casino und einen mit der Witwe Huebner zu machen. Wir können gleich hinfahren.“

Sie gingen zum Parkplatz. Sauter hatte einen dunkelblauen Mercedes als Dienstwagen. Unlustig dachte Larsson an den alten, grauen Opel Omega, der ihm in Heringsdorf zur Verfügung stand.

„Ferdinand Huebner war eine schillernde Person“, sagte Sauter. „Man sagte ihm Korruption im Amt nach. Als kommissarischer Leiter des Bauamtes in Singen gab es natürlich genügend Möglichkeiten, sich nebenbei zu bereichern. Es war ein Gerücht, das bisher nicht bewiesen war. Aber wir haben bereits in dieser Richtung ermittelt.“

Sauter fuhr die Straße am See entlang bis Meersburg. Dort reihte er sich in eine Schlange wartender Fahrzeuge ein, um auf die Fähre nach Konstanz zu kommen. Es waren nur fünf Autos, zwei vor ihm und drei hinter ihm. Wegen der Kälte des Wintertages blieben sie im Auto sitzen. Vom Überlinger See grüßte das Schloss des Grafen Bernadotte auf der Insel Mainau zu ihnen herüber.

Larsson hatte sich während der Überfahrt Gedanken über die Situation und den Stand der Ermittlungen gemacht. Was wollte er von der Frau, zu der sie jetzt fuhren? Es lag nichts gegen sie vor. Sie stand weder unter irgendeinem Verdacht, ein Verbrechen begangen zu haben, noch wollte er ihr unterstellen, davon gewusst zu haben. Sie war, nach allem, was er bisher wusste, ein Opfer. Ein Opfer des Mannes, den sie einmal geliebt hatte. Das war lange her. Damals war er sicher noch kein Zocker, sonst hätte sie ihn bestimmt nicht geheiratet. Erst einmal dem Spiel verfallen, legte sich die Sucht wie ein Krake auf die Psyche des Menschen. Larsson war davon überzeugt, Spielsucht ist eine Krankheit. Das Einzige, was er von der Frau wollte, war ein Gespräch über den Mann, den man in Heringsdorf umgebracht hatte. Er wollte zumindest verstehen, warum Huebner sich so aus einem normalen Leben verabschiedet hatte. Vielleicht erhielt er ja Rückschlüsse auf mögliche Täter.

Lasse Larsson zog sein Handy hervor. Er hatte es während des Fluges abgeschaltet. Jetzt aktivierte er es wieder. Das Display zeigte einen Anruf von Andresen, der ihn nicht erreichen konnte. Larsson wählte Andresens Handynummer.

„Du bist der Richtige“, sagte Andresen. „Willst unterrichtet werden und stellst dein Telefon einfach ab.“

„Du weißt, während des Fluges ist so etwas nicht gern gesehen. Also, was gibt es?“

„Ein Zheng Chenggong hat mit einer Frau zusammen, warte mal, der Name der Frau ist Wu Sun Jian, in der Tatzeit im Hotel des Schlosses Mellenthin gewohnt. Der Mann ist einwandfrei als der auf dem vorgelegten Bild erkannt worden.“

„Aber er ist natürlich längst wieder abgereist.“

„Ja, er war nur für eine Woche eingebucht. Von Sonnabend, dem 7., bis Sonnabend, dem 14. Dezember. Die Buchung lief über ein Reisebüro in Amsterdam. Die Adresse des Reisebüros ist VakantieXperts, die sitzen in der Beethovenstraat 21 in 1077 Amsterdam, Telefon 020-6734466, ein Fax gibt es auch.“

„Amsterdam“, sagte Larsson, und gleichzeitig kam ein Verdacht in ihm auf. Das Hämatom an Huebners Kopf, so hatte Dr. Beckert bestätigt, könnte auch von einem Karate-Fauststoß herrühren. „Ruf dort an! Schick ihnen das Foto, das wir von dem Mann haben, und frag, ob er dort bekannt ist. Vielleicht gibt es ja eine Adresse. Wenn ja, Anfrage über das BKA und Interpol.“

„Und nun kommt der Clou“, sagte Andresen. „Die Chinesen sind einen Tag früher abgereist.“

„Am Mordtag Huebners.“

„Ja.“

Larssons Verdacht nahm Formen an, die ihn ermunterten, auf dieser Fährte weiterzusuchen. Was, wenn ein Chinese diesen Huebner umgebracht hätte?

„Ist die Anfrage vom BKA schon zurück?“

„Nein."

„Und Mohammed Arasücü?"

„Da muss ich dich enttäuschen. Der ist entweder nicht auf der Insel, oder die Erde hat ihn verschluckt."

Lasse Larsson bedankte sich für das Gespräch und wünschte Andresen ein schönes Wochenende.

Zwischen Konstanz und Radolfzell tauchten mehrfach der Bodensee und das Ufer der Schweiz auf. Für einen Augenblick sah Lasse Larsson im Hintergrund eine Bergkette. Einer der Berge schien höher und interessanter zu sein.

Sauter bemerkte den fragenden Blick Larssons. „Es ist der Säntis. Das ist sozusagen unser Hausberg."

„Ich war schon so lange nicht mehr hier am See, dass ich seinen Namen vergessen hatte. Ich bin einfach nicht auf das Wort Säntis gekommen. Mir passiert jetzt immer öfter, dass ich etwas vergesse. Manchmal denke ich, ich werde schon senil."

„Ich bin sicher jünger als Sie und vergesse hin und wieder auch etwas." Sauter grinste ihn an.

„Ich habe Freunde in Öhningen und Weiterdingen. Deshalb bin ich manchmal am See."

„Huebner wollte den Bau eines Seniorenheims durchsetzen, das in einem Landschaftsschutzgebiet entstehen sollte", sagte Sauter, ohne auf Larsson einzugehen. „Aber er ist bisher am Landrat gescheitert."

„Die Zersiedelung ist immer problematisch."

„Finanzier sollte übrigens eine Firma sein, die Ihnen bekannt sein dürfte."

„Wieso?"

„Sie kommt von Usedom. PPJB-Finanzservise GmbH. Diese Firma ist Ihnen doch ein Begriff?"

Larsson lachte auf. „Wie klein doch die Welt ist! Gegen die Firma ermitteln wir zurzeit. Es gab Beschwerden von Anlegern über Unregelmäßigkeiten."

Die Männer schwiegen einen Augenblick. Hinter Radolfzell war dann nicht mehr auf den Bodensee zu sehen. Hier kam die

Einbuchtung und die Halbinsel Höri, auf der bekannte Künstler wie Otto Dix und Hermann Hesse zeitweise gelebt hatten.

„Wir erhielten vor ungefähr einem Vierteljahr einen anonymen Hinweis darauf, dass sich Huebner im Casino um Kopf und Kragen bringe. Er würde mehr ausgeben, als er jemals verdienen könne. Als dann die Korruptionsvorwürfe laut wurden, erhielten wir von der Staatsanwaltschaft den Auftrag, den Vorgang diskret zu durchleuchten“, sagte Sauter.

„Wieso diskret?“

„Huebner konnte einerseits eine erstaunliche Lobby hinter sich bringen, Stadträte, einflussreiche Politiker – andererseits hatte er ja das Autohaus geerbt, das seine Frau führte. Damit hatte er erhebliche Einnahmen. Er baute neue, großzügige Verkaufs- und Serviceräume, führte auch Porsche in seinem Angebot. Sie verstehen, was ich meine?“

„Verbindungen, die sich auf hoher Ebene schließen ließen, einfach aus der Tatsache heraus, dass man ein Auto für Privilegierte fuhr.“

Sie fuhren durch Singen und am Industriegebiet vorbei. Wie zur Bestätigung von Larssons Worten tauchte das Autohaus Singen auf. In dem modernen Glasbau reihten sich die Fahrzeuge Aston Martin, Bentley, Bugatti, Mercedes und Ferrari, Porsche und Rolls-Royce im Fenster. Larsson wäre zu gern ausgestiegen, um sich die Nobelkarossen anzusehen. In dieser Beziehung war er nicht anders als andere Männer. Es wäre ihm aber peinlich gewesen, an Sauter, der seinen Sonnabend für ihn opferte, ein solches Ansinnen zu stellen.

Das Haus in Gottmadingen lag inmitten einer Einfamilienhaussiedlung. Es war nicht besonders groß. Larsson hatte ein pompöseres Gebäude erwartet. Aber es war in einem guten Zustand, und die großen Rhododendrensträucher machten selbst jetzt im Winter noch etwas her. Er konnte sich ausmalen, wie sie aussahen, wenn sie in voller Blüte standen.

Die Frau, die ihnen öffnete, war in den frühen Dreißigern. Sie wirkte verhärmt, hatte ein unnahbares, hartes Gesicht. Augenblicklich erkannte Larsson, dass die Frau, die nach außen einen gefassten Eindruck machte, durchaus nicht so cool war, wie sie glaubte, vorgeben zu müssen. Ihre Augen blickten unruhig.

Sauter stellte sich und Lasse Larsson vor.

„Bitte, kommen Sie herein." Sie führte die beiden Männer in das Wohnzimmer und schloss die Tür zu einem Nebenraum, in dem zwei Jungen mit Zinnsoldaten spielten. Sie hatten sie sie auf dem Fußboden aufgebaut und schienen irgendeine Schlacht nachzuspielen.

„Zuerst dürfen wir Ihnen unser Beileid zum Ableben Ihres Mannes ausdrücken", begann Lasse Larsson, als die Frau die Tür geschlossen hatte.

„Sparen Sie sich das einfach, und fragen Sie, was zu fragen Sie hergekommen sind."

„Dass Ihr Mann Spieler war, dürfte Ihnen nicht neu sein."

Die Frau lachte gequält. „Wenn etwas ein Leben zerstören kann, dann ist es diese verdammte Spielsucht."

Larsson zog das Foto des Asiaten aus der Tasche. „Haben Sie diesen Mann schon einmal gesehen?"

Die Frau nahm das Bild in die Hand, schaute eine Weile darauf und schüttelte dann den Kopf. „Tut mir Leid. Da kann ich Ihnen nicht helfen."

„Können Sie mir eine Liste von den Menschen machen, die im letzten halben Jahr mit Ihrem Mann zusammengetroffen sind?"

„Das werden so viele nicht sein. Jedenfalls privat. Was mein Mann auf seiner Arbeitsstelle gemacht und wen er dort getroffen hat, kann ich Ihnen nicht sagen."

„Und in der Firma, die Sie leiten?"

„Welche Firma? Das Unternehmen ist verkauft an den Platzhirsch zwischen Schwarzwald und Bodensee."

Larsson hatte eine Menge Fragen; natürlich hatte ihm Sauter schon gesagt, dass das Autohaus verkauft worden sei. Aber Larsson wollte es aus ihrem Mund hören. Manchmal gibt ein Zungenschlag, eine bestimmte Erregung, ein kleines Tremolo in der

Stimme die Empfindungen des Menschen wieder, die ihn zu unüberlegten Handlungen hingerissen hatten. Larsson hatte schon Fälle gehabt, bei denen gerade diese Unsicherheit seines Gegenübers seinen Jagdinstinkt auf die richtige Fährte brachte.

„Wann haben Sie Ihren Mann zum letzten Mal gesehen?"

„Am Tag seiner Abreise nach Heringsdorf. Ich habe begrüßt, dass er eine Kur macht. Es war die erste Kur in seinem Leben. Ich verband die Hoffnung damit, dass er sich ändern würde. Eine Zeit lang machte ich mir vor, er würde in sich gehen und begreifen, dass er uns finanziell ruinierte. Er hätte auch unsere Ehe retten können. Schließlich liebte er seinen kleinen Sohn."

„Kann ein Spieler von seiner Sucht lassen, wenn ein Casino in der Nähe ist?" fragte Larsson.

„Kaum. Es ist wie ein Honigtopf, den man einem Bären vor die Nase setzt. Er wird versuchen, von dem Honig zu schlecken."

Sauter hielt sich bei der Befragung zurück und überließ Lasse Larsson das Feld. Er registrierte das mit Befriedigung. Schließlich befand er sich auf fremdem Terrain. „Wussten Sie, dass es in Heringsdorf ein Casino gibt?"

„Nein. Natürlich nicht."

„Was hätten Sie gemacht, wenn Sie es gewusst hätten?"

„Nichts. Nur hätte er dann seinen Koffer selbst packen müssen."

Larsson stellte seine Fragen. Die Frau antwortete kooperativ, obwohl man ihren Unwillen deutlich spürte. Der Schmerz über den Tod ihres Mannes schien sich auf die ihr hinterlassenen Schulden zu begrenzen. Fast schien es ihm, dass die Frau eine gewisse Erleichterung verspürte: Besser ein Ende mit Schrecken als ein Schrecken ohne Ende. „Wann bemerkten Sie, dass Ihr Mann der Spielsucht verfallen war?"

„Er war ein begeisterter und auch relativ guter Tennisspieler, der kein Spiel auslassen konnte, wenn es sich ihm anbot. Wir haben uns auf dem Tennisplatz kennengelernt. Ich dachte, es sei Liebe auf den ersten Blick. Das war sicher ein Irrtum. Er hat mich geheiratet, weil ich immer ein Spiel mit ihm machen konnte und er mich, wenn auch mit der nötigen Anstrengung, meist besiegte. Er war ein Siegertyp."

„Der nicht verlieren konnte."

„Ja. Das konnte er nicht."

„Wann änderte sich das?"

„Die Erbschaft des Autohauses und der plötzlich damit verbundene Wohlstand schienen ihm zu Kopf gestiegen zu sein. Zuerst habe ich es gar nicht gemerkt. Er entschuldigte sich mit Geschäftsessen, Verkaufsgesprächen und so weiter. Später fuhr er schon am Nachmittag gleich nach seiner Arbeit im Bauamt nach Konstanz. Irgendwann hat ihn ein Freund von uns gesehen, als er ins Casino ging, und mich darauf aufmerksam gemacht. Aber es gab auch andere Anzeichen. Dann schloss er die Tankstelle mit der Begründung, der Tankwart habe ihn bestohlen. Das Geschäft mit dem Benzin lohne sich nicht mehr."

„Das hat dann ja wohl ein Gericht geklärt."

„Nein. Mein Mann hat keine Anzeige gemacht."

„Warum nicht? Wenn mich jemand beklaut, zeige ich ihn doch an?"

„Ja, dann würde ich das auch tun. Aber er hatte tausend Ausreden, warum er das nicht machen würde."

„Wenn ich Sie richtig verstehe, hat Ihr Mann seinen eigenen Betrieb ..."

„... in dem *ich* Geschäftsführerin war, jedenfalls nach außen hin, und für alles geradestehen musste ..."

„... Ihren gemeinsamen Betrieb selbst bestohlen. Ist das richtig?"

„Ich denke, dass es so war. Und nicht nur ich."

„Wer denkt noch so?"

„Unser Steuerberater."

Larsson ließ sich den Namen des Steuerberaters geben. Er vergewisserte sich, dass der Mann aus Singen kam und notierte sich das. „Wie standen Sie zu Ihrem Mann?"

„Wir hatten ein gespanntes Verhältnis. Aber angesichts seiner Spielsucht und der damit immer schlechter werdenden sozialen Stellung war das kein Wunder."

„Die Liebe war verflogen", stellte Larsson lapidar fest.

„Nein. Ich liebte ihn noch immer. Aber wir haben Verantwortung für ein Kind. Und dieser Verantwortung ist er nicht gerecht geworden. Als Mutter musste ich mich entscheiden."

„Und Sie haben sich entschieden."

„Für mein Kind, ja."

„Wo waren Sie eigentlich am 12. und 13. des Monats?"

„Sie glauben nicht etwa, ich könnte rund tausend Kilometer entfernt meinen Mann umbringen und gleichzeitig hier am Ort sein?"

„Waren Sie denn hier?"

„Dafür gibt es eine Menge Zeugen."

Larsson notierte sich die Namen, die sie nannte, und wo er die Personen antreffen konnte. „Haben Sie sich eigentlich schon anderweitig orientiert?"

Die Frau lachte auf. Es klang hysterisch. „Sie fragen mich nicht etwa, ob ich einen anderen Mann habe?"

„Doch. Genau das frage ich Sie."

„Ich sollte Sie hinauswerfen."

„Ja, das könnten Sie. Aber dann würden wir uns im Polizeirevier in der Julius-Bührer-Straße weiter unterhalten müssen", sagte Sauter. Es war das erste Mal, dass er sich einmischte.

„Ich muss Sie das fragen", sagte Lasse Larsson. „Wenn Sie eine neue Verbindung hätten, müssten wir der Frage nachgehen, ob der Mann für die fragliche Zeit ein Alibi hat. Wertungen, sehr geehrte Frau Huebner, werden von uns nicht getroffen."

Die Frau druckste herum. Man merkte ihr an, dass es ihr schwerfiel, über so Persönliches zu sprechen.

„Sie dürfen versichert sein, Frau Huebner, uns ist schon alles begegnet und nichts fremd."

„Ich erwarte von Ihnen Diskretion."

„Sie haben mein Wort darauf, wenn der Mann sauber ist, werden wir ihn bei den Medien raushalten, so gut es geht."

„Der Mann heißt Hoffmann."

„Geht es nicht ein bisschen genauer?"

„Arne Hoffmann. Er ist Schiffsführer auf einer Bodenseefähre."

„Wie lange kennen Sie Herrn Hoffmann?"

„Seit dem vorigen Sommer. Ich fuhr über Konstanz nach München und benutzte die Fähre."

„Hatten Sie eine enge Beziehung?"

„Sie fragen, ob ich mit Arne geschlafen habe? Ja."

„Hat Ihr Mann das gewusst?"

„Ich weiß nicht einmal, ob ihn das wirklich noch interessiert hätte. Das Einzige, was ihn interessierte, war, wie er Geld für einen seiner Casinobesuche zusammenbekam."

Larsson ließ sich die Adresse und die Handynummer Arne Hoffmanns geben. „Ich werde nicht umhin können, mich mit Herrn Hoffmann in Verbindung zu setzten. Gab es ein Testament?"

„Nein. Er hielt es nicht für nötig, weil er glaubte, unsterblich zu sein."

„Hatte Ihr Mann eine Lebensversicherung?"

„Ja. Aber die hatte er gekündigt. Das ausgezahlte Geld hat er verspielt."

„Was werden Sie jetzt machen? Wovon werden Sie leben?" fragte Larsson.

„Ich habe Arzthelferin gelernt. Also versuche ich, in meinem Beruf unterzukommen."

„Und das Haus? Liegen da noch Hypotheken drauf, die abgezahlt werden müssen?"

„Bis zum 28. Februar muss ich ausgezogen sein. Die Bank hat es für eine selbstschuldnerische Bürgschaft, die mein Mann platzen ließ, eingeklagt."

„Wann wurde die Klage rechtskräftig, und wusste Ihr Mann davon, dass Sie aus dem Haus müssen?"

„Ja. Es ließ ihn aber kalt.“

„Na ja, es sollen sich ja schon Leute wegen derartiger Dinge umgebracht haben.“

„Sie werden es nicht glauben. Mein Mann hat das zum jetzigen Zeitpunkt nicht als Lebensbedrohung angesehen. Er hatte ja noch *sein* Einkommen aus seiner angestellten Tätigkeit. Es hat ihm nichts ausgemacht, dass ich jetzt mit dem Kind ohne einen Pfennig dastand. Und wenn er mir mit Suizid gedroht hätte, würde ich ihm wahrscheinlich gesagt haben: Tu es doch!“

Lasse Larsson fragte sich, ob ein Mensch in eine solche Ausnahmesituation kommen könne, dass er sagen würde: Tu es doch! Er musste sich eingestehen, dass er sich selbst auch schon in einer derartigen Sondersituation befunden hatte. Als Chiara ihm einmal bedeutete, sie würde sich lieber umbringen, als ihr Leben weiterhin so neben ihm zu vertrödeln, hatte er ihr auch gesagt, dass sie es dann eben tun müsse. Er hatte es gesagt, ohne darüber nachzudenken, was für Konsequenzen das haben könnte. Im Nachhinein bereute er das, und ein wenig wehmutsvoll dachte er an die gemeinsame Zeit mit dieser erstaunlichen Frau zurück.

„Werden Sie die Leiche Ihres Mannes nach Singen überführen und hier begraben lassen?“

„Ich weiß zwar nicht, von welchem Geld, aber ich werde es versuchen.“

Larsson gab ihr die Hand. „Viel Glück, und Kopf hoch! Das Leben stellt immer weitere Optionen bereit. Und alle muss man kennen, um zu sehen, in welcher Zeit und unter welchen Umständen man glücklich ist.“

Sie fuhren nach Konstanz zurück.

„Die Frau kann einem Leid tun“, sagte Sauter. „Ein Glück, dass das Autohaus eine GmbH war. So verliert sie zwar, was sie sich aufgebaut hatte, aber darüber hinaus kann man sie zu nichts verpflichten.“

„Das ist so nicht ganz richtig, Kollege. Sie muss bei Null anfangen. Mit einem Kind, für das sie keinen Ernährer hat. Sie muss aus dem Haus raus, das Kind irgendwo unterbringen, um ihrer

Arbeit nachgehen zu können. Das Ganze ist ein kolossaler sozialer Abstieg. Das muss man erst einmal verkraften."

Larsson war beeindruckt von der eleganten, großen, weißen Villa, als Sauter auf das Grundstück des Casinos einbog. Direkt am Ufer des Bodensees gelegen, schien sich in diesem Haus eine geradezu vollkommene Harmonie, Tradition und Zukunft mit Qualität und stilvollem Ambiente zu verbinden. Es war, so dachte Larsson, die perfekte Atmosphäre, um Menschen das ganz große Leben vorzugaukeln und sie leichtsinnig zu machen.

Sauter erkundigte sich nach dem Geschäftsführer des Hauses. Das kleine Sekretariat stand im Gegensatz zu dem großzügigen Gebäude. Sie wiesen sich aus und wurden gebeten, sich einen Augenblick zu gedulden. Sie hörten, wie die Sekretärin sie über das Telefon ankündigte. Kurze Zeit später erschien ein Mann in den Vierzigern; er war geschmackvoll, elegant gekleidet, hatte ein markantes, ausdrucksstarkes Gesicht, das Entschlossenheit ausstrahlte.

„Herford. Was kann ich für Sie tun, meine Herren?" fragte er, nachdem sie sein Büro betreten hatten. Er bot den beiden Polizisten Platz an und bestellte über das Telefon Kaffee.

„Einer Ihrer Gäste ist wahrscheinlich ermordet worden", sagte Sauter.

„Oh. Und was haben wir damit zu tun?"

„Nur so viel, dass Sie uns bei Nachforschungen unterstützen können."

„Um wen handelt es sich? Muss ich den Mann kennen?"

„Er war immerhin ein Stammgast, der sehr viel Geld hier verloren hat."

„Casinos sind gewinnorientierte Betriebe der Unterhaltungsindustrie, Hauptkommissar. Das muss jedem klar sein, der hier spielt."

Der Kaffee kam. Als die Frau wieder gegangen war, zog Lasse Larsson die Fotografie von dem toten Huebner aus der Tasche und zeigte sie Herford. Der Geschäftsführer nickte.

„Er war wahrscheinlich einer der Spieler, die sich nicht unter Kontrolle hatten. Wir sagen jedem, und das steht auch in unserer Broschüre: Achten Sie darauf, dass Ihr Spielverhalten Ihren finanziellen Möglichkeiten entspricht. Bevor das Spielen für Sie zum Problem wird, wenden Sie sich vertrauensvoll an unseren Kooperationspartner. Die Evangelische Gesellschaft mit ihren lokalen Partnern kümmert sich um derartig labile Spieler, wenn sie in Not sind. Es ist ein kostenloser Service, den man unter der Nummer 07553-82 88 89 erreichen kann."

Larsson wunderte sich, dass der Mann die Nummer auswendig kannte. So selten wird sie also nicht benötigt, dachte er.

„In allen unseren Spielsälen liegt unsere Informationsbroschüre über die Gefahren des Spielens aus."

„Ferdinand Huebner soll einem Ihrer Croupiers einen nagelneuen Audi TT weit unter Wert angeboten haben, um weiterspielen zu können", sagte Lasse Larsson. „Erregt das keinen Verdacht, der Mann habe seinen Spieltrieb nicht unter Kontrolle? Müsste nicht spätestens dann geprüft werden, ob der Mann für das Haus gesperrt werden muss?"

Herford zuckte mit den Schultern. „Es dringt nicht alles bis zu mir vor. Wenn ich etwas nicht weiß, kann ich auch nichts dagegen unternehmen."

Larsson zeigte Herford das Foto des Asiaten.

„Der Mann war einmal hier."

„Das wissen Sie so genau?"

„Einer unserer Spielleiter, Herr Wiese, hat mich auf den Mann aufmerksam gemacht."

„Gab es dafür einen besonderen Grund?"

„Wiese hatte den Verdacht, der Chinese führe etwas im Schilde, ohne Beweise dafür zu haben."

„Ich nehme an, Sie haben ihn dann besonders im Auge behalten."

„Ja." Herford öffnete die Tür und sagte zu seiner Sekretärin: „Wiese soll herkommen."

„Aber er steht am Tisch zwei."

„Dann soll er sich ablösen lassen." Er drehte sich wieder den beiden Polizisten zu. „Wir haben jeden seiner Schritte am Monitor verfolgt, konnten aber nichts Auffälliges diagnostizieren."

„Haben Sie feststellen können, ob der Asiate mit Ferdinand Huebner Kontakt hatte?"

„Nein. Aber darauf haben wir auch nicht geachtet."

Es klopfte. Nachdem Herford den Mann aufgefordert hatte, einzutreten, kam ein smarter Typ herein. Larsson schätzte ihn auf fünfzig plus minus zwei Jahre. Der Geschäftsführer stellte die beiden Beamten vor und fragte den Croupier nach dem Asiaten und seinen Vermutungen. Dabei zeigte er ihm das Bild, das Larsson noch auf dem Tisch liegen hatte.

„Der Chinese war nicht allein."

„Wer war bei ihm?" fragte Larsson.

„Eine Frau, die erheblich jünger war als er. Schlank, groß gewachsen und erstaunlich hübsch."

„Warum haben Sie ihn verdächtigt, irgendetwas Unrechtes getan zu gaben?"

„Das rien ne va plus war ausgesprochen. Die Kugel lief im Kessel. Da fielen der Frau die Chips aus der Hand. Ich war für eine Sekunde abgelenkt. In dieser Sekunde muss der Chinese nachgesetzt haben. Das ist verboten. Es ging so schnell, dass ich es kaum mitbekam, aber ich bin mir sicher, dass es so war."

„Lassen Sie mich raten: Der Asiate hat gewonnen."

Wiese schaute unsicher zu seinem Chef. Der nickte ihm zu.

„4.000 Euro."

„Und Sie glauben, es war nicht rechtmäßig erworbenes Geld."

„Ja, das glaube ich. Es war allerdings nicht zu beweisen."

„Aber die anderen Spieler. Die müssten es doch gesehen haben?"

„Wenn sie nicht auch abgelenkt waren. Wie gesagt, die Frau war besonders hübsch."

„Wenn wir nicht absolut sicher sind", mischte sich Herford ein, „dass Betrug im Spiel ist, machen wir auch nicht die Pferde scheu. Das würde unserem Ruf als seriöses, verschwiegenes Unternehmen schaden. Haben Sie noch Fragen an Herrn Wiese?"

„Kennen Sie Herrn Ferdinand Huebner aus Singen?"

„Jeder hier im Haus kennt Herrn Huebner."

„Jeder?"

„Herr Huebner verspielte mehr, als er verdienen konnte. Er machte im Haus Geschäfte, die eigentlich nicht üblich waren."

„Was waren das für Geschäfte?"

„Seine Frau besaß ein Autohaus. Er versuchte hier Autos zu verkaufen. Wir mussten ihn wiederholt zur Ordnung mahnen."

„Er verspielte hier also ganze Autos."

Der Spielleiter sagte nichts. Man konnte ihm ansehen, dass ihm die ganze Prozedur unangenehm war.

„Hätten Sie Huebner nicht sperren müssen?"

„Wie gesagt, wir haben ihn verwarnt."

„Wer hat ihn verwarnt?"

„Zuerst ich."

„Ja?"

„Und dann unser Geschäftsführer, Herr Herford."

Lasse Larsson machte sich Notizen. Was er hier hörte, entbehrte jeder Logik. Die Casinos warnten einerseits mit einer Informationsbroschüre, und andererseits wurde ein bekannter Spieler, der sich um Kopf und Kragen zockte, nicht rechtzeitig gesperrt. Entweder hatte hier jemand geschlafen, oder der Mann wurde gezielt ausgenommen.

Larsson drehte sich dem Geschäftsführer zu. „Herr Wiese kann wieder an seine Arbeit gehen."

Herford nickte Wiese zu, der eiligst mit einem „Bis zum nächsten Mal" den Raum verließ.

„Was mich wundert, Herr Herford, ist, dass Sie so viel Mühe hatten, Ferdinand Huebner zu erkennen. Erst als Sie sein Foto sahen, fiel Ihnen ein, dass Ihnen der Mann bekannt ist. Dabei sagte Herr Wiese, dass jeder hier im Haus Herrn Huebner kennt. Warum, so frage ich mich, haben Sie sich so verdammt schwergetan, sich an Huebner zu erinnern?"

„Ich habe nur einen Moment lang nicht an Huebner gedacht. Aber schon bevor Sie mir das Bild zeigten, fiel mir sein Name ein.“

„Er war immerhin ein Stammgast, wie ich schon sagte, der sehr viel Geld hier verloren hat. An einen solchen Mann erinnert man sich beim ersten Buchstaben seines Namens. Aber, wie Sie so schön sagten, Casinos sind gewinnorientierte Betriebe der Unterhaltungsindustrie. Da fällt einem so manches Mal ein Name nicht gleich ein.“

8. Kapitel

Kurz nach sechs am Abend verließen die beiden Kommissare das Casino.

„Was halten Sie von Herford?“ fragte Sauter.

„Das ist ein aalglatter Hund, der nur auf den Gewinn seines Hauses schielt, und ich denke mal, dass er den Begriff Suchtgefährdung sehr großzügig auslegt.“

„Aber genau das ist seine Aufgabe. Gewinn machen um jeden Preis. Übrigens, gegen den Mann liegt nichts vor. Ich habe mich schlaugemacht. Herford ist sauber.“

Larsson sagte nichts. Er dachte: Wenn diese verfluchten Spielhöllen nicht wären, würde so mancher nicht in die Armutsfalle tappen, viele Ehen wären noch intakt, und Suizide wegen des verlorenen Geldes gäbe es auch nicht. Er dachte an einen Mann, der Leiter eines skandinavischen Reisebüros in Hamburg und der Spielleidenschaft nahezu willenlos verfallen war. Auf der *Stena Germanica*, mit der sie gemeinsam nach Schweden fuhren, fütterte er unaufhörlich die einarmigen Banditen, die ihm hemmungslos das Geld abnahmen. Der seriös wirkende, gebildete Mann, der einen sehr sympathischen Eindruck machte, verlor durch diese Sucht merklich an Akzeptanz. Andererseits gab es genügend reiche Menschen, denen die Abschöpfung eines Teils ihres Geldes nicht unbedingt schadete. Auf jeden Fall war diese Art der Unterhaltungsindustrie ein einträgliches Geschäft, für die Betriebe ebenso wie für den Staat, der einen Teil des Geldes als Spielsteuer für sich reklamierte.

„Haben Sie schon ein Hotel gebucht?" Die Frage Sauters erinnerte Larsson daran, dass er sich noch nicht bei seinen Freunden in Öhningen gemeldet hatte.

„Ich hoffe, ich habe keins nötig." Er versuchte eine Verbindung herzustellen, bekam aber keinen Anschluss. „Sie wollen nach Hause. Verstehe ich. Können Sie mich an einem Mietwagenverleih absetzen? Ich werde noch versuchen, diesen Arne Hoffmann zu erreichen. Vielleicht kann ich ihn ja noch treffen."

„Sixt oder Europcar?"

„Was näher ist."

„Sie liegen beide im Industriegebiet in Oberlohn."

„Es ist mir egal."

Sauter fuhr zu Sixt in die Maybachstraße. Er wollte warten, bis Lasse Larsson sein Fahrzeug hatte. Der drängte ihn, nach Hause zu fahren. Sie verabredeten sich für Montag, neun Uhr morgens, im Rathaus Singen am Hohentwiel.

Nachdem sich Larsson einen VW-Golf für das Wochenende gemietet hatte, wählte er die Handynummer Arne Hoffmanns, die er von Susanne Huebner bekommen hatte. Hoffmann meldete sich nach dem vierten Klingelton. Larsson merkte sofort, dass die Frau ihn vorgewarnt hatte. Sie verabredeten sich bei Hoffmann zu Hause. Der Stadtplan, den er vom Mietwagenverleiher bekommen hatte, brachte ihn zur Wohnung Hoffmanns im Akazienweg.

Larsson zeigte seinen Dienstausweis, als er Hoffmanns Wohnung betrat. „Ich habe einige Fragen an Sie, die im Zusammenhang mit dem gewaltsamen Tod Ferdinand Huebners stehen."

Hoffman führte ihn in sein Wohnzimmer. Anders als die meisten alleinlebenden Männer schien der Geliebte Susanne Huebners geradezu peinlich ordentlich zu sein. Larsson dachte an drei Möglichkeiten, wo der Mann diese Art der Ordnung gelernt hatte: Seine Mutter, die das Elternhaus akkurat in Schuss hielt, war möglicherweise Vorbild, das Militär oder das Gefängnis. Er notierte sich das mit Kürzeln.

„Wie lernten Sie Frau Huebner kennen?"

„Sie benutzte die Fähre von Konstanz nach Meersburg. Ich sprach sie an, weil sie beinahe auf einen anderen Wagen aufgefahren wäre. Sie wirkte sehr nervös, und ich versuchte sie zu beruhigen."

„Ist Ihnen das gelungen?"

Hoffmann hob die Schultern. „Vielleicht nicht gleich. Aber ich lud sie zu einem Kaffee ein, und sie nahm an."

„Unmittelbar?"

„Ich verstehe nicht."

„Sie sind doch Schiffsführer."

„Ja."

„Muss ein Schiffsführer nicht auf der Brücke sein?"

Hoffmann lachte. „Natürlich. Aber während der Verladung ist es üblich, jedenfalls bei mir, dass ich mich auch darum kümmere."

„Warum?"

„Je dichter die Autos stehen, umso mehr bekommen wir mit. Der Verdienst der Reederei liegt in der Zahl der beförderten Passagiere und Autos. Es war Sommer und der Andrang groß. Außerdem müssen die Wagen, was das Gewicht angeht, annähernd gleichmäßig verteilt werden."

„Sie luden Frau Huebner also zum Kaffee ein. Auf die Brücke?"

„Wo denken Sie hin. Das ist nicht erlaubt."

„Die Fahrt ist kurz, und wenn die Frau nicht auf der Brücke war, müssten Sie unter Deck gewesen sein, um mit ihr Kaffee zu trinken. Das, denke ich, wäre auch verboten."

„Es war meine letzte Fahrt an diesem Tag. In Meersburg wurde ich abgelöst. So konnte ich mit Frau Huebner das Schiff verlassen. Wir gingen in ein Café."

„In welches?"

„Ins Café Podium im Fährhaus. Es ist gleich dort, wo die Schiffe ankommen, in der Unteruhldinger Straße."

„Die Frau ist also nach München gefahren. Wissen Sie, was sie dort wollte?"

„Eine Freundin besuchen. Sie wollte einfach einmal weg vom Alltag und den Sorgen. Ich denke, Frau Huebner brauchte einfach jemanden, mit dem sie reden konnte. Und diesen Jemand hatte sie gefunden. Also blieb sie."

„Nahmen Sie Frau Huebner mit zu sich nach Hause?"

„Ich weiß nicht, was Sie das angeht."

„Herr Hoffmann, ich ermittle in einem Mordfall. Da gibt es keinerlei Tabus."

Sie schwiegen einige Sekunden. Dann sagte Hoffmann: „Ich habe gute Bekannte, die haben ein exklusives Hotel direkt an der Seepromenade in Hagnau. Da sind wir hingefahren und über Nacht geblieben."

„Verstehe. Sie wollten Frau Huebner etwas Besonderes bieten."

„Das war es nicht. Vor Frau Huebner hatte ich eine Beziehung. Und diese Frau war in meiner Wohnung. Wir konnten also nicht dahin. Ich habe Waltraud schon am nächsten Tag mitgeteilt, dass es zwischen uns aus war."

„Es hatte also gefunkt."

„Es hatte richtig gefunkt." Hoffmann strahlte übers ganze Gesicht.

„Wie lange waren Sie mit Ihrer vorigen Freundin zusammen, als sie sich trennten?"

„Vier Jahre."

„Vier Jahre. Und die wirft man einfach so über Bord? Wegen einer Nacht?"

„Ich liebte Waltraud nicht. Manchmal läuft sich etwas tot. Ich hatte es schon eher bemerkt, hatte aber noch keinen Anlass, dem unsinnigen Spiel ein Ende zu setzen."

In diesem Augenblick wurde Larsson wieder an Chiara erinnert. Auch bei ihm hatte sich etwas totgelaufen. Nur dass er der Letzte war, der das mitbekommen hatte. Welcher Mann würde schon gerne verlassen werden? Larsson hatte keinen Ersatz für Chiara auf Lager so wie Hoffmann.

„Und dann lernten Sie Frau Huebner kennen."

„Es war eine unbeschreibliche Liebesnacht, die alles in mir veränderte. Es war nicht nur Sex. Eine Seelenverwandtschaft offenbarte sich, die ich so noch nie erlebt hatte. Und so beschloss ich noch in der Nacht, klar Schiff zu machen."

„Wie hat Ihre Freundin das aufgenommen?"

„Erstaunlich ruhig. Sie packte ihren Kram und verschwand aus meinem Leben."

Wie bei mir, dachte Larsson. Chiara verschwand auch aus seinem Leben. Der Unterschied war, sie hatte sich von ihm getrennt, nicht umgekehrt.

„Seitdem sind Sie und Frau Huebner ein Paar?"

„Ja. Sie sagte, ihr Mann würde nicht mehr mit ihr schlafen. Er hätte nur noch Interesse für das Spiel. Das würde sie ruinieren."

„Und da wollten Sie ihr helfen."

„Natürlich. Wenn man verliebt ist, bereitet einem jede Möglichkeit, diese Liebe zu beweisen, ein besonderes Vergnügen. Es ist, als beschenke man sich selbst."

„Ja, das verstehe ich gut."

„Sie hatte diesen Mann, der sie ausnutzte und vernachlässigte, der sie nicht mehr zu lieben schien, und die Möglichkeit, mit mir die Liebe neu zu erfahren."

„Da störte Ferdinand Huebner natürlich."

„Und wie. Aber sie hatte auch ein Kind. Deshalb wollte sie nicht sofort die Trennung. Es wollte genau überlegt sein."

„Kam Huebners Tod da nicht gerade recht?"

„Sicher. Glauben Sie aber nicht, Herr Kommissar, dass der Tod eines Menschen unbedingt des Anderen Glück ist. Susanne hätte ihren Mann niemals umgebracht."

„Und Sie? Hätten Sie Huebner umgebracht, um mit seiner Frau glücklich zu werden?"

„Doch. Und ich habe das vielfach in diesem halben Jahr getan. Aber nur in Gedanken. Nein, ich bin wirklich nicht Ihr Mann, Kommissar. Wenn Sie das glauben, liegen Sie falsch."

„Wo waren Sie am 12. und 13. des Monats?"

„Die Fähren sind eine ständige Verbindung. Jedenfalls solange der See nicht zugefroren ist. Und bisher hat er uns diesen Gefallen noch nicht getan.“

„Wieso Gefallen?“

„Wir bekommen unser Geld auch weiter. Sonderferien, sozusagen.“

„Ich habe noch keine befriedigende Antwort auf meine Frage.“

„Ich hatte Dienst.“

Larsson notierte sich das. Ich werde Sauter bitten, das nachzuprüfen, dachte er. „Werden Sie Weihnachten mit Frau Huebner feiern?“

„Ja. Sie braucht jetzt Zuspruch und Trost.“

Ihr Gespräch war zu Ende. Larsson verabschiedete sich von Arne Hoffmann. Es war bereits dunkel geworden. Vom Auto aus telefonierte er mit seinen Freunden. Dann fuhr er hinaus an den Untersee nach Öhningen.

An diesem 23. Dezember schien der Tag gar nicht kommen zu wollen. Eine trübe, graue Nebelwand stand vor der Grenze zu Stein am Rhein. Und dieser Nebel legte sich wie eine zweite Haut über das Auto. Überall, wo Wasser ist, dachte Larsson, gibt es diesen verdammten Nebel. In Stein am Rhein ebenso wie in Heringsdorf. Zweimal schlitterte der Wagen, und er hatte jedes Mal das Gefühl, ohnmächtig zusehen zu müssen, wie das Fahrzeug unaufhaltsam auf die Straßenbegrenzung zuglitt. Aber das Glück war an diesem Tag auf seiner Seite.

Aus der Rielasinger Straße kommend, war er in die Hauptstraße Singens eingebogen. Pünktlich um neun suchte er auf dem Parkplatz vor dem Rathaus eine Möglichkeit, den Wagen abzustellen. Der Betrieb im Rathaus war mäßig. Offensichtlich hatte sich ein Teil der Angestellten und Beamten bereits in den Weihnachtsurlaub zurückgezogen. Auch die wenigen Besucher ließen darauf schließen.

Sauter wartete bereits im Foyer auf ihn. Der Singener Oberbürgermeister Andreas Römer, ein Mann der CDU, hatte nur mit Widerwillen den Termin mit dem Kriminalhauptkommissar gemacht. Das war ein Zugeständnis an seinen langjährigen Mitarbeiter Ferdinand Huebner, der zwar ob seiner Spielleidenschaft, die auch hier nicht verborgen geblieben war, ein unbequemer Mitarbeiter war, der aber als langjähriger Beamter nicht so ohne Weiteres vom Dienst suspendiert werden konnte.

Sie gingen zum Sekretariat. Jeder, der etwas auf sich hielt, hatte ein Sekretariat. Ein Oberbürgermeister allemal. Die Frau war mittleren Alters, brünett und das, was man einen guten Wachhund nannte. Wer immer zu OB Römer wollte, musste ihre Zustimmung dafür einholen. Aber Sauter, dem dieses Gebaren wohlbekannt war, hatte den Termin gemacht. Damit der keinesfalls platzte, hatte er auf die Ermittlungen im Mordfall Ferdinand Huebner hingewiesen.

Der OB entpuppte sich als leutseliger Politiker, der schnell die passenden Worte zum Ableben seines Mitarbeiters fand. „Es ist unsagbar traurig, dass wir unseren Mitarbeiter auf diese profane Weise verloren haben. Am meisten bedaure ich seine Frau, die unter den sprunghaften Aktivitäten ihres Mannes hatte leiden müssen, und das Kind. Es ist immer traurig, wenn ein Kind ein Elternteil verliert. Frau Huebner ist nun den ehemals florierenden Autohandel losgeworden, hat das Kind zu versorgen, aber kein Einkommen. Manchmal ist das schon ein Kreuz."

Römer wurde in seinem Redefluss unterbrochen, als sich Larssons Handy bemerkbar machte. „Guten Morgen, Rolf. Was gibt es? Aber schnell. Ich bin in einer Besprechung."

„Das Reisebüro aus Amsterdam hat geantwortet. Es gibt keine Wohnung zu dem Namen Zheng Chenggong und auch nicht zu Wu Sun Jian. Das volle Geld sei bei der Buchung hinterlegt worden, so dass man keinen unmittelbaren Wert auf die Adresse gelegt habe."

Larsson stand auf und ging einige Schritte zum Fenster, aus dem er auf den Verkehr in der Hauptstraße schauen konnte. „Gibt es in dieser Angelegenheit schon eine Antwort vom BKA?“

„Nein.“

„Ich rufe dich an, sobald ich hier fertig bin.“

Larsson kam zum Tisch zurück und entschuldigte sich beim Oberbürgermeister für die Störung. „Es betraf diesen Fall. Wir gehen da einer Spur nach, die auch eine Rücksprache mit dem Bundeskriminalamt nötig macht.“

„Wie ist Huebner eigentlich zu Tode gekommen?“ fragte der OB. „In der Zeitung stand, er sei aus dem siebten Stockwerk gefallen.“

„Geworfen worden trifft es wohl eher.“ Larsson zog ein Foto aus seiner Tasche. Einmal einen OB schocken, dachte er. Wer so voyeuristisch fragt, hat es nicht besser verdient. Während der Mann fassungslos auf das Bild schaute, kehrten die Bilder des Leichenfundes in Larssons Gedächtnis zurück. Die erste Untersuchung der Leiche und das Gespräch mit Simons liefen noch einmal ganz exakt in seinem Kopf ab. Mein Unterbewusstsein versucht mich auf etwas aufmerksam zu machen, dachte Larsson. Er konnte in diesem Moment nicht erfassen, was.

„Das ist ja grässlich“, sagte der OB und gab Larsson das Foto zurück. „Wer macht so etwas nur? Wer ist dazu fähig?“

„Wenn wir das wüssten, hätten wir den Täter.“

„Aber warum musste Huebner sterben?“

„Wer weiß? Huebner war Spieler off limits, einer, der immer neues Geld brauchte, um seinem Affen Zucker zu geben. Da reicht es manchmal nicht aus, seine Familie an den Rand des Ruins zu treiben und seinen Betrieb zu versilbern. Da muss man wahrscheinlich auch Schulden machen. Und wenn das so ist, kommen vielleicht die Eintreiber. Und die sind nicht fein. Die lassen schon einmal einen über die Klinge springen, um anderen zu sagen: Schaut, was da passiert! Wollt ihr das gleiche Schicksal erleiden? Nein? Dann zahlt!“

„Das ist ja furchtbar“, sagte der Oberbürgermeister.

„Aber wir wissen nicht, ob es tatsächlich so war. Das ergeben unsere weiteren Ermittlungen." Lasse Larsson lächelte diabolisch. „Ich nehme an, Huebner war Beamter?"

„Ja."

„Sie wussten, dass er dieses Autohaus geerbt hatte. Ließ sich das mit dem Beamtenstatus vereinbaren?"

„Nur, indem er seine Frau zur alleinigen Gesellschafterin einer GmbH machte. Da ging uns das Procedere nichts mehr an."

„Hatten Sie – rein arbeitstechnisch – ein gutes Verhältnis zu ihm?"

„Eigentlich ein sehr gutes. Als die Stelle des Baudezernenten erneut ausgeschrieben werden sollte, hätte ich ihm fast das Amt gegeben. Doch dann erfuhr ich von seiner Spielleidenschaft."

„Wann war das?"

„Vor etwa zwei Jahren."

„Wie erfuhren Sie davon?"

„Eine Mitarbeiterin bekam zum Geburtstag von Freunden einen Abend im Casino und ein paar Jetons geschenkt. Sie ging dann mit ihrem Mann dorthin und begegnete Huebner. Sie beobachtete, wie der verbissen Stunde um Stunde zockte und Riesensummen verspielte. Sie sagte es mir am Tag darauf unter vier Augen. Da zog ich die Notbremse."

„Haben Sie Unregelmäßigkeiten bezüglich der Vergabe von Baugenehmigungen bemerkt?"

„Was genau ist Ihre Frage? Ob er Bearbeitungszeiten vorgezogen hat?" Der OB hob die Schultern. „Eine solche Fragestellung hat sich noch nie ergeben."

„Eher ob er aus den Vergaben von Baugenehmigungen profitierte."

„Sie meinen in Form von ungesetzlichen Zuwendungen?"

„Ja, das trifft es genau."

Der OB schüttelte den Kopf. „Derartige Dinge sind mir nicht bekannt, sonst hätte ich ihn entlassen müssen."

„Na, ganz so geheim können seine Aktivitäten nicht gewesen sein", sagte Sauter, „sonst hätten wir nicht ermitteln müssen."

„Ich habe gehört, Huebner wollte ein Seniorenheim durchsetzen, das in einem Landschaftsschutzgebiet entstehen sollte", sagte Larsson.

„Dazu bedarf es einer breiten Zustimmung. Zum Beispiel der Stadtrat ..."

„... soll bereits zugestimmt haben. Huebner hatte eine breite Lobby, die mitzog, wenn er etwas vorschlug, was der Stadt Singen als Gewinn verkauft werden konnte", warf Sauter ein.

„Es wird alles nicht so heiß gegessen, wie es gekocht wird. Vielleicht hätte er ja die Zustimmung des Stadtrates erhalten. Aber in diesem Fall hatte der Landrat das letzte Wort. Und der hat sich quergestellt."

„Und wenn der Landrat akzeptiert hätte?"

„Rein hypothetisch hätte dann der Bau eines Seniorenheimes stattfinden können. Wie gesagt, rein hypothetisch."

„Wieso hypothetisch?"

„Weil ich mit dem Landrat darüber gesprochen habe, und wir waren uns einig darüber, dass an diesem Ort keinesfalls gebaut werden darf. Dort gibt es eine seltene Form von Lurchen und andere Tiere wie Wiesenbrüter, die Schutzzonen brauchen. Das Wasser der Aach und die dort vorhandenen Wiesen garantieren den Fortbestand dieser Tierarten."

Genau besehen, hat der Vorgesetzte Huebners dessen Krankheit nicht nur geduldet, dachte Larsson. Er hat diese Unregelmäßigkeiten im Geschäftsablauf auch noch gedeckt. Aber der zieht sich geschickt aus der Schlinge. Alle Politiker scheinen in gewissen Situationen ihr Handwerk wie ein Chamäleon zu beherrschen. Manchmal war es gut, Eigenschaften einer sich verfärbenden Eidechse zu haben. Das sicherte das politische Überleben.

Hier war nichts mehr zu erfahren. Alles, was über Ferdinand Huebner amtlicherseits aktenkundig geworden war, hatte die Kripo Konstanz zusammengetragen. Und zusammen mit den Ereignissen in Heringsdorf nahm das Bild, das Lasse Larsson sich von Huebner machte, Gestalt an.

Sauter forderte die Einsicht in die Personalakte Huebners. Der Oberbürgermeister, sich der Tatsache bewusst, dass der Kriminalhauptkommissar mit einer richterlichen Verfügung kommen würde, wenn er diesem Wunsch nicht nachkäme, wies die brünette Sekretärin an, dem Wunsch Sauters zu entsprechen. Sauter ließ sich die Akte kopieren. Dann waren sie entlassen.

„Ich würde Sie bitten, das Alibi von Arne Hoffmann zu überprüfen", sagte Larsson, als sie wieder im Auto saßen. „Ich möchte wissen, ob er am 12. und 13. des Monats tatsächlich gearbeitet hat."

„Sie haben nicht etwa vor, den Sturz des OB zu betreiben? Ich sage Ihnen, es ist leichter, einem Minister ans Bein zu pinkeln, als einen Oberbürgermeister aus dem Amt zu jagen", sagte Sauter.

Larsson musste ihm Recht geben.

Sie fuhren zu Huebners Steuerberater in die Thurgauer Straße. Der Mann bestätigte die Aussage von Susanne Huebner, ihr Mann habe seinen eigenen Betrieb bestohlen, als er den Tankwart entließ und die Tankstelle für immer schloss. Die Unterlagen hätten einzig diesen Schluss zugelassen.

Larsson bedankte sich für die Hilfe und verabschiedete sich von Kriminalhauptkommissar Sauter, der zurück nach Konstanz fuhr. Er nahm sich eine halbe Stunde Zeit, um einen Kaffee zu trinken. Das kleine Café in der Innenstadt Singens war noch immer gut besucht. Offensichtlich florierte wenige Stunden vor Heiligabend noch der Weihnachtseinkauf, und so mancher gönnte sich eine Stärkung, bevor er nach Hause ins Umland zurückfuhr.

Er rief Andresen an, wie er es ihm versprochen hatte. „Also, Rolf, was genau gibt es noch? Ich konnte vorhin nicht mit dir sprechen. Wir saßen beim Oberbürgermeister von Singen."

„Das BKA hat sich gemeldet. Zheng Chenggong war der Name eines Armeeführers und halbstaatlichen Seeräubers am Übergang der chinesischen Ming- zur Qing-Dynastie etwa im Jahr 1644. Man glaubt nicht, dass der Mann tatsächlich so heißt. Wir bekommen Bescheid, wenn sie es herausgefunden haben."

„Und der Name der Frau?“

„Über Wu Sun Jian haben sie gar nichts im Computer.“

„Na ja, dann fangen wir halt im Jahr 1644 an“, sagte Larsson lachend.

9. Kapitel

Den Heiligen Abend und den ersten Feiertag hatte Lasse Larsson bei seinen Freunden Tina und Herbert Schmid in Glashütte unweit von Eigeltingen verbracht, den zweiten Feiertag bei Conny und Dieter Hangarter in Weiterdingen. Arpad, so der Spitzname vom Dieter Hangarter, betrieb dort mit seiner Frau die Gaststätte Krone. Zuvor hatten sie mehrere Jahre den Roten Knopf in Konstanz geführt. Das als gehobene Speisegaststätte geleitete Unternehmen warf zwar guten Gewinn ab, forderte aber zu viel Einsatz, der Arpad eine Herzoperation eingebracht hatte. Sie hatten sich viel über die Veränderungen des Lebens zu erzählen.

Am Donnerstag, dem 26. Dezember, fuhr Larsson mit dem Nachtzug nach Berlin und von dort mit seinem Renault nach Heringsdorf. Andresen und Simons waren noch im Büro.

„Was die Ermittlungen um Huebner angeht, haben wir eine ganz neue Situation“, sagte Larsson. Er nahm einen Zettel und schrieb mittig oben den Namen Huebners, links darunter den Namen Zheng Chenggong und rechts Arne Hoffmann hin und setzte alle jeweils in einen Kreis. Zwischen Huebner und dem Chinesen siedelte er die PPJB-Finanzservice GmbH an. Letztere bedachte er mit einem Fragezeichen.

Monika Landris kam zur Tür herein und begrüßte Larsson freudig.

„Sie kommen genau richtig, Frau Landris. Sie können sich gleich mit den neuen Erkenntnissen vertraut machen.“

„Sie sollten erst einmal einen Begrüßungskaffee mit uns trinken.“

Larsson hob die Hände. „Später. Ihr werdet es nicht glauben, aber es gibt eine Verbindung zwischen dem Mordopfer Ferdinand Huebner und der in Zinnowitz ansässigen Finanzfirma. Ich weiß bloß noch nicht, welche. Hätten wir den Fall nicht nach Anklam abgegeben, wären wir vielleicht in der Lage, heute schon zu wissen, was für eine Verbindung das ist. Dann haben wir zwei Verdächtige. Es ist der Liebhaber der Frau des Toten, Arne Hoffmann, der Schiffsführer einer Bodenseefähre, und dieser Zheng Chenggong, ein Chinese, von dem wir bisher wissen, dass sein Name nicht echt ist. Zheng Chenggong war nämlich der Name eines Armeeführers und halbstaatlichen Seeräubers Mitte des 17. Jahrhunderts. Eine solche Analogie ist sicher nicht zufällig. Jedenfalls läge das außerhalb meiner Vorstellungskraft."

Larsson dachte einen Moment an eine Vermutung, die er angestellt hatte. Aber noch wollte er die für sich behalten. „Dieser ominöse Chinese hat keinerlei Wohnungsanmeldung in Amsterdam hinterlassen. Außerdem ist er am Mordtag abgereist, obwohl er und seine Begleiterin Wu Sun Jian für einen Tag länger im Schlosshotel Mellenthin eingebucht waren."

„Und was ist mit PPJB?" fragte Monika Landris.

Larsson hob die Schultern. „Die hat versucht, mit Ferdinand Huebner dahingehend ins Geschäft zu kommen, dass Huebner die Genehmigung für den Bauplatz eines Seniorenheims im Landschaftsschutzgebiet Singens erwirkt. Dafür sollte mutmaßlich Schmiergeld bezahlt werden."

„Aber wie passen die beiden Fälle zusammen?"

„Noch weiß ich es nicht. Aber meine Nase ..." Larsson führte wieder den linken Zeigefinger zu seiner Nasenspitze, so wie er es immer zu tun pflegte, wenn er glaubte, etwas zu ahnen, ohne dass es bereits faktisch untermauert war. „... meine Nase sagt ganz deutlich, dass hier etwas faul ist."

„Die Crux ist", sagte Andresen, „dass wir durch den Jahreswechsel in unseren Bemühungen eingeschränkt sind. Warten ist angesagt."

Kurz vor zwei am Nachmittag rief Kriminalhauptkommissar Sauter aus Konstanz an. „Ich will es ganz kurz machen, Kollege Larsson. Arne Hoffmann hatte vom 11. bis 14. Dezember Urlaub."

„Dann kommt er als Täter in Frage. Wir müssen jedenfalls auch in dieser Richtung ermitteln."

„Und er ist schon wieder weg. Zum Wintersport."

„Allein?"

„Er ist in die Schweizer Berge gefahren. Und raten Sie, mit wem."

„Susanne Huebner."

„Richtig."

„Als ich heute Morgen einen Kollegen aus Singen nach Gottmadingen schickte, um die Frau zu befragen, wo ihr Freund zu finden sei, war auch sie schon ausgeflogen. Niemand wusste, wohin. Die Nachbarin, die die Katze versorgt, konnte nur sagen, dass sie sich irgendwo in der Schweiz zum Skilaufen aufhalten. Und nur für fünf Tage."

„Dann sind sie erst nach dem Jahreswechsel wieder da. Es bleibt uns nichts anderes übrig, als zu warten."

„Ich werde mich darum kümmern."

„Danke, dass Sie so schnell gehandelt haben." Lasse Larsson bewunderte insgeheim den Arbeitseinsatz seines Berufsgenossen aus Baden-Württemberg. Er war sich durchaus nicht sicher, dass man hier im Norden zu einem so extremen Zeitpunkt ebenso viel Arbeitseinsatz für eine andere Dienststelle aufbringen würde.

Monika Landris kam mit einer Thermoskanne Kaffee, die sie auf dem Tisch absetzte. Sie ging noch einmal hinaus, um die Tassen zu holen. „Sie ist eine tüchtige Frau", sagte Simons begeistert, „und passt absolut gut zu uns."

Andresen lachte. „Simons spielt sich auf wie ein Hahn, wenn er in ihrer Nähe ist."

„Waren wir nicht auch einmal jung?" fragte Larsson.

Monika Landris kam mit den Tassen zurück. Sie brachte einige Scheiben Dresdner Christstollen auf einem Teller, den sie von zu Hause mitgebracht hatte.

„Muss ich einen roten Kopf bekommen?"

Larsson hatte Kopfschmerzen und Hunger. Und er hatte den Wunsch, sich in sein kleines Häuschen zurückzuziehen und einmal richtig auszuschlafen. Schließlich waren die letzten Tage bei den selten gesehenen Freunden bis in die Nächte hinein ausgiebig zum Meinungsaustausch genutzt worden. „Wenn einer einen roten Kopf bekommen muss, dann ganz bestimmt nicht Sie." Er nahm beherzt ein Stück von dem Stollen, in der Hoffnung, damit seinen Kopfschmerz zu bekämpfen.

„Ich habe mir das Notizbuch Huebners vorgenommen", sagte Andresen zwischen zwei Bissen.

„Und?"

„Es gibt eine Eintragung für den 12. Dezember, die ich auch schon zuvor einige Male gefunden habe. Sie besteht nur aus zwei Buchstaben – PP."

„PP? Damit kann ich im Augenblick nichts anfangen."

„Wenn ich das in den Zusammenhang mit der Finanzservice GmbH sehe, könnte es sich um Peter Petersen handeln. Er ist einer der beiden Inhaber."

Drei Mordmuster liefen vor den Augen Larssons ab. Er hatte für jedes eine Ahnung, wie es passiert sein konnte. Aber letztlich konnte er sich nicht auf ein bestimmtes Gesicht festlegen. „Montag und Dienstag haben wir noch zwei Arbeitstage zur Verfügung. Da werden wir versuchen, das zu klären. Heute gehen wir alle ins wohlverdiente Wochenende."

Simons zeigte auf die schusssichere Weste. „Du bist wieder in Feindesland, Lasse, also zieh sie an!"

Als die Truppe aufbrach, war es kurz vor drei. Obwohl das Wetter tatsächlich nicht besonders einladend war und es bereits zu dunkeln schien, beschloss Larsson, einen kleinen Spaziergang am Wasser zu machen. Mit frischer Luft ließ sich am besten der lästigen Bohrhämmer in seinem Kopf Herr werden. Er schaute aus dem Fenster seines Büros und sah noch, wie die beiden Kommissare in ihre Autos stiegen.

Andresen fuhr vom Hof. Simons schien auf etwas zu warten. Monika Landris kam aus dem Haus. Simons stieg aus seinem roten Golf und ging zwei Schritte auf sie zu. Larsson sah mit Argwohn, dass der junge Kollege intensiv auf die Frau einredete. Dann stieg sie zu ihm ins Auto. Fang nie etwas im eigenen Haus an, Lasse, dachte er. Das bringt nur Ärger. Freilich war die Landris der Typ Frau, der ihn interessierte. Aber je mehr er darüber nachdachte, um so besser war es, dass Simons' Werben um die Frau ihn vor einer Dummheit bewahrte.

Missmutig zog er sich die schusssichere Weste an und den grauen Anorak darüber. Er schaute sich noch einmal in der Scheibe des Fensters an. Niemand würde sehen können, dass er ein solches Ding trug. Eigentlich kann ich mir nicht leisten, eitel zu sein, dachte er. Dennoch sagte man ihm eine gewisse Eitelkeit nach, und seine Dementis zielten eher darauf ab, diesen Eindruck zu verstärken, als ihn zu entkräften.

Larsson ließ seinen Wagen stehen und ging die wenigen Meter zur Heringsdorfer Seebrücke zu Fuß. Er würde dort ohnehin Mühe haben, einen Parkplatz zu finden. Die Geschäfte im Brückenbereich waren zu dieser Jahreszeit nicht alle geöffnet. Der Zeitungs- und Andenkenhändler Mellenthin und die Bäckerei Junge hielten ihre Läden offen. Er ließ sich zwei Brötchen und ein halbes Mischbrot einpacken. Dann schlenderte er die Brücke bis zu dem Punkt entlang, an dem zwei Treppen hinunter an den Strand führten. Das Wasser lag nahezu ruhig. Vor dem Strand hatte sich eine Schicht auf dem Wasser gebildet, die aus halb gefrorenen, nicht tragfähigen Eisschollen und fast getautem Schnee bestand. Einige Seevögel ließen sich vor dieser Barriere hertreiben. Sie waren den ganzen Tag auf der Suche nach etwas Fressbarem.

Larsson ging die Treppe hinunter und lief langsam in Richtung Bansin. Als der Schuss aufpeitschte und er den Sand kurz vor sich aufspritzen sah, kam ihm blitzartig die Warnung Simons' ins Gedächtnis. Larsson warf sich zu Boden, als der zweite Schuss dicht neben ihm einschlug. Angst umfing und warnte ihn. Mohammed Arasücü hatte ihn gefunden. Ob sich sein Schicksal nun erfüllen würde? Er drehte sich um und sah den Schützen einige hundert Meter zurück dicht neben der Düne knien. Es konnte kein geübter Schütze sein, der hier am Werk war. Ein Fachmann hätte ihn auf diese Entfernung mit einem Schuss erledigt. Der dritte Schuss hätte ihn beinahe getroffen. Larsson stand auf und rannte die kurze Strecke im Zickzack zum nächsten Übergang. Während des Rennens zog er sein Handy aus der Tasche. Als er schließlich aus dem Schussfeld war, drückte er die Taste, die ihn direkt mit Simons verband. Er schilderte ihm die Situation und wies ihn an, eine Großfahndung auszulösen. Dann lief er auf der Promenade in Richtung Heringsdorfer Seebrücke zurück. Dabei versuchte er die Deckung der Bäume, die zwischen der Sanddüne und der Promenade standen, zu nutzen. Auch wenn er seine Dienstpistole, eine SIG Sauer P6, bei sich hatte, mit dem Gewehr war ihm der Täter auf Distanz in jedem Fall überlegen. Er schaute zur Uhr. Elf Minuten vor vier. Der Wind war noch immer ausgeblieben. Die Feuchtigkeit begann sich in Nebel umzuwandeln. Langsam fing die Dämmerung den Tag ein. Das würde die Möglichkeit, den Schützen zu fassen, erheblich verschlechtern.

Ich habe das Brot im Sand zurückgelassen, dachte er. Entweder hole ich es, oder ich habe nichts zu essen im Haus. Dann dachte er daran, dass er zur nächsten Tankstelle fahren und sich dort mit neuem Brot eindecken könnte. Schließlich fiel ihm ein, dass der kommende Tag ein Sonnabend war. Da würde es kein Problem sein, den Vorrat zu ergänzen. Plötzlich hörte er Schritte. Das Pochen in seiner Halsschlagader wurde spürbarer. Vor ihm tauchte ein älteres Ehepaar auf. Die Angst fiel von ihm ab. „Ich bin Polizist“, sagte Larsson und zog seinen Dienstausweis. „Haben Sie einen einzelnen Mann gesehen? Einen Mann, der etwas bei sich trug, das eingepackt wie ein Billardqueue aussah.“

Der Mann starrte ihn fassungslos an. Auch er schien erschrocken über Larssons plötzliches Auftauchen zu sein. Die

Frau hatte sich zuerst wieder gefangen. „Auf der Promenade. Er ging rüber zum Hotel."

„Zum Kaiserhof?"

„Ja."

„Ist er hineingegangen?"

„Das weiß ich nicht. Ich habe nicht zurückgeschaut."

Larsson bedankte sich und ging weiter.

Aus der Richtung des Casinos hörte er mehrere Sirenen. Simons hat prompt gehandelt, dachte er. Hinter ihm tauchte ein Streifenwagen auf, der über die Strandstraße gekommen war. Das blau zuckende Licht brach sich trübe im Nebel. Larsson machte sich bemerkbar und schilderte den Kollegen, wo sich der Schütze vor wenigen Minuten befunden hatte. Und dass die Frau ihm gesagt hatte, der Schütze sei möglicherweise durch das Hotel Kaiserhof verschwunden. Über Funk beorderte er einen Streifenwagen zum Haupteingang des Hotels auf der Kulmstraße. Einer der Männer stieg aus und ging, die Pistole im Anschlag, auf den Strand zu. Larsson fuhr mit dem zweiten Polizisten zum nächsten Übergang. Er lag gegenüber dem Hinterausgang des Hotels. Dort musste seiner Meinung nach der Schütze gelegen haben. Aber ob er nun noch dort war, bezweifelte er. Mohammed Arasücü musste gesehen haben, dass er nicht getroffen hatte. Er wäre gut beraten gewesen, das Weite zu suchen. Sie stellten den Wagen kurz vor dem Casino ab und gingen über den dortigen Übergang zum Strand. Der Polizist, der zuvor ausgestiegen war, kam ihnen am Strand entgegen. Ihm war niemand begegnet. Mohammed Arasücü schien verschwunden zu sein. Der Streifenwagen musste zurückfahren. Hier gab es keine Möglichkeit, bis zum Casino durchzukommen. Bei der Planung hatte man absichtlich hier Treppen als Barrieren errichtet. Lasse Larsson ging zu Fuß zu dem Streifenwagen, der zwischen Casino und Eingang zur Seebrücke stand. Die Kollegen im Wagen würden noch einige Zeit dort verbleiben, bis man die Fahndung wieder aufhob und sie abzog. Vor der Brücke standen zwei Polizisten und kontrollierten jede männliche Person, die von der Brücke und der Strandseite kam. Larsson ging hinaus auf die Seebrücke und erkannte Simons. Er stand wie eine Säule da und starrte in den Nebel.

„Danke, Karl", sagte Larsson. „Es war verdammt knapp."

„Wir hätten dich nicht ohne Personenschutz gehen lassen dürfen, Lasse. Dass wir den Kerl nicht gefunden haben, bedeutet nicht, dass er nicht in deiner Nähe ist."

„Wenn ich Personenschutz bekomme, erfährt es Kruse. Und du weißt ganz genau, was das heißt."

„Wenn wir nichts sagen, ist es ein Dienstvergehen, und du schwebst weiter in Gefahr, getötet zu werden. Und wenn das passiert, wird sich das die Ermittlungsgruppe nie verzeihen. Wir sind deine Freunde, vergiss das nicht!"

„Löse eine Fahndung aus. Die Verbindungsbrücken zur Insel müssen abgeriegelt werden."

„Das ist schon geschehen. Aber erinnere dich, wie seinerzeit Fichter entkommen ist."

„Das war Sommer. Jetzt dürfte es schwer werden, in einem Faltboot über den mit Eisschollen treibenden Peenestrom zu kommen."

„Er muss Helfer auf der Insel haben. Jemanden, der ihm Unterschlupf gewährt."

Sie gingen langsam die Seebrücke zurück zu ihrem Zugang. Dabei musterten sie eindringlich die wenigen Menschen, die sich bei diesem Wetter hierher verirrt hatten oder ihre Langeweile damit zu überbrücken versuchten ihr Geld in einem der geöffneten Geschäfte unterzubringen. Mohammed Arasücü war offensichtlich nicht dabei. Überhaupt kein Mensch, der durch südländisches Aussehen auffiel. Die beiden Streifenwagen standen immer noch vor dem Gebäude.

„Sie sollen sich zurückziehen und irgendwo in den Straßen Posten beziehen. Alle Autos, die eine B-, BAR-, MOL- oder LOS-Nummer tragen, alles, was so um Berlin ist, soll gefilzt werden."

Er rief Paul Maier an, um ihn zum Tatort zu bestellen.

„Warum soll ich nicht beim Gehen in die Ferne sehen? Schön ist es auch anderswo, und hier bin ich sowieso“, zelebrierte Maier wie immer Wilhelm Busch.

„Können Sie das mal übersetzen, Paul?“

„Inzwischen dürfte der Nebel so dick sein, dass du die Hand kaum vor Augen sehen kannst. Wenn ich da nach drei Patronenhülsen im Sand und Restschnee suchen soll, wird es kaum von Erfolg gekrönt sein. Selbst die Strahler werden uns nur wenige Meter Sicht ermöglichen. Ich schlage vor, wir machen das morgen früh. Voraussetzung ist aber, dass sich der Nebel etwas lichtet, und Sie sich genau erinnern, wo der Anschlag erfolgte.“

Larsson sah ein, dass Paul Maier Recht hatte. Sie würden jetzt gar nichts ausrichten. „Wo ist eigentlich Andresen?“ fragte er Simons.

„Ich konnte ihn nicht erreichen. Er hatte sein Handy nicht angestellt.“

„Wenn ich schon mal alle brauche.“ Larsson wusste im gleichen Augenblick, dass diese Feststellung ungerecht war.

„Du wirst am Wochenende bei mir schlafen“, sagte Simons. „Wir fahren jetzt zu dir und holen ein paar Sachen, die du brauchst. Und dann bleiben wir heute erst einmal in meiner Wohnung. Morgen sehen wir weiter.“

Larsson dachte, dass Simons insofern Recht hatte, dass der Mörder im Dunkel des Abends zuschlagen könnte. Ein gezielter Schuss durch die Scheibe seines Wohnzimmers, und Arasücü hätte sein Ziel erreicht. Aber die Aussicht, ein Wochenende mit einem jüngeren Kollegen zu verbringen, schmeckte ihm nicht sonderlich. „Wir fahren noch mal ins Büro. Ich möchte mir am Wochenende den Taschenkalender Huebners selbst noch einmal vornehmen.“

Sie fuhren zum Polizeirevier in die Seestraße, in der die Kriminalaußenstelle untergebracht war. Larssons alter, verbeulter Renault stand einsam auf dem abgeschlossenen Polizeigrundstück. In diesem Augenblick dachte er an sein Vorhaben, das Haus zu verkaufen und sich eine Eigentumswohnung und ein neues Auto zu kaufen. Jetzt war es an der Zeit, diese Absicht umzusetzen. Sie gingen in die mit zwei Mann besetzte Wache.

„Ist wirklich auf Sie geschossen worden?“ fragte einer der Männer.

Larsson war klar, dass sich diese Nachricht nun wie ein Lauffeuer nach Anklam verbreitete und Kruse nicht lange darauf warten würde, einzugreifen. Er beschloss, den Kriminaloberrat am Montag gleich morgens anzurufen und persönlich mit ihm zu sprechen, bevor dieser es aus zweiter Hand erfahren würde.

Simons fand den Taschenkalender nicht gleich. Er rief übers Festnetz bei Andresen an, der ihm sagte, wo er suchen müsste. Dann hörte sich Andresen an, was Larsson passiert war. „Soll ich schnell noch ins Büro kommen?“

Simons gab die Frage an Larsson weiter. Der schüttelte den Kopf.

„Das ist nicht nötig, Rolf. Lasse wird das Wochenende bei mir in Ahlbeck wohnen. Dann ist er aus der Gefahrenzone raus.“ Simons legte auf und hatte gleich darauf den Kalender gefunden.

Die beiden Polizisten fuhren zuerst zu Larssons kleinem Haus. Simons sicherte, die Pistole mit der Rechten umspannt, Larsson ab, der schnell eine Tasche mit Wäsche packte. Dann machten sie sich auf den Weg nach Ahlbeck. Larsson war gespannt, wie sich ein so junger, unverheirateter Mann wohl eingerichtet hatte. Die Wohnung bestand aus zwei Zimmern, einer Küche und einem Bad. Die Möbel im Wohnzimmer hatte Simons bei einem bekannten schwedischen Einrichtungshaus gekauft. Es war der typische Geschmack junger Leute. Der teuerste Gegenstand war die Stereo-Anlage. Da war nicht gespart worden. Die Küche bestand aus einer vom Vermieter gestellten Einbauzeile mit Herd und Backofen.

Das Telefon klingelte, und Simons’ Freundin war dran. Nach dem Anruf sagte Simmons: „Du findest alles im Kühlschrank. Bier und auch etwas zu essen. Macht es dir etwas aus, wenn ich noch einmal außer Haus fahre? Mein Mädel hat Sehnsucht.“ Er kniff verständnisheischend ein Auge zu.

Als Larsson allein war, begutachtete er die Musik, die Simons angeschafft hatte. Die Rolling Stones und Sting waren nicht so sein Ding. An einige der Beatles-Titel konnte er sich noch erinnern. Dann sah er, dass der junge Beamte auch ein Sammler von gutem Jazz war. Neben Oscar Peterson fand er auch Erroll Garner und Bill Evans. Dann blieb sein Blick auf der Scheibe von Nat King Cole hängen. Er legte sie auf. Der schwarze Sänger war als ausgewiesener Jazz-Pianist bekannt, bestach aber auch durch sein weiches Timbre, das seine Stimme zu einem unverwechselbaren Markenzeichen machte.

Larsson machte die Augen zu, während Cole *Again* intonierte.

Das Telefon klingelte und riss Larsson aus seinen Träumen, die ihn zwanzig Jahre zurückkatapultiert hatten. Damals war er in ein Mädchen aus Hannover verliebt gewesen. Er konnte sich kaum noch an ihren Namen erinnern. Tina, Gina oder so ähnlich. Er beschloss, den Hörer nicht abzuheben. Dann schaltete sich der Anrufbeantworter ein. Es war die Stimme von Monika Landris.

„Karl. Ich weiß von Rolf, dass ihr bei dir zu Hause seid. Also, nimm endlich ab. Ich will wissen, was vorgefallen ist und warum du mich nicht verständigt hast. Ich wäre natürlich auch sofort zur Brücke gekommen."

Hörte er da eine gewisse Besorgnis heraus? Larssons Neugier war geweckt. Er nahm den Hörer auf. „Karl ist weggefahren. Nehmen Sie auch mit mir vorlieb?"

„Was sind das für Sachen, die ich da höre?"

„Es ist mir nicht angenehm, dass ich euch da mit reinziehe, aber ich habe mir das nicht ausgesucht."

„Werden Sie übers Wochenende bei Karl bleiben?"

„Habe ich eine Wahl?"

„Sie könnten mich zum Essen einladen."

„Jetzt?"

„Warum nicht?"

„Ich habe kein Fahrzeug hier."

„Na ja, ich könnte Sie ja abholen. Vielleicht zerstreut Sie das ein wenig, bringt Sie auf andere Gedanken."

„Ich weiß nicht.“

„Sie sind doch sonst nicht so unschlüssig, Kriminalhauptkommissar.“

Er hörte den leisen Spott in ihrer Stimme. Das spornte ihn an. „Karl könnte es mir übelnehmen, wenn ich seine Wohnung so mir nichts dir nichts verlasse.“

„Rufen Sie ihn an.“

„Also gut. Es ist in der Kaiserstraße.“

„Ich weiß, wo Karl wohnt“, sagte Monika Landris. „In zwanzig Minuten?“

„In einer halben Stunde. Ich brauche noch eine Dusche.“

Larsson rief übers Handy Simons an und erklärte ihm, dass er eine Freundin treffen wollte. Der junge Polizist ermahnte ihn noch einmal zur Vorsicht und sagte ihm, wo er den Zweitschlüssel finden könne. Er selbst würde die Nacht bei seiner Freundin verbringen. Als er aufgelegt hatte, begab sich Larsson ins Bad. Er musste sich beeilen, sollte die junge Frau bei dieser Kälte nicht auf ihn warten müssen.

Es klingelte. Larsson schaute aus dem Fenster. Unten stand Monika Landris. Sie hatte ihn gesehen und winkte hinauf. Er kämmte sich und schaute noch einmal in den Spiegel. Mit seinem Aussehen war er zufrieden. Angesichts der bevorstehenden Begegnung mit Monika Landris war seine Müdigkeit wie weggeblasen. Nur der Schreck, den Mohammed Arasücü mit seiner Attacke ausgelöst hatte, saß ihm noch in den Gliedern. Um den jetzt zu vergessen, würde er mit Monika Landris in irgendein hübsches Restaurant fahren. Er hoffte auf eine angenehme Plauderei.

Sie begrüßten sich per Handschlag.

„Hat eine junge Frau an einem Freitagabend nichts anderes zu tun, als mit einem Arbeitskollegen essen zu gehen?“

Er kannte Monika Landris in der Uniform der Bereitschaftspolizei und, seit sie für seine Abteilung arbeitete, in Jeans. Jetzt hatte sie ein Kostüm an und einen Fuchsmantel, den sie offen trug. Larsson musste zugeben, dass diese Frau in jedem Aufzug begehrenswert war.

„Ich gehe mit einem Mann aus. Nicht vordergründig mit einem Kollegen. Würde ich etwas anderes sagen, könnten Sie denken, ich wolle Sie nach diesem Überfall trösten. Und das wollen wir doch tunlichst lassen."

„Dann gibt es dafür eigentlich nur einen Grund. Sie wollen wissen, ob ich Ihnen eine Empfehlung für eine Weiterbildung zum Kriminaldienst geben werde."

Monika Landris lachte auf. „Und dazu hole ich Sie ab, um meine Zähne wie ein Vampir in Ihren Hals zu schlagen und Sie nicht eher loszulassen, bis diese Empfehlung garantiert ist!"

Sie ist nicht nur schön. Sie ist auch klug und redegewandt, dachte Larsson. Und sie bietet intelligentes, ja zynisches Paroli, wo andere beleidigt reagiert hätten. Er hob die Schultern. „Wer kann das wissen? Wo fahren wir eigentlich hin? Ins Forsthaus Damerow?"

„Das hatte ich eigentlich vor, bin aber davon abgekommen, als ich mir sagte, vielleicht hat Arasücü diese Verbindung bereits analysiert und wartet dort auf Sie."

„Selbst wenn er diese Erkenntnis hätte, bei diesem Wetter könnte er das nicht von draußen tun. Und wenn er sich im Haus aufhielte, würde man sich fragen, was er so lange dort macht. Man erinnerte sich vielleicht an unsere Anfrage und an sein Bild. Klick, die Falle schnappt zu. Nein, für so dumm halte ich ihn nicht."

„Ich habe eine Partie Räucherlachs im Haus. Essen Sie so etwas?"

„Fisch in jeder Form. Dafür können Sie mich sogar nachts wecken."

Monika Landris lächelte. Natürlich war ihr dieser Satz Larssons bekannt. Larsson dachte, sie ist wie eine Spinne, die ihr Netz um ihr Opfer spinnt, so dass es sich nicht mehr wehren kann. Er fragte sich, ob er dieser Frau wirklich eine erfolgreiche Gegenwehr entgegensetzen könnte. Die Antwort war nicht eindeutig.

Die Frau bog nach Loddin ab. Der kleine Ort am Achterwasser war zu dieser Jahreszeit wie ausgestorben. Einzelne der gedrungenen Bauernhäuser waren beleuchtet. Das Licht breitete sich nur schemenhaft aus und hatte es schwer, den Nebel zu durchdringen. Vor einem dieser kleinen, mit Reet gedeckten Häuser hielt Monika Landris. „Voilà, mein Zuhause."

Larsson sah das Licht aus einem der Fenster. „Sie wohnen nicht allein?"

„Meine Mutter wohnt bei mir. Aber keine Sorge, ich habe mein eigenes Reich."

Sie schloss die Haustür auf und brachte Larsson in ihren Wohnraum. „Warten Sie einen Augenblick. Ich komme gleich zurück." Sie ging zum Zimmer ihrer Mutter, wohl um ihr zu sagen, warum sie zurückgekommen und dass sie nicht allein sei.

Larsson schaute sich um, wie immer, wenn er zum ersten Mal bei jemandem war. Für eine alleinlebende, junge Frau ist Monika Landris erstaunlich gut eingerichtet, dachte er.

Als sie zurückkam, stand er noch immer mitten im Zimmer. „Können Sie sich nicht entschließen, auf welchen Platz Sie sich setzen wollen? Habe ich Sie so verunsichert?"

Sie sah, dass Larssons Blick an einem Bild hängengeblieben war, das über dem Biedermeiersofa hing. Es zeigte ein liegendes Mädchen mit bloßem Oberkörper. Die vorherrschenden Farben waren braun. „Sind Sie das?"

Sie lachte girrend auf. „Es ist ein Bild des Dresdner Malers Helmut Schmidt-Kirstein, das mir mein Freund bei unserer Trennung überlassen hat. Er hat die Bilder des Mannes gesammelt."

Sie ging ins Nebenzimmer, und er hörte, wie sie sich den Mantel auszog. „Und Sie haben den Maler nicht gekannt, sind ihm nie begegnet?"

Sie schüttelte den Kopf.

„Erstaunlich. Dann muss er sie geträumt haben. Denn es zeigt Ihr Gesicht."

„Das hat Dariusz auch immer gesagt."

Sie setzten sich. Larsson auf das Sofa unter das Bild, Monika Landris ihm gegenüber auf einen der gepolsterten kleinen Sessel.

„Wie möchten Sie Ihren Lachs? Warm mit Reis?"

„Es ist Räucherlachs?“

Sie nickte.

„Am liebsten kalt mit ein bisschen Sahnemeerrettich.“

„Ich habe kein Toastbrot.“

Endlich habe ich sie bei einer kleinen Unzulänglichkeit erwischt, dachte er, sagte aber: „Na, Gott sei Dank, ich esse ihn auch lieber mit Grau- oder Schwarzbrot.“

Sie ging in die Küche, und Larsson zog das kleine Notizbuch Huebners aus der Tasche, das er mitgebracht hatte. Im Februar fand er die erste Eintragung mit den beiden Buchstaben PP. Sie folgten monatlich, im August sogar dreimal. Im Mai fand er eine andere Eintragung. Es waren chinesische Schriftzeichen – und dahinter die beiden Buchstaben ZC. Die chinesischen Schriftzeichen hatte Huebner irgendwo ausgeschnitten und sorgfältig in sein Büchlein eingeklebt. Dahinter war die Zahl 42 vermerkt. Am 24. Juli fand er wieder das Kürzel ZC. Ebenso im Oktober und am 12. Dezember. Wofür steht dieses ZC? dachte Larsson. Huebners Eintragung deutete darauf hin, dass er sich mit dem Asiaten wahrscheinlich letztmalig am 12. Dezember entweder getroffen oder mit ihm telefoniert hatte. Fest stand, dass dieser Asiate an dem Tag im Casino in Heringsdorf war, als der Mann aus Singen zu Tode stürzte.

Monika Landris kam mit einem Tablett und deckte auf. Dann ging sie noch einmal in die Küche und kam mit einer Flasche Champagner Moët & Chandon wieder. „Bitte, Hauptkommissar. Ich hoffe, mein kleiner Imbiss wird Sie zufriedenstellen.“

Larsson legte das Notizbuch beiseite und kam an den Tisch. Sie hat auch noch Talent, eine sehr einladende Mahlzeit in wenigen Minuten auf den Tisch zu bringen, dachte er. „Es sieht fantastisch aus. Und Schampus von der feinen Sorte. Was, so frage ich mich, hat Monika Landris zu feiern?“

„Vielleicht, dass Sie mich für eine Zeit vom Streifendienst befreit haben?“

„Sie wissen, dass das nicht in meiner Macht steht und Sie der Kriminaloberrat jederzeit zurückschicken kann und das auch tun wird, sobald Ihre Mitarbeit in unserer Ermittlungsgruppe nicht mehr nötig ist. Und ich werde nichts dagegen unternehmen können."

„Aber Sie könnten mir eine Empfehlung für eine Weiterbildung zum Kriminaldienst geben"

„Da gibt es bestimmte Hürden."

„Wenn Sie die Bildung meinen, ich habe ein gutes Abitur abgelegt."

„Dann ist die erste Hürde ja schon genommen. Soll ich die Flasche öffnen?"

Sie nickte, und Larsson nahm die Serviette und die Flasche. Er öffnete den Verschluss des Korkens, fasste ihn mit der Serviette und drehte ihn vorsichtig, bis er von selbst langsam kam. Mit einem leisen Plopp verließ der Korken den Flaschenhals. Larsson goss den kalten, perlenden Champagner in die Kelche. Dann reichte er Monika Landris eines der Gläser. Sie prosteten sich zu.

„Natürlich werde ich Ihnen eine Empfehlung ausstellen. Sie haben eine schnelle Auffassungsgabe und ziehen die richtigen Schlussfolgerungen. Kombinationsgabe und, ich sage immer, das richtige Bauchgefühl sind für den Erfolg einer Ermittlung unverzichtbare Bestandteile." Larsson zeigte auf den Taschenkalender. „Was würden Sie denken, wenn hinter einem Namen eine Zahl steht? Zum Beispiel die 42?"

„Zuerst würde ich mir den Namen ansehen und versuchen, eine Verbindung des Namens mit irgendeiner Tätigkeit herzustellen."

„Den Namen?"

„Von dem Asiaten aus dem Casino."

Larsson nickte.

„Zuerst einmal würde ich denken, es wäre das Alter des Mannes. Ein Asiate von 42 Jahren. Aber dann würde ich mich fragen, warum sollte jemand das Alter eines Mannes aufschreiben?"

„Ja, das klingt schon einmal gut."

„Ich habe gelesen, dass chinesische Restaurants erpresst werden, als ich in meinem Urlaub in Hamburg war. In der dortigen

Zeitung stand es. Zwei Köche wurden in einem China-Restaurant an der Bremer Reihe in St. Georg mit Messern entstellt. Es war offensichtlich eine letzte Warnung. Dem Chef eines anderen Restaurants auf St. Pauli drohten Unbekannte, ihm die Hand abzuhacken."

Sie schwieg eine Weile. Larsson fragte nach: „Wissen Sie noch, was dort stand?"

„Zwischen den Triaden Wo Shin Wo und 14K entbrannte ein blutiger Streit mit Fleischerbeilen, Messern und Pistolen. Ein Machtkampf mit Schwerverletzten, der sich da Mitte der 90er Jahre in Hamburg entwickelt hatte, und zwar ohne dass es später Anzeigen bei der Polizei gab. Und zumindest einzelne Gastronomen zahlten, wie es heißt. Bis zu sechsstellige Summen wechselten damals den Besitzer."

Es war das erste Mal, dass das Wort „Triaden" fiel. Obwohl Larsson schon daran gedacht hatte, dass Huebner der kriminellen Handlung eines Karatekämpfers zum Opfer gefallen sein könnte und er auch deshalb bei der Rechtsmedizinerin angefragt hatte, ob die Verletzung am Hinterkopf von einem Faustschlag hätte herrühren können, hatte er explizit keine Verbindung zu einer bandenartigen Vereinigung hergestellt. Hatte ihn sein Bauchgefühl verlassen?

„Erinnern Sie sich noch an den Namen der Zeitung?"

„Es war das Hamburger Abendblatt."

Larsson beschloss, eine Anfrage an die Hamburger Polizei zu diesem Thema zu stellen.

„Wenn die 42 etwas anderes bedeuten würde? An was könnte man da denken?"

„In diesem Fall würde ich denken, dass dieser Asiate ..."

„Ja?"

„... dieser Asiate, der sich in einem Casino rumtreibt ..."

„... der in mehreren Casinos in Deutschland gesichtet wurde", verbesserte Larsson.

„... dass dieser Mann etwas mit Geld zu tun hat. Die 42 könnte für eine Summe stehen. Ja, für eine Summe, die zum Beispiel Huebner diesem Mann schuldete.“

Larsson war überrascht. Diese Frau verfügte wirklich über erstaunliche Fähigkeiten zu kombinieren.

„42.000 zum Beispiel. Nehmen wir an, Ferdinand Huebner hat hoch verloren. Nehmen wir weiter an, er hat irgendwie Kontakt zu diesem Chinesen bekommen, und der hat ihm diese Summe, sagen wir einmal, als verzinsbares Darlehen gegeben. Und bedenken wir die finanzielle Situation, in der sich Huebner befand, dann kann man sich unschwer ausrechnen, dass eine Rückzahlung unmöglich und das Aufeinandertreffen des Asiaten mit ihm in Heringsdorf nicht von ungefähr war.“

Sie tranken sich zu wie zwei Menschen, die eben eine sensationelle Entdeckung gemacht hatten. Manchmal kommt die Erkenntnis beim Essen, dachte Larsson. Und Monika Landris revidierte ihre Meinung über Larsson als Mann. Er würde sie doch interessieren, obwohl er nicht den südländischen Touch hatte, der sie an Männern interessierte. Ihre verflossene Liebe, Dariusz, verfügte darüber, obwohl er Pole war. Aber er hatte auch eine italienische Mutter gehabt, die ihm dieses Aussehen und Temperament vererbt hatte.

10. Kapitel

Am Samstag, dem 28. Dezember, erwachte Lasse Larsson vom Duft des Kaffees, der ihm in die Nase stieg, gerade als er sich im Bett umdrehen wollte. Er lauschte dem Geräusch, das leise durchs Haus zog. Es klang wie das Hantieren einer Frau. Er kannte dieses Geräusch noch aus der Zeit, als er mit Chiara ein gemeinsames Zuhause in Berlin bewohnte. Es war ihm vertraut und gleichzeitig so weit entfernt, dass es ihn schmerzte. Da es noch dunkel war, konnte er die Zeit nicht exakt bestimmen. Er war sich aber sicher, dass es noch sehr früh sein musste. Die Frage, wer da draußen hantierte, interessierte ihn. War es die Mutter von Monika Landris oder seine Kollegin selbst? Letzteres hielt er für nahezu unwahrscheinlich. Schließlich hatten sie bis weit nach Mitternacht über die diversen Verstrickungen Huebners, belegt durch seine Aufzeichnungen, nachgedacht.

Er erinnerte sich an den Anschlag auf ihn vom Vortag. Angst hat einen Namen, dachte er: Mohammed Arasücü. Solange man den Türken nicht in Gewahrsam hatte, war sein Leben keinen Pfifferling wert. Larsson beschloss, selbst intensiv nach dem Mann zu suchen. Angst ist lähmend. Und ein in seinen Gedanken gelähmter Polizist ist auf Dauer sicher kein guter Polizist.

Mühsam richtete er sich auf. Die letzten Tage steckten ihm noch in den Knochen. Vielleicht bin ich nicht mehr jung genug für derartige Gewalttouren, dachte er. Zwischen der Weihnachtsfeier und der Fahrt an den Bodensee hätte er mindestens zwei Erholungstage gebraucht.

Auf eine so plötzliche Übernachtung außerhalb seiner Wohnung war er nicht eingestellt gewesen. Bei Simons hatte er für die

Nacht vorgesorgt. Larsson fuhr in seine Hose und streifte sich das Hemd über. Dann ging er leise hinaus in den Flur.

„Hallo Hauptkommissar, auch schon wach?“ begrüßte ihn Monika Landris mit leisem Spott. „Es ist schon acht. Ich dachte schon, Sie wollten überhaupt nicht mehr aus dem Bett kommen. Haben Sie vergessen, dass wir ins Büro fahren wollen?“

„Ich frage mich, was Sie mit mir gemacht haben“, sagte Larsson. „In der Regel bin ich sehr früh auf den Beinen. Das liegt an meiner biologischen Uhr.“

„Oder an dem Moët & Chandon.“

„Chiara hat das immer sehr aufgebracht.“

„Wen?“

„Chiara, meine Lebensgefährtin zu meiner Berliner Zeit.“

„Sie scheinen Ihre Verhältnisse in Lebensabschnitte einzuteilen. Gibt es denn Chiara nicht mehr?“

„Sie hat mich verlassen.“

„Oh! Und das haben Sie so einfach weggesteckt?“

„Welcher Mann steckt schon so einfach weg, wenn er verlassen wird. Nein, ich habe darunter gelitten.“

Monika Landris dachte, dass es eine Seltenheit war, ein solches Geständnis von einem Mann zu bekommen. Meist sind sie es ja, die die Frauen verlassen. Zumindest gibt es kaum ein Mann zu, wenn es anders ist.

„Und die derzeitige Lebensabschnittsgefährtin?“

„Die gibt es nicht. Noch nicht.“

Larsson sah den gedeckten Tisch. „Habe ich noch die Chance, mich frischzumachen?“

„Wenn Sie sich beeilen. Ich habe Ihnen eine neue Zahnbürste und ein Handtuch hingelegt. Und die Zahnbürste werden Sie sicher brauchen.“

Wieso hat sie neue Zahnbürsten im Haus, dachte Larsson. Heißt das, sie hat öfter überraschenden Übernachtungsbesuch oder hatte sie sie eigens für mich gekauft ...? Er ging ins Bad, duschte und benutzte die Zahnbürste, die er aus einer Originalverpackung nahm. Als er fertig war, zog er den Vorhang zurück und öffnete das Fenster einen Spalt, damit der Wasserdampf, der sich beim Duschen gebildet hatte, abziehen konnte. Draußen war der Nebel gewichen. Er sah die Sterne. Das Thermometer an der Scheibe zeigte siebzehn Grad unter Null. Als die Luft im Bad wieder klar war, schloss er das Fenster und ging zum Wohnzimmer. Monika Landris war nicht im Raum. Er hörte sie, wie sie mit ihrer Mutter ein paar Worte wechselte, konnte aber nicht verstehen, was sie sagte.

„Frühstückt Ihre Mutter nicht mit uns?“ fragte Larsson, als sie ins Zimmer kam.

„Nein. Sie bleibt noch eine Weile liegen. Sie steht nie vor neun auf. Schließlich ist sie Rentnerin.“

Sie goss Kaffee ein, und während sie aßen, repetierten sie noch einmal, was sie am Vorabend aus den Kalendernotizen Huebners geschlossen hatten.

„PP“, sagte Monika Landris. „Ich habe heute Morgen schon einmal im Internet nach der Finanzfirma gesucht.“

„Haben Sie etwas Brauchbares gefunden?“

Sie stand auf und holte vom Couchtisch, auf dem ihr Laptop stand, einen Ausdruck. „Die beiden Inhaber waren auf der Homepage abgebildet. Der rechte ist unser PP – Peter Petersen.“ Monika Landris gab ihm den Ausdruck.

„Wir werden die Überwachungsbänder des Casinos noch einmal durchsehen. Vielleicht ist der Mann an dem Abend ja auch dort gewesen.“

Gegen neun machten sich die beiden Polizisten auf den Weg nach Heringsdorf.

„Es hat einen Brandanschlag auf das sowjetische Ehrenmal in Ahlbeck gegeben“, sagte der Bereitschaftspolizist am Eingang zu Larsson.

„Das ist eine Sache für Hauptkommissar Fischer.“

„Der hat heute keinen Dienst.“

„Wir auch nicht. Schauen Sie im Dienstplan nach, wer da in Frage kommt.“

„Ich habe schon in Anklam angerufen. Die meinten, wir sollten jemanden hinschicken, der ein paar Fotos macht.“

„Na, sehen Sie. Schicken Sie einen Streifenwagen hin.“

Larsson hörte den Mann maulen, als er mit Monika Landris im Schlepptau an ihm vorbeieilte. Aber das war ihm gleich. Monika Landris begann, im Internet nach Vorkommnissen mit der chinesischen Mafia zu suchen. Sie fand den Artikel der Onlineredaktion des Hamburger Abendblattes. Darin hieß es: *Berüchtigt sind die Triaden wegen ihrer besonders brutalen Bestrafungsmethoden gegenüber eigenen Mitgliedern.*

In Deutschland, wo rund 70.000 chinesische Staatsbürger leben, kam es in den 90er Jahren zu Mordfällen, die auf das Konto von Triaden gehen sollen: In Erlangen etwa wurde im Jahr 1992 ein Lokalbesitzer chinesischer Herkunft durch mehrere Schüsse getötet. Die Leiche legten die Mörder auf dem Einfädelungsstreifen einer Autobahn ab. Einer Frau, die sich dem Toten nähern wollte, schossen die Täter in den Unterleib.

„Die Frage ist“, sagte Larsson, „spielen die Chinesen derzeit bei der organisierten Kriminalität auch in Mecklenburg-Vorpommern eine Rolle wie Anfang der 90er Jahre in Erlangen und Mitte der 90er Jahre in Hamburg?“

„Oder es ist eine Folge einer in Baden-Württemberg begangenen Straftat“, sagte Monika Landris.

„Ja, auch das ist möglich.“

Larssons Handy machte sich bemerkbar. Paul Maier war am Apparat. „Ich denke, langsam wird es hell, und der Nebel hat sich verzogen. Wir können uns jetzt daran machen, etwas zu finden. Treffen wir uns in einer Stunde an der Seebrücke?“

Larsson schaute zur Uhr. Es war halb zehn. „Also halb elf?“

„Bis dann, Lasse.“

Monika Landris hatte natürlich längst erraten, mit wem er telefoniert hatte und um was es ging.

„Sie stellen eine Anfrage an die Polizei in Hamburg bezüglich deren Erfahrungen mit den Triaden in den 90er Jahren. Schauen wir einmal, was die Kollegen zu bieten haben. Ich bin für eine Zeit in Sichtweite der Seebrücke unten am Strand. Wenn Sie fertig sind, können Sie mich abholen. Oder nein, ich kann Simons fragen, ob er mich abholt."

„Ich wollte Sie eigentlich erst am Montag fragen, ob Sie Silvester schon etwas vorhaben."

„Wieso?"

„Wenn Sie nichts vorhaben, würde ich Sie einladen, den Jahreswechsel mit mir zu verbringen."

Larsson führte den Zeigefinger seiner linken Hand zu seiner Nasenspitze. Er brach diesen Vorgang ab, als er sah, dass sie diese Geste lächelnd bemerkte. „Ich sollte nicht ausgehen, bevor wir Mohammed Arasücü nicht dingfest gemacht haben."

„Ich dachte nicht an Ausgehen. Wir können bei mir zu Hause ins neue Jahr hineinfeiern."

„Und Ihre Mutter?"

„Würde sich sicher freuen, wenn Sie meine Einladung annähmen."

„Gut, ich werde es mir überlegen." Larsson freute sich, dass sie ihn fragte, vermied es aber, ihr das zu zeigen. Er wollte keinesfalls eine Einladung aus Mitleid erhalten.

Aber Monika Landris legte nach. „Machen Sie es mir nicht so schwer, Kriminalhauptkommissar. Schließlich haben Sie ja eine eigene Zahnbürste bei mir deponiert." Sie lachte ihn an, und er erwiderte das Lachen.

„Und das werten Sie fast als ein Heiratsversprechen?" Larsson formulierte den Satz als Frage. Aber sie wusste, dass er es in diesem Augeblick ernst meinte.

„Ja, das ist es wohl auch."

Jetzt fasste Larsson es als Scherz auf.

„Wir machen das so, ich bleibe heute und morgen Nacht bei Simons. Am Montag werde ich Ihnen sagen, ob ich Ihre Einladung annehmen kann. Reicht Ihnen das?"

„Ja, natürlich.“

Larsson merkte, dass ihr nicht passte, wie er sich zierte. Aber er dachte, Vorfreude sei die schönste Freude, und außerdem wollte er sich noch einmal genau befragen, ob er zum jetzigen Zeitpunkt eine feste Bindung wollte. Und dass sie eine Frau für einen One-Night-Stand sei, hielt er, zumindest in diesem Fall, weil sie eine Arbeitskollegin war, für unwahrscheinlich.

Als er vor der Seebrücke ankam, sah er schon den alten VW-T4 der Spurensicherung. Paul Maier und sein Kollege waren nicht am Wagen. Instinktiv ging Larsson die wenigen Meter zum Café in der Brückenhalle. Die beiden Polizisten der Kriminaltechnik saßen bei Kaffee und Kuchen. Larsson ging lachend auf den Tisch zu. „Wer von euch hat Geburtstag?“

„Wieso Geburtstag?“ fragte Maier.

„Kuchen am Morgen?“ Larsson ließ sich am Tresen eine Tasse Kaffee geben und ging zu dem Tisch zurück.

„Sie sagen, Sie hätten den Mann gesehen, Lasse?“

„Ja. Als der zweite Schuss fiel, habe ich mich hingeworfen, um zu sehen, wer da rumballert. Der Mann kniete dicht an dem Übergang unterhalb der Düne.“

„Er hatte ein Gewehr?“

„Ja.“

„Was mich wundert, ist, dass er Sie verfehlt hat. Mit einem Gewehr kann selbst ein nur mäßig geübter Schütze einen aufrecht gehenden Mann in dieser Entfernung mit nur einem einzigen Schuss ...“

„... erledigen, ja. Aber vielleicht war es kein geübter Schütze. Oder er wollte mich nicht treffen, wollte mich einschüchtern. Obwohl ...“

„Obwohl was?“

„... obwohl der dritte Schuss beinahe getroffen hätte.“

„Vielleicht ist er ja halb blind“, scherzte Maier.

„Wenn das so wäre, hätte ich Mordsglück gehabt.“

„Stets findet Überraschung statt – da, wo man’s nicht erwartet hat.“

„Maier, Ihre verdammte Nähe zu Wilhelm Busch macht mich noch rasend.“

Sie tranken ihren Kaffee aus und gingen den gleichen Weg über die Seebrücke hinunter, den Larsson am Vortag gegangen war. Als sie nach der Brücke am zweiten Übergang zur Promenade vorbeikamen, sagte er: „Hier hat er gekniet.“

Die beiden Männer der Kriminaltechnik gingen vorsichtig zu der Stelle, auf die Larsson zeigte. Viel war nicht zu sehen. Einige undeutliche Eindrücke, wo Arasücü gekniet haben sollte. Ein verwertbarer Fußabdruck aber war nicht zu finden. Die Hoffnung auf eine Zigarettenkippe gar löste sich in Luft auf. Der zweite Mann der Kriminaltechnik machte einige Fotos. Dann gingen sie weiter bis zu dem Punkt, an dem sich Larsson hingeworfen hatte. Deutlich sah man in dem Gemisch aus halb gefrorenem Sand und halb getautem und wieder festgefrorenem Schnee, dass hier irgendetwas stattgefunden haben musste. Hätte Larsson aber nicht behauptet, sich hier hingeworfen zu haben, wäre diese Version schwer zu erkennen gewesen.

Larsson zeigte auf den Punkt, an dem er den Einschlag beobachtet hatte. Aber die Kugel war nicht auffindbar. Möglicherweise war sie als Querschläger im Wasser gelandet.

Die Männer steckten mit dem üblichen rot-weißen Band ein Quadrat ab, das sie sorgsam Meter für Meter absuchten. Von den drei Schüssen, die Larsson gezählt hatte, fanden sie schließlich eine Kugel. Sie würde Aufschluss darüber geben, um was für ein Gewehr es sich handelte.

Paul Maier hielt die Kugel in einem Plastikbeutel für alle gut sichtbar hoch. „Es ist eine relativ kleine Kugel, aber wenn die an der richtigen Stelle getroffen hätte, gäbe es keinen Hauptkommissar Lasse Larsson mehr.“

Maier und der zweite Mann zogen die Stangen wieder aus dem Sand und rollten das Band auf. Gemeinsam gingen sie zurück zur Seebrücke. „Wir werden spätestens am Dienstag wissen, was für eine Waffe es war, mit der auf Sie geschossen wurde.“

„Noch einen Kaffee?“ fragte Larsson. „Diesmal gebe ich einen aus. Bei der Kälte kann man das gebrauchen.“

Aber Maier verstaute die Stangen im Auto. Er machte Larsson klar, dass er eigentlich dienstfrei habe und mit seiner Frau zu einer Einladung seiner Schwiegereltern wolle. Die beiden Polizisten verabschiedeten sich. Larsson sah, wie der alte T4 zwischen dem Spielcasino und dem Einkaufs- und Ärztegebäude verschwand.

Ihm fiel das Gespräch mit Monika Landris wieder ein. Lange schon hatte er sich gewünscht, nicht mehr allein zu sein. Die Frau, die ihm das Angebot machte, gemeinsam in das neue Jahr hineinzufeiern, war sicher begehrenswert. Aber wie würde er dastehen, wenn sie ihn abblitzen ließ? Oder war sie ebenso allein wie er? Auf all die Fragen konnte er sich keine befriedigende Antwort geben. Deshalb beschloss er, zur Dienststelle zurückzugehen.

Monika Landris war gerade dabei, die bisher bestehenden Berichte zu sichten und zeitlich zu ordnen, als Larsson hereinkam. „Und? Etwas gefunden?“

„Maier findet immer etwas. Und Sie?“

„Ich habe mir das Band noch einmal angesehen. Unser Peter Petersen aus Zinnowitz war an dem Tag auch im Casino.“

„Ist er mit Huebner zusammen im Bild?“

„Nein.“

„Trotzdem werden wir ihn am Montag vernehmen.“

„Mailen Sie bitte noch das Bild Petersens zum Casino nach Konstanz. Fragen Sie an, ob der Mann dort bekannt ist. Ich möchte das vor dem Verhör wissen.“

Sie schwiegen eine Weile. Larsson schaute sich die Zusammenstellung an, die sie gerade gemacht hatte.

„Brauchen Sie wirklich bis Montag, um sagen zu können, ob Sie mit mir Silvester feiern?“

„Wir haben vorhin ganz schön rumgeblödelt.“

„Finden Sie? Ich hatte eher gedacht, Sie hätten es ernst gemeint.“

„Keine Frau hat es bei mir lange ausgehalten. Sie wissen ja, wie oft man unterwegs ist und zwangsläufig eine Frau vernachlässigen muss.“

„Die Frauen hatten sicher einen anderen Beruf oder blieben zu Hause, waren deshalb oft allein und zeigten kein Verständnis dafür.“

„Wenn ich tatsächlich eine Bindung ins Auge fasse, möchte ich sichergehen – nein, sichergehen, das kann man gar nicht –: ich möchte zumindest von beiden Seiten die Gewissheit haben, dass jeder Geborgenheit sucht. Suchen Sie denn eine neue, feste Beziehung, nachdem Sie sich von Ihrem langjährigen Freund getrennt haben? Wie lange haben Sie eigentlich mit ihm zusammengelebt?“

„Vier Jahre. Dann haben wir beide gemerkt, dass wir uns nichts zu sagen hatten. Trennung in Freundschaft. Er ging nach Litauen zurück.“

„Kommen Sie aus Litauen?“

„Ja. Wir kommen aus Klaipeda, dem früheren Memel.“

„Dafür sprechen Sie aber gut Deutsch.“

„In meiner Familie wurde immer auch Deutsch gesprochen, obwohl die Zweitsprachen dort hauptsächlich Russisch und Polnisch waren.“

„Und Landris ist ein litauischer Name.“

„Landris ist die verkürzte Form von Landsbergis. Der ehemalige Parlamentspräsident Vytautas Landsbergis ist mit mir verwandt. Er hat auch dafür gesorgt, dass wir zu einer Zeit ausreisen durften, wo das noch keinesfalls üblich war.“

Larsson musste das Gehörte einen Augenblick verdauen. „Wieso haben Sie Ihre Heimat verlassen? Oder ist das ein Geheimnis, über das Sie nicht gerne sprechen?“

„Meine Mutter ist Deutsche. Sie stammt aus Greifswald, hat einen Landsbergis geheiratet und ist mit ihm in Litauen geblieben. Als mein Vater starb, wollte sie wieder zurück. Sie hat noch einen Bruder, der an der Universität in Greifswald arbeitet. Der hat sie in ihrem Wunsch, nach Deutschland zurückzukommen, unterstützt."

„Und das Haus in Loddin?"

„Das haben wir von meinem Onkel. Es war sein Wochenendhaus. Er wollte es aus Altersgründen ursprünglich verkaufen, hat es aber behalten, als wir kamen."

„Was hat Sie dazu gebracht, zur Polizei zu gehen? Es gibt tausend andere Möglichkeiten, sein Geld zu verdienen."

„Mein Vater war bei der Kriminalpolizei in Klaipeda. Es ist die einzige litauische Hafenstadt an der Ostsee, am Ausgang des Kurischen Haffs. In einer Hafenstadt passiert immer etwas. Und mein Vater war ein tüchtiger Polizist, dem ich schon als Kind nacheifern wollte. Als er starb ..."

„Woran ist er gestorben", fragte Larsson, als sie mitten im Satz stockte.

„Er wurde erschossen."

„Oh. Entschuldigen Sie."

„Nein, nein. Er wurde von Kräften umgebracht, die korrupt waren, die schoben und den Staat betrogen. Er hat es aufgedeckt, und die Gruppe hat zurückgeschlagen und ihn umgebracht. Das war auch der Grund, warum wir von dort weg wollten."

„Ja, das kann ich verstehen."

„Auch in Litauen gibt es mafiöse Strukturen unterschiedlichster Couleur. Da gibt es die alteingesessenen Russenseilschaften, und auch viele der neuen Politiker gehen über Leichen, wenn es darum geht, die eigenen Machtstrukturen zu festigen."

„Es ist eine lumpige Welt, in der wir leben", sagte Larsson. „Das Kuriose ist, es war schon zu allen Zeiten so, dass die Menschen diese Feststellung trafen. Und für jede dieser Zeiten gab es tatsächlich Gründe, das anzunehmen."

Simon rief übers Handy an. Er erkundigte sich, ob Larsson in seiner Wohnung zurechtkommen würde, und teilte ihm mit, dass er erst am Sonntagabend wieder nach Hause käme. Larsson bedankte sich, verschwieg aber, dass er die Wohnung gar nicht genutzt hatte.

„Sie halten es ja ganz schön nebulös", sagte Monika Landris. „Karl hat nicht die leiseste Ahnung."

„Und ich möchte, dass das vorerst so bleibt."

Am frühen Nachmittag fuhren sie zu Simons' Wohnung. Während sie im Auto wartete, holte Larsson seine Tasche mit den Übernachtungsutensilien, frische Unterwäsche, eine Jeanshose und einen dicken Strickpullover.

Als sie in Loddin eintrafen, war es bereits kurz vor vier. Im Flur des Hauses begegneten sie der Mutter Monika Landris'. Die Frau schien die Sechzig vor einiger Zeit bereits überschritten zu haben. Offensichtlich hatte sie ihre Tochter in fortgeschrittenem Alter geboren. Sie begrüßte ihn freundlich. Ihr Deutsch war nahezu akzentfrei. Obwohl Larsson bemüht war, sie in das Gespräch einzubeziehen, zog sie sich schon nach kurzer Zeit zurück.

„Ich wollte Ihre Mutter nicht vertreiben", sagte Larsson.

„Sie ist eine verständnisvolle Mutter, die mich nicht am Leben hindern will."

„Gab es denn einen Grund dafür?"

„Als mein Vater umgekommen war, rückten wir näher zusammen. Aus Angst, mich auch noch zu verlieren, wollte sie nicht, dass ich zur Polizei gehe. Als ich das aber durchsetzte, änderte sich unser Verhältnis. Sie hatte eingesehen, dass ich meine eigenen Erfahrungen machen und mein eigenes Leben führen muss."

„Wenn ich Sie richtig verstehe, war das ein Bruch."

„Nein, nein. Es war kein Bruch. Sie wollte mich auf keinen Fall verlieren. Wir sprachen eine halbe Nacht darüber. Dann hatten wir beide begriffen, dass es für uns einen neuen Lebensabschnitt gab."

Larsson dachte an seine eigene Mutter zurück, die ihn nach dem Tod seines Vaters allein aufgezogen hatte. Auch er hatte ein inniges Verhältnis zu ihr gepflegt, das sich änderte, als er von Lübeck nach Berlin ging. Zwar vergaß er nie ihren Geburtstag und den Muttertag auch nicht. Nach und nach löste er sich aber von ihr. Die Abnabelung war schon durch die Entfernung, die zwischen Berlin und Lübeck lag, gewährleistet.

Später, als sie gemeinsam mit der Mutter zu Abend gegessen hatten, kam das Gespräch noch einmal kurz auf die Zeit zurück, die die beiden Frauen in Litauen verbracht hatten. Mit funkelnden Augen und voller Stolz sprach die alte Frau von den kulturellen Möglichkeiten, die sie in Litauen genutzt und erfahren hatte.

„Wir verkehrten mit Schriftstellern, Malern und Musikern. Hier sind zwar meine Wurzeln, aber mir fehlen diese Kontakte, die in den Jahren, in denen ich eine Landsbergis war, aufgebaut worden sind. In den 70er und 80er Jahren erschienen mehrere bemerkenswerte, fantasievolle und unter den gegebenen Bedingungen durchaus herausragende Romane von Schriftstellern wie Icchokas Meras und Saulius Tomas Kondrotas. In beiden Fällen erscheint es aus heutiger Sicht erstaunlich, dass diese Werke zu Sowjetzeiten durch die Maschen der Zensur schlüpften. Beide Autoren emigrierten noch vor dem Zusammenbruch der Sowjetunion, und ihre Werke wurden im Westen in mehrere Sprachen übersetzt und veröffentlicht."

„Das war sicher ein Wunder", sagte Larsson, „oder man hat einfach ein Auge zugedrückt. Aber selbst das bedeutet schon ein großes Mysterium."

„Zu unseren Bekannten zählte Ričardas Gavelis, dessen ehrgeiziger und vielschichtiger Roman *Vilniaus pokeris – Poker in Vilnius* 1989 erschien. Die aus Fragmenten bestehende Handlung beleuchtete von mehreren Seiten die makabren Grausamkeiten des Stalinismus und die verschiedenen Strategien der litauischen Intellektuellen in den letzten Jahrzehnten der Sowjetunion, sich an das Regime anzupassen, es zu überleben oder zu bekämpfen."

„Mutter, das interessiert den Hauptkommissar doch nicht."

Larsson wehrte ab. „Doch, doch. Man soll nie verschweigen, wo man herkommt und wo die Reise des Lebens hingeht."

Die alte Frau lächelte ihm dankbar zu. „Jurga Ivanauskaitė, sie war hauptsächlich bekannt als eine Stimme der alleingelassenen und rebellischen Jugend, bis ihr Roman *Ragana irlietus – Die*

Regenhexe, in diesem September auch in deutscher Sprache erschienen, mit der Erkundung der weiblichen sexuellen Leidenschaft neue Perspektiven eröffnete. Meine Tochter hat den Roman verschlungen."

Man sah Monika Landris an, dass ihr die Feststellung ihrer Mutter peinlich war.

„Juozas Šikšnelis schrieb mehrere Krimis, die Monika verschlang."

Gegen neun zog sich die alte Frau zurück. Monika Landris zeigte Larsson ein Zimmer, in dem er noch nicht gewesen war. Der Raum war mit schönen alten Bauernmöbeln eingerichtet und verfügte über einen Kamin. Eine Tür führte zu ihren beiden Räumen.

„Sie können uns schon einmal das Holz im Kamin anzünden", sagte sie. „Ich werde uns etwas zu trinken holen."

Larsson hörte, wie sie noch einmal zu ihrer Mutter ging und kurz mit ihr sprach. Als sie zurückkam, hatte sie eine Flasche Rotwein und zwei Gläser in der Hand. „Mutter kann nicht loslassen. Sie schaut oft zurück und bereut, dass viele Dinge, die sie geschätzt hat, für immer verloren sind."

„Ist das nicht verständlich?"

„Auf der anderen Seite ist sie froh, dass wir in Deutschland sind."

Langsam fing das Holz im Kamin Feuer.

Monika Landris machte das große Licht aus und schaltete eine kleine Bodenlampe ein, die sehr gedämpftes Licht verströmte. „Werden Sie am Montag Peter Petersen zum Verhör holen?"

„Das entscheide ich dann. Zuerst möchte ich die Antwort des Konstanzer Casinos abwarten."

„Wie werden Sie weiter vorgehen, Hauptkommissar?"

„Sie wissen, dass sich die Ermittlungsgruppe duzt?"

„Ich gehöre nicht dazu."

„Für die Zeit, die Sie uns zur Verfügung stehen, schon."

„Ja. Aber die kann schnell vorbei sein. Sie haben es selbst gesagt."

„Wir wollen von etwas anderem sprechen."

„Dass wir Mohammed Arasücü noch nicht dingfest gemacht haben?"

„Auch davon nicht."

Sie tranken sich zu. Monika Landris stand auf und ging zum Kamin. Wie sie dasteht im flackernden Licht des Feuers, ist sie die Verführung pur, dachte Larsson. Er stand auf und ging langsam zu ihr. Monika Landris drehte ihm den Rücken zu. Larsson versuchte vorsichtig ihren Nacken zu massieren.

„Muss ich jetzt schnurren wie eine Katze?"

In dieser Nacht wurden Monika Landris und Lasse Larsson ein Paar.

11. Kapitel

Am 30. Dezember, einem Montag, war Larsson schon früh im Büro. Monika Landris hatte ihn an der Kreuzung Bülowstraße Ecke Seestraße abgesetzt und war dann auf seine Bitte hin noch einmal weggefahren, um nicht zusammen mit ihm anzukommen. Obwohl er so zeitig da war, überschlugen sich die Ereignisse.

Er traf Andresen auf dem Gang. Dieser war bereits vor ihm eingetroffen und hatte die für ihre Abteilung bestimmten Mails abgerufen. In der ersten Nachricht bestätigte das Casino in Konstanz, dass Peter Petersen des Öfteren dort beim Spiel gesichtet worden sei und eine Verbindung zu Ferdinand Huebner bestanden habe. Die zweite Mail stammte vom BKA. Es war eine Anfrage, ob ein Bild von Zheng Chenggong vorhanden sei. Darüber hinaus hatte es einen Anruf aus seiner früheren Abteilung in Berlin gegeben.

Die Sache, die Larsson Kopfschmerzen bereitete, war die Bemerkung Andresens, Kriminaloberrat Theo Kruse habe schon zweimal nach ihm verlangt. Offensichtlich war die Nachricht des Attentats auf ihn wie ein Lauffeuer schneller gewesen als er selbst.

„Wenn die Abteilung komplett ist, sag mir bitte Bescheid. Wir werden dann die Arbeit für heute aufteilen.“

Larsson ging in sein Büro. Auf dem Weg dorthin zog er sich einen Kaffee aus dem Automaten. Er schloss die Tür hinter sich und ordnete seine Gedanken. Gleich würde Andresen hereinkommen, und dann könnte er sich nicht mehr so konzentrieren. Wenn der Fall gelöst war, würde er sein Büro wieder für sich allein beanspruchen.

Wenn Kruse ihn jetzt kaltstellte, wäre seine ganze Arbeit umsonst gewesen. Larsson fühlte, dass er sehr nahe an der Aufklärung des Falls war. Und er hoffte, diesen Erfolg für sich verbuchen zu können. Er hasste es, die Arbeit für andere zu machen. Er wählte die Nummer der Sekretärin Kruses, wechselte mit ihr ein paar Höflichkeitsfloskeln und wurde dann durchgestellt.

„Haben wir im Fall Huebner schon einen möglichen Täter“, fragte Kruse nach der Begrüßung.

„Genau besehen, Herr Kriminaloberrat, haben wir drei Kandidaten. Den richtigen herauszufiltern, wird nun unsere Aufgabe sein.“

Larsson erklärte, wie es zur Erkenntnis über die drei möglichen Mörder und deren Verbindungen zu Huebner und untereinander gekommen war. „Der Mann am Bodensee ist derzeit zum Wintersport unterwegs und erst nach Silvester wieder vor Ort. Kriminalhauptkommissar Sauter aus Konstanz wird ihn dann vernehmen.“

„Und wie begründet sich Ihr Verdacht?“

„Dieser Arne Hoffmann ist der Geliebte von Frau Huebner. Er hätte allen Grund, die Frau, die er liebt, von einem Parasiten zu befreien, der ihr Leben zerstört. Gleichzeitig hätte er so auch den Weg für sich freigemacht.“

„Und die anderen Verdächtigen?“

„Ein chinesisches Pärchen, das in verschiedenen Spielcasinos auftauchte, in dem unter anderem auch Huebner verkehrte.“

„Das ist ja nicht verboten.“

„Nein. Aber der Chinese wurde von der Überwachungskamera des Heringsdorfer Casinos im Gespräch mit Huebner aufgenommen.“

„Was wissen wir über den Asiaten?“

„Noch nicht viel. Nur, dass höchstwahrscheinlich sein Name falsch ist. Ein Mann dieses Namens lebte um 1644 als Armeeführer und halbstaatlicher Seeräuber. Zheng Chenggong reiste mit einem Voucher eines Reisebüros aus Amsterdam ein. Eine Adresse war über das Reisebüro nicht ermittelbar. Das Kuriose ist: die Frau, die ihn begleitet, eine Wu Sun Jian, trägt den Namen einer chinesischen Generalsgattin, die im Jahr 202 unserer Zeitrechnung verstorben ist."

Kriminaloberrat Kruse lachte auf. „Mysteriös."

„Wir werden uns noch einmal mit dem BKA in Verbindung setzen. Eine Anfrage an die Hamburger Polizei läuft schon."

„Und der dritte Verdächtige?"

„Ist vielleicht ein Bekannter. Peter Petersen von der PPJB-Finanzservice GmbH. Zu ihm werde ich gleich fahren."

„Das ist ja unglaublich."

„Die Kollegen, die die PPJB jetzt auseinandernehmen, könnten ja mal schauen, ob irgendwelche Verbindungen von Petersen zu Huebner bestehen. Immerhin gab es da geschäftliche Interessen bei der Suche nach Baumöglichkeiten in geschützten Gebieten rund um Singen am Hohentwiel."

„Ich werde Schubert anweisen, danach zu suchen."

„Was ist eigentlich mit dem Attentat auf Sie vom Sonnabend?"

Genau diese Frage, so hatte Larsson gehofft, hätte sich im leichten Plauderton bereits erübrigt. Nun sah er sich getäuscht.

„Es war wahrscheinlich ein Anschlag mit einem Kleingewehr. Ich denke, es war Mohammed Arasücü."

„Ich sollte Sie aus der Schusslinie nehmen."

„Was zur Folge hätte, dass wir den Mann wahrscheinlich in einem halben Jahr noch nicht gefasst haben. Ich trage eine schusssichere Weste, und wir werden Arasücü eine Falle stellen."

„Das gefällt mir nicht."

„Mir auch nicht. Manchmal muss man etwas wagen, um zum Erfolg zu kommen."

„Wir versuchen es drei Tage. Wenn wir ihn dann nicht haben, muss ich Sie leider zum Innendienst nach Anklam versetzen."

„Und spätestens auf dem Weg dorthin wird mich Arasücü erledigen."

„Drei Tage, Hauptkommissar Larsson. Nicht mehr. Und lassen Sie sich rund um die Uhr schützen. Bekommen Sie das auf die Reihe, ohne dass ich mich darum kümmere?“

Larsson bejahte das. Als er aufgelegt hatte, blieb er noch einen Augenblick sitzen. Kruse hatte ihn nicht kategorisch abgezogen. Aber wenn er nicht als Sesselfurzer nach Anklam gehen wollte, würde er sich sehr beeilen müssen, den Türken zu fassen.

Es klopfte. Andresen steckte seinen Kopf zur Tür herein. „Wir sind jetzt vollzählig.“

„Na, dann kommt.“

Andresen schloss die Tür, und Larsson wählte die Nummer seiner früheren Abteilung in Berlin. Wegner war unmittelbar am Apparat. „Du hast angerufen, Roland? Dann gibt’s sicher Neuigkeiten im Fall Arasücü.“

„Ich habe Mehmet Sertoğlu interviewt. Er konnte mir nicht sagen, wozu Arasücü wissen wollte, wo du abgeblieben bist.“

„Sagt er.“

„Und ich glaube ihm das. Seine Personalakte ist vorbildlich.“

„So vorbildlich kann sie gar nicht sein, wenn er Hausinterna an Fremdpersonen weitergibt.“

„Er hat zugestimmt, dass du ihn befragen kannst. Möchtest du seine private Telefonnummer haben?“

„Ist er noch immer nicht im Dienst?“

„Nein. Er hat Urlaub bis nach Neujahr. Ich habe mit ihm gesprochen, weil ich gemerkt habe, dass du sauer warst. Und ich möchte nicht, dass du denkst, wir hätten dich in dieser kurzen Zeit schon vergessen. Schließlich haben wir gut miteinander gearbeitet.“

„Ja, das haben wir wohl.“ Larsson notierte sich die Nummer, sprach noch über einige Belanglosigkeiten und verabschiedete sich von Wegner.

Um halb neun kamen die Kollegen. Andresen, Simons und als letzte Monika Landris, die eine Thermoskanne mit frisch gebrühtem Kaffee mitbrachte. Sie begannen mit einer allgemeinen Abklärung der vorliegenden Fakten.

„Die erste Anweisung, die Kruse gegeben hat, ist, dass ich Personenschutz bekomme. Und zwar rund um die Uhr“, begann Larsson, als sie am ovalen Tisch Platz genommen hatten. „Die Einteilung überlasse ich Rolf. Ich schlage vor, tagsüber wird jeweils der Beamte, der mit mir unterwegs ist, seine Augen offenhalten. Außerdem kann ein Streifenwagen die Operation begleiten. Ab dem Zeitpunkt, an dem ich abends das Haus hier verlasse, passe ich selbst auf mich auf.“

„Aber doch wohl nicht in deinem kleinen Haus“, sagte Simons. „Da sitzt du wie auf dem Präsentierteller.“

„Ich schlafe in dieser Zeit außerhalb meines Hauses.“

Larsson hatte einen solchen Einspruch erwartet, wenngleich nicht unbedingt von Simons.

„Rolf war heute der Erste im Haus und hat die Mails abgerufen, die man uns schickte.“ Er nickte Andresen zu.

„Das Casino in Konstanz hat die Identität Petersens als Besucher des Hauses und seinen Kontakt zu Huebner bestätigt.“

„Es steht also gar nicht so schlecht. Oft hat man eine Menge Hinweise, ohne ein fassbares Ergebnis zu bekommen. Wir aber sind in der glücklichen Lage, gleich über mehrere Verbindungen zwischen den verdächtigen Personen zu verfügen“, sagte Larsson.

„So eindeutig ist es nicht immer.“

„Ich möchte, dass weitere Anfragen an die Casinos in Baden-Baden, Bad Homburg, Stralsund, Berlin und München gestellt werden. Wer übernimmt das?“

„Das kann ich machen“, sagte Andresen.

„Nein, du nicht. Du fährst mit mir im Anschluss an unsere Besprechung nach Zinnowitz.“

„Gut, dann mach ich das“, sagte Monika Landris.

„Nicht allein. Karl, ihr teilt euch die Arbeit. Es betrifft alle drei Personen, Huebner, Peter Petersen und den Chinesen.“

„Das BKA in Wiesbaden hat eine Anfrage gestellt, ob wir ein Foto von Zheng Chenggong hätten, das wir sofort mailen könnten“, sagte Andresen.

„Also, Karl. Auch das Foto wird gleich nach Wiesbaden geschickt. Und noch etwas. Mir ist aufgefallen, dass ihr euch mit unserer neuen Mitarbeiterin duzt. Ich selbst habe das ja angeregt, damit sich die Einsatzgruppe nähersteht. In diesem Sinn, Frau Landris, möchte ich mich meinen Kollegen anschließen. Ist Ihnen das recht?"

Es gab keinen Widerspruch.

„Ich bin bei der Durchsicht der Unterlagen noch einmal auf die roten Gladiolen gestoßen, die in Huebners Klinikzimmer gefunden wurden", sagte Monika Landris. „Daraufhin habe ich mit der Hausdame der Reha-Klinik gesprochen. Sie sagt, Gladiolen seien Sommerblumen. In der ganzen Zeit, in der sie dort angestellt sei, habe es überhaupt noch keine Gladiolen in den Zimmern gegeben. Schon des Preises wegen nicht, und im Winter gleich gar nicht."

„Sonderbar. Ich verstehe zu wenig von Blumen", sagte Larsson. Er nahm sich vor, sich im Lexikon schlau zu machen. „Gehen Sie der Sache nach. Finden Sie alles raus, was über diese Blumenart geschrieben wurde."

„Ich dachte, wir wären beim Du?"

Lasse lächelte. „Also finde alles heraus, was es darüber gibt, Monika."

Ihre Sitzung hatte sich bis elf Uhr hingezogen. Nun war die Arbeit verteilt. Larsson hatte das Gefühl, dass sie mit jedem Tag, an dem sie arbeiten konnten, dem Ziel ein Stückchen näher kamen. Freilich waren die Feiertage für die Ermittlungsarbeit mehr als hinderlich. Aber die bisher erzielten Ergebnisse konnten sich sehen lassen.

Wenig später trennten sich die Kommissare.

Andresen hatte einen Streifenwagen angefordert, der den mausgrauen Opel-Omega nach Zinnowitz begleitete. Obwohl der laufende Verkehr zu dieser Jahreszeit sehr eingeschränkt war, erwischte sich Larsson, wie er im Rückspiegel beobachtete, ob ihnen jemand folgte. Er konnte aber niemanden entdecken.

Vor der Villa stand ein schwarzer Porsche.

„Irgendetwas machen wir falsch“, sagte Andresen mit Blick auf den Sportwagen.

„Hättest halt Makler werden müssen. Besser noch Anlageberater. Ganz fruchtbar ist, wenn man beides kann.“

Andresen ging zu dem Streifenwagen und wechselte einige Worte mit den beiden Polizisten, die auf Fahrzeuge achten sollten, die hier in unmittelbarer Nähe abgestellt wurden. Larsson wusste, dass das vergebliche Mühe war. Wenn Mohammed Arasücü tatsächlich hinter ihnen her war, dann würde er ganz bestimmt nicht dort halten, wo ein Polizeiwagen zu sehen war.

Die Frau, die ihnen öffnete, war eine hübsche Blondine von etwa dreißig Jahren. Sie nannte ihren Namen. Gabriele Bagh.

„Wir möchten Herrn Peter Petersen sprechen“, sagte Larsson, nachdem er sich und Andresen vorgestellt hatte.

„Der ist nicht im Haus.“

„Dürfen wir reinkommen?“

„Bitte.“

Sie führte die beiden Polizisten in eines der Büros. „Jørgen, kannst du bitte mal kommen?“

Jørgen Bagh, ein groß gewachsener nordischer Typ in den Vierzigern, war eine gepflegte Erscheinung. Der dunkle Zweireiher stand ihm ausgezeichnet.

„Meine Herren, was kann ich für Sie tun?“

Larsson wies sich und Andresen als Polizisten aus.

„Die Polizei war doch schon vor Tagen bei uns. Was gibt es denn jetzt schon wieder?“ Er zeigte auf eine Sitzgruppe.

„Wir ermitteln in einem Mordfall. Und haben ein paar Fragen an Ihren Kompagnon.“

„In einem Mordfall? Und da haben Sie Fragen an uns?“

„Nicht an Sie. Nur an Herrn Petersen.“

„Was sollte Peter schon mit einem Mord zu tun haben? Herr Petersen ist über die Feiertage unterwegs.“

Larsson verwünschte in diesem Augenblick die vielen Feiertage, die gegen ihn zu arbeiten schienen. Wer ist schon bei so vielen Festtagen zu Hause, wenn er bequem einige schöne Tage außerhalb der Arbeit einlegen kann.

„Sie betreiben die PPJB-Finanzservice GmbH zusammen?"

„Ja."

„Kannten Sie Petersen schon vor der Betriebseröffnung?"

„Wir sind zusammen ganz in der Nähe von Zinnowitz aufgewachsen. Mein und sein Vater waren nicht nur befreundet, sie waren auch Antifaschisten, die zusammen im Konzentrationslager waren."

Loddin auf Usedom, im September 1966

Die letzten Sonnenstrahlen des Tages waren verschwunden. In dem kleinen Haus an der Wiese, die hinunter zum Achterwasser führte, waren sie wie an jedem Jahrestag ihrer Entlassung aus dem Konzentrationslager Börgermoor bei Papenburg zusammengekommen, um der Tatsache zu gedenken, dass sie die Schreckensherrschaft des Tausendjährigen Reiches überlebt hatten.

Holger Petersen, der nun beim Rat des Kreises Wolgast arbeitete, richtete zusammen mit seiner Frau Lina dieses Gedenkfest aus, und Bent Bagh, der in den Schulen Vorträge über die verbrecherische Herrschaft der Nazis hielt, kam mit Frau Christina und Sohn Jørgen allzu gern, denn neben den Erinnerungen an die Schmach der vielfältigen Erniedrigungen im KZ gab es auch immer ein mehr als ordentliches Essen, meist Ostseefisch, mit einer Vor- und einer Nachspeise, und in diesem Jahr exklusiv ein Rinderfilet, das Lina Petersen rundum angebraten und in einer Folie mit Kräutern im Ofen fertiggegart hatte. Es war eine Leckerei, die dem kleinen Jørgen Bagh sein Leben lang in Erinnerung bleiben würde.

Auf den Knien Holger Petersens sitzend, lauschte der sechsjährige Jørgen den immer wiederkehrenden Erzählungen der beiden Väter über den Zug der Häftlinge ins Moor rund um Papenburg, wo sie Torf stachen.

Und wie in jedem Jahr beschworen die beiden Männer die Freundschaft zu anderen Überlebenden, auch zu dem bekannten Theaterregisseur Wolfgang Langhoff, der, zusammen mit Johann Esser, den Text zu dem weltbekannten *Moorsoldatenlied* geschrieben hatte. Freilich verschwiegen sie, dass der Kontakt zu Langhoff, der in Berlin am Deutschen Theater arbeitete, schon längere Zeit abgebrochen war. Aber dieser Misere zum Trotz verging keiner dieser Abende, ohne das Lied anzustimmen, das erstmals 1933 im Konzentrationslager erklungen war.

Jørgen Bagh hatte dieses Lied begeistert mitgesummt; in diesem Jahr sang er sogar die erste Strophe und immer den Refrain mit: *Wir sind die Moorsoldaten und ziehen mit dem Spaten ins Moor.*

Auch die Frauen hatten mitgesungen.

Nur Peter Petersen, zwei Jahre älter als Jørgen Bagh, stand wie versteinert in der Ecke und betrachtete die ihm gespenstisch erscheinende Szenerie mit ablehnender Verwunderung. Allenfalls die Völlerei mit dem Filet reizte ihn, vor dem die Mutter eine Suppe aus selbst gesuchten Pilzen gemacht hatte und als Nachtisch rote Grütze reichte, denn ein so feines Essen gab es nicht alle Tage.

Einige Monate später starb Bent Bagh an Magenkrebs.

Holger Petersen war für Jørgen Bagh eine Art Ersatzvater geworden, und Peter Petersen akzeptierte den Jungen wie einen Bruder.

Irgendwann traten sie gemeinsam den Jungen Pionieren bei, wechselten später in die Freie Deutsche Jugend, um dann 1982 der Partei der Arbeiterklasse beizutreten. Diese Biografie entsprach ihrer Herkunft. Söhne von Vätern, die im Widerstand des Dritten Reiches waren, trugen ihre Prägung mit der Erkenntnis, in einem friedliebenden Staat zu leben und diesem zu dienen, ungeniert vor sich her.

Als sieben Jahre später der Zusammenbruch der Deutschen Demokratischen Republik kam, dachte jeder im Ort, dass die beiden Männer vom Zerfall ihres Staates überrascht sein würden. Aber ihrem Interesse an internationaler Politik und ihrem Studium für politische Ökonomie in Berlin war es zu danken, dass sie ihren Horizont so erweitern konnten, dass sie den ökonomischen Zusammenbruch kommen sahen.

Sie beschlossen, auch fortan zusammen durchs Leben zu gehen, jedenfalls was das Arbeitsleben anging. Deshalb gründeten sie die PPJB-Finanzservice GmbH mit Sitz in einer kleinen, aber feinen Villa in Zinnowitz, die sie einer alten Dame kurz vor der Wende auf Rentenbasis abgekauft und dann renoviert hatten.

Das Geschäft lief gut. Bald schon fuhren sie Porsche als Dienstwagen und beschäftigten zwei Sekretärinnen.

Mit zunehmendem Erfolg investierten und riskierten sie immer mehr, bauten Häuser, verkauften Eigentumswohnungen – ihr Lebensstil änderte sich.

Während Jørgen Bagh eine der beiden Sekretärinnen heiratete und mit ihr kräftig an der Mehrung des Betriebsvermögens arbeitete, führte Petersen das wilde Dasein eines Lebemannes. Frauen waren Objekte, die seinen Status unterstrichen, mehr nicht. Und immer öfter war er in den Spielcasinos zu finden, in Baden-Baden, in Konstanz, Stralsund, Heringsdorf, Bad Homburg oder Berlin.

„Ja“, sagte Larsson, „eine solche Herkunft verpflichtet.“

„Wenn ich glauben soll, was Sie eben geschildert haben, sind Sie und Ihre Frau dabei, das Betriebsvermögen zu sichern, während Ihr Kompagnon es mit vollen Händen ausgibt“, sagte Andresen.

„Die letzen Zahlen sagen das leider aus. Peter ist dabei, uns zu ruinieren.“ Es war das erste Mal, dass sich Gabriele Bagh einmischte. Ihr Mann belegte seine Frau mit einem strafenden Blick.

„Wir sind nicht hier, um die Finanzen Ihres Betriebes zu prüfen und zu sehen, wie weit Sie sich von den gesetzlichen Bestimmungen entfernt haben“, sagte Andresen. „Das machen Kollegen von uns. Wir sind hier, um zu prüfen, ob und was Peter Petersen mit dem Tod Ferdinand Huebners zu tun hat.“

Larsson beobachtete, dass Andresens Worte wie eine Bombe bei Jørgen Bagh einschlugen. Bagh wechselte die Farbe. „Ich kann mir beim besten Willen nicht vorstellen, was Peter mit dem Tod eines Ferdinand Huebner zu tun haben sollte.“

„Woher kennen Sie den Namen Ferdinand Huebner?“

„Es stand in der Zeitung.“

„Sowohl in der Ostseezeitung als auch im Nordkurier standen nur die Initialen des Namens“, sagte Larsson kalt.

Jørgen Bagh fühlte sich ertappt. „Ich weiß, dass Huebner zu einer Kur nach Heringsdorf gekommen war. Als ich das Bild sah und die Nachricht las, wusste ich, um wen es sich handelt.“

„Und da haben Sie Ihren Freund nicht gefragt, was er davon weiß?“

„Wir haben über den Unfall gesprochen.“

„Über den Unfall?“

„Ja. Peter sagte, es könne sich nur um einen solchen handeln. Schließlich sei Huebner kein Suizidkandidat.“

„Kannten Sie die finanziellen Verhältnisse Huebners?“

„Ich weiß nur, dass er immer Geld benötigte und wir ihm schon einen Vorschuss auf die ihm zugesagte Erfolgsprämie gewährt haben, die bei Erteilung einer Baugenehmigung fällig geworden wäre.“

„Wie hoch wäre diese Prämie denn gewesen?“

„200.000 Euro.“

Andresen stieß einen leisen Pfiff aus, und Larsson fragte: „200.000 Euro für einen Tipp?“

„Nicht für einen Tipp. Für eine komplette Baugenehmigung in unmittelbarer Nähe Singens an den Aachwiesen."

„Sie wissen, dass das Bestechung ist. Korruption in diesem Ausmaß ist strafbar, und zwar sowohl für den, der besticht, als auch für den, der das Geld annimmt. Dafür sieht das Gesetz erhebliche Haftstrafen vor."

Jørgen Bagh hob die Schultern. „Überall wird ein wenig mit Geld nachgeholfen. Schauen Sie sich die großen Konzerne an. Die setzen Millionen ein, um erfolgreich am Markt zu operieren. Dagegen sind wir ein kleines Licht."

„Wie hoch war der Vorschuss, den Sie Huebner gewährt haben?"

„50.000."

„Das ist kein Pappenstiel und ein Motiv obendrein."

„Ein Motiv?"

„Die Genehmigung zum Bau der Seniorenresidenz war ausgeblieben. Der Landrat hatte das Projekt gestoppt, das vom Stadtrat bereits so gut wie abgesegnet war. Herr Petersen forderte das Geld von Huebner zurück. Huebner aber war blank wie immer. Doch dann gewann er im Casino eine größere Summe, und Petersen forderte zumindest einen Teil des Geldes zurück. Doch Huebner wollte nichts zurückgeben."

„Das ist Spekulation."

„Nein, das ist ein Motiv. Und dem werden wir nachgehen."

„Das ist Unsinn. Peter würde nie zu solchen Mitteln greifen."

„Aber er war im Casino, als Ferdinand Huebner gewann, und er hat mit ihm gesprochen."

„Das ist nicht möglich."

„Es gibt einen untrüglichen Beweis, die Aufzeichnung eines Überwachungsbandes."

„Was besagt das schon? Dass Peter im Casino gespielt hat? Das macht er des Öfteren."

„Und er hat sich mit Huebner unterhalten, was auf dem Band festgehalten ist."

Jørgen Bagh hob entschuldigend die Schultern. Er wusste wahrscheinlich, dass es stimmte, was Larsson sagte. Aber er war seinem Jugendfreund Petersen gegenüber zu loyal, um das vor sich selbst zuzugeben.

„Wann haben Sie Huebner das letzte Mal gesehen?"

„Irgendwann im August, als wir in Singen waren, um uns das Areal anzusehen, auf dem wir zu bauen beabsichtigten. Der Kontakt mit ihm war Peters Sache. Er hat ihn auch aufgebaut und unserer Firma vermittelt."

„Es ging ja nicht um weniger als um den Bau in einem geschützten Gebiet."

„Der frühe Vogel fängt den Wurm. Und wer dort der Erste sein würde, der eine Baugenehmigung bekommt, könnte das Geschäft des Jahres machen. Wir hatten die Anlage von eingezahlten Vermögen vorgesehen, um dort ein großes Seniorenzentrum entstehen zu lassen. Senioren lieben es, sich nicht im unmittelbaren Getümmel aufzuhalten. Aber die Nähe zur Stadt Singen und zur Schweizer Grenze stellen schon ein gewisses Potential dar."

„Ja, das tut es wohl", bestätigte Andresen.

„Und es wird eine Menge betuchter Senioren geben, die die Ruhe an der Schweizer Grenze dem Getümmel einer Großstadt vorziehen würden", sagte Larsson.

„Die Nachfrage nach gehobenen Einrichtungen gibt es tatsächlich. Deshalb haben wir uns auch für dieses Projekt so engagiert."

„Wo finde ich Petersen jetzt?"

„Ich habe ihn nicht gefragt, wo er hinzufahren gedenkt. Aber ich kann ihn übers Handy erreichen."

Larsson stand auf. „Ich würde Sie bitten, ihm zu sagen, dass er sich umgehend bei mir melden soll. Und sagen Sie ihm, es sei so dringend, dass ich ihn zur Fahndung ausschreibe, wenn ich nicht schnellstens etwas von ihm höre."

12. Kapitel

Der Silvestervormittag ist ein Tag, der in jeder Branche in der Regel relativ unproduktiv ist. Bei der Polizei in Heringsdorf war das keineswegs anders. Immerhin hatte die Hamburger Polizei ein Fax geschickt. Andresen, der nun mit Larsson in einem Büro saß, legte ihm das Schriftstück auf den Schreibtisch. Larsson las, was die Kollegen aus der Hansestadt schrieben: *Wir haben derzeit keine Erkenntnisse, ob chinesische Kriminelle ihr Unwesen treiben, und es gibt auch keine Verfahren.*

Larsson lachte auf. „Die mauern. Das war schon einmal ganz anders. Im Jahr 1992 erklärte das Landeskriminalamt in der Hansestadt, dass vermutlich neun von zehn chinesischen Restaurantbetreibern in Hamburg Schutzgeld zahlen würden, es aber kaum Anzeigen der etwa 150 Betriebe gebe. Weitergehende Ermittlungen verliefen seinerzeit allerdings im Sande. Wohl vor allem, weil kaum einer der etwa 6.000 Chinesen in Hamburg den Fahndern etwas erzählen wollte."

„Ich denke, die wollen uns verarschen", sagte Andresen.

„Das ist sicher nicht das richtige Wort. Eher denke ich, dass das BKA eine Informationssperre zu dem Thema Triaden in Deutschland erlassen hat, um die Ermittlungen, die in diesem Milieu sicher schwierig sind, nicht zu gefährden."

Andresen war ins Internet gegangen und hatte dort über Triaden recherchiert. „Ich lese dir jetzt mal etwas vor: *Triaden, chinesische Mafia und Schutzgelderpressungen: Zwei Köche werden in einem China-Restaurant an der Bremer Reihe im Hamburger Stadtteil St. Georg mit Messern entstellt – offensichtlich eine letzte Warnung. Dem Chef eines anderen Restaurants auf St.*

Pauli drohen Unbekannte, ihm die Hand abzuhacken. Zwischen den Triaden Wo Shin Wo und 14K entbrennt ein blutiger Streit mit Fleischerbeilen, Messern und Pistolen. Ein Machtkampf mit Schwerverletzten, der sich Mitte der 90er Jahre in Hamburg entwickelte, ohne dass es später Anzeigen bei der Polizei gab. Und zumindest einzelne Gastronomen zahlten, wie es heißt: Bis zu sechsstellige Summen wechselten damals den Besitzer. Das Wort Triaden, das aus dem Lateinischen stammt und Dreiheit bedeutet, wird als Bezeichnung für organisierte kriminelle chinesische Gruppen benutzt. Als Symbol der Triaden gilt der Drache, der in China Stärke und Weisheit versinnbildlicht. Anders als bei der italienischen Mafia steht der Anführer, der Drachenkopf, nicht an der Spitze eines überschaubaren Familienbetriebs: Bis zu 20.000 Mitglieder zählt eine Triade. In Deutschland sind die Asiaten bislang nur als Menschenschleuser besonders aufgefallen. Chinesisch dominierte Gruppen, so heißt es im Lagebild Organisierte Kriminalität des Bundeskriminalamts, haben seit 2002 steigende Bedeutung im Bereich der Schleuserkriminalität.“

„Da siehst du, dass es schon in den 90er Jahren Machtkämpfe mit Schwerverletzten und wahrscheinlich auch Toten gab, die dem BKA bekannt waren. Der Rest der Nachricht zeigt uns nur, dass ein Drachenkopf eine bis zu 20.000 Mitglieder zählende Gruppe anführt. Wir wissen, dass sie Menschen einschleusen. Na schön. Das machen andere Organisationen auch. Dagegen geht unser Staat ja vor. Aber das ist nicht die Auskunft, die wir brauchen. Wenn unser Zheng Chenggong ein Mann der Triaden ist, dann benötigen wir verwertbare Auskünfte über Aktivitäten dieser Gruppen in der Jetztzeit und über den Mann selbst. Wir müssen wissen, wo sie in Deutschland aktenkundig geworden sind.“

„Ich habe noch etwas gefunden, was dich interessieren dürfte“, sagte Andresen und las aus einem Artikel, den er ebenfalls im Netz gefunden hatte. *Die Triaden leiten sich vom spätlateinischen trias, also drei, ab. Sie sind die Gesellschaft der Dreiheit: Himmel, Erde, Mensch. Mitglieder der Triaden müssen Eide auf absoluten Gehorsam und Verschwiegenheit auf Lebenszeit leisten.*

In Ungnade gefallenen Mitgliedern werden rote Gladiolen zugeschickt – als Warnung, dass ihnen der Tod bevorsteht.“

Larsson fiel ein, dass Monika Landris ihn am Vortag nochmals auf die Sonderbarkeit hingewiesen hatte, dass in Ferdinand Huebners Appartement mitten im Winter rote Gladiolen gestanden hatten, Sommerblumen, die nicht von der Kurklinik dort hingestellt worden waren. Was hatte Huebner mit chinesischen Triaden zu tun? Konnte ein solcher Mann, ein in den Casinos der Bundesrepublik relativ bekannter deutscher Spieler Mitglied einer chinesischen Triade sein? Larsson wollte abseits des BKA versuchen, Kontakt zu einem Fachmann in Sachen Triadenforschung zu bekommen. Aber das behielt er für sich.

„Denkst du, was ich denke?“

Als Larsson nicht antwortete, fragte Andresen: „Glaubst du, dass Huebner zu den Triaden gehört hat?“

„Wenn etwas zu einfach erscheint, werde ich immer überaus skeptisch.“

„Immerhin hatte er Verbindung zu einem Chinesen, dokumentiert auf der Videoaufzeichnung.“

„Er hätte ihn auch um Feuer bitten können. Oder um eine Zeitansage.“

„Woher sollte er sonst die Gladiolen haben wenn nicht von dem Chinesen?“

„Da stellt sich mir die Frage, wie die Chinesen die Blumen – am Personal vorbei – ungesehen in die Kurklinik gebracht haben sollen. Lass mal feststellen, wie viele Ausländer überhaupt in dem Haus arbeiten! Nein, besorg einfach eine komplette Liste aller Beschäftigten. Und erkundige dich, was für Zulieferfirmen die Klinik täglich anfahren und ob dort Fremdarbeiter tätig sind.“

Andresen machte sich eine Notiz, um Larssons Anweisung nicht zu vergessen. Am Silvestervormittag würde er wohl kaum in der Personalabteilung eines solchen Hauses fündig werden können. Dennoch rief er in der Kurklinik an. Seine Vermutung war richtig. An die Unterlagen würde er erst am ersten Arbeitstag im Januar herankommen können.

Larsson hatte das Gefühl, schon einmal näher am Ziel gewesen zu sein. Die roten Gladiolen im Zimmer des Toten verwirrten ihn. Stimmte es überhaupt, dass der mit dem Tode Bedrohte auf diese Art gewarnt wurde? Oder war das eine Legende, die man erfunden hatte? Aber war nicht an jedem Gerücht auch ein Stück Wahrheit? Er würde das hieb- und stichfest prüfen müssen. Seit langer Zeit fühlte er sich erstmals überfordert. Normalerweise würde er jetzt auf die Seebrücke gehen, übers Wasser schauen und seinen Gedanken freien Lauf lassen. Dabei kamen ihm die besten Ideen. Die frische Luft inspirierte immer seine Kombinationsgabe, die mit der Einschränkung seiner Bewegungsfreiheit erheblich gestört war.

Es klopfte. Monika Landris trat ein. „Sollten wir nicht am letzten Tag im Jahr noch einen kleinen Drink nehmen?“

„Verführung, dein Name sei Weib“, sagte Andresen.

„Ich meinte einen gemeinsamen Kaffee mit einem Rückblick auf die Ermittlung im Fall Huebner.“

Andresen zog die Stirn in Falten und schaute Larsson fragend an. Larsson stand auf. „Warum eigentlich nicht?“

Gemeinsam gingen sie hinüber ins Büro der Kommissare. Simons war beim Stadtbäcker einige Stücke Kuchen holen gewesen, und Monika Landris hatte sorgfältig den Tisch gedeckt.

„Das sieht ja wirklich gut aus.“ Andresen war angetan. „Zumal wir das Mittagessen ausfallen lassen können.“

Sie setzen sich, und Monika Landris goss den frisch gebrühten Kaffee in die Tassen.

„Die Sache mit den roten Gladiolen“, begann Larsson, „hast du richtig beobachtet, Monika. Irgendetwas ist da dran. Nur was, das wissen wir noch nicht.“

„Was sollte Huebner mit dem Chinamann schon zu tun haben“, fragte Simons lapidar.

„Rolf hat einen Artikel im Netz gefunden, in dem es heißt, dass in Ungnade gefallenen Mitgliedern der Triaden rote Gladiolen zugeschickt werden – als Warnung, dass ihnen der Tod bevorsteht. Ich weiß nicht, ob es überhaupt möglich ist, dass ein

Deutscher einer Triade angehören kann." Larsson nahm einen Zettel und notierte die Frage. Er würde sie einem Fachmann stellen, wenn er einen solchen gefunden hatte.

„Geh doch einfach mal davon aus, dass Huebner dazugehörte, dass er einen irreparablen Fehler gemacht hat und man ihn deshalb beseitigte", sagte Andresen.

„Jetzt geht die Spekulation mit dir durch, Rolf. Wir müssten wissen, was für ein Aufnahmeprocedere bei den Triaden besteht und ob Europäer überhaupt eine Chance haben, Mitglied zu werden, um diese Eventualität überhaupt ins Kalkül zu ziehen." Larsson nahm sich ein DIN A4 Blatt, zog vier Längsstriche und einen Querstrich, schrieb die Namen der verdächtigten Männer darauf und linksseitig die Fragen Wer? Wie? Was? Wo? Wann? und Warum? „Wenn wir für alle drei Männer diese Fragen sorgsam beantwortet haben, dann kommen wir der Sache schon näher."

„Dann konzentrieren wir uns jetzt auf den Chinamann", sagte Simons.

„So einfach, wie du das siehst, Karl, geht das auch nicht. Hoffmann und Petersen sind absolut nicht aus dem Schneider. Wir müssen nach wie vor nach allen Seiten ermitteln."

„Wie wäre es damit: Huebner hat eine Annonce in der Financial Times angestrichen: *Seriöses Unternehmen vergibt Kredite zu akzeptablen Konditionen.* Es handelt sich dabei um eine asiatische Privatbank."

„Das weißt du genau?"

„Ich habe es recherchiert. Es ist eine Bank, die auch in Hongkong registriert ist."

Larsson war überrascht. Simons hatte eigenständig eine Sache verfolgt, die ungeheuer wichtig war. Und er war erfolgreich bei seinen Recherchen gewesen. „Das hast du gut gemacht, Karl."

„Es ist die Private Commercial Bank of China."

Draußen im Gang wurde es laut. Die ersten Mitarbeiter der Kripo in Heringsdorf verließen ihre Büros in Richtung Heimat. Larsson schaute zur Uhr. Zwei Minuten vor zwölf am Silvestertag strebte man nach Hause, um das große Fest vorzubereiten.

„Wir werden heute auch bald Schluss machen“, sagte Larsson. „Sicher hat jeder von euch noch etwas Wichtiges zu tun.“

„Zum Beispiel?“ fragte Monika Landris.

„Zum Beispiel, sich etwas Gutes vorzunehmen für das neue Jahr. Einer versucht abzunehmen, ein anderer will ein besserer Mensch werden.“

„Ich höre auf zu rauchen“, sagte Rolf Andresen.

„Wetten, dass nicht?“ Simons strahlte übers ganze Gesicht, wenn er daran dachte, dass hier etwas zu gewinnen sei. Andresen fiel immer wieder darauf herein und wettete mit ihm, um dann doch zu verlieren. Nur wusste er das in diesem Augenblick noch nicht.

„Gut, einen Hunderter für die Kaffeekasse, wenn ich ab Januar die erste Zigarette in den Mund stecke. Und was hältst du dagegen?“

„Auch einen Hunderter!“ Simons hielt ihm aufgeregt die Hand hin. „Schlag schon ein!“

Sie gaben sich die Hände. Larsson beobachtete das mit einem leichten Schmunzeln. „Am letzten Tag im Jahr verstoßt ihr schon wieder gegen die Betriebsordnung. Aber es wird das letzte Mal sein, dass in diesem Büro gewettet wird.“

Er wusste, dass die kleinen Wetten dazu da waren, die Sonderkasse der Abteilung ein wenig aufzubessern, die sie dann bei einem gemeinsamen Abend auf den Kopf hauten Deshalb sagte er, in Erinnerung daran, dass ihn der Rauch einer Zigarette erheblich belästigte: „Ich glaube auch nicht, dass du das schaffst, Rolf. Aber wenn du es schaffst, dann lege ich einen Hunderter oben drauf.“

„Das ist ja lachhaft! Ihr wollt mich festnageln. Aber diesmal schneidet ihr euch ins eigene Fleisch. Ich setze auch gegen deinen Hunderter die gleiche Summe.“

„Hört sich gut an. Aber jetzt wollen wir um Gottes Willen nicht mehr davon sprechen.“ Larsson schaute Simons an. „Und du, Karl? Hast du dir auch etwas vorgenommen?“

„Ich habe gestern meiner Maus versprochen, dass ich mich am ersten Tag des neuen Jahres mit ihr verloben werde."

Larsson lachte laut auf. „Das ging aber schnell. Da kenne ich einen Spruch, der in der Eingangshalle der CIA als Warnung stehen soll."

„Lass hören."

„Es ist nicht jugendfrei."

Monika Landris sagte: „Ich kann ja für einen Augenblick hinausgehen."

„So schlimm ist er nun auch wieder nicht: *Hast du einen Mann erst bei den Eiern, werden Herz und Verstand bald folgen!* Also denk an die langfristigen Folgen. Es heißt nicht umsonst: *Drum prüfe, wer sich ewig bindet!* Denk an Rolf und seinen Drachen!" Larsson zwinkerte.

„Na, na", protestierte Andresen.

„Sehr witzig", sagte Simons unwillig. „Ich werde mich verloben, was immer auch da stehen mag."

„Wäre das nicht auch ein Vorhaben für dich, Lasse?" fragte Monika Landris süffisant.

„Wenn ich eine Frau finde, die zu mir passt. Aber dass es eine gibt, die mich aushält, halte ich für ein Gerücht."

„Man soll die Hoffnung nie aufgeben."

Larsson trank seinen Kaffee aus. „Ich habe noch ein Telefonat zu machen. Dann fahre ich."

„Wohin? Wir haben deinen Personenschutz noch nicht geregelt", sagte Andresen.

„Ich habe ein Privatleben, und ich brauche keinen, der mich kontrolliert."

„Du kannst in meiner Wohnung bleiben", sagte Simons.

„Das Angebot weiß ich durchaus zu schätzen, Karl. Aber ich denke, ich fahre nach Wolgast. Dort habe ich Freunde, mit denen ich Silvester feiern kann."

„Dann bringen wir dich nach Wolgast."

„Wir machen das anders. Ich lasse mich von einem Streifenwagen begleiten, und wenn der merkt, dass niemand hinter mir herfährt, kann er ja an der Kreuzung Pudagla umdrehen.“ Er grüßte noch einmal in die Runde und ging hinüber zu seinem Büro.

Larsson suchte die Telefonnummer heraus, die Wegner ihm von Sertoğlu gegeben hatte, und versuchte eine Verbindung herzustellen. Es meldete sich eine junge Frau, die behauptete, ihr Bruder Mehmet befinde sich für drei Tage in der Türkei. Nachdenklich räumte Larsson sein Büro auf. Er rief in der Einsatzleitung in Anklam an, fragte, ob sich ein Streifenwagen in der Nähe befände. Als man das verneinte, verließ er die Kriminalaußenstelle und machte sich in seinem kleinen Renault auf die Fahrt nach Loddin.

Auf dem Weg besorgte Larsson in einem Lebensmittelmarkt eine Packung Sauerkraut aus dem Fass aus dem Spreewald und tiefgekühlten Fisch. Er entschied sich für Zander aus einem der Boddenfanggebiete und schwarzen Heilbutt aus der Tiefsee. Larsson suchte noch französische Kartoffeln. Die waren garantiert festkochend. Er achtete darauf, möglichst kleinwüchsige zu bekommen. Aus der Kühlung nahm er gewürfelten Nussschinken. Zum Schluss legte er noch eine Flasche Chardonnay in den Einkaufswagen.

Als er in Loddin ankam, fand er das Haus verschlossen. So sehr er sich auch bemühte, durch die Scheiben in die verschiedenen Zimmer zu schauen, er konnte niemanden entdecken.

Wenig später kam Monika Landris. Sie parkte den kleinen Ford direkt neben seinem alten Renault. Obwohl auch ihr Fahrzeug eher bescheiden war, stach es doch angenehm von seinem Schrotthaufen ab.

Ich werde mich um einen anderen Wagen bemühen, dachte Lasse Larsson. Das wird mein Vorsatz für das neue Jahr werden. Und das werde ich diesmal nicht wieder auf den Sankt Nimmerleinstag hinausschieben.

„Es hat noch einen Augenblick gedauert. Ich wollte nicht den Eindruck vermitteln, ich führe dir hinterher. Ich denke, es war in deinem Sinn.“

Larsson ging gar nicht darauf ein. „Deine Mutter macht nicht auf“, sagte er, „und ich kann sie auch nicht durchs Fenster sehen. Hoffentlich ist nichts passiert.“

„Was soll schon passiert sein? Sie hat mich vor einer halben Stunde angerufen. Mein Onkel hat sie abgeholt. Sie feiert mit ihm in Greifswald ins neue Jahr.“

Monika Landris schloss das Haus auf. Sie gingen hinein. Auf dem kleinen Tisch in der Diele lag ein Zettel.

Hallo Kleines,

Du kennst meine Einstellung – hindere nie dein Kind am Leben. Onkel Hermann hat mich eingeladen, für einige Tage zu ihm zu kommen. Ich habe erfreut angenommen, so dass ihr das Fest für euch habt. Macht etwas daraus.

Gruß Mama

„Typisch meine Mutter. Sie will nicht stören.“

„Deine Mutter hätte nicht gestört. Was meintest du vorhin eigentlich mit ‚Wäre das nicht auch ein Vorhaben für dich‘?“

Monika Landris stellte sich unwissend. „Ich weiß nicht, was du meinst.“

„Es war, nachdem Simons über sein Vorhaben, sich etwas Gutes für das neue Jahr vorzunehmen, gesprochen hat.“

Monika Landris lachte. Sie hatte verführerische Grübchen, deren Wirkung sie sich absolut bewusst war. „Ich hatte in diesem Augenblick die Zaubermacht der hier deponierten Zahnbürste im Sinn.“

Lasse Larsson dachte daran, wie sehr er sie begehrt hatte und immer wieder begehrte. Er fragte sich aber auch, ob die Annäherung nicht ein wenig zu schnell ging. Zwar war er sein Leben lang niemals abgeneigt gewesen, einen One-Night-Stand zu haben, aber das waren Frauen, die er am nächsten Morgen wieder verließ. Zugegeben, es waren Frauen, mit denen er sich überall hätte zeigen können, mehr aber nicht. In dieser Situation verglich er sich immer mit einem Hund, der aus dem Wasser kam und die lästigen Tropfen aus seinem Fell schüttelte. Wieder getrocknet, hätte der Hund das Wasser vergessen.

Mit Monika war das schon deshalb etwas anderes, weil sich Larsson seit der Trennung von Chiara innerlich immer auf der Suche nach einer neuen, diesmal standhaften Verbindung befand. Für alles andere fühlte er sich nicht mehr jung genug. Und sie hatte eine Ausstrahlung, die ihn vom ersten Augenblick an für sich einnahm.

„Heute koche ich“, sagte Larsson und zwinkerte ihr lächelnd zu. „Ich werde dir eines meiner Spezialrezepte zubereiten. Schon bei dem Gedanken läuft mir das Wasser im Munde zusammen.“

Die Tatsache, dass er exzellent kochte, war noch nicht bis zu ihr vorgedrungen. Und so fragte sie skeptisch, ob er sich nicht einen sinnvolleren Zeitvertreib vorstellen könne.

Doch Larsson setzte sich durch. Er wusch sich demonstrativ die Hände und ging in die Küche. Er nahm den Fisch aus der Verpackung, damit er antauen konnte. Dann setzte er die Kartoffeln auf.

Als sie sah, dass er die Kartoffeln nicht schälte, rümpfte sie die Nase. „Wollen wir die mit der Schale essen?“

„Sei so nett und lass mich in Ruhe arbeiten. Wenn es dir nachher nicht schmeckt, kannst du es immer noch kundtun.“

Larsson setzte das Sauerkraut auf und ließ es zwanzig Minuten köcheln. Es war die Zeit, die die Kartoffeln brauchten, um weich zu werden. Er wusch die Fische, trocknete sie ab und würzte sie mit Pfeffer und Salz. Die Hautseite melierte er leicht. In der gusseisernen Pfanne briet er den Fisch langsam auf der Haut. Die Kartoffeln waren schnell gepellt und in einem kleinen Topf mit ein wenig Butter warmgestellt. Er goss die letzten Tropfen Wasser vom Kraut ab und zog das Drittel eines Stückes Butter darunter. Dann hob er vorsichtig die Schinkenwürfel unter das Kraut, das nun nicht mehr auf dem Feuer stand.

„Voilà, wir können anrichten!“

Larsson legte als Grundlage für den Fisch ein Bett aus Kraut auf jeden der beiden Teller, gab jeweils zwei kleine Butterschwenkkartoffeln dazu. Mit der krossen Seite nach oben, drapierte er das Kraut mit dem Dialog aus Heilbutt und Zander.

Monika hatte in der Zwischenzeit den Tisch gedeckt. Während sie prüfend beobachtete, wie jeder Handgriff Larssons bei der Zubereitung der Mahlzeit saß, sagte sie: „Mir scheint, du hättest das Zeug zu einem passablen Koch."

Sie entzündete eine Kerze, die sie in die Dekoration des Tisches gestellt hatte. Larsson holte den Chardonnay aus dem Kühlschrank und entkorkte ihn.

„Wie sind eigentlich deine Cholesterinwerte?"

„Warum fragst du das?"

„Der Tod kommt meist aus der Küche!"

„Hmmm, das schmeckt aber gut", sagte sie und verdrehte die Augen. Sie lachten und tranken sich zu.

Ich habe lange nicht mehr so einträchtig ein Wochenende allein mit einer Frau verbracht, dachte er, als sie später Beethovens *9. Sinfonie* hörten, die der Norddeutsche Rundfunk übertrug. Und er merkte, dass ihm das gut tat.

13. Kapitel

Der Jahreswechsel war kalt und unfreundlich verlaufen. Einige Male hatte es ein wenig geschneit. Bis auf die beiden Spaziergänge hinunter zum Achterwasser und an den Strand von Kölpinsee waren sie im warmen Haus geblieben. Langeweile hatte es für beide dennoch nicht gegeben.

Während Monika Landris am Neujahrstag in der Küche hantierte, benutzte Larsson ihren Laptop, um ins Internet zu gehen. Alles, was er über anrüchige Verbindungen mit Chinesen finden konnte, war ein Artikel von Peter Scherer in Welt-Online über die Tatsache, dass das Dunkelfeld nach wie vor beträchtlich sei und die China-Connections durch eine Mauer des Schweigens geschützt wären. Das Bundeskriminalamt habe jedoch wichtige Erkenntnisse über jahrelangen Menschenhandel, Korruption, Geldwäsche, über Schutzgelderpressung, illegales Glücksspiel und Drogenhandel gewinnen können. Warum fand er nichts, was das BKA selbst veröffentlichte? Die Mauer des Schweigens hatte wohl auch das BKA erfasst, wenngleich aus anderen Motiven.

Larsson war klar, dass deutschen Ermittlungsbehörden die Erfahrungen fehlten, in die Geheimbündelei einzudringen. Triadenmitglieder erkannten sich untereinander anhand von Geheimsymbolen. Sie verständigten sich per Fingercode. Über derart gute Kenntnisse verfügte in Europa nur Scotland Yard, da Großbritannien bis zur Rückgabe Hongkongs an China im Jahr 1997 die Polizeioffiziere der Kronkolonie stellte. Erschwerend wirkte immer, dass die Opfer von Triaden-Kriminalität sich nur selten an die Polizei wendeten. Sie galt vielen Chinesen als die Polizei der weißen Teufel. Diese um Hilfe zu bitten, bedeutete Gesichtsverlust.

Anders die chinesische Polizei. Sie soll Handbücher besitzen, die ihnen die Bedeutung der Handzeichen erschließt. Die Crux war, dass es in den Polizeistationen der gesamten westlichen Welt an Expertenwissen mangelte.

Larsson schaltete den Laptop aus und klappte den Deckel zu. Obwohl ihn die Entwicklung in seinem Privatleben mit Zufriedenheit erfüllte, war er voller Unruhe. Zwei Tage herumzusitzen, während draußen der Mörder Ferdinand Huebners ungestraft herumlief, war für den Jäger unerträglich. So war er froh, als er an diesem Donnerstag, dem 2. Januar, wieder in sein Büro fahren konnte.

Larsson war bereits wach, als der Wecker Punkt fünf klingelte. Er setzte sich langsam auf. Neben ihm lag Monika Landris. Sie rührte sich nicht. Sie will weiterschlafen, dachte er und ging ins Bad. Aber sie hatte nur darauf gewartet, dass er das Zimmer verließ. Sie stand auf und ging in die Küche. Als Larsson das Bad wieder verließ, stieg ihm verführerisch der Duft des frisch gebrühten Kaffees in die Nase. Ein Lächeln umspielte sein Gesicht. Genau so hatte er sich ein Zusammenleben vorgestellt.

„Guten Morgen, Liebes!“ Sie kam auf ihn zu und küsste ihn auf die Wange.

Larsson fragte sie, ob es mit ihm Liebe auf den ersten Blick gewesen sei, die sie veranlasst hatte, sich mit ihm einzulassen. Sie verbat sich Grundsatzdiskussionen zu so nachtschlafender Zeit. Er war fast beleidigt, als sie ihm schließlich sagte, dass es nicht so sei, war aber beruhigt, als sie glaubhaft versicherte, dass Liebe auf den zweiten Blick sicher eher von Bestand wäre.

Sie frühstückten, und er machte sich auf den Weg ins Büro, während Monika später nachkommen sollte. Lasse Larsson hatte beschlossen, ihre Verbindung noch geheim zu halten. Und er erklärte ihr den Grund dafür. Wäre ihre Verbindung bekannt, müsste sie damit rechnen, unmittelbar aus seiner Abteilung abgezogen zu werden. Und ob sie dann eine Weiterbildung zur Kripo bekäme, stünde in den Sternen. Das leuchtete ihr ein.

Auf dem Weg über den Parkplatz im Setheweg begegnete er Andresen, der aus seinem Auto stieg. Larsson vermutete, dass er wieder einmal Krach mit seinem Drachen hatte und deshalb so zeitig an seinem Arbeitsplatz erschien. „Hast du es zu Hause nicht mehr ausgehalten?"

Andresen grinste ihn an. „Und du?"

Lasse Larsson fragte sich, ob Andresen etwas von seiner Verbindung zu Monika Landris mitbekommen hatte. Sie gingen zusammen hoch in Larssons Büro, in dem sie nunmehr beide saßen. Auf dem Weg zog Larsson für beide noch einen Kaffee aus dem Automaten. „Wir müssen dort weitermachen, wo wir am Dienstag aufgehört haben."

„Ich gehe nachher hinüber zur Kurklinik, um die Liste der Beschäftigten zu holen."

Larsson stimmte dem zu.

Gegen acht rief Paul Maier an. Die KTU hatte nun das passende Gewehr zu der am Strand aufgefundenen Kugel gefunden. „Es handelt sich hier um eine Kugel von neun Millimetern, die zu einem Einzellader mit Zylinderschloss passt."

„Das heißt was?"

„Nach jedem Schuss muss der Schütze das Gewehr nachladen."

„Gibt es denn so etwas überhaupt noch?"

Maier lachte. „Diese Waffen waren bis Ende der 60er Jahre auf jedem Dachboden, in jedem Hühnerstall und in jedem Jugendzimmer zu finden. Ich würde sogar behaupten, dass mindestens eines auch heute noch auf jedem zweiten alten Bauernhof herumliegt. Diese Waffen hatten manchmal schon Zielfernrohrschienen, meist gezogene Läufe und waren ausreichend präzise. Unseres ist ein Karabiner der Firma GECO, der unter dem Namen Flobert von 1919 bis 1921 so gebaut wurde. Ab 1922 gab es diesen Karabiner nur noch mit Neun-Millimeter-Patronen. Deshalb konnten wir die Waffe exakt zuordnen."

„Ich kenne Geckos nur als eine Eidechsenart, die mir in Israel selbst in den Hotelzimmern begegnet ist."

Der Hersteller der Waffe war die Firma Gustav Genschow & Co., abgekürzt GECO."

„Sind Sie sicher, Paul, dass man mit einem so alten Ding überhaupt noch schießen kann?"

„Na ja, allzu treffsicher war das Gewehr, mit dem auf Sie geschossen wurde, ja nicht. Das haben wir gesehen. Aber wenn sie treffen, dann haut es einen um!"

„Dann habe ich ja wirklich Glück gehabt."

„Ja, das kann man so sagen."

Larsson dachte eine Sekunde nach. „Sind die Dinger denn so schmal, dass man sie wie ein Billardqueue transportieren kann?"

„Ursprünglich nicht. Die haben einen Holzschaft wie jedes Gewehr. Haben Sie *Der Schakal* gesehen?"

„Wie bitte?"

„Den Film *Der Schakal.*"

„Den hat wohl nahezu jeder gesehen."

„Alle waffentechnischen Details in diesem Film sind sehr authentisch. Auch da war es ein umbautes Kleinkalibergewehr, dessen Schaft man abgetrennt und durch eine klappbare Schiene ersetzt hatte. Das kann unser Täter mit dem Flobert ebenso gemacht haben. Ein solches Gewehr ist auch ohne Schaft voll funktionstüchtig und tatsächlich einem Spazierstock oder Billardqueue sehr ähnlich."

In der Zwischenzeit war Andresen gegangen, um die Liste der Angestellten und Arbeiter der Kurklinik zu holen.

Larsson ging hinüber ins Büro der Kommissare. Monika Landris und Simons waren gerade dabei, die Antworten der Spielcasinos aufzulisten. Peter Petersen war schon in allen Casinos gewesen, deren Namen Larsson vorgegeben hatte. Huebner hatte sich auf Konstanz und Baden-Baden spezialisiert. Der Asiat war nur in Konstanz und Heringsdorf in Erscheinung getreten.

„Wir suchen ein Gewehr der Firma GECO. Es hat wahrscheinlich keinen Schaft mehr, sondern eine andere, möglicherweise nachträglich angebaute klappbare Schulterstütze."

„Es wird nicht einfach sein, ein solches Ding zu finden. Wer weiß schon, ob sich Arasücü davon getrennt hat. Vielleicht ist er ja noch im Besitz der Waffe", sagte Simons.

„Ja, das ist natürlich möglich. Was mich wundert, ist, dass er bisher noch nicht gefunden wurde, obwohl alle türkischen Unternehmer auf der Insel besucht wurden. Es gibt hier natürlich genügend Versteckmöglichkeiten. Es sei denn, jeder kennt sein Gesicht."

„Also Öffentlichkeit", stellte Simons fest.

„Wir werden einen Aufruf mit dem Bild Arasücüs in der Zeitung starten. Wer von euch übernimmt das?"

Monika Landris sagte: „Ich werde das machen."

„Gut. Rolf ist rüber in die Kurklinik gegangen. Er holt die Liste der Beschäftigten. Vielleicht können wir ja daran festmachen, wie die roten Gladiolen in das Zimmer Huebners gekommen sind."

Das Telefon klingelte, und Simons nahm den Hörer ab, während Larsson sich anschickte, den Raum zu verlassen. Simons schnippte mit den Fingern, und Monika Landris rief leise Larssons Namen. „Schubert hat etwas gefunden", sagte Simons, als er aufgelegt hatte. „Die PPJB-Finanzservice GmbH hat zwei Porsche von Huebner gekauft. Beides waren Jahreswagen, die weit unter dem Neupreis gehandelt wurden."

„Na also, langsam passen die Puzzleteile zusammen. Stück für Stück gibt der Flickenteppich seine Geheimnisse preis."

Larsson schaute auf die große Bahnhofsuhr, die seine Mitarbeiter beim vorhergehenden Fall aufgehängt hatten, um ihn demonstrativ daran zu erinnern, dass Überstunden zwar nötig waren, nicht aber ins Unermessliche führen durften. Nach der Lösung des Falls war die Uhr hängen geblieben, und nun hatten sich alle an das monströse Ding gewöhnt. Es war zwanzig nach elf. Er fragte sich, wo Andresen so lange blieb. Dann sagte er sich, dass sein Mitarbeiter schon seine Gründe dafür haben würde.

„Hat das BKA noch nicht geantwortet?"

Simons schüttelte den Kopf.

„Ich habe mir davon versprochen, dass die etwas über unseren Asiaten wüssten. Na ja, die kochen eben auch nur mit Wasser." Er lächelte Monika Landris noch einmal zu und ging zu seinem Büro zurück.

Er war gerade dabei, seine Wingdings zu ergänzen, als die Zentrale anrief. Peter Petersen hatte sich gemeldet. Er ließ durchstellen. „Hallo Kommissar. Mein Kompagnon hat mir gesagt, Sie wollen mich sprechen?"

„Die Nachricht ist ganz richtig bei Ihnen angekommen. Sind Sie in Zinnowitz?"

„Noch nicht ganz. Aber auf dem Weg dorthin."

„Wann werden Sie da sein?"

„Das kommt darauf an."

„Worauf kommt das an?"

„Auf den Verkehr. Ich bin jetzt zwischen Frankfurt am Main und Berlin. Warten Sie ... die nächste Ausfahrt heißt Bad Hersfeld. Worum geht es eigentlich?"

„Das sage ich Ihnen, wenn Sie hier sind."

„Das wird noch einige Stunden dauern. Und der Verkehr ist auch nicht gerade zum schnellen Fahren geeignet."

Larsson rechnete sich aus, dass Petersen noch mindestens drei Stunden bis Berlin und von dort weitere zweieinhalb Stunden bis zur Insel brauchen würde. „Kommen Sie morgen früh um neun in mein Büro nach Heringsdorf. Seestraße, Ecke Setheweg."

Als er aufgelegt hatte, erinnerte er sich daran, dass er sich notiert hatte, im Fall des Asiaten einen oder zwei Fachleute aus der deutschen Wissenschaft zu befragen. Vielleicht würde er dort etwas erfahren, was ihm das BKA verschwieg. Im Netz fand er einen Hinweis auf einen Kriminologen von der Universität in Tübingen. Neben der Adresse fand er auch die Telefonnummer des

Sekretariats und die Mailadresse. Nachdem er vergeblich versucht hatte anzurufen, entschloss er sich, eine Mail zu formulieren.

Sehr geehrter Herr Professor Dr. Konzag,

ich habe die Vermutung, dass chinesische Triaden auf der Insel Usedom einen Mord begangen haben. Da Sie einer der wenigen ausgewiesenen Fachleute auf diesem Gebiet sind, frage ich höflich an, ob Sie mir mit der Beantwortung von zwei, drei Fragen bezüglich der Triaden in Deutschland, die sich ja wohl hauptsächlich – aber sicher nicht nur – mit Schleusertätigkeiten befassen, Unterstützung zukommen lassen würden. Es geht vornehmlich um die Frage, ob Erkenntnisse vorliegen, dass sich Triaden – und namentlich welche – schon bis Mecklenburg-Vorpommern ausgebreitet haben.

Gerne erwarte ich Ihre Antwort und verbleibe bis dahin
mit freundlichen Grüßen
Lasse Larsson,
Kriminalhauptkommissar

Er schickte die Mail ab. Es war ihm klar, dass diese Fragen nur der Anfang eines Dialogs sein konnten, der ihm Gewissheit über die Möglichkeiten der Triaden geben würde.

Monika Landris rief durch und bestätigte, dass die Zeitungen das Fahndungsbild Mohammed Arasücüs in der morgigen Ausgabe noch bringen würden.

Larsson lehnte sich zurück und überlegte, was nun unmittelbar zu tun sei, um den Fall voranzubringen. Dabei schweiften seine Gedanken ab. Er fragte sich, wie es in seinem Privatleben nun weitergehen würde. Wollte er mit einer Frau, die er zu lieben glaubte, und deren Mutter unter einem Dach wohnen? Wohl kaum. Dazu war er zu sehr der Einzelgänger, der sich jeden Tag während des Dienstes bei der Polizei schon an Teamarbeit halten musste. Privat wollte er das nicht auch noch. Eine Zweisamkeit, ja. Eine Wohngemeinschaft, keinesfalls. Larsson fand, dass das sein Ego zu sehr einschränkte.

Zugegeben, Martha Landsbergis war eine verständnisvolle, intelligente Frau und sicher eine liebende, großzügige Mutter. Aber würde das genügen, um auf Dauer in Harmonie miteinander zu leben? Andererseits wusste er, dass das Verhältnis zwischen Mutter und Tochter ein gewachsenes, sehr inniges war. Dort einzudringen würde mit Sicherheit einen Keil in dieses Verhältnis treiben. Würde das ihre Liebe überhaupt aushalten?

Er dachte auch an das Gespräch mit Monika am Morgen. Hatte sie nicht sehr unwirsch reagiert, als er sie fragte, ob er für sie die Liebe auf den ersten Blick gewesen sei? Er war sich seiner Sache nicht sicher. Auf der einen Seite suchte er dringend das Alleinsein baldmöglichst zu beenden und hatte die Frau gefunden, die ihn von ihrer Intelligenz und dem Aussehen her überzeugte. Sie gaben zweifellos ein schönes Paar ab. Das überraschende Frühstück kam in seine Erinnerung. Es hatte schon etwas für sich, wenn man morgens wach wurde und nicht allein im Bett lag. Falls dann schon der Kaffee dampfte, wenn er aus dem Bad kam, war das ein guter Tagesanfang. Andererseits war sie eine Frau, die schon eine lange Verbindung hinter sich hatte. Vier Jahre steckt man nicht einfach so weg. Das prägt. Er wusste das aus eigener Erfahrung. Dann fragte er sich, wie es zwischen ihnen weitergehen sollte. Wie lange würden sie ihr Verhältnis vor den anderen verbergen können? Und was würden sie von ihm denken, wenn sie es erfahren würden? Ich bin ein verdammter Spießer, dachte er. Was in Gottes Namen gehen mich die anderen in dieser Angelegenheit überhaupt an?

Dann fiel sein Blick auf einen Absatz eines Artikels, den er ausgedruckt hatte.

Schlangenköpfe liefern Menschen-Nachschub

Bekannt ist, dass bei den Triaden, deren Tradition ins 18. Jahrhundert reicht, die Schlangenköpfe das Schleusergeschäft betrei-

ben. Sie liefern Menschen-Nachschub für die China-Restaurants in Europa, Taxi-Firmen und andere chinesische Unternehmen.

Die „Eingeschmuggelten" müssten die Schleusung durch „harte Arbeit abbezahlen", hat der Fachautor Jan-Josef Helms in seinem 1996 erschienenen Buch über die Triaden „Drachen bedrohen die Welt" geschrieben. „Die Zeit der Abzahlung erstreckt sich manchmal über fünf bis zehn Jahre. Frauen und Töchter der Schuldner werden nicht selten gezwungen, in Bordellen zu arbeiten."

Nachdem Konzag auf seine Mail nicht geantwortet hatte, fand er heraus, dass Helms in Bernau bei Berlin wohnte, und ließ sich über die Auskunft die Telefonnummer mitteilen. Er versuchte mehrfach, den Anschluss zu erreichen. Doch jedes Mal erklang eine Stimme, die ihm die Abwesenheit vermeldete und ihm die Gelegenheit bot, eine Nachricht zu hinterlassen.

Andresen kam von der Kurklinik zurück. Er hatte eine Liste aller Beschäftigten des Hauses. Vom Direktor bis zur kleinsten Sekretärin, von der Oberschwester über die Leiterin der Physiotherapie bis hin zum Masseur, vom Haushandwerker über die Hausdame bis zu den Frauen, welche die Wäsche bügelten, waren alle erfasst; neben den großen Wäschestücken, die in einem Betrieb in Polen gereinigt wurden, gab es die kleinen Stücke, die man im Haus bearbeiten ließ. In dieser Wäscheabteilung arbeiteten zwei Frauen aus Vietnam. Bei beiden handelte es sich um Frauen, die kurz vor der Wende in die DDR eingereist waren und dort Anstellung im Pflegebereich bekommen hatten. Eine der Frauen hatte sich am Tag des Mordes an Ferdinand Huebner krank gemeldet.

„Sie ist keine Chinesin", sagte Andresen. „Aber der Zeitpunkt ihres Wegbleibens macht sie verdächtig."

„Es gibt auch Vietnamesen, die nach 1989 kriminelle Organisationen speziell in Ostdeutschland aufgebaut haben", sagte Larsson. „Sie nutzen dabei die gewachsenen Strukturen der Familien zu DDR-Zeiten und die Not, in die diese Menschen gefallen sind, seit sie ihre sichergeglaubte Arbeit verloren haben."

„An jeder Ecke stehen die Zigarettenverkäufer herum. Unserem Staat gehen Millionen an Steuereinahmen verloren."

„Die armen Kerle, die du zu Gesicht bekommst, kämpfen ums nackte Überleben. Es ist das blutige Geschäft der asiatischen Mafia, Rolf. Deutsche Fahnder tun sich schwer im asiatischen Milieu. Als erwiesen gilt, dass sich gerade in Ostdeutschland Mafiaorganisationen etabliert haben. Doch eine Frage, die bislang unbeantwortet blieb, stellt sich auch noch heute: Wer und vor allem wo sind die Hintermänner?"

Er zeigte Andresen einen Artikel, den der Investigativjournalist Hans Leyendecker geschrieben hatte. Larsson hatte einige Stellen rot angestrichen.

Als besonders brutal gelten vietnamesische Verbrecher, die sich in der Vergangenheit vor allem in Berlin und Ostdeutschland Auseinandersetzungen um den Handel mit unverzollten Zigaretten, aber auch um Schutzgelderpressung und Glücksspiel geliefert haben. Bei Bandenkriegen konkurrierender Gangs der vietnamesischen Zigarettenmafia wurden beispielsweise Ende März 1995 fünf Vietnamesen in einem Wohnheim der Berliner Plattensiedlung Marzahn hingerichtet. Im sächsischen Treuen zogen vietnamesische Mörder ihrem Opfer die Haut ab. In Halle ermordeten Vietnamesen zwei Landsleute mit Samuraischwertern. Informationen aus dem Milieu fließen spärlich. Aussteiger werden von Spezialkommandos gejagt. Aus Vietnam stammende Bandenmitglieder arbeiten meist für die so genannten VietGangs, aber mitunter auch für chinesische Banden.

„Du meinst, die Vietnamesen könnten für die Chinesen gearbeitet haben?"

„Wir können es zumindest nicht ausschließen."

Andresen stand auf. „Ich muss etwas essen. Soll ich dir einen Kaffee mitbringen?"

„Wie wäre es, wenn du Monika fragen würdest, ob sie uns einen vernünftigen Kaffee macht. Die Brühe aus dem Automaten kann ich schon nicht mehr sehen."

Andresen ging hinüber ins Büro der Kommissare, um Monika Landris um Kaffee für Lasse Larsson zu bitten. Dann verließ er das Haus, um etwas zu essen zu besorgen.

Larsson schaute die Beschäftigtenliste durch, die Andresen von der Kurklinik geholt hatte. Er musste seinem Mitarbeiter Recht geben. In diesem Haus erfüllten nur die beiden Vietnamesinnen auf Anhieb die Verdächtigungskriterien. Aber allzu oft täuschte eine solche Statistik. Auch das wusste Larsson. Und wenn die Frauen in diesen Fall verstrickt wären, hätten sie selbst kaum in den siebten Stock fahren können, um die Blumen zu positionieren. Außerdem besaßen sie mit Sicherheit keinen Schlüssel für das Zimmer. Sie wären auf die Hilfe eines der Zimmermädchen angewiesen gewesen, die in diesem Stockwerk Dienst hatten.

Monika Landris kam mit der Thermoskanne und den Tassen, noch bevor Andresen zurück war. „Du solltest etwas Vernünftiges essen, Lasse. Nur immer Kaffee. Das kann auf Dauer nicht gutgehen."

„Du könntest so freundlich sein und hinüber zur Kurklinik gehen. Frag die Hausdame, welches Zimmermädchen auf der Station im siebten Stock am Mordtag Dienst hatte und ob dieses Mädchen Kontakt mit einer der Vietnamesinnen pflegte. Aber ruf vorher an, um zu erfahren, ob die Hausdame zu erreichen ist."

„Ich denke, Rolf war dort. Er wird doch sicher schon gefragt haben."

„Ja, natürlich. Ich denke, dass ein Gespräch von Frau zu Frau noch etwas zutage bringen kann, was möglicherweise übersehen wurde."

Monika Landris goss den Kaffee ein. Larsson spürte ihr Zögern. „Ist noch was?"

„Wenn Rolf dort war, wird er vielleicht falsch reagieren, wenn ich noch einmal ..."

„Wir ermitteln in einem Mordfall, Monika. Persönliche Empfindlichkeiten gibt es dabei nicht."

Als Andresen wieder im Büro war, sagte Larsson: „Ich habe Monika noch einmal zu der Hausdame in die Klinik geschickt."

„Das kann nie schaden. Vielleicht habe ich ja etwas übersehen."

Larsson war froh, dass Andresen das so sah. Überhaupt schien er weniger empfindlich zu sein, seit er mit ihm im gemeinsamen Büro residierte.

„Schinken oder Käse?" Andresen hatte die belegten Brötchen auf einen Teller gelegt und hielt den nun Larsson hin.

„Käse. Aber nur, wenn du nicht scharf darauf bist." Er nahm sich eines der Brötchen herunter und sah zu, wie Andresen sich mit Kaffee bediente.

„Was hast du dir eigentlich für das neue Jahr vorgenommen?" fragte Andresen unvermittelt.

„Ich werde mir ein neues Auto kaufen. Der alte Renault ist eine Beleidigung für meinen Anzug", sagte Larsson und zwinkerte mit dem rechten Auge.

„Schon etwas ins Auge gefasst?"

„Bei Kruse in Ahlbeck steht ein gebrauchter SLK, der würde mich interessieren."

„Ein SLK? Nobel."

„Ein Gebrauchtwagen. Zu mehr reicht es nicht."

„Du meinst, mehr willst du nicht anlegen."

„So kann man das auch sehen. Ich gehe nicht nur arbeiten, um mir ein Auto kaufen zu können. Für mich ist das ein Gebrauchsgegenstand, eine Möglichkeit, von Punkt A nach B zu kommen. Mehr nicht."

„SLK – von A nach B. Das ist wirklich gut."

Das Klingeln des Telefons erlöste Larsson davon, eine Antwort geben zu müssen. Es war die Rechtsmedizin in Greifswald.

„Wir brauchen von allen drei Verdächtigen eine Speichelprobe", sagte Larsson zu Andresen, als er aufgelegt hatte. „Dr. Beckert hat jetzt die DNA aus dem Hautmaterial vorliegen, das unter den Fingernägeln Huebners gefunden wurde."

„Dann bin ich gespannt, wie du das bewerkstelligen willst. Derzeit haben wir nicht einen der Männer zur Verfügung, um eine Speichelprobe zu nehmen."

„Alles wird sich fügen. Morgen früh kommt Peter Petersen von der PPJB. Mit ihm machen wir den Anfang. Ich werde Sauter bitten, Arne Hoffmann eine Speichelprobe abzunehmen."

„Und wenn er sich weigert?"

„Dann erwirken wir eine richterliche Verfügung."

Sie erörterten noch einmal, was sie bisher zusammengetragen hatten. Plötzlich sagte Larsson: „Ich habe noch einen Weg zu erledigen. Willst du mitkommen?"

„Du weißt genau, dass ich dich gar nicht allein wegfahren lassen darf. Wo willst du hin?"

„Überraschung."

Auf dem Weg steckte Larsson seinen Kopf zur Tür der Kommissare herein. Simons war allein. „Rolf und ich sind für eine Stunde unterwegs." Noch bevor Simons etwas fragen konnte, hatte Larsson die Tür geschlossen.

Sie gingen hinunter zum Parkplatz. Larsson steuerte zielstrebig den Dienst-Omega an. Langsam rollten sie vom Hof, bogen rechts in den Setheweg ein, den sie bis zu seinem Ende fuhren. Dann bogen sie links ab in die Lindenstraße, die nach Ahlbeck führte. „Das glaube ich jetzt nicht", sagte Andresen, der ahnte, wohin Larsson wollte.

14. Kapitel

Lasse Larsson hatte das kleine Geheimnis für sich behalten können, und auch Andresen wollte sich nicht nachsagen lassen, eine Plaudertasche zu sein. So würde er seine kleine Heimlichkeit vor Monika Landris so lange verbergen können, bis sich eine Offenbarung von selbst ergab. Er wusste, dass das schon sehr bald sein würde. Und so verging der Abend in völliger Harmonie.

An diesem Freitag, dem 3. Januar 2003, fuhren sie wieder getrennt zu ihrer Arbeitsstelle in die Kriminalaußenstelle der Polizeidirektion Anklam. Doch diesmal vertauschten sie die Rollen. Monika Landris fuhr pünktlich um acht Uhr nach Heringsdorf, während Larsson mit einer 35minütigen Verspätung seinen Dienst antrat. Andresen begrüßte ihn mit der spöttischen Frage, ob er noch in Ahlbeck zu tun gehabt habe.

Kurze Zeit später steckte Monika Landris den Kopf zur Tür herein, wie sie es jeden Morgen zu tun pflegte, fragte, ob die beiden Kommissare Kaffee wünschten, und legte die Zeitungen mit dem Fahndungsaufruf nach Mohammed Arasücü auf den Tisch.

Larsson beauftrage sie, zusammen mit Simons die Vietnamesin Minh Hu, genannt Mimi, aufzusuchen, die in Benz, einem kleinen Ort im Inneren der Insel, wohnhaft war.

Punkt neun wurde der Geschäftsführer der Finanzservice GmbH gemeldet. Andresen ging hinunter zur Wache und holte Peter Petersen ab.

Larsson begrüßte den Mann. „In welcher Beziehung standen Sie zu Ferdinand Huebner?“ fragte er, nachdem sich Petersen vor seinen Schreibtisch gesetzt hatte.

„In gar keiner. Beziehungen unterhalte ich nur zu Frauen. Und die letzte dieser Art liegt schon eine Weile zurück."

„Ich freue mich, dass Sie zu Scherzen aufgelegt sind. Wir sollten aber konstruktiv zusammenarbeiten. Sonst zieht sich Ihr Aufenthalt hier nur unnötig in die Länge. Sie wollen am Wochenende sicher zu Hause sein."

Petersen lachte. „Nun wollen wir mal die Kirche im Dorf lassen, Hauptkommissar. Eine derartige Maßnahme steht nicht im Einklang zur Verhältnismäßigkeit."

„Nicht, wenn Sie meine Fragen sachlich beantworten und ich zu dem Schluss komme, dass Sie mit dem Tod Ferdinand Huebners nichts zu tun haben."

„Ich habe von Huebners Ableben aus der Zeitung erfahren."

„In welcher Geschäftsbeziehung standen Sie zu Ferdinand Huebner?"

„Unsere Firma hat vom Autohaus seiner Frau zwei Fahrzeuge gekauft."

„Porsche?"

„Ja."

„War der Preis am Bodensee so viel günstiger als in Mecklenburg-Vorpommern?"

„Der Preis war erschwinglich."

„Waren es Neuwagen?"

„Es waren Fahrzeuge, die einige Zeit gestanden haben. Weil sie keinen Käufer fanden, konnten wir sie günstig erwerben."

„Mit wenigen Kilometern auf dem Tacho?"

„Ich verstehe die Frage nicht ganz. Neuwagen haben immer eine sehr geringe Laufleistung."

„Können wir uns darauf verständigen, dass es Neuwagen zu einem Gebrauchtwagenpreis waren?"

„Meinetwegen."

„Hat Sie das nicht verwundert?"

„Warum? Ich bin meiner Firma gegenüber verpflichtet, jedweden Einkauf so preiswert wie möglich zu halten, um den Nutzen für das Unternehmen so lukrativ wie möglich zu gestalten."

„Gab es außer den Autos noch andere Interessen, die, sagen wir, zu dem Entschluss, die Fahrzeuge von Huebner zu kaufen, zumindest beigetragen haben?“

„Sie haben von meinem Kompagnon erfahren, dass wir in Singen ein besonderes Seniorenheim der gehobenen Klasse errichten wollten.“

„Ja.“

„Huebner war dort als Baudezernent tätig.“

„Kommissarischer Baudezernent“, verbesserte Larsson.

„Meinetwegen auch kommissarischer Baudezernent. Aber zu der Zeit hatte er das Sagen.“

„Sie dachten, wenn Sie die Autos bei ihm orderten, würde das seinem Unterstützungswillen förderlich sein.“

„So ist das im Leben, Hauptkommissar. Eine Hand wäscht die andere und zwei das Gesicht.“

„Und dennoch sind Ihre Bemühungen gescheitert, obwohl Sie schon eine Vorauszahlung auf die vereinbarte Bestechungssumme ...“

„Bearbeitungssumme“, fuhr Petersen dazwischen.

„Lassen Sie die Beschönigungsversuche. Sie wissen, dass ein Beamter, der auf so etwas eingeht, sich der Korruption schuldig macht. Und für den Geldgeber der Bestechungssumme ist das ebenso strafbar wie für den Empfänger.“

„Ich dachte, Sie ermitteln in einem Mordfall?“

„Sie hatten ihm 50.000 Euro als Vorschuss gegeben. Huebner war plötzlich nicht mehr in der Lage, den mündlichen Vertrag mit Ihnen einzuhalten. Dann waren Sie dabei, wie er im Casino in Heringsdorf eine Glückssträhne hatte. Sie stellten ihn, weil Sie wenigstens einen Teil des Geldes zurückhaben wollten.“

„Wie kommen Sie darauf?“

„Sie waren kurze Zeit vor dem Todessturz Huebners noch mit ihm im Casino zusammen. Sie haben mit ihm geredet“, bluffte Larsson. „Die Überwachungskameras zeigen das ganz deutlich.“

„Es ist ja wohl klar, dass man sich begrüßt, wenn man sich kennt und aufeinandertrifft.“

„Wäre Huebner nicht zwei Stunden später ermordet aufgefunden worden, würde uns das auch gar nicht interessieren."

„Sind Sie überhaupt sicher, dass es ein Mord war? Könnte es nicht sein, dass Ferdinand Huebner frische Luft schnappen wollte oder einfach mit seinem Leben nicht mehr fertig geworden ist?"

Larsson ging nicht auf die Fragen Petersens ein. „In dem Augenblick, als er fast 30.000 Euro gewinnt, nimmt sich ein Mann wie Huebner das Leben? Und das Geld ist nicht auffindbar? Wollen Sie mir das wirklich weismachen? Seit wann kennen Sie Ferdinand Huebner?"

„Ich habe ihn im Frühsommer 2000 kennengelernt."

Konstanz, Anfang Juni 2000

Peter Petersen war am Nachmittag angekommen. Er hatte mit der Bayerischen Hypothekenbank in München über diverse Geldanlagen verhandelt und war dann nach Konstanz weitergefahren, weil ihn das Spielcasino reizte, das in einmalig schöner Lage in einer sehr gepflegten Villa direkt am Bodensee lag. Dieser legendäre Ruf war bis zu ihm auf die Insel Usedom gedrungen. Irgendein Spieler, ein Gast aus Baden-Württemberg, berichtete ihm beim Black Jack in Heringsdorf mit Glanz in den Augen, welch sagenhaften Gewinn er dort erzielt hatte und wie exklusiv die Klientel war. Nun wollte er das selbst erleben.

Gegen 18 Uhr ließ er sein schon betagtes Mercedes 230 Coupé ausrollen, stellte es auf dem Parkplatz zwischen einem Bentley und einem Mercedes der S-Klasse ab. Er nahm aus dem Kofferraum des Autos eine Tüte mit Geld, die er während der Fahrt aus Sicherheitsgründen dort unter dem Ersatzrad deponiert hatte, und ging hinüber zur Villa. In unmittelbarer Nähe sah er einen Ausflugsdampfer auf die Hafeneinfahrt von Konstanz zuhalten. Deutlich sah er die österreichische Flagge am Heck der MS Vorarlberg. Die Segel der kleineren Boote und einer größeren Yacht blähten sich leicht in einem lauen Wind, der von den Alpen herüberkam. Eine der Fähren, die die Stadtwerke Konstanz betrieben, fuhr ebenfalls kurz hinter dem Dampfer auf die Stadt zu, während eine andere in Richtung Meersburg aus der Hafeneinfahrt kam. Er erblickte die Autos, die wie aneinandergereihte Schachteln aussahen, und die Menschen, die meist vom Urlaub kamen oder einen solchen in dieser herrlichen Gegend vor sich hatten. Im Hintergrund des frühen Abends leuchtete die Kette der Voralpen. Was für ein Betrieb, dachte er. Und was für eine imposante Kulisse.

Petersen betrat das Haus und suchte erst einmal das Restaurant O'LAC auf. Wenn er erst einmal anfing zu spielen, würde er keine Zeit mehr haben, seinen Hunger zu stillen. Er entschied sich für die Bodenseefelchen in Mandeln an Spargel. Es handelte sich bei dieser angeblich nur im Bodensee vorkommenden Fischart um eine ausgesprochende Delikatesse. Ursprünglich, so verriet ihm der Kellner auf Befragen, kamen Felchen in den sibirischen Strömen und in Alpenseen vor. Inzwischen sei sicherlich der Bodensee das wichtigste Gebiet für den ganzjährig möglichen Felchenfang.

Aus den Augenwinkeln beobachtete er die unterschiedlichsten Menschen, die wie er in diesem Restaurant speisten. Wirklich arm schien keiner von ihnen zu sein. Vielleicht würde er den einen oder anderen im Casino beim Spiel wiedersehen, und er malte sich an deren Essverhalten aus, ob sie zu den smarten Typen zu zählen seien, zu den vorsichtigen oder leichtsinnigen. Er tat das immer, wenn er in eines der Casinos ging, die zwischen Ostsee und Schweizer Grenze zu finden waren. Und oft behielt er Recht in seinen Einschätzungen, dass zwischen Essverhalten und der Art zu spielen eine Verbindung bestand.

Als er schließlich die Halle betrat, in der die Spieltische untergebracht waren, sah er, dass das Casino auch zu so relativ früher Zeit gut besucht war. Er blieb kurz hinter der Eingangstür stehen und beobachtete die ihn faszinierende Szene. Er bewegte den Kopf kaum. Nur an seinen Augen konnte man feststellen, welchen der Tische er im Auge hatte und welche Personen er taxierte.

Sein Blick blieb an einem Roulette-Tisch hängen, an dem auf der einen Seite drei junge Frauen saßen. Eine davon, eine sehr junge Blondine, trug einen Herrenanzug. Er fragte sich, ob sie nur überspannt oder lesbisch oder beides sei. Die Frau daneben war eine Brünette in einem dunkelblauen Kleid, das vorne sehr offenherzig nur mit einem strassbesetzten Silberbord geschlossen war, das Einblick auf ein sehr weibliches Attribut verlockend freigab. Sie könnte ihn interessieren. Aber die Frau setzte hoch und verlor alles, ohne dass ihr das etwas auszumachen schien. Vielleicht war sie nicht ganz seine Preisklasse. Er hatte schnell gelernt, dass besondere Frauen auch besondere Erwartungen in einen Mann setzten. Und nahezu jedes Mal waren diese Erwartungen finanzieller Art. Neben ihr saß wiederum eine blonde, etwa dreißigjährige Frau, die ihr Haar als Pferdeschwanz trug. Sie machte mit ihrem Lächeln einen sympathischen Eindruck auf ihn. Diese Frau ging sorgsamer mit dem Geld um, hatte aber einen Fehler – sie verfügte nicht über die Ausstrahlung, die ihn reizte. Zwischen der ersten Frau im Herrenanzug und der umwerfenden Schönheit stand eine weitere Frau. Sie war dunkelhaarig und trank mit einem Mann, die Szene um den verlorenen Einsatz belustigt betrachtend, Champagner. Offensichtlich war diese Gruppe zusammen gekommen, denn sie unterhielten sich auch während des Spiels, was so eigentlich nicht üblich war.

Casino, dachte er, ist spannender als jeder Film, jedes Konzert und jede Party. An einem anderen Tisch mischte einer der Croupiers Karten, die er zuvor in erstaunlicher Geschwindigkeit geschickt gleichmäßig in einem Halbbogen auslegte und die er ebenso schnell wieder aufnahm, bevor er sie abermals mischte und ausgab. Sein Blick ging zurück zu der Schönheit, die bei diesem Spiel eine größere Summe gewonnen zu haben schien. Der Croupier schob ihr einen Turm mit Jetons zu, und das leuchtende Gesicht war wie das Glücksstrahlen eines Schulkindes zu Weihnachten. Gerade diese Freude ist es, die dich nachts nicht zur Ruhe kommen lässt, und du wirst so lange spielen, bis du alles verloren hast. Einen Augenblick dachte er an seine eigene Spielsucht, gestand sich ein, dass er es wohl kaum alleine schaffen würde, davon loszukommen. Dann schob er diesen unangenehmen Gedanken beiseite.

Er entdeckte einen Mann, der angeschlendert kam und sich gegenüber den drei Frauen an den Tisch setzte. Eine Weile beobachtete der Mann den Lauf der Kugel im Kessel und die Zahlen, die kamen. Zweimal rot, einmal schwarz. Dann setzte auch er. Zuerst kleinere Beträge. Als er etwas gewann, wurde er leichtsinniger und verlor alles Geld, das er bei sich hatte. Schweiß bedeckte sein Gesicht. Das musste der Mann sein, den ihm der Spieler aus Baden-Württemberg im Heringsdorfer Casino beschrieben hatte.

Petersen stellte sich hinter Huebner. Er sah, wie dessen Hände unter der Begierde zu spielen und dem eben erlittenen Verlust zitterten.

„Ich habe gehört, man könne bei Ihnen günstig ein Fahrzeug erwerben, Herr Huebner?“ Petersen hatte sich zu dem Mann hinuntergebeugt und leise zu ihm gesprochen, so dass keiner der Umstehenden hören konnte, was er sagte.

Der Angesprochene drehte sich langsam um und sah in das lächelnde Gesicht Petersens. „Wer hat das gesagt?“

„Ein Urlauber aus Baden-Baden, der im Casino in Heringsdorf beim Spiel neben mir saß. Er empfahl mir Konstanz. Er sagte, es sei in mehrfacher Hinsicht profitabel.“

„Ein Fahrzeug? Ich hätte einen Audi TT im Angebot. Dreißig Prozent unter Normalpreis. Neuwagen, Sie verstehen?“

„Sicher. Aber ein TT ist nicht so mein Ding.“

„Was wäre denn Ihr Ding?“

Der Croupier schaute streng zu ihnen herüber. Die Frau, die Petersen faszinierte, hatte einen Teil der Jetons, die sie gerade gewonnen hatte, wieder an die Bank verloren.

„Porsche 911.“

„Sie gehen aber ran. Wissen Sie, wie so ein Fahrzeug gehandelt wird?“

„Ich kenne den Grundpreis genau. Er beträgt für den 911er Carrera Coupé genau 139.530 Mark.“

„Dreißig Prozent. Aber nur, wenn Sie heute eine Anzahlung machen.“

„Neuwagen?“

„Absolut. Farbe Schwarz. Wäre Ihnen das recht?“

„120.000 netto minus dreißig Prozent.“

„86.000, ein guter Preis.“

„85.000, und wir sind im Geschäft.“

„Gut. 85.000.“

„Ich habe darüber hinaus ein sehr lukratives Angebot für Sie.“

„Lassen Sie hören!“

„Nicht hier.“

„Gut. Ich fahre morgen Nachmittag mit einer Yacht von Stein am Rhein nach Bregenz. Ich treffe dort einen Geschäftspartner. Bregenz hat ein sehr schönes Casino. Wenn Sie wollen, können Sie mitfahren. Wir hätten dann Zeit, über Ihr Angebot zu sprechen.“

Sie schwiegen eine Weile und beobachteten, wie der Croupier die Kugel auf die drehbare Scheibe in den Kessel drehte. Huebner dachte, den Kerl schickt der Himmel. Er will einen Porsche, also bekommt er einen Porsche. Jetzt brauche ich eine Anzahlung von ihm. Jetzt, nicht später, damit ich noch eine Weile weiterspielen kann. Petersen wiederum dachte daran, dass dieser Huebner schneller anbiss, als er sich das vorgestellt hatte. So intensiv, wie der Mann dem Spiel verfallen war, würde er alles tun, um an Geld zu kommen. In diesem Augenblick hatte er den Eindruck, selbst noch nicht so weit unten zu sein wie diese vor ihm sitzende Kreatur.

„Werden Sie mit nach Bregenz fahren?“

„Ich denke doch.“

„Und den Wagen?“

„Nehmen Sie meinen Benz in Zahlung?“

Huebner lächelte. Wenn einer soweit ist, dass er sein Fahrzeug in Zahlung geben will, kauft er. „Sicher. Bewertung nach Schwackeliste."

„Einverstanden."

„Können Sie eine Anzahlung machen?"

„Jetzt?"

Huebner drehte sich zu ihm herum und schaute ihn fest an. „Ja, jetzt. Ich könnte noch ein Spielchen machen und dabei den Verlust des Gewinns verschmerzen, den ich habe, wenn ich an Sie für so einen Preis verkaufe."

Petersen lächelte ihm zu und hielt ihm die Tüte hin. „4.000." Huebner griff nach der Tüte, aber Petersen ließ sie nicht gleich los. „Wir sind ordentliche Kaufleute. Was ist mit einer Quittung?"

„Na, hören Sie mal. Ich gebe Ihnen mein Wort. Bisher hat noch niemand an meinem Wort gezweifelt. Es ist ein Spiel, in dem Sie in jedem Fall der Gewinner sein werden."

Petersen wusste, dass er jetzt den Grundstein zu einem für ihn fruchtbaren Geschäft legen könnte, wenn er mitspielte. „Ich verlasse mich auf Sie."

„Morgen um 14 Uhr an der Schiffslände in Stein am Rhein. Das Schiff heißt *Stern von Thurgau.* Aber bitte pünktlich. Das Schiff ist in einem engen Zeitrahmen gechartert."

Petersen ließ die Tüte mit dem Geld los. Huebner stand auf und ging, um die 4.000 Mark in Jetons zu wechseln. Dann kam er, ein Lächeln im Gesicht, zum Tisch zurück und spielte weiter.

Petersen passierte die Grenze zur Schweiz in Öhningen am Untersee. Schon davor sah er die Burg Hohenklingen aus dem 12. Jahrhundert, die als Wahrzeichen weit über den Ort hinaus sichtbar war. Die mittelalterliche Festung thronte hoch über dem Städtchen auf dem Hügel des Klingens. Im Mittelalter konnte hier der gesamte Verkehr vom Norden nach dem Süden und auf dem Rhein zum Bodensee beobachtet werden, und sie diente so zur Ortung von möglichen Überfällen auf reiche Kaufleute. In den malerischen Gassen und auf dem Rathausplatz bezauberten ihn zahlreiche Bürgerhäuser mit ihren Erkern und Fassadenmalereien aus verschiedenen Epochen vom 12. bis zum 16. Jahrhundert.

Er fuhr wie verabredet zu der Anlegestelle in Stein am Rhein, die flussabwärts rechtsseitig nahe der Brücke lag, die den hier beginnenden Bodenseeablauf, den Rhein, überwand. An der Schiffslände lag eine weiße Yacht. Es war die *Stern von Thurgau*. Huebner stand vor dem Schiff und diskutierte wahrscheinlich mit dem Eigner, der es eilig zu haben schien.

„Da sind Sie ja endlich. Ich dachte schon, Sie kommen nicht mehr."

„Ich bin immer pünktlich. Schließlich gibt es aber ein akademisches Viertel. Das habe ich noch nicht einmal ausgeschöpft."

„Kommen Sie! Wir müssen an Bord gehen."

„Der Ort ist wirklich malerisch mit seinen wunderschönen, alten und sehr gepflegten Häusern", sagte Petersen.

„In vier Jahren feiert die Stadt tausendjähriges Bestehen."

Sie waren kaum auf der Motoryacht, als das Schiff ablegte. Während der Mann, der zuvor an der Schiffslände mit Huebner diskutiert hatte, am Steuer stand, machte ein zweiter Mann die Leinen los. Langsam nahm das Schiff Fahrt auf. Kurz hinter der Brücke, die den Ort, der durch den Rhein getrennt wurde, verband, lag die Insel Werd. „Die kleine Rheininsel am unteren Fuß des Untersees hat eine bedeutende Vergangenheit", sagte Huebner. „Früheste Spuren führen bis zur Zeit der jungsteinzeitlichen Pfahlbauer zurück. Seit einem halben Jahrhundert wird die Otmarskapelle von Franziskanermönchen behütet."

Der Bootsmann servierte einen Espresso, anschließend eine Flasche Moët & Chandon.

„Wie sind Sie eigentlich zum Spiel gekommen?" fragte Huebner.

„Eines Tages fand ich eine Mail, die ich gar nicht geordert hatte. In der stand: ‚HERZLICHEN GLÜCKWUNSCH! – Sehr geehrter Herr Petersen, als bevorzugter Kunde erhalten Sie jetzt ein exklusives Angebot. Testen Sie jetzt absolut kostenlos eine der besten Online-Poker-Schools und gewinnen Sie dabei bis zu 1.000 Dollar – nur bei uns!'"

„Und schon hatten Sie Blut geleckt."

„Sagen wir, ich war interessiert."

„Sie haben sich registriert."

„In der gleichen Minute, als ich das gelesen hatte. Und Sie? Wie sind Sie dazu gekommen?"

„Ich habe von klein auf gespielt. Zuerst ‚Mensch ärgere dich nicht'. Meine Großeltern mussten bis zum Umfallen mit mir spielen. Später bin ich umgestiegen. Zuerst auf Billard und Doppelkopf, dann auf Skat und schließlich Poker. Von da war der Weg in ein Casino nicht weit. Und einmal Blut geleckt ... na ja, wem sage ich das."

Die Männer schauten über das Wasser. Der Bootsmann kam und fragte, ob sie noch einen Wunsch hätten.

„Warum sind wir nicht mit dem Auto nach Bregenz gefahren?" fragte Petersen.

„Sie sollten die Schönheit des Sees mit seiner wunderbaren Kulisse in sich aufnehmen. Zu Hause werden Sie ein solches Panorama nicht haben."

Petersen schaute hinüber auf das Voralpengebirge, das in der Luftspiegelung zum Greifen nahe dalag. Er erkannte den 2.500 Meter hohen Säntis als höchsten Berg der Alpsteingruppe rund um Appenzell und dem St. Galler Bergland. Vom Bodensee kommend, passierte sie der Ausflugsdampfer *Munot*. Segelboote aller Größen lagen am Wind. Manche kreuzten ihren Kurs.

„Wie gedenken Sie den Porsche zu bezahlen? In bar?"

Petersen schaute Huebner erstaunt an. „Glauben Sie wirklich, ich schleppe einen so hohen Betrag in der Hosentasche mit?"

„Nein. Aber ich denke, ich komme am schnellsten zu meinem Geld, wenn ich Ihnen einen Kredit vermittle."

„Bisher habe ich von einem Porsche nur gehört. Ich habe ihn nicht einmal gesehen, aber Sie wollen mir schon einen Kredit vermitteln. Warum?“

„Weil ich denke, Sie wollen morgen damit nach Hause fahren. Und wenn etwas so schnell gehen soll, dann muss man unkonventionelle Wege gehen.“

„Um ehrlich zu sein, ich habe noch ein ganz anderes Anliegen.“

Huebner schaute auf. „Ach.“

„Man sagte mir, Sie seien Baudezernent in Singen.“

„Stellvertretender, beziehungsweise, im Augenblick kommissarischer Baudezernent.“

„Dann beeinflussen Sie maßgeblich die Genehmigung zum Bau einer größeren Seniorenwohnanlage.“

Huebner lachte. „Dafür brauchen Sie mich nicht. Das schafft doch Arbeitsplätze.“

„Der Ort, an dem wir bauen wollen, ist diffizil.“

„Dann kann es nur ein Sondergebiet sein.“

„Die Aachwiesen.“

„Die Aachwiesen?“

„Ja.“

„Da werden sofort die Grünen auf die Barrikaden gehen und Schiebung vermuten. Die schreien doch, wenn dort nur eine einzige Raupe herumläuft, die selten ist. Dort aber gibt es eine große Kolonie Wiesenbrüter.“

„Ich weiß. Und eine seltene Form von Lurchen.“

„Das macht die Sache schwer, sehr schwer.“

„Wir würden uns den Spaß etwas kosten lassen.“

„Wie viel?“

„300.000.“

„D-Mark?“

„Schweizer Franken.“

Huebner stieß einen leisen Pfiff aus. „Ich werde darüber nachdenken, wie wir das genehmigen können. Reichen Sie mir das Konzept ein. Diese sollte auch die Berechnung der zu schaffenden Arbeitsplätze beinhalten."

Von der *MS Mainau* winkten ihnen die Ausflügler zu. Aber die *Stern von Thurgau* war ein schnelles Schiff, kein Verdränger, dessen Rumpf sich schwer durch das Wasser quälte. Flachbodenschiffe schoben sich auf dem Wasser entlang, wenn sie erst einmal Fahrt aufgenommen hatten. Dadurch waren sie erheblich schneller. Und so entschwand die *MS Mainau* aus dem Blickfeld der Männer, zumal ihr Schiff den Kurs änderte und nun auf den Hafen von Bregenz zusteuerte.

Petersen schaute auf das Bregenzer Casino. Architektonisch betrachtet, bestand der Casinokomplex aus einzelnen Pavillons, die in ihrer Gestaltung eine Symbiose mit ihrem landschaftlichen Umfeld, dem See, den Parkanlagen und dem Festspielgebäude bildeten. Diese Idee setzte sich auch in der Innengestaltung fort. Alle Elemente der Umgebung – Wasser, Seeufervegetation, Tierwelt, Wind und Wolken – wurden architektonisch und künstlerisch miteinbezogen. Ab dem Betreten des Gebäudes durch das Foyer bestimmten differenzierte Materialien – Stein bis Teppich – die Innenarchitektur. Es war ein Kontrastprogramm zu der Villa, in dem das Konstanzer Casino untergebracht war.

Die Halle war schon gut besetzt. Während Ferdinand Huebner sofort ging, um Geld in Jetons zu wechseln, analysierte Petersen das Publikum. Es waren wahrscheinlich Spieler aus vielen Teilen der Welt hier. Doch das asiatische Paar fiel ihm sofort auf. Eine Frau, deren Aussehen das Herz eines jeden Mannes schneller schlagen lassen würde, hatte sich bei einem Mann eingehängt, der einige Zentimeter kleiner war als sie. Was ihm auffiel, war, dass die beiden keinen Blick von Huebner ließen.

Huebner kam zurück und ging zielstrebig auf einen der Roulette-Tische zu. Kurze Zeit später stand das asiatische Paar hinter ihm. Petersen schlenderte langsam auf die gegenüberliegende Seite des Tisches. So hatte er sowohl das Spiel als auch alle drei Akteure im Blick.

Es dauerte nicht lange, da hatte Huebner die ersten 500 Mark verloren. Er stand auf. Erst jetzt schien er die beiden Chinesen zu bemerken und begrüßte sie. Dann gingen sie ins Casino-Restaurant, dessen Tische Logenplatzqualität hatten. Petersen folgte mit Abstand. Die drei unterhielten sich angeregt. Huebner winkte ihn zu sich heran.

„Darf ich vorstellen, Lin Dong Hui", Huebner zeigte auf den Mann, „und Wu Sun Jian – Herr Peter Petersen aus Zinnowitz auf der Insel Usedom."

Sie gaben sich dic Hände, und Lin Dong Hui sagte: „Angenehm. Herr Huebner meinte, Sie bräuchten einen kleinen Überbrückungskredit für ein Auto, das Sie schon morgen mit in den Norden nehmen wollen."

„Es kommt auf die Konditionen an."

„Für wie lange brauchen Sie das Geld?"

„Drei, vier Monate."

„Zehn Prozent – eine Vorzugsbedingung."

„Wie wollen Sie das absichern?"

Der Chinese lachte. „Ich brauche nur eine Kopie Ihres deutschen Ausweises. Ich setze mich dann mit Ihnen in Verbindung."

„Haben Sie keine Angst, dass Sie bei einer so lausigen Absicherung zu kurz kommen werden?"

„Was heißt: lausigen?"

„Schlechten Absicherung."

„Es ist keine schlechte Absicherung, Herr Petersen. Denn wenn Sie nicht rückzahlen, wird Ihr Leben nur kurz sein. Wollen Sie nun das Geld?"

Petersen sah das wieder als ein Spiel. Ein gefährliches Spiel zwar, aber ein Spiel. „Ja. Wie wollen Sie zahlen?"

Der Chinese lacht laut auf. „Wenn Sie sagen: abgemacht, bekommt Herr Huebner das Geld morgen per Boten."

„Abgemacht!"

„Dann holen Sie jetzt Ihren Ausweis und legen ihn hier auf den Tisch."

Petersen legte seinen Ausweis auf den Tisch, und die schöne, schlanke Frau nahm aus ihrer Tasche eine kleine Kamera und lichtete den Ausweis beidseitig ab. Im Display zoomte sie das Bild heran, so dass sie sehen konnte, ob Namen und Adresse vollständig drauf waren. „Voilà, das war es", sagte Wu Sun Jian und gab Petersen den Ausweis zurück.

Huebner wechselte das Thema. „Wo gibt's das sonst? Sie genießen die Köstlichkeiten aus der Küche und lassen gleichzeitig Ihren Blick in den Spielsaal schweifen, sind sozusagen stiller Beobachter."

Für den Abend hatte Ferdinand Huebner einen Fahrer aus seinem Betrieb bestellt, der sie auf dem Landweg zurück nach Stein am Rhein brachte. Während Petersen in seinen Wagen umstieg und nach Konstanz zurückfuhr, ließ Huebner sich weiter in sein Haus nach Gottmadingen bringen.

„Nun hatten Sie Huebner am Haken. Er war bereit, Ihnen den Weg zu ebnen, der Ihnen einen stattlichen Gewinn gesichert hätte", sagte Larsson.

„Ja. Geld öffnete bei Huebner alle Wege."

„Sie fuhren am nächsten Tag nach Gottmadingen, um sich mit Huebner zu treffen?"

Petersen schüttelte den Kopf. „Ich fuhr nach Singen in das Autohaus. Dort hatten wir uns verabredet. Der Porsche erwies sich nicht nur als nagelneu, sondern auch als ein Prachtstück. Huebner machte die Papiere fertig und ließ eine rote Überführungsnummer an das Fahrzeug montieren. Ich quittierte ihm die Abholung des Wagens und fuhr nach Hause."

Lasse Larsson dachte einen Augenblick nach. Petersen hatte mit dem Geld nicht das Geringste zu tun. Es sah es nicht einmal. Der Chinese musste sich also sehr sicher sein, dass die Rückzahlung seines Darlehens fristgerecht erfolgte. „Was sagte eigentlich Ihr Kompagnon zu dem Wagen?“

„Jørgen war nicht eben begeistert. 170.000 für zwei Autos waren ja auch im Jahr 2000 keine Kleinigkeit.“

„Aber er hat es geduldet.“

„Ich habe ihn überzeugt, dass wir die Baugenehmigung in den Aachwiesen nur bekommen würden, wenn wir schmieren. Und die Abnahme des Porsches, sagte ich ihm, sei eine Schmierung, die überschaubar bliebe.“

„Das verstehe ich jetzt nicht.“

„Der Wiederverkaufswert eines Porsches bleibt relativ hoch. Und wenn alle Stränge reißen ...“ Petersen lächelte vielsagend.

„Sie wollten innerhalb von vier Monaten zurückzahlen“, warf Larsson ein.

„Ja. Aber wir hatten einen Engpass in der Liquidität. Als die D-Mark auf Euro umgestellt wurde, beharrte der Chinese darauf, dass die Umrechnung eins zu eins zu erfolgen habe.“

„Dann waren das wirklich teure Autos.“

„Ja. Aber das ist nun einmal das Leben. Einmal gewinnt man, einmal verliert man.“

Simons klopfte und schaute kurz zur Tür herein. „Kannst du mal für einen Moment kommen, Lasse, es ist wichtig.“ Larsson nickte Andresen zu, der die Zeit mit Petersen überbrücken sollte.

„Es hat sich eine Frau gemeldet, die glaubt, Mohammed Arasücü in der Zeitung erkannt zu haben“, sagte Simons, als Larsson die Tür hinter sich geschlossen hatte. „Der Mann hat einen kleinen Bungalow im Lieper Winkel gemietet. Fast zeitgleich hatten wir eine Nachricht, dass Ismail Arasücü angerufen wurde. Der Anruf kam von einer Telefonzelle in Anklam. Ich habe einen Streifenwagen hingeordert. Die Zelle war leer, als der Wagen dort ankam.“

„Wann war das?"

Simons schaute auf seine Armbanduhr. „Vor zwölf Minuten."

„Du fährst sofort zu Ismail Arasücü in die Pension und schaffst den Mann her! Lass dich von einem Streifenwagen unterstützen und passt auf! Vielleicht ist Mohammed Arasücü auf dem Weg zu seinem Vater."

Simons nannte den Namen der Frau, der der Bungalow gehörte, in dem Mohammed Arasücü seit Tagen wohnte und seine Aktionen gegen Larsson startete.

„Wir haben das Kennzeichen überprüft, das uns die Frau genannt hat. Es ist ein blauer Golf, ein Leihwagen, der eine Wiesbadener Zulassung trägt. Monika lässt gerade prüfen, wo der Wagen angemietet wurde."

„Gut. Und die Frau?"

„Sie wird wieder anrufen, wenn Arasücü auf den Hof fährt."

Larsson dachte einen Augenblick nach. Natürlich machten sie Festnahmen im Allgemeinen selbst. Arasücü aber war bewaffnet. In diesem Fall orderten sie ein MEK, bei gefährlicheren Fällen ein SEK aus Schwerin. Er ging mit Simons ins Büro der Kommissare.

Monika Landris schaute ihn fragend an. „Willst du nicht wissen, was in Benz war?"

„Wenn du mich so fragst, gebe ich dir die Antwort. Ihr habt die Frau nicht angetroffen."

„Minh Hu ist seit einigen Tagen verschwunden. Die Vermieterin der kleinen Einliegerwohnung weiß auch nicht, wo sie ist. Man hat schon nach ihr gefragt."

„Wer hat nach ihr gefragt?"

„Ein asiatisch aussehender Mann."

Larsson nahm den Hörer des Telefons ab und wählte die Nummer seines Vorgesetzten in Anklam. „Ich muss Sie davon unterrichten, dass wir gestern über die Zeitung nach Mohammed Arasücü gefahndet haben. Heute hat es einen Telefonkontakt zu seinem Vater gegeben. Darüber hinaus hat sich eine Frau gemeldet, die behauptet, der Türke habe bei ihr einen kleinen Bungalow gemietet."

„Wo?" fragte Kriminaloberrat Kruse.

„In Krienke, Lieper Winkel."

„Was schlagen Sie vor?"

„Mohammed Arasücü ist bewaffnet. Er hat auf mich mit einem Kleinkalibergewehr geschossen. Ich gehe davon aus, dass er über keine Handfeuerwaffe verfügt. Denn damit hätte er sehr viel leichter auf mich schießen können, treffsicherer."

„Sind Sie da ganz sicher?"

„Nein, sicher kann ich nicht sein."

„Und weiter?"

„Wir können es allein schaffen, den Mann festzunehmen."

„Aber?"

„In Fällen, in denen Waffen im Spiel sind, holen wir die Kollegen aus Schwerin."

„Ein SEK?"

„Ich denke, es wird reichen, wenn wir ein MEK anfordern. Wir warten ab, bis der Mann das Haus verlässt. Wenn er das Gartentor öffnet, nehmen wir ihn fest. Wenn er nicht zu Hause ist, warten wir, bis er kommt. Dann muss er aussteigen, um das Tor zu öffnen. Damit ist er so beschäftigt, dass wir zugreifen können, ohne jemanden zu gefährden."

„Ich lasse Ihnen freie Hand."

„Dann bestellen wir ein Mobiles Einsatzkommando."

„Einverstanden. Ich telefoniere selbst mit Schwerin."

Als Larsson aufgelegt hatte, sagte er zu Monika Landris: „Gebt die Vietnamesin in die Fahndung!"

„Ich habe ein Foto von ihr gefunden. Die Vermieterin hat mir bestätigt, dass es sich um eine neuere Aufnahme handelt."

Das Foto zeigte Minh Hu und einen Mann, der seinen Arm um sie gelegt hatte.

„Wer ist der Mann an ihrer Seite?"

„Er hat sie hin und wieder besucht. Die Vermieterin sagte, er habe auch dort übernachtet."

„Jeder Mensch braucht etwas für die Seele. Fahndet auch nach ihm. Ist der Name des Mannes bekannt?“

Das Telefon klingelte, und Simons ging an den Apparat. Nach einigen Worten gab er den Hörer an Larsson.

„Das MEK ist unterwegs“, sagte Kriminaloberrat Theo Kruse. „Ich denke, sie werden in ungefähr zweieinhalb Stunden bei Ihnen sein. Sie fahren dann mit dem Einsatzkommando zum Lieper Winkel. Arasücü wird nach Anklam gebracht. Das Verhör leitet ein anderer Beamter, nicht Sie.“

Larsson legte auf, und Monika Landris vollendete ihren Satz. „Die Frau sagte, sie habe einmal gehört, dass Mimi, so wurde Minh Hu genannt, ihn mit Li ansprach. Später habe sie Minh Hu gefragt, was Li heiße. Sie habe gesagt, dass es der Ausdruck für Kraft und Stärke sei.“

„Der Name Li wird dort so häufig sein wie Müller, Meier oder Schmidt bei uns. Es sind eher Sammelbegriffe als Namen“, sagte Simons. Er hatte sein gewinnbringendes Lächeln aufgesetzt, wie immer, wenn er sich einer Sache sicher war. „Dabei wissen wir noch nicht einmal, ob es sich bei diesem Li wirklich um einen Vietnamesen handelt. Es könnte ebenso gut ein Chinese oder ein Koreaner sein. Wer kann die Asiaten schon auseinanderhalten?“

„Ja, das ist die Crux. Aber wie ich schon sagte, gebt ihn auch in die Fahndung. Wenn du den alten Arasücü hier hast, sag Bescheid. Dann knöpfen wir ihn uns noch einmal vor.“

Simons fuhr zu der Pension, in der der alte Arasücü wohnte. Larsson ging zurück zu seinem Büro. Andresen sagte gerade zu Petersen: „Unter den Nägeln Huebners sind DNA-Spuren sichergestellt worden. Es hat also einen Kampf gegeben. Ziehen Sie mal Ihre Hemdsärmel hoch.“

Petersen lachte. „Wenn Sie das glücklich macht.“

Während er die Ärmel hochzog, fragte Larsson: „Haben Sie vor, in der nächsten Woche zu verreisen?“

„Nein!“

„Dann können Sie jetzt erst einmal nach Hause fahren. Ich werde Anfang der Woche noch einmal mit Ihnen sprechen.“

Andresen schaute Larsson verständnislos an. Der zwinkerte ihm zu.

„Dann stehe ich jetzt nicht mehr unter Verdacht?“

„Nein. Wir haben Sie nur als Zeuge vernommen.“

15. Kapitel

Karl Simons kam ohne Ergebnis vom Besuch in der Pension Ismail Arasücüs zurück. Der alte Türke war ausgeflogen. Die Beschließerin hatte ihm die Tür zu dem kleinen Appartement geöffnet. Die Vermutung, Arasücü könne wieder zu seiner Familie nach Berlin zurückgefahren sein, löste sich spontan in Luft auf, als Simons den Wohnraum des Mannes betrat. Eine große, schwarze Reisetasche stand vor dem Schrank. Sie war leer. Die wenigen Sachen, die Arasücü mitgebracht hatte, waren ordentlich im Schrank aufgehängt. Im Bad hingen einige Stücke Unterwäsche auf einem Klappgestell, die noch feucht waren. Dass der alte Mann jetzt einen Strandspaziergang machen könne, schien Simons unwahrscheinlich. Das restliche Essen auf dem Zweiplattenherd war noch warm. Er hob den Deckel. Es roch nach Hammelfleisch mit gelben Erbsen. In der Spüle stand der Teller, von dem der Mann gegessen haben musste. Er war abgewaschen.

Das Handy fehlte. Arasücü hatte es bestimmt bei sich. Simons fragte sich, ob der Alte tatsächlich so unschuldig war, wie er ihnen während der Vernehmung weismachen wollte. Was, wenn er nur auskundschaften wollte, wie dicht sie an seinem Sohn dran waren? Doch dann verdrängte er den Gedanken wieder. Er hätte wissen müssen, dass sie sein Handy bei ihm gefunden hatten und eine Überwachung aller ein- und ausgehenden Gespräche veranlassen würden. Nein, nein, so einfältig schätzte er den Alten nicht ein. Eher dachte er, der Mann habe etwas von einem Fuchs, eine gewisse Bauernschläue. Simons fuhr zu seiner Dienststelle zurück.

Larsson nahm den Bericht Simons' mit einem Achselzucken auf. „Ich dachte, wir hätten den Mann unter Kontrolle. Offensichtlich war das ein Trugschluss."

„Der Anruf aus Anklam auf dem Handy Arasücüs ist registriert worden", widersprach Simons. „Also haben wir unsere Arbeit ordentlich gemacht."

„Es war auch kein Vorwurf, Karl. Nur eine Feststellung. Unter Umständen begegnet uns Arasücü senior ja heute noch. Hast du veranlasst, dass ein Streifenwagen vor dem Haus positioniert wird?"

„Noch nicht."

„Mach es!"

Simons ging zurück zum Büro der Kommissare und veranlasste telefonisch die Postierung des Streifenwagens vor der Pension. „Lasse ist grantig", sagte er zu Monika Landris.

„Woraus schließt du das?"

„Der alte Türke ist uns durch die Lappen gegangen. Lasse hat wenig Verständnis dafür."

„Ich denke, du bist überempfindlich, Karl. Lasse hat die Verantwortung für die gesamte Ermittlung. Da muss man manchmal auch Dinge sagen, die man vielleicht gar nicht so meint."

Im Hof fuhren zwei dunkle Audi A6 mit Schweriner Zulassung ein. Die durch die Bank jungen Männer stiegen aus. Monika Landris sah es von ihrem Fenster aus. „Das MEK ist gerade gekommen. Die Operation Lieper Winkel kann losgehen."

Sie ging hinüber zum Büro Larssons. „Das MEK ist vorgefahren. Hier ist noch eine Tasse Kaffee für dich. Du wirst sie brauchen können."

Larsson lächelte ihr dankbar zu.

„Wen wirst du mitnehmen?"

„Alle, nur dich nicht. Du wirst hier die Stellung halten."

Man sah ihr an, dass ihr das nicht passte. Allzu gern wäre sie mitgefahren. Sie wusste, dass Larsson sie nicht einer unnützen Gefahr aussetzen mochte. Das war eine Schonung, die sie nicht wollte.

Andresen sagte: „Ich würde auch gern so aufmerksam bedacht werden. Kaffee vor dem Einsatz.“

„Natürlich bringe ich dir auch noch einen Kaffee, Rolf.“

Auf dem Gang begegnete sie dem Einsatzleiter des MEK. Sie zeigte ihm die Tür zum Büro Larssons. Der Mann schaute ihr interessiert nach, als sie weiterging. Sie spürte seine Blicke im Rücken. Der Mann klopfte kurz an Larssons Tür und wartete nicht auf die Aufforderung, eintreten zu dürfen. „Mein Name ist Leppin, Manfred Leppin. Ich leite das MEK.“

Larsson machte eine einladende Bewegung zum Besucherstuhl vor seinem Schreibtisch. Monika Landris kam kurz darauf mit zwei Tassen und einer Thermoskanne. Sie stellte eine der Tassen vor dem Ankömmling ab, die andere auf Rolf Andresens Schreibtisch. Auf den Untertassen lag jeweils ein Keks.

„Die Bedienung in Ihrem Laden klappt ja hervorragend“, sagte Leppin.

Larsson sah die begehrlichen Blicke des Mannes und hörte den leicht provozierenden Unterton. „Wenn Sie Ihren Laden ebenso im Griff haben, werden wir den Verdächtigen ja schnell verhaftet haben.“ Er lächelte dem MEK-Mann zu. Ihm waren diese nassforschen, jungen Typen bekannt, die sich profilieren wollen. Er selbst war während seiner Anfangszeit einmal so aufgetreten, und einer seiner Vorgesetzten hatte ihn mit freundlichen Worten, aber sehr bestimmt gestoppt. Wenn er später je wieder einen solchen Drang verspürte, hielt ihn diese Begegnung immer von einem solchen Auftreten ab. Die Überlegung, Leppin auf die gleiche Weise in seine Schranken zu weisen, verwarf er. Larsson wollte sich nicht schon vor einer solchen Operation mit dem Leiter der Gruppe anlegen. Allzu viel stand auf dem Spiel. Und danach würde Leppin mit seinen Männern wieder zurück in die Landeshauptstadt Schwerin fahren. Er ging zum Arbeitstisch, auf dem eine Karte lag, in der die Straßen und Gebäude des Lieper Winkels vergrößert worden waren. Andresen hatte diese Vergrößerungen erst vor einer Stunde angefertigt. Leppin stand auf und folgte ihm.

„Wir fahren die Bundesstraße 110 bis zur Abfahrt zur K34, die über Suckow bis Warthe führt. Etwa auf halber Strecke liegt Krienke. Am Ortseingang geht rechts eine kleine Straße ab, die einmal durch den Ort selbst und schräg gegenüber des Hauses in Richtung Morgenitz führt."

„Das ließe uns die Möglichkeit, von zwei Seiten anzufahren", sagte Leppin.

„Wenn der Mann wachsam ist, und davon müssen wir ausgehen, müsste er das Fahrzeug sofort sehen. Und ein Wagen, in dem vier junge Männer sitzen, würde den Verdächtigen unnötig warnen. Das sollten wir in jedem Fall vermeiden."

„Da stimme ich Ihnen zu."

„Ich schlage vor, wir fahren auf der Hauptstraße an dem Haus vorbei, biegen 300 Meter weiter rechts ab und parken die Fahrzeuge an verschiedenen Stellen im Ort. Dann gehen wir die paar Meter zu Fuß. Wir können das Grundstück von hinten betreten. Auf dem Grundstück liegen zwei Häuser, eine Scheune und ein Bungalow, den unser mutmaßlicher Täter gemietet hat. Ich kann mit der Frau telefonieren. Sie wird uns sagen, ob Mohammed Arasücü, so heißt unser Mann, schon da ist, oder ob wir ihn erwarten müssen."

„Was ist das?" Leppin zeigte auf ein Gebäude, das gegenüber dem Bungalow am Rand des Grundstückes und dessen zweiter Zufahrt stand, die extra für die Besucher des kleinen Hauses eingerichtet worden war.

„Das war einmal ein Carport. Jetzt dient es der Besitzerin als Stall für ihre Pferde."

„Dahinter können wir einen Teil der Männer postieren. Wir könnten von dort aus blitzschnell auf das Haus, aber ebenso auf die Einfahrt zugreifen."

„Ja. Das geht", sagte Andresen, der nun ebenfalls neben dem Tisch stand. „Zwei Männer können hinter dem Bungalow an dem Scheunenanbau auf den Einsatz warten. Einer der Männer wird die Straße entlangkommen. Haben wir die Möglichkeit, ein Fahrrad zu leihen?"

„Ich denke schon. Vielleicht kann uns ja die Vermieterin des Bungalows behilflich sein."

„Ich werde mit ihr telefonieren", sagte Andresen.

Die beiden Hauptkommissare hörten, wie Andresen mit der Frau sprach.

„Sie haben eine junge Truppe", sagte Larsson.

„Durchschnittsalter 26. Ich liege zwei Jahre über dem Schnitt."

„Wir bekommen ein Rad", sagte Andresen. „Die Frau sagt, Arasücü sei noch nicht wieder aufgetaucht."

„Dann sollten wir jetzt machen, dass wir hinkommen. Wenn der eine Mann mit dem Rad aus Richtung Morgenitz kommt, fällt das nicht auf. Er könnte Arasücü ablenken."

Während Larsson und Leppin hinunter zum Parkplatz gingen, holte Andresen Simons aus dem Büro der Kommissare.

„Lasse hat angeordnet, dass wir schusssichere Westen tragen sollen. Also, nimm das Ding mit!"

Auf dem Hof rüsteten sich die Männer für ihre Mission.

„Du fährst mit einem der Fahrzeuge des MEK", sagte Larsson zu Simons.

Zwei der Männer Leppins, die geraucht hatten, drückten ihre Zigaretten aus. Larsson bemerkte, dass sie die Stummel sorgfältig einsteckten. Sie waren es gewöhnt, keinen Dreck zu hinterlassen. Leppin gab seinen Leuten die Anweisung, hinter dem Opel-Omega der Heringsdorfer Kripo herzufahren. Dann stieg er zu Larsson in den Wagen. Andresen saß im Fond. Sie rollten vom Hof. Monika Landris schaute ihnen durchs Fenster nach.

Mit Blaulicht auf dem Dach fuhren die Wagen mit hoher Geschwindigkeit die Bundesstraße 110 entlang. Als sie auf die K34 abbogen, nahm Larsson das Blaulicht vom Dach. Er wollte vermeiden, dass Arasücü durch das Geräusch oder das warnende Licht alarmiert würde. Die MEK-Leute machten das Gleiche.

Kurz bevor sie den Einsatzort erreichten, telefonierte Andresen noch einmal mit der Besitzerin des Bungalows. Arasücü war noch immer nicht da. Andresen sagte der Frau, dass in rund drei Minuten ein Mann auf ihr Haus zukommen würde, dem sie freundlicherweise das Fahrrad überlassen solle.

Die Frau sah die drei Wagen auf der Straße kommen, die in einer leichten Kurve die einzige kleine Anhöhe nahmen. Sie stieg vom Rad und winkte.

„Das muss die Frau sein“, sagte Andresen.

Die Wagen stoppten. Leppin wies einen seiner Männer an, das Fahrrad zu übernehmen. Andresen war ausgestiegen und erklärte dem MEK-Mann den Weg, während die Frau zu Lasse Larsson in den Wagen stieg.

„Wie lange wohnt der Mann schon bei Ihnen?“ fragte Larsson.

„Seit dem 17. Dezember.“

„17 Tage.“

„Unter welchem Namen hat er sich bei Ihnen eingetragen?“

„Er sagte, er heiße Dieter Hallmann.“

„Hallmann? Das hat Sie nicht stutzig gemacht?“

„Wieso?“

„Haben Sie keinen türkischen Dialekt bei ihm herausgehört?“

„Er hat keinen Dialekt.“

Larsson erinnerte sich, dass Mohammed Arasücü in Deutschland aufgewachsen war und wohl akzentfrei sprach.

„Er hatte zwei Wochen gebucht. Als ich ihm sagte, dass keine Anschlussbuchung vorliegt, hat er auf drei Wochen verlängert. Das war ein Segen. Wer bleibt schon in dieser Jahreszeit drei Wochen auf der Insel?“

„Ja, das ist wie ein kleiner Lottogewinn.“

Leppin und Andresen stiegen wieder zu, und Larsson ließ den Wagen anfahren. Sie fuhren auf der Hauptstraße am Haus vorbei. Im Spiegel sah Larsson den Radfahrer, der bereits die

Kuppe des kleinen Berges erreicht hatte und nun in die Straße zum Haus einbog.

Leppin sagte: „Das läuft ja wie am Schnürchen. Hauptsache, dieser Arasücü kommt zum Haus zurück."

An der Abfahrt zu der kleinen Straße hielt einer der Wagen an. Zwei Männer stiegen aus und gingen auf das Haus zu, das schräg gegenüber dem kleinen Bungalow stand. Larsson hatte es im Spiegel gesehen. Leppin erklärte: „Die Leute in dem Haus müssen gewarnt werden. Sie dürfen nicht in die Schusslinie geraten. Außerdem ist das Haus strategisch interessant."

Die Wagen bogen rechts ab und durchfuhren den kleinen Ort Krienke. „Ja, Sie haben Recht, Leppin. Wenn Arasücü aber den Aufruf in der Zeitung gelesen hat, könnte es sein, dass er abgetaucht ist."

„Er hat noch alle seine Sachen im Haus", beeilte sich die Frau zu sagen.

Larsson hielt und hinter ihm die beiden anderen Wagen. „Wir ändern unseren Plan, steigen hier alle zusammen aus und haben die beste Führerin, die es gibt, um von der Straße ungesehen auf das Grundstück zu kommen."

Leppin machte seinen Leuten nur mit einigen Handbewegungen klar, dass sie sich still zu verhalten hätten und ihnen folgen sollten.

Larsson gab zu, dass der Mann, den er nicht sonderlich mochte, seine Leute exzellent im Griff hatte. Die Männer verteilten sich auf der Straße und folgten der Frau. Durch den Zaun gelangten sie auf der rückwärtigen Seite auf das Grundstück. Wieder ohne einen Laut verteilte Leppin seine Leute, so, wie sie es zuvor festgelegt hatten. Simons blieb bei den Männern, die hinter dem als Stall genutzten Carport Stellung bezogen. Andresen postierte sich mit zwei der Männer und Leppin hinter dem Bungalow. Der Mann mit dem Fahrrad wartete kurz vor der Straßenkreuzung zu Morgenitz. Er war in der Lage, sowohl die Straße nach Morgenitz als auch die Straße nach Suckow zu kontrollieren. Er würde Leppin über sein Funkgerät Bescheid geben, wenn sich der Wagen Arasücüs näherte.

Lasse Larsson ging mit der Frau ins Haus. Aus einem der Zimmer im oberen Stockwerk konnte er über die Straßen sehen. Auch er würde bemerken, wenn sich der blaue Golf mit dem Wiesbadener Kennzeichen näherte.

„Ich hoffe, er hat Ihnen schon Ihr Geld gegeben", sagte Larsson zu der Frau, die neben ihm stand. „Wenn nicht, werden Sie möglicherweise auf Ihrer Forderung hängen bleiben."

„Er hat mir 400 Euro als Anzahlung gegeben. Ich hätte die Polizei nicht verständigen sollen. Dann wäre ich bestimmt zu meinem Geld gekommen."

„Und hätten sich strafbar gemacht. Begünstigung eines Verbrechens ist immer strafbar."

Sie schwiegen eine Weile. Sie dachte daran, dass ihr ein Teil des Geldes, mit dem sie schon sicher gerechnet hatte, durch die Lappen gehen würde. Sie hatte einen Haufen Kosten. Die Abzahlungen für das fast komplett bankfinanzierte Grundstück drückten sie. Die Kinder, die täglich mit dem Auto zum Schulbus, der sie nach Greifswald beförderte, gebracht und wieder abgeholt werden mussten, würden sie nicht fragen, wo sie das Geld hernahm. Und die drei Pferde kosteten auch. Aber sie war eine Kämpferin. Auch wenn sie belächelt wurde, sie würde nicht so leicht aufgeben.

Larsson schaute zur Uhr. Diese verdammte Kälte. Die Männer draußen begannen zu frieren. Aber das Halbdunkel nützte ihrem Plan. Von seinem Handy wählte er die Nummer der Einsatzleitung der Polizeidirektion Anklam und bestellte einen Streifenwagen, um Arasücü abzuholen, wenn der dingfest gemacht worden sei. Die Kollegen sollten mit ihrem Wagen in einer Seitenstraße in Suckow parken, bis sie gerufen würden. Gleich war es 16 Uhr. In kurzer Zeit würde es dunkel sein.

„Ich könnte den Männern einen heißen Kaffee machen", sagte die Frau, als hätte sie seine Gedanken erraten.

„Eigentlich keine schlechte Idee. Aber wenn Arasücü kommt, wenn Sie draußen sind, könnten Sie in die Schusslinie kommen. Also lassen wir das lieber.“

Auf der Hauptstraße, die die Polizisten gekommen waren, leuchteten zum wiederholten Male die Lichter eines Kraftfahrzeuges auf.

„Ich kann nicht mehr erkennen, was für ein Wagen es ist“, sagte der MEK-Mann mit dem Fahrrad in sein Funkgerät. Leppin fluchte.

Als der Wagen in die kurze Straße einbog, an der das Haus und der Bungalow standen, erkannte Larsson, dass es ein Golf war. „Er kommt!“

Leppin sagte in sein Funkgerät: „Achtung!“

Auf der Straße sprach der MEK-Mann mit dem Fahrrad den Fahrer des blauen Golfs an, der ausgestiegen war und sich anschickte, das Tor zur Einfahrt zu öffnen. „Ich habe mich anscheinend verfahren. Können Sie mir sagen, wie ich nach Rankwitz komme?“

„Ich weiß das nicht“, sagte der Gefragte genervt. „Bin auch nur als Gast hier.“

„Vielleicht Ihr Beifahrer?“

Leppin hatte alles mitgehört. „Es sind zwei“, sagte er leise ins Funkgerät. „Zugriff ... jetzt!“ Er stürmte nach vorn.

„Nein, der weiß auch ...“ Weiter kam Arasücü nicht. Von beiden Seiten kamen Männer auf ihn zugestürzt. Aus dem Halbdunkel hinter dem Zaun wurden auch zwei Mann des MEK sichtbar. Schreie ertönten.

„Hände hoch ... aufs Dach des Autos legen! Los! Los! Los!“

Im Nu waren die Männer des MEK um den Wagen herum. Mohammed Arasücü hatte seine Hände auf das Dach des Wagens gelegt. Ismail Arasücü starrte in den Lauf einer Maschinenpistole. Larsson kam heran. Simons war mit den Männern des MEK bereits da, und Andresen kam von der anderen Seite des Bungalows.

„Sieh da, Herr Ismail Arasücü! Wer hätte das gedacht", sagte Larsson. „Ich denke, Sie wollen ein Unglück verhindern?" Larsson rief den Streifenwagen, der in Suckow stand.

Im allgemeinen Trubel war das Klicken der Handschellen untergegangen. Mohammed Arasücü wurde in einen der Wagen des MEK gesetzt. Der Streifenwagen kam und nahm Ismail Arasücü in Empfang.

Leppin verabschiedete sich von Larsson und seinen Mitarbeitern. Während die Einsatzgruppe nach Heringsdorf zurückfuhr, wurden Mohammed Arasücü und sein Vater nach Anklam gebracht. Als sie auf den Parkplatz der Heringsdorfer Polizei fuhren, war es halb sechs. Ein Blick zum Zimmer der Kommissare zeigte Larsson, dass Monika Landris auf ihn gewartet hatte. Das Licht brannte noch. Andresen und Simons verabschiedeten sich von Larsson. Es war ein langer, aufregender Tag gewesen. Den Papierkram würden sie am kommenden Montag erledigen.

„Dein Drachen wartet wohl schon auf dich", brummte Simons.

„Du wirst das Wochenende wohl auch nicht allein verbringen", konterte Andresen.

Larsson grüßte lässig die Schutzpolizisten am Eingang der Wache. Dann ging er direkt ins Büro der Kommissare. „Warum bist du nicht schon nach Hause gefahren, Monika? Wir werden uns jetzt einen schönen Freitagabend gönnen."

„Ich habe auf dich gewartet, weil du einen Anruf aus Bernau hattest. Ein Herr Helms hat angerufen. Du hast auf seinen Anrufbeantworter gesprochen."

„Wann hat er angerufen?"

„Vor einer Stunde oder etwas darüber. Du kannst ihn bis 20 Uhr zurückrufen." Sie schob ihm die Telefonnummer zu, die sie vorsichtshalber aufgeschrieben hatte.

Larsson wählte die Nummer.

„Sie haben bei mir aufs Band gesprochen", sagte Jan-Josef Helms. „Vielleicht kann ich Ihnen helfen. Was ist Ihre Frage genau?"

„Es geht um Triaden. Ich brauche Auskünfte über verschiedene Stadien, vor allem aber über die Aktivitäten, die sie hier in Deutschland an den Tag legen. Können Sie mir da helfen?“

„Woher haben Sie meine Adresse?“

„Aus dem Internet. Ich habe versucht, etwas über Triaden zu erfahren. Dabei bin ich in einem Fachaufsatz auf Ihren Namen gestoßen.“

„Schade, dass Sie nicht aus meiner Umgebung kommen. Ich habe eine große Bibliothek über Rauschgifte, über die organisierte Kriminalität im Allgemeinen und den Terrorismus.“

„Und über Triaden?“

„Ich befasse mich seit nunmehr fünfzehn Jahren mit dem organisierten Verbrechen auch in Asien, und dazu zählen natürlich auch die Triaden.“

„Schade, dass morgen Sonnabend ist.“

„Wieso?“

„Sonst hätte ich Sie gern besucht.“

„Sie können auch morgen kommen, wenn Ihnen der Weg nicht zu weit ist.“

„In dem Artikel steht, dass Sie Adviser für Polizei und Zoll sind.“

„Ja, das stimmt.“

„Und es macht Ihnen nichts aus, den Sonnabend zu opfern?“

„Nein.“

„Wann würde es Ihnen passen?“

„Wie lange werden Sie unterwegs sein?“

„Etwa drei Stunden.“

„Wäre Ihnen gegen elf recht? Plus minus eine halbe Stunde?“

„Gerne.“

Jan-Josef Helms nannte seine Adresse und erklärte ihm, wie er hinkäme, wenn er von der Autobahn an der Ausfahrt Bernau Nord abfahren würde.

Monika Landris schaute Larsson lächelnd an. „Und ich hatte schon gedacht, wir würden ein langweiliges Wochenende verbringen müssen. Aber ich sehe, daraus wird nun nichts.“

„Da habe ich eine Idee. Wir fahren zusammen nach Bernau und gehen am Abend im nahen Berlin ins Theater. Hättest du Lust dazu?“

16. Kapitel

Das Haus im Nibelungenviertel von Bernau, nordöstlich von Berlin, fanden sie erst beim zweiten Hinsehen. Es lag versteckt zwischen einer großen, dichten Hecke. Es war ein gedrungener, untypischer Bau für Brandenburg mit weit heruntergezogenem Dach. Als Lasse Larsson klingelte, fingen Hunde an, wütend zu bellen.

Die Stimme kam aus einer Gegensprechanlage. „Ja bitte?“

„Mein Name ist Larsson. Wir hatten telefoniert.“

„Warten Sie einen Augenblick. Ich muss die Hunde erst einsperren.“

Es dauerte einige Minuten. Larsson und Monika Landris hörten, wie jemand die Namen der Hunde rief. Sofort hörte das Bellen auf. Wenig später kam der Mann zur Gartenpforte. „Herr Larsson?“

Er nickte. „Und Frau Landris.“

„Kommen Sie bitte herein.“

Sie gingen über den gepflasterten Weg zum Haus. Larsson registrierte, dass nicht nur der Weg von Lampen gesäumt war. Er konnte erkennen, dass an einigen der Bäume Strahler angebracht waren. Jan-Josef Helms bemerkte die prüfenden Blicke. „Eine notwendige Sicherheitsmaßnahme. Nachdem ich vor einiger Zeit Morddrohungen erhalten habe, wird das Grundstück elektronisch überwacht, und die Hunde bieten noch einen zusätzlichen Schutz.“

Sie gingen ins Haus, und Helms führte sie in sein Arbeitszimmer. Die Wände waren zum Teil mit leiterartigen Regalen bestückt, die bis zur Decke gingen und gefüllt waren mit katalogisiertem Material über alle nur erdenklichen Kriminalfälle. Von der Entwicklung der Drogenkriminalität über die weltweit operierende organisierte Kriminalität bis zum Internationalen Terrorismus unserer Tage, der Mann hatte alles fein säuberlich erfasst, registriert und so geordnet, dass er auf jede ihm gestellte Frage mit einem Griff aussagefähiges Material zutage fördern konnte. Noch nie hatte Larsson eine so aufwändige Sammlung vorgefunden. So manche Bibliothek würde sich glücklich schätzen, dieses Material präsentieren zu können.

Helms sah Larssons suchenden Blick. „Es mutet vielleicht seltsam an, im Zeitalter des Internets noch Hintergrundmaterial zu sammeln. Wer sich aber beruflich damit befasst, ist auf schnelle, exakte Recherche angewiesen."

„Es ist schwer, jemanden zu finden, der Auskunft über asiatische Kriminalität geben kann", sagte Larsson.

„Sie haben doch das Bundeskriminalamt. Das BKA hat eine spezielle Arbeitsgruppe innerhalb der OK, die sich mit diesen Themen befasst."

„Aber die Burschen mauern."

„Mit der organisierten Kriminalität in Asien beschäftige ich mich, wie ich es Ihnen schon sagte, seit 1987." Helms zeigte auf einen Stapel farbiger, chinesischer Zeitschriften, die aus dem Ende der 50er, Anfang der 60er Jahre waren. „Dieser Schatz ist mir vor kurzem angeboten worden. Allerdings befassen sich diese Publikationen nicht speziell mit der OK, sondern mit China ganz allgemein. Herausgeber ist der Verlag fremdsprachiger Literatur in Peking. Ich bin gerade dabei, sie auszuwerten und die Erfahrungen daraus publizistisch zu verarbeiten."

„Da stellt sich mir die Frage, warum unsere Dienste nicht versucht haben, an dieses Material zu kommen."

Helms lächelte.

„Was wissen wir über Triaden? Sind die nun in Deutschland auf dem Vormarsch?" fragte Larsson.

„Ich denke, die Geheimdienste und das Bundeskriminalamt wissen genau, dass chinesische Triaden in Deutschland nicht auf dem Vormarsch sind. Deutschland ist kein Triadenstandort."

„Warum glauben Sie das?"

„Es gibt fünfzig bis sechzig verschiedene Triaden. Sie haben verschiedene Geschäftsschwerpunkte. Einer davon ist der Drogenhandel, das profitreichste Geschäft. Aber die wenigsten Triaden sind da erfolgreich tätig. Die größte davon ist die Triade K14."

Drogenhandel, dachte Larsson. Damit habe ich Huebners Tod noch gar nicht in Verbindung gebracht. Er fragte sich, ob der überhaupt der Typ für ein solch gefährliches Unterfangen war. Dass Drogenhandel auch in Deutschland ein überaus riskantes Geschäft war, hätte der Mann wissen müssen. Würde er seine Familie so gefährden? Aber könnte ein Mann, der dem Spiel so verfallen war wie Huebner, überhaupt dieses Risiko richtig einschätzen? Larsson bezweifelte das.

„Nachweislich sind die Chinesen aber in Deutschland nicht im Drogengeschäft tätig", fuhr Helms fort. „Ich muss ein wenig ausholen."

„Wir haben alle Zeit, die wir brauchen."

„Die Verwendung des Schlafmohns als Nutzpflanze ist in Südeuropa seit der Jungsteinzeit, also ab 6.000 vor unserer Zeitrechnung nachgewiesen. Mohn gehört damit zu unseren ältesten Kulturpflanzen. Schon die Sumerer bezeichneten den Schlafmohn als Pflanze der Freude. Und aus dem alten Griechenland belegen archäologische Funde, dass die Griechen Opium für kultische und medizinische Zwecke gebrauchten. Die Mohnkapsel war das Symbol für Morpheus, den Gott des Traumes, für Thanatos, den Gott des Todes, und für Nyx, die Göttin der Nacht. Sie sehen, schon sehr lange waren den Menschen die enormen Möglichkeiten, die der Schlafmohn bot, bewusst. Die außerordentliche Bedeutung, die die Entdeckung des Opiums für die Menschen von damals hatte, ist heute schwer nachvollziehbar. Erstmals standen der Heilkunst Mittel zur Verfügung, die Schmerzen stillten und viele medizinische Eingriffe für den Patienten erträglicher oder gar erst möglich machten. Und natürlich wurde Mohn als Lebensmittel genutzt."

„Eine meiner Großmütter kam aus Wien", sagte Larsson. „Sie machte die herrlichsten Mohnwürschterln, die ich je gegessen habe. Kartoffelteig in gemahlenem Mohn mit Zucker und brauner Butter."

Helms lächelte nachsichtig. „Der Mohn als Droge hat natürlich inzwischen die Welt erobert. Morphium, Codein, Heroin. Durch chemische Derivatisierung des Morphins entsteht Heroin, das die drei- bis sechsfache schmerzstillende Wirkung von Morphin besitzt. Die illegalen Hauptanbaugebiete von Schlafmohn liegen in Afghanistan sowie in Südostasien, im Goldenen Dreieck, das zwischen Myanmar, Thailand und Laos am Mittellauf des Mekong liegt. Der weltweite Drogenmarkt ist aufgeteilt. Die Produktion aus Afghanistan, die dominierend zum Beispiel durch Kriminelle aus der Türkei betrieben wird, kommt zu uns nach Europa. Die Ernte aus dem Goldenen Dreieck, die auch von Triaden vertrieben wird, versorgt in der Hauptsache den asiatischen Markt und Nordamerika, nicht Europa."

„Gibt es denn überhaupt Triaden in Deutschland?" fragte Larsson.

„Warum interessiert Sie das so?"

Larsson berichtete über den Mordfall Huebner und die Entwicklung des Falles bis hin zu den bisherigen Erkenntnissen, die sie zusammengetragen hatten.

„Also, meiner Einschätzung nach verhält es sich mit den Triaden so – sie haben sicher Brückenköpfe gebildet. In Italien und Ungarn zum Beispiel, wo es größere chinesische Gemeinden gibt, sind sie gewiss aktiver. Dort gibt es Brückenköpfe, die nach dem Kalten Krieg entstanden sind. Anders in England, Frankreich und den Niederlanden. In England und Holland sind die ältesten europäischen Niederlassungen von Triaden zu verzeichnen. In Deutschland gibt es weniger als 100.000 meist legal lebende Chinesen, also keine homogene chinesische Gesellschaft wie in den Chinatowns in Amerika. Da Triaden unter sich bleiben und wie eine Geheimgesellschaft agieren, haben unsere Behörden so gut wie keinen Zugang zu irgendwelchen Informationen."

„Und das ist genau der Grund, warum das BKA mauert", sagte Monika Landris.

„Sie glauben nicht, dass der Mord in Heringsdorf auf Triaden zurückgeht?" fragte Lasse Larsson.

„So habe ich das nun auch wieder nicht gesagt. Nehmen wir einmal an, ein Einzeltäter oder eben auch ein Drachenkopf hätte eine Rechnung mit einem Europäer offen. Zieht man sich den Zorn eines so mächtigen Verbrechers zu, lebt man mit einer tödlichen Bedrohung. Ein solcher Mann verzeiht niemals. Früher brachten derartige Machtträger oftmals lange Geduld auf, um ihrer Rache nachzugehen. Man fand einen Toten, der vor vielleicht zehn oder mehr Jahren in Ungnade gefallen war, und man konnte diesen Tod nicht einem Motiv zuordnen. Heute ist das sicher anders. Die Zeit ist schnelllebiger. Ein solcher Gentleman würde nicht mehr bis zum St. Nimmerleinstag warten, um seiner Rache zu frönen. Tötung ist eine Dienstleistung geworden. Als Asiat würde er sich eines Asiaten bedienen, um eine unliebsame Person zu eliminieren. Das würde ihn ein Telefonat kosten, mehr nicht."

„Halten Sie es für möglich, dass ein Deutscher in eine Triade aufgenommen wird?"

„Das ist ganz ausgeschlossen. Die Mitglieder von Triaden leben in einer absolut geschlossenen Gesellschaft."

Larsson musste sich von der Vorstellung trennen, Huebner sei ein Triadenmitglied gewesen. Für einige Zeit hatte er das in Betracht gezogen. Er war froh, dass er diese Überlegung für sich behalten hatte.

„Ein Asiate würde sich also eines Asiaten bedienen. Ist es möglich, dass ein Chinese einem Vietnamesen einen solchen Auftrag erteilt?"

„Das ist sogar wahrscheinlich."

„Wieso?“

„Weil die Dienstleistung Mord eine Domäne der Vietnamesenmafia ist.“

Jetzt haben wir eine Verbindung, dachte Larsson. Wenn wir die Vietnamesin Minh Hu finden, werden wir vielleicht Auskunft über eine solche Verbindung bekommen.

„Das verstehe ich nicht ganz“, sagte Monika Landris.

„Man muss die geschichtliche Entwicklung der vietnamesischen Gangs in Betracht ziehen.“

„So komplex ist das?“ Larsson war erstaunt.

„Soll ich mitschreiben?“ fragte Monika Landris.

Larsson nickte ihr zu.

„Ja. So komplex ist das in der Tat. In Französisch-Indochina konkurrierten große vietnamesische Sekten, so die Boa Hao, die Cao Dat und Bin Xuyen im Süden des Landes untereinander. Die mächtigste der drei hatte als Piratenbund am Saigon River ihren Anfang genommen. Ihre ersten Rekruten waren geflüchtete Strafgefangene sowie Tagelöhner, die vor der Zwangsarbeit aus den Gummiplantagen geflohen waren. Sie tauchten in den Mangrovensümpfen des Rung Sat unter. Von dort aus unternahmen die so genannten Flusspiraten Plünderzüge auf dem Fluss Saigon. Analog zu den Kriegsfürsten im nördlichen Tonking bauten auch die Sekten ihre eigenen Armeen aus geschulten Kämpfern auf und wurden zu Syndikaten. Mit zunehmender Größe wuchs ihr Einfluss über das südliche Delta. Ihre Unterstützung war die Voraussetzung für die Macht und das Weiterbestehen jeder regierenden Herrschaft. Sowohl der Kolonialherr Frankreich als auch die japanischen Besatzer buhlten um sie, 1948 überwarf sich das Flusspiraten-Syndikat Binh Xuyen mit seinen Verbündeten, den Vietminh. Die Franzosen machten sich während des ersten Indochina-Krieges, der von 1946 bis 1954 dauerte, die Loyalität dieser Sekte zunutze, nachdem sie Binh Xuyen-Mitglieder als Polizeimacht in Saigon eingesetzt hatten.“

Helms machte eine Pause, als er sah, dass Monika Landris Mühe hatte, mit der Aufzeichnung nachzukommen. Eine Frau kam herein und fragte Helms, ob Kaffee gewünscht werde. Er nickte.

„1950 übertrugen dann die Franzosen den Flusspiraten die Kontrolle über alle Spielhöllen in Saigon-Cholon, anschließend auch über die Prostitution. Darüber hinaus hatten die Franzosen die Binh Xuyen nach dem Zweiten Weltkrieg für den Schleichhandel mit Opium benutzt, hatte doch der eigene Geheimdienst SDECE von 1951 bis 1954 ein ausgeklügeltes Vertriebssystem für Opium aufgebaut. Der von den USA unterstützte Diem ging ab 1955 gegen den Binh Xuyen-Einfluss in Saigon vor, nutzte in der Folge gewonnene Profite aus Drogen-, Bordell- und Glücksspielgeschäften zur eigenen Machtsicherung. Während des zweiten Indochina-Krieges von 1957 bis 1975 wurden ungezählte kriminelle Geschäfte im Dunstkreis von Nachrichtendienstlern, korrupten Militärs, Straßengangs und Geheimbünden getätigt. Zu den härtesten vietnamesischen Straßengangs zählten während des Vietnamkrieges die Saigoner Cowboys. In den Jahren beider Indochina-Kriege wurde der Grundstein zur vietnamesischen organisierten Kriminalität gelegt. Kriminelles Know-how brachten nach diesen Kriegen zahlreiche Flüchtlinge, insbesondere Südvietnamesen und chinesischstämmige Vietnamesen, mit in die USA, aber später auch nach Australien und Europa."

Helms musste seine Erläuterung für einen Augenblick unterbrechen, da die Frau mit dem Kaffee kam. Sie stellte jedem eine Tasse hin. Auf dem Tablett stand eine dieser schönen durchbrochenen Schalen aus Meißner Porzellan. So leise, wie sie gekommen war, verschwand die Frau wieder.

„Sie ist eine unbezahlbare Mitarbeiterin", sagte Helms. „Bitte, bedienen Sie sich."

Für Larsson kam der Kaffee wie gerufen. Ihm saßen die Anstrengungen der letzten Tage in den Knochen.

„Über die Struktur", fuhr Helms fort, nachdem er einen Schluck genommen und die Tasse abgesetzt hatte, „lässt sich sagen, dass es keinen zentralistischen Gesamtaufbau gab und gibt. Es sind meist lose Zusammenschlüsse von früher nordvietnamesischen Gangs einerseits und mittel- und südvietnamesischen Gruppen andererseits. Zumindest die Gangs in Europa sind heute stärker nach Landesregionen oder Heimatprovinzen zusammengesetzt. Die großen Gangorganisationen haben einen klaren hierarchischen Aufbau. Im Unterbau sind Soldaten quasi als Exekutivorgan tätig. Regelverstöße werden mit Strafaktionen bis hin zur Tötung geahndet."

„Wie hängen diese Feststellungen mit Deutschland zusammen?" fragte Larsson, der Helms wegen seines enormen Zahlengedächtnisses bewunderte.

„Diese Gangorganisationen richteten Vertretungen außerhalb ihrer Heimatbasis ein: im südostasiatischen Raum in Thailand, Kambodscha und wahrscheinlich auch in Hongkong. In den USA etablierten sich insbesondere die Gangs chinesischstämmiger Vietnamesen wie die Wa Ching in San Francisco und die Born to kill – BTK in New York und Kanada. In Frankreich und vornehmlich in den ostdeutschen Bundesländern bildeten sich nach der politischen Wende unter rivalisierenden Gruppen mafiöse Strukturen heraus. Aber auch in Osteuropa, insbesondere in Tschechien, war das der Fall."

„Born to kill", sagte Larsson. „Das ist ja schon eine Adresse mit der gewissen Telefonnummer."

„So ist es. Aber sie bedienen auch andere Felder erfolgreich: Schmuggel und Handel mit unverzollten Zigaretten – Sie sehen das Fußvolk an jeder Ecke stehen und den Dreck verkaufen, ohne dass unser Staat das in den Griff bekommt. Sie organisieren Menschenschmuggel, Menschenhandel, speziell von Frauen, die zur Prostitution gezwungen werden, Schutzgeld-Erpressung, diverse Formen der Erpressung und Handel mit Betäubungsmitteln. Sie bringen Falschgeld in den Verkehr und organisieren illegale Geldüberführungen, Glücksspiel, Herstellung von Raubkopien, Goldschmuggel, Geldwäsche, Korruption, Raubüberfall und die besagte Auftragstötung. Zusammenarbeit mit anderen Gruppen gibt es auch. Mit der chinesischen OK, in den

USA auch mit einigen Tongs, in Europa mit polnischen, tschechischen und russischen Tätergruppen, global auch mit korsischen Clans."

Larsson wusste nun, dass er bei seinen Ermittlungen auf dem richtigen Weg war. BKA hin, BKA her. Die Reise zu Jan-Josef Helms war eine richtige Entscheidung gewesen. Nachdem er nun durch dessen Ausführungen wusste, dass Triaden wohl in Deutschland Anlaufstellen hatten, aber nicht explizit auf dem Vormarsch waren, handelte es sich in dem von ihm bearbeiteten Fall des Todes Ferdinand Huebners möglicherweise um die Tat eines Einzelnen, bestenfalls um die Ausführung eines Mordauftrages, der durch einen Chinesen ausgelöst worden war. Er bedankte sich für die Zeit, die Helms geopfert hatte, und die Unterweisung in eine Gesellschaft, die den Europäern so fremd war. Dann brachen sie auf.

An der Gartentür fielen Larsson die roten Blumen ein, die Huebner durch die Asiatin ins Zimmer gebracht worden waren. „Halten Sie es für möglich, Herr Helms, dass man Ferdinand Huebner durch einen Strauß roter Gladiolen vor seinem bevorstehenden Tod unterrichtet hat?"

„Ja. Diese Möglichkeit besteht."

Als das Gartentor wieder hinter ihnen geschlossen war, hörten sie, wie die Hunde wütend am Zaun entlangliefen und bellten. Mit denen möchte ich keine Bekanntschaft machen, dachte Larsson.

17. Kapitel

Larsson und Monika Landris hatten beschlossen, noch am Abend wieder nach Loddin zurückzufahren und den Sonntag in Ruhe zu verbringen. Derartige Fahrten zu dieser Jahreszeit waren immer strapaziös. Ihre Versuche, Karten für ein interessantes Stück, etwa in der Komischen Oper oder an einer Musicalbühne kurzfristig zu erhaschen, waren fehlgeschlagen. Lediglich der Bummel durch die Lebensmittelabteilung des Kaufhauses des Westens, jener legendären Fressmeile, die seit Jahrzehnten einen unwiderstehlichen Anziehungspunkt für Menschen aus aller Welt darstellte und deshalb als umsatzträchtiger Imageträger von der PR-Abteilung der Firmengruppe gehätschelt wurde, war ihnen ein Zweistundenrundgang wert gewesen.

„Für dich hat sich die Fahrt nicht wirklich gelohnt“, sagte Lasse Larsson. „Aber für unsere Arbeit waren die Erkenntnisse, die ich gewonnen habe, von unschätzbarem Wert.“ Er lotste seine Begleiterin durch die Stadt zur Autobahnauffahrt. Die Straßen innerhalb der Stadt waren freigeräumt, und auch die Stadtautobahn war schnee- und eisfrei. Erst hinter Prenzlau, als die Kälte angezogen hatte, wurde es wieder glatter.

Als sie schon auf der Insel und fast zu Hause waren, sagte Larsson: „Wir müssen die Vietnamesin finden. Sie ist möglicherweise der Schlüssel zur Lösung des Falles.“

Das Ortseingangsschild von Neppermin kam, und Monika Landris sagte, dass es nur wenige Kilometer nach Benz zu fahren seien und sie nachsehen könnten, ob die Frau nun zu Hause sei. Vielleicht gebe es eine einfache Erklärung für ihre plötzliche Abwesenheit. Larsson war einverstanden.

Das Haus, das Monika Landris ihm zeigte, lag im völligen Dunkel. Der Kommissar schaute zur Uhr. Es war erst halb acht. Dennoch fragte er sich, ob nicht wenigstens die Vermieterin der Wohnung da sein müsste. Wer würde sich bei dieser Kälte schon draußen herumtreiben? „Du hast mit der Vermieterin gesprochen. Was war das für eine Frau?“

„Eine ältere Frau um die sechzig, würde ich sagen.“

„Und dein Eindruck?“

„Bescheiden, sauber, einfach.“

„Glaubst du, dass eine solche Frau bei dieser Kälte draußen herumläuft?“

„Eigentlich nicht.“

Larsson schaute die Straße entlang. Es standen nur zwei Autos verwaist draußen. Es schien so, als ob man sich in diesem Winkel der Republik um diese frühe Stunde schon zur Ruhe begeben hätte. Die Stille zerrte an den Nerven.

„Wir sollten einmal nachsehen.“

„Siehst du schon wieder ein Verbrechen?“ Monika Landris hatte es nur so dahingesagt. Aber schlagartig wurde ihr klar, dass Lasse Recht haben könnte. In den angrenzenden Häusern brannte wenigsten hinter einem der Fenster Licht. Es war tatsächlich fraglich, wieso gerade in diesem Haus alles finster war. Sie bewunderte seine Intuition, die er immer im richtigen Moment zu haben schien.

„Du bleibst bitte hier.“

Larsson stieg aus. Er ging durch den Garten zur hinteren Seite des Hauses. Aber auch hier war kein Licht zu sehen. Die Bemühung, in eines der Fenster hineinzusehen, blieb ohne Erfolg. Ich hätte eine Taschenlampe mitnehmen müssen, dachte er. Dann ging er zum Eingang an der Vorderseite des Hauses und klingelte. Da sich nichts rührte, klopfte er.

„Was wollen Sie da?“ rief eine männliche Stimme.

Larsson erkannte einen Mann, der im Halbdunkel des Nachbarhauses stand. „Ich suche die Besitzerin des Hauses."

„Da kommen Sie zu spät."

Larsson ging zu dem anderen Haus. Jetzt konnte er den Mann ganz deutlich erkennen. Auch dieser Mann war nicht mehr ganz jung. „Wohnen Sie hier?"

„Wer will das wissen?"

Larsson stand nun ganz dicht vor dem Mann und zog seinen Dienstausweis. „Die Polizei."

„Emmi ist im Krankenhaus. Sie hatte einen Herzanfall. Wir passen ein wenig auf ihr Haus auf. Sie wissen ja, es wird oft in Häuser eingebrochen, wenn sie unbewohnt scheinen."

„Haben Sie in den letzten Tagen die Untermieterin Ihrer Nachbarin gesehen?"

„Die Vietnamesin?"

„Ja."

„Nein. Die ist weg, weil Emmi einen Zettel gefunden hatte, in dem ihr die Neonazis damit gedroht hatten, sie auszuräuchern, sollte ihre Mieterin nicht sofort verschwunden sein."

„Hat Ihre Nachbarin die Polizei gerufen?"

„Nein. Sie hatte Angst, ihr Neffe könne hinter der Drohung stecken. Das hat sie so aufgeregt, dass sie heute Morgen einen Herzanfall hatte und ins Krankenhaus nach Anklam gebracht wurde."

„Der Neffe ist Neonazi?"

„Sagen wir, er steht für ein Deutschland, in dem die Ausländer nicht gehätschelt werden sollten und die deutschen Arbeiter nicht vergessen werden."

„Deshalb bedroht man eine Frau, die sicher schon einige Jahre hier lebt und sich integriert hat?"

„Mich müssen Sie das nicht fragen. Aber meine Meinung ist auch, dass der Sozialstaat die Ausländer bevorzugt. Und bedenken Sie, wie viele Arbeitslose wir in unserer Region haben. Es wäre sicher sinnvoller, diese Leistungen unseren Volksgenossen zukommen zu lassen."

Larsson registrierte, dass der Mann das Wort Volksgenossen gebraucht hatten. Es war die Sprache, die die Nazis im Dritten Reich verwendet hatten. Er hätte auch Landsleute sagen können. Aber er sagte Volksgenossen. Larsson fragte ihn nach seinem Namen, bedankte sich für die Auskunft und ging zum Wagen zurück.

„Du checkst Montag Heinrich Rüffer. Vielleicht haben wir ja etwas über den Mann“, sagte Larsson, als er wieder im Auto saß. „Es ist nur ein Gefühl, aber er hat den Ausdruck Volksgenossen gebraucht.“ Er wiederholte, was ihm Rüffer in dem kurzen Gespräch alles gesagt hatte.

„Ich sollte mich im Krankenhaus nach Emmi Warnke erkundigen“, sagte Monika Landris. „Vielleicht weiß sie mehr, als wir denken. Denn wenn sie nicht die Polizei gerufen hat, weil ihr Neffe in irgendeiner Weise involviert ist, dann hat sie zumindest Vermutungen, wenn nicht sogar irgendwelche Beweise. Vielleicht solltest du jemanden hinschicken, der sie befragt.“

Larsson fiel wieder die messerscharfe Analyse auf, die Monika Landris zu dem Vorschlag, die Warnke im Krankenhaus zu dem Vorgang zu befragen, veranlasste. „Wenn einer zu der Frau fährt, dann du. Schließlich kennt sie dich schon, und von Frau zu Frau lässt sich vielleicht ein besseres Vertrauensverhältnis aufbauen. Das fasst sie sicher als Belästigung auf.“

Sie passierten Pudagla und bogen linksseitig in die B111 ein. Als sie schließlich vor dem kleinen Haus in Loddin ankamen, war Monikas Mutter offensichtlich noch nicht aus Greifswald zurückgekommen. Es brannte kein Licht. Sie parkten den Wagen. Im Haus selbst war es nicht besonders warm. Aus Gründen der Sparsamkeit hatte Monika Landris die Heizung heruntergedreht. Schließlich wollten sie über Nacht in Berlin bleiben. Nun war es anders gekommen, und das war gut so. Monika stellte das Thermostat höher ein, und es dauerte nicht allzu lange, da strömte eine wohlige Wärme durch die Räume.

„Die Gefahr, durch Mohammed Arasücü umgebracht zu werden, besteht nicht mehr. Ich werde also wieder einmal nach meinem eigenen Haus sehen müssen."

„Wir können zusammen hinfahren."

„Ich denke, deine Mutter wird sicher morgen zurückkommen, und da bietet es sich an, dass ihr euch einmal allein unterhalten könnt."

„Du gehörst zu mir, Lasse. Sie weiß das und respektiert das. Ein Zeichen dafür ist, dass sie zu ihrem Bruder gefahren ist."

„Sie wird denken, dass sie dich verliert. Und sie wird mich dafür hassen."

Monika Landris dachte, was für ein sonderbarer Mann er doch war. Ein erstklassiger Kriminalist, ein guter Liebhaber, aber unverbindlich, wenn es darum ging, sich auf eine gemeinsame Zukunft festzulegen.

Er wiederum wusste, dass er in den letzten Jahren keine Frau so begehrt hatte wie Monika. Wie hatte er sich gewünscht, sie zu besitzen. Vom ersten Augenblick, in dem er ihrer ansichtig geworden war, brannte dieser Wunsch in ihm. Und nun, wo er erreicht hatte, was er wollte, schüttelte ihn die Angst. Was wenn er sie zu nahe an sich heranließ und sie ihn irgendwann verlassen würde, wie es Chiara getan hatte? Er stünde wieder mit leeren Händen da; nicht dass er nicht allein sein konnte – er wollte es auf Dauer nicht. Der Mensch ist nicht zum Alleinsein geboren. Vielmehr ist die Zweisamkeit – aller nur möglichen Versuche der 68er mit der freizügigen Liebe zum Trotz – die einzige erstrebenswerte Form des Lebens. Dieser Tatsache war er sich bewusst. Und deshalb fürchtete er sich vor dem Alleinsein.

„Gibst du mir morgen früh deinen Wagen?"

„Natürlich bekommst du mein Auto. Aber das ist doch gar nicht die Frage. Die Frage, die du in den Raum wirfst, ist, ob wir nun zusammenleben wollen oder nicht."

„Wir hatten einen langen Tag, Monika. Diesmal sage *ich,* dass wir uns für Grundsatzfragen einen geeigneteren Zeitpunkt aussuchen sollten."

Monika ging in die Küche und bereitete für sie ein Abendessen. Kalten Bratenaufschnitt mit Meerrettich, verschiedene Wurstsorten, einen Hartkäse und einen Korbkäse mit Schimmel.

Larsson war im Kaufhaus des Westens in Berlin an einer CD nicht vorbeigekommen. Renée Fleming hatte eine Aufnahme mit Valerie Gergiev und dem Orchester des Mariinskitheaters gemacht. Er war noch nie in seinem Leben in Russland gewesen. Aber er wusste, dass das am Sankt Petersburger Theaterplatz liegende Mariinski eines der bekanntesten Opern- und Balletthäuser der Welt ist. Larsson legte die CD ein, und wenig später erklang die Arie *Ich soll ihn niemals, niemals mehr sehn* aus *Die Katrin* von Erich Wolfgang Korngold.

Monika trug das Abendessen auf. „Wir wollen uns heute nicht streiten", sagte sie. „Es war ein langer Tag, und allzu schnell ist ein Wort gefallen, das man hinterher bereut."

Am Sonntag, dem 5. Januar, frühstückten sie gegen acht. Als sie fertig waren, stand Monika Landris auf, ging zum Telefon und suchte sich die Nummer des AMEOS-Diakonie-Klinikums in Anklam heraus. Sie stellte die Verbindung her und ließ sich mit der Kardiologie verbinden. Larsson hörte, wie sie mit der Schwester sprach. Sie fragte sehr gezielt, ob sie mit Frau Warnke, die man gestern wegen eines Herzanfalles eingeliefert hatte, würde reden können.

„Ich fahre dich jetzt nach Heringsdorf. Während du dein Haus inspizierst, werde ich einen Besuch bei Emmi Warnke machen. Danach sind wir vielleicht wieder ein Stück weiter."

Sie fuhr ihn bis zur Kripoaußenstelle und hielt direkt vor dem Haus. Es war ihr egal, ob irgendwelche Kollegen sie beide zusammen sehen würden oder nicht. Kaum dass er die Tür des Wagens geschlossen hatte, fuhr sie weiter.

Larsson meldete sich in der Wache, sagte Bescheid, dass er seinen Wagen vom polizeieigenen Parkplatz holen würde. Er fuhr in sein Haus. Eisige Kälte schlug ihm entgegen. Die Heizung war ausgefallen. Wie lange war ich jetzt nicht mehr hier? fragte er sich. Hoffentlich ist nichts eingefroren. Eine Prüfung des Durchlauferhitzers ergab, dass nur die Sicherung herausgesprungen war. Was das wohl zu bedeuten hatte. Er drückte die Sicherung wieder hinein, aber sie sprang sofort wieder heraus. Larsson rief die Wache an, fragte, welcher Heizungsbetrieb für die großen Hotels an diesem Sonntag Dienst habe. Es war ein Betrieb in Wolgast. Er dachte an die Kosten, die es verursachen würde. Allein für die Anfahrt würde er einen größeren Betrag ausgeben müssen. Dennoch bestellte er einen Monteur. Er war sich sicher, dass eine zerfrorene Heizungsanlage weitaus teurer werden würde. Und dann die Schweinerei, wenn irgendwo im Haus das Wasser ausliefe.

Unruhig schaute er zur Uhr. Mit einem Wasserkocher machte er heißes Wasser und goss sich einen Tee auf, dem er eine gehörige Portion Rum zugab. Als er den Wagen der Heizungsfirma vorfahren sah, war es schließlich schon fast halb zwölf. „Sie kommen verdammt spät. Ich bin dabei, hier anzufrieren."

„Ich komme von Wolgast und kann nicht so schnell fahren. Sie verstehen, die Glätte. Mein Chef reißt mir den Kopf ab, wenn ich den Wagen zerlege. Er ist erst ein Jahr alt."

Er ging zu dem Durchlauferhitzer, und noch bevor Larsson ihm nachgekommen war, lief die Therme wieder.

„Was in Gottes Namen haben Sie gemacht? Ich habe vorhin die Sicherung wieder reingedrückt, aber es hat nicht geholfen."

„Gewusst wie, Meister!"

Larsson ärgerte sich über den Ton des Mannes. Er schluckte sein Missbehagen hinunter. Keinesfalls wollte er ihn verärgern. Jedenfalls nicht, bevor der seine Arbeit abgeschlossen hatte.

Der Mann beobachtete einen Augenblick die Therme, fasste an verschiedenen Stellen die Rohrenden an und bemerkte, dass das Wasser nicht überall den notwendigen Durchlauf hatte. Ein Plopp machte sie darauf aufmerksam, dass die Sicherung abermals ihren Geist aufgegeben hatte. „Ich fürchte, die Heizung ist eingefroren, Meister“, sagte der Mann aufreizend ruhig.

„So. Was können wir dagegen machen?“

„Wir nicht. Ich! Ich kann sehen, wo die Heizkörper eingefroren sind. Und dann versuche ich, die Stelle wieder aufzutauen.“

Dass die Kerle eine Notlage immer so brutal ausnutzen, dachte Larsson wutentbrannt. Am liebsten würde er den Mann jetzt rauswerfen. Zum Glück erinnerte er sich daran, dass er wohl kaum an einem Sonntag kurzfristigen Ersatz bekommen würde.

Gegen drei hatte der Monteur die eingefrorene Stelle gefunden. Es war der Zulauf zum Flur, der dicht unter der Außentür entlanggeführt wurde. Dort schien es hereinzuziehen. Und genau an dieser Stelle war das Rohr eingefroren. Larsson beobachtete, wie der Mann das Rohr mit einer offenen Flamme bearbeitete. Die Farbe brannte ab. Der beißende Geruch breitete sich im ganzen Haus aus. Plötzlich war das Rohr wieder frei. Ein Druck auf die Sicherung in der Therme, und die Heizung lief wieder. An dem Rohr, das der Monteur bearbeitet hatte, tropfte es.

„Das Rohr muss erneuert werden“, sagte der Handwerker.

Larsson war genervt. „Gut, dann erneuern Sie es.“

„Aber nicht heute. Dazu brauche ich Rohr, das ich nicht mithabe, und dann muss ich es zurechtbiegen und die Enden mit einem Gewinde versehen.“

„Soll das heißen, das ganze Wochenende wird das Rohr laufen?“

„Nein. Natürlich nicht.“

Larsson rang mit seiner Fassung. „Was also schlagen Sie vor?“

„Ich werde die Enden vereisen und das Rohr löten. Aber es ist eine Notlösung, darüber müssen Sie sich klar sein."

Als der Monteur fertig war, zeigte die Uhr zwei Minuten vor vier. Larsson unterschrieb den Auftrag und gab dem Mann zehn Euro Trinkgeld. Dann fuhr der Handwerker wieder ab.

Es dauerte noch eine knappe Stunde, ehe er seinen Parka ablegen konnte. Er fror noch immer. Aber dieses Mal von innen heraus. Es würde gerade noch fehlen, dass er sich erkältet hatte. Jetzt merkte Larsson, dass er hungrig war. Seit dem Frühstück hatte er nichts mehr gegessen. Der Blick in den Kühlschrank zeigte ihm, dass er schon lange nicht mehr einkaufen war. Die Bananen schauten ihm in einer erbarmungswürdigen braunen Farbe entgegen, so dass er sie kurzerhand in den Abfalleimer warf. Er griff auf die eiserne Reserve zurück, die ein Mann wie er immer im Haus hatte. Es war Bohnensuppe mit Speck aus der Dose.

Während die Suppe warm wurde, stellte er das Radio an. Der Norddeutsche Rundfunk brachte eine eine Sendung, die, um es für Jugendliche verständlich zu machen, durch angemessene Kommentare begleitet wurde. Das ärgerte Larsson, und er legte eine CD mit *Romanzas de Zarzuelas*, gesungen von Placido Domingo, ein. *Flor rojas* sang er mit. Er liebte diese Musik. Immer wenn er schwerwiegende Entscheidungen zu treffen hatte, hörte er in diese teils schwermütige, teils freudige Musik hinein. Und er ließ sich dabei so fallen, dass er die Umwelt vergaß. Dieses Mal wurde er von dem Gestank seines übergelaufenen und angebrannten Essens in die Wirklichkeit zurückgeholt. Er rückte den Topf von der Herdplatte und goss die verbliebene Suppe in einen Teller. Dann riss er das Fenster auf, um einen Moment zu lüften.

Kurz vor halb fünf rief Monika Landris an. Sie sagte ihm, dass es ein interessantes Gespräch mit Frau Warnke gegeben habe, das den Ermittlungen wieder einen neuen Dreh in eine weitere Richtung geben würde. Lasse Larsson erzählte ihr von seinem Pech mit der eingefrorenen Heizung. „Wenn ich das so richtig sehe, Lasse, solltest du nach Loddin kommen. Wir könnten dann einen ruhigen Abend verleben und einen guten Wein trinken."

Einen Augenblick schwankte er. Eigentlich brauchte er ein paar Stunden, um sich über seine weiteren Schritte im Leben mit Monika Landris klar zu werden. Auf der anderen Seite drängte es ihn zu hören, was Monika von der alten Frau so Interessantes gehört hatte.

Als er gegen sechs in Loddin eintraf, hatte er eine folgenschwere Entscheidung getroffen. Er würde das geerbte Haus verkaufen und sich dafür ein Appartement zulegen. Den Ausschlag dafür gab, dass allein die Arbeit auf einem so großen Grundstück einen erheblichen Teil seines Einkommens verschlingen würde. Er selbst war auch nicht der geborene Gärtner, und die Zeit, die ihm sein Beruf für ein derartiges Hobby übrig ließ, reichte nicht aus, um die Liegenschaft angemessen zu pflegen. Vorausgesetzt, Monika Landris und er blieben zusammen, könnten sie in einem solchen Appartement wohnen.

Monika Landris hatte bereits den Tisch gedeckt. „Ich denke, du wirst hungrig sein. Nach allem, was du mir erzählt hast, war das ein Tag, den man getrost aus seinem Leben streichen kann."

Während des Essens berichtete sie ihm, was sie in der Klinik in Anklam erfahren hatte. Der Neffe der Warnke, Emilio Brandes, Sohn ihres jüngeren Bruders, war schon seit einiger Zeit für die NPD tätig. Er als Verantwortlicher für die Organisation seiner Partei war dafür zuständig, mit Dorf- und Kinderfesten potentielle Wählerinnen und Wähler anzulocken – natürlich nur für Deutsche. In Deutschland leben schließlich nicht nur Deutsche. Und das ist der rassisch-ideologisch ausgerichteten westdeutschen Nachfolgepartei der NSDAP ein Dorn im Auge. Emilio Brandes sorgte dafür, dass der Geist Hitlers in seiner Region wieder auflebte.

„Doch Wölfe in Schafspelzen erkennen die wenigsten in einer strukturschwachen Region. Genau das ist ein guter Spielplatz für Nazis", sagte Monika Landris.

„In unserem Land neigt man dazu, auf beiden Augen blind zu sein, den Nationalsozialismus für ausgestorben zu halten. Das, was diese Ideologie zwischen 1933 und 1945 aktiv anrichtete, wurde durch die breite Zustimmung und Duldung in Deutschland zugelassen. Die NSDAP hatte in den 20er Jahren in Bayern auch klein angefangen."

„Und dann gab es noch etwas. Der Herrenmensch Emilio Brandes wollte ein Schäferstündchen mit Minh Hu. Aber Mimi dachte gar nicht daran, sich mit diesem aufgeblasenen Möchtegern-Nazi einzulassen. Als er sie gewaltsam nehmen wollte, brach sie ihm die Nase."

Larsson lachte auf. „Das geschieht ihm recht!"

„Hoffentlich muss sie es jetzt nicht büßen."

„Ja, nun ist die Frau verschwunden. Hoffen wir, dass sie keinem Gewaltverbrechen zum Opfer gefallen ist. Emilio Brandes jedenfalls hat ein Motiv."

„Rache war schon immer ein schlechter Ratgeber."

„Wir werden uns den Knaben morgen vorknöpfen. Hast du dir seine Adresse geben lassen?"

Sie nannte eine Adresse in Ückeritz.

Gegen acht rief Monikas Mutter an und erkundigte sich, warum sie am Tag niemand erreicht hatte. An diesem Abend vermied es Monika Landris, Lasse Larsson noch einmal auf ihre gemeinsame Zukunft anzusprechen.

18. Kapitel

Auch an diesem Montag, dem 6. Januar, fuhren sie getrennt zum Dienst und kamen getrennt an.

Als Lasse Larsson auf den Hof fuhr, war Simons schon da. Es war kurz nach sechs. Außer den beiden Autos der Einsatzdienste und der Privatwagen der Beamten in der Wache war noch niemand da.

Als Larsson ins Büro der Kommissare kam, fuhr Simons hoch. „Ich habe alle Protokolle ausgewertet, die wir über die Mordnacht zur Tatzeit haben. Keiner außer der alten Frau hat einen Schrei gehört. Nun kann man doch nicht sagen, alle steckten mit den Mördern unter einer Decke."

„Nein. Aber vielleicht haben alle anderen Personen fest geschlafen. Und bei vielen der alten Menschen ist das Gehör auch nicht mehr so gut."

„Vor allem kommen sie aus allen Teilen unseres Landes. So ist es unwahrscheinlich, dass sie sich abgesprochen haben."

„Und die Frau?"

Simons zuckte mit der Schulter. „Du hast sie selbst gesehen. Macht sie einen durchgeknallten Eindruck?"

„Nein, eher nicht. Wenn ihr alle zusammen seid, kommt zu mir. Wir haben eine Menge Arbeit, die verteilt werden muss."

Larsson ging am Kaffeeautomaten vorbei und zog sich einen Becher. Im Büro angekommen, fuhr er erst einmal seinen Computer hoch und loggte sich ein. Zwischen zwei Schlucken rief er seine Wingdings auf. Er fügte Emilio Brandes, die Vietnamesin Minh Hu und den mit ihr abgebildeten Li Kai Song dazu und setzte hinter alle drei Namen ein Fragezeichen. Auch Peter Petersen bekam ein dickes Fragezeichen. Genau besehen, dachte Larsson, haben wir nicht nur drei oder sogar vier mögliche Täter. Es könnte bis zu sechs Möglichkeiten geben, denen allen nachgegangen werden musste. Denn nach dem Verhör Peter Petersens rückte neben dem Chinesen Lin Dong Hui und dessen Begleiterin auch die Vietnamesin Min Hu und deren Begleiter Li Kai Song in den Mittelpunkt des Interesses. Normalerweise war Larsson schon froh, wenn er einen möglichen Mörder dingfest machen konnte. Aber sechs Lebensläufe mit allen Querverbindungen durchzuchecken, bedeutete eine Menge Arbeit, und das mit der bescheidenen Personaldecke. Nicht selten verging eine lange Zeit, bis alle Kleinigkeiten geprüft worden waren. Manchmal Jahre. Und in dieser Zeit gelang es den Verdächtigen mühelos, Spuren zu verwischen oder abzutauchen.

Er wurde aus seinen Überlegungen gerissen, als es klopfte. Inge Mohaupt stand in der Tür.

„Ich hoffe, du hast ein wenig Arbeit für mich, Lasse. In Anklam war es mir zu langweilig."

Larsson setzte den Drucker in Bewegung und ließ seine Wingdings ausfahren. „Du weißt gar nicht, wie froh ich bin, dass du da bist. Jetzt kämpfen ganze fünf Polizisten gegen sechs Tatverdächtige. Was ist das für eine unzureichende Ausstattung."

Aus Larssons kleinem Radio, das er im Hintergrund laufen hatte, kam das Zwischenspiel aus Verdis *La Traviata*. Was für eine Musik! Inge Mohaupt kannte diese Angewohnheit Larssons. Immer, wenn ihn allzu differente Betrachtungsweisen bewegten, griff er zur Musik. Und nicht einmal seine Kollegen hatten die Möglichkeit, bei ihm etwas anderes als Klassik zu hören.

Larsson schaute zur Uhr: zehn nach acht. Kurze Zeit später kamen Andresen und Simons. „Und wo ist unsere neue Kollegin?"

Andresen grinste. „Sie macht noch den Kaffee. Du hast sie schon gut abgerichtet."

„Glaubst du wirklich, Rolf, dass Monika eine Frau ist, die sich von irgendjemand zum Kaffeekochen abrichten lässt? Wie ihr seht, haben wir endlich die versprochene Verstärkung aus Anklam bekommen.“

Monika Landris kam mit der Thermoskanne Kaffee und einer zusätzlichen Tasse für Inge Mohaupt.

„Willkommen im Club, Inge“, sagte Andresen.

„Übers Wochenende hat sich eine Menge getan“, fing Larsson sein Gespräch an. Er schaute auf sein Blatt mit den Wingdings. „Nachdem am Freitag die Festnahme Mohammed Arasücüs gelungen ist, müssen wir uns nun verstärkt der Aufklärung des Mordes an Ferdinand Huebner zuwenden. Am Sonnabend habe ich mit einem Fachmann für asiatisches, organisiertes Verbrechen gesprochen.“ Er verschwieg, dass er in Berlin war. „Es besteht demnach die Möglichkeit, dass asiatische Verbrecherbanden von Fall zu Fall durchaus zusammenarbeiten. Wie ihr wisst, fahnden wir bereits nach der verschwundenen Vietnamesin, die in der Wäschekammer der Kurklinik gearbeitet hat, und nach dem Mann, der sie auf einem Foto umarmt. Monika war gestern im Krankenhaus von Anklam, um eine Frau nach Minh Hu und dem verdächtigen Li Kai Song zu befragen. Sie hat einiges erfahren.“ Larsson schaute zu Monika Landris und nickte ihr zu.

„Die Frau ist die Vermieterin, bei der Minh Hu schon zu DDR-Zeiten gewohnt hat. Kurz vor dem Verschwinden der Vietnamesin hatte deren Neffe den Versuch gemacht, die Frau mit Nachdruck zu einem Schäferstündchen zu bewegen. Die Betonung liegt hier auf Nachdruck. Minh Hu brach ihm mit einem Karateschlag die Nase.“

Larsson unterbrach die Heiterkeit, die nun ausbrach. „Hallo! Ich denke nicht, dass uns das amüsieren sollte.“

Als sich die Teilnehmer der Runde wieder beruhigt hatten, fuhr Monika Landris fort: „Der Neffe der Frau heißt Emilio Brandes und ist für die NPD tätig.“

„Was ich sagen wollte", mischte sich Larsson ein, „ist, dass das Verschwinden der Vietnamesin durchaus mit dieser Tat in Zusammenhang stehen könnte. Wir müssen also zuerst klären, ob dieser Zusammenhang besteht. Die Frage ist berechtigt, liegt hier ein Racheakt eines zurückgewiesenen Mannes vor? Die zweite Frage ist, wieso war Minh Hu, eine relativ zierliche Frau, in der Lage, mittels eines Karateschlages einen Mann außer Gefecht zu setzen?"

„Du glaubst, dass der Neonazi der Frau etwas angetan haben könnte", sagte Andresen. „Hast du schon einmal daran gedacht, dass sie ein Art Schläfer – wie der Geheimdienst es benennt – sein könnte?"

„Ich glaube nicht, dass die Frau tatsächlich damit in Verbindung gebracht werden kann", sagte Inge Mohaupt.

„Warum nicht?"

„Weil die Frau, als sie nach Deutschland kam, ganze achtzehn Jahre alt war."

„Das ist durchaus kein Argument. Schläfer werden langfristig geplant und eingesetzt. Ich finde Rolfs Überlegung zwar reichlich gewagt, aber durchaus überdenkenswert."

„Was ist nun mit dem Schrei der alten Dame?" fragte Simons.

„Sie wird schon abgereist sein", sagte Larsson.

„Nein. Ich habe in der Kurklinik angerufen. Sie ist jetzt in der letzten Woche hier."

„Fein. Dann geht Monika zur Kurklinik und befragt die Frau noch einmal zu dem ominösen Schrei. Schau sie dir genau an und überdenke, was sie für einen Eindruck auf dich macht. Du hast die Adresse von diesem Brandes in Ückeritz?"

„Ja. Irgendwo im Ackerweg. Ich muss drüben nachsehen."

„Gib sie Rolf. Er fährt mit Karl nach Ückeritz und holt mir diesen Emilio Brandes."

„Und was mache ich?" fragte Inge Mohaupt.

„Gute Frage. Ich denke, um mitreden zu können, steht erst einmal ein Einlesen in den Fall an. Es ist äußerst wichtig, über alle Entwicklungen unterrichtet zu sein. Morgen gibst du mir dann deine Einschätzung des Falles, und solltest du Erkenntnisse herausfiltern, die uns verborgen geblieben sind, werden wir sie gern in unsere allgemeinen Ermittlungen einbeziehen."

Die Kommissare brachen auf.

Larsson ermahnte Andresen und Simons noch einmal zur Vorsicht und ordnete an, dass sie sich von einem Streifenwagen begleiten lassen sollten. Man konnte nie wissen, wie gewalttätig ein solcher Mann war. Er fragte sich, wohin die laxe Haltung der Regierung in dieser Frage noch führen würde. Bevor er sich die Antwort geben konnte, klingelte das Telefon. Der schwäbische Dialekt kam ihm bekannt vor. Es war Carsten Sauter, sein Kollege aus Konstanz.

„Ich habe die erste Vernehmung von Arne Hoffmann durchgeführt. Wir sind zwar noch dabei, aber vielleicht interessiert es Sie ja, Hoffmann war zur Tatzeit in Heringsdorf. Er hat im Kurhotel gewohnt."

„Also doch. Gibt es Ausführungen zur Tat?"

„Er sagt, er sei es nicht gewesen."

„Na, ja. Kann er das beweisen?"

„Wir sagten ihm, er könne einen Anwalt einschalten, nachdem Frau Huebner hier angerufen und sich erkundigt hat, ob Hoffmann schon einen Rechtsverdreher bestellt habe."

„Macht er davon Gebrauch?"

„Er hat den Anwalt Host Reger aus Singen am Hohentwiel benannt."

„Ein Konstanzer nimmt sich einen Anwalt aus Singen am Hohentwiel? Das ist doch vierzig Kilometer entfernt."

„Acht weniger."

„Habt ihr keine Anwälte in Konstanz?"

„Den Anwalt hat Frau Huebner beauftragt. Hoffmann hat zuvor gar nichts davon gewusst. Aber er hat dem zugestimmt."

„Deshalb habt ihr eine Unterbrechung des Verhörs."

„Ja."

„Ich danke Ihnen sehr für die Nachricht, Herr Sauter. Halten Sie mich bitte auf dem Laufenden."

Als das Telefonat beendet war, ging er für einen Moment an die frische Luft. Das würde seine wild durcheinandergehenden Gedankengänge ordnen helfen. Er sagte in der Zentrale Bescheid, dass seine Kollegin Inge Mohaupt, die nun im Zimmer der Kommissare saß, Anrufe für ihn annehmen würde, und dass er selbst für eine halbe Stunde außer Haus sei.

Wie immer führte ihn sein Weg zur Seebrücke. Obwohl es im Augenblick nicht so kalt war wie an den Tagen zuvor, kroch doch die feuchtkalte Luft empfindlich durch seine Kleidung. Er kaufte sich bei Frank Mellenthin eine Zeitung und ging zum Geschäft der Stadtbäckerei Junge. Die Auswahl war jetzt im Winter nicht so groß wie zur Sommerzeit. Er suchte sich ein Teil mit einer Kirschfüllung aus und nahm einen kleinen Kaffee schwarz.

Auf einer Serviette zeichnete er Kreise, die er mit den Anfangsbuchstaben der jeweiligen Person komplettierte. Dann versuchte er den Buchstaben Zahlen hinzuzufügen, die ihm Aufschluss über die Zuordnung einer ihm möglich erscheinenden Täterschaft geben sollte. Hinter das H für Hoffmann setzte er die Eins. Die Zwei hinter das P für Petersen. Sein Blick fiel auf die Kolonne der asiatischen Namen. Er fragte sich, ob die nicht noch vor den beiden Deutschen rangierten, konnte sich aber in diesem Augenblick nicht festlegen. Larsson trank seinen Kaffee aus, steckte das letzte Stückchen des Kirschteilchens in den Mund und die Serviette in seine Tasche.

Dann ging er hinaus auf die Brücke. Draußen vor dem Nauticus stand der Elektrokarren und erinnerte ihn an die letzte erfolgreiche Ermittlung in Sachen des Mordes an dem MfS-Major Frenzel. Was für ein Abgrund hatte sich da aufgetan. Was Menschen doch Menschen antun konnten. Und jetzt, bei dem neuen Fall, sah es nicht besser aus. Nur noch komplizierter. Es waren noch mehr Verdächtige, und bei allen bestand die Möglichkeit, der Täter zu sein.

Das Wetter änderte sich. Er merkte es, weil die Kälte wieder anzog. Dafür war es klarer als zuvor und der Horizont wieder sichtbar. Eine der weißen Großfähren, die die Verbindung von Swinemünde nach Ystad herstellten, kämpfte sich dort draußen durch das raue Wasser.

Sein Handy klingelte. Es war Andresen, der ihm mitteilte, dass sie nun mit Emilio Brandes in der Kriminalaußenstelle seien. Larsson machte sich auf den Rückweg. Inge Mohaupt erwartete ihn schon mit der Nachricht, dass das rechtsmedizinische Institut schon zweimal für ihn angerufen habe.

Larsson rief Dr. Beckert an.

„Wir haben die DNA von den Hautpartikeln analysiert, die Huebner unter seinen Fingernägeln hatte. Es ist keine DNA eines Europäers, vielmehr die eines Asiaten."

„Eine asiatische DNA?"

„Ja."

Larsson fiel ein, dass Sauter davon gesprochen hatte, Arne Hoffmann habe behauptet, er sei nicht der Mörder Huebners gewesen. Er würde ihn anrufen müssen, um den Druck von dem Mann zu nehmen, der wahrscheinlich zu Unrecht festgehalten wurde. „Danke für die schnelle Benachrichtigung. Das gibt dem Fall abermals eine neue Richtung."

„Und noch etwas: Es ist die DNA einer Frau."

Larsson rief sofort die Dienststelle Sauters an. Der Hauptkommissar befand sich noch immer im Verhör mit Hoffmann. Er bat darum, die Vernehmung zu unterbrechen. Wenig später meldete sich Carsten Sauter. „Sie werden es nicht glauben, aber Hoffmann leugnet beständig, und sein Anwalt pocht darauf, dass wir nichts in der Hand hätten, um Hoffmann festzuhalten."

„Wahrscheinlich sagt er sogar die Wahrheit." Larsson berichtete Sauter von dem gerade geführten Gespräch mit der Rechtsmedizinerin.

„Da werden wir ihn wohl laufen lassen müssen."

Larsson wollte gerade auflegen, als Sauter noch etwas einfiel. „Arne Hoffmann behauptet, er habe mit einem Fernglas das Zimmer beobachtet, in dem Huebner umgebracht wurde."

„Und?"

„Es gibt schon ein paar Einzelheiten."

„Fragen Sie ihn, ob er bereit wäre, auf unsere Kosten herzukommen, um die Tat zu rekonstruieren. Es würde uns sehr helfen. Und es wäre ja auch in seinem Interesse, wenn der wahre Mörder schnell gefasst würde."

„Ich werde Ihnen das Protokoll mailen. Das ist der schnellste Weg."

Larsson war einverstanden und unterbrach die Leitung. Andresen kam herein. „Emilio Brandes ist ziemlich nervös. Willst du ihn jetzt verhören?"

„Die Rechtsmedizin hat angerufen. Die DNA-Spuren unter den Fingernägeln Huebners weisen auf eine Asiatin hin. Ich habe das Sauter gerade mitgeteilt. Und der hat mir gesagt, Hoffmann hätte den Mord beobachtet."

„Das ist ja ein Ding."

„Wir hätten es eher wissen sollen. Aber so ist nun mal das Leben."

Sie gingen hinunter ins Parterre, wo Emilio Brandes unter der Aufsicht Simons und eines weiteren Beamten auf seine Befragung wartete.

„Befragung Emilio Brandes durch Kriminalhauptkommissar Lasse Larsson am 6. Januar 2003 – im Zusammenhang mit dem Verschwinden der vietnamesischen Staatsbürgerin Minh Hu."

„Was habe ich mit dieser schlitzäugigen Hure zu tun?"

„Nun zügeln Sie sich mal etwas, Herr Brandes", sagte Larsson ohne besondere Regung.

„Sie sind der Neffe von Frau Emmi Warnke?"

„Ja."

„Sie wissen, dass Ihre Tante im Krankenhaus in Anklam liegt?"

„Woher soll ich das wissen?"

„Immerhin ist sie Ihre Tante."

„Na und?"

„Wann haben Sie sie zum letzten Mal gesehen?"

Brandes hob die Schultern und machte ein fragendes Gesicht. „Irgendwann, vor zehn Tagen vielleicht."

„Was wollten Sie an diesem Tag bei Ihrer Tante?"

„Das geht Sie nichts an."

„Na ja, da müssen wir eben deutlicher werden. Ihre Tante hat eine Untermieterin, und die ist verschwunden."

Brandes lachte. „Nun soll ich wohl verantwortlich sein, wenn sich das Reiskorn in die Heimat abgesetzt hat."

„Wer sagt Ihnen, dass die Frau sich in ihre Heimat abgesetzt hat?"

„Das ist eine Vermutung."

„Die Stellen um Ihre Nase zeigen eine deutliche Verfärbung an. Sind Sie gegen eine Mauer gelaufen?"

Brandes lief rot an.

„Sie haben die Frau belästigt."

„Ich die Frau belästigt? Dass ich nicht lache. Niemals würde ich mich mit so einer einlassen. Das wäre ja Rassenschande!"

„Ich werde Ihnen auf die Sprünge helfen, Brandes", sagte Larsson angeekelt. „Sie waren heiß auf die Vietnamesin, haben gedacht, mit ihr ein leichtes Spiel zu haben. Aber die Frau hat Ihnen die kalte Schulter gezeigt."

„Sie ticken ja nicht richtig, Mann."

„Oh, da wäre ich nicht so sicher. In der Regel behauptet die Polizei nur, was sie beweisen kann."

„Spinnen Sie nur weiter."

„Sie versuchten die Frau gewaltsam zu dem gewünschten Schäferstündchen zu bringen. Sie wussten nicht, dass Minh Hu eine ausgebildete Karatekämpferin ist. Sie brach Ihnen die Nase. Ja, und das machte Sie böse."

„Träumen Sie ruhig weiter. Ein deutscher Mann lässt sich nicht von einem Reiskorn verprügeln."

„Es gibt Zeugen dafür. Ihre Tante hat sich anderen Menschen anvertraut."

„Die Alte ist verrückt."

„Und diese Verrückte, wie Sie sie nennen, hat eine von Ihnen geschriebene Botschaft aufgehoben, in dem Sie androhen, das Haus auszuräuchern, sollte die Vietnamesin nicht machen, dass es dorthin geht, wo sie hergekommen ist."

„Einen solchen Zettel habe ich niemals geschrieben. Oder haben Sie meine Handschrift erkannt?" Brandes grinste aufreizend.

„Ihre Handschrift nicht. Aber auf dem maschinegeschriebnen Zettel gab es Ihre Fingerabdrücke", bluffte Larsson.

Emilio Brandes dachte einen Moment nach. Wenn stimmte, was der Kriminalhauptkommissar behauptete, war er in der Klemme. Er war sich sicher, den Zettel, den er mit dem Computer geschrieben hatte, angefasst zu haben. Er könnte das ruhig zugeben. Warum auch nicht. Schließlich hatte er nichts mit dem Verschwinden der Frau zu tun. Aber diese Nachricht würde die Polizei leicht auf der Festplatte seines Computers finden.

„Also gut, Kommissar, meine Partei ist gegen die Übervölkerung mit nichtarischen Elementen. Wir haben der Frau nahegelegt, in ihre Heimat zurückzukehren."

„Und Ihre Nase stammt nicht von einer Belästigung der vietnamesischen Frau?"

„Ein Missverständnis. Nicht mehr."

„Sexuelle Belästigung ist kein Kavaliersdelikt, Herr Brandes."

„Die müssten Sie erst einmal nachweisen."

„Ihre Tante hat ausgesagt, dass diese sexuelle Belästigung stattgefunden hat."

„Was ist die Aussage einer alten, senilen Frau schon wert?"

„Beten Sie zu Gott, dass wir Minh Hu finden. Sollte ihr etwas zugestoßen sein, das Sie zu verantworten haben, werde ich Sie ans Kreuz nageln." Larsson stand auf. „Macht ein Protokoll und lasst ihn zurückfahren!"

Vor dem Büro der Kommissare traf Larsson auf Monika Landris.

„Nun, hat es etwas gebracht?"

Sie gingen hinein. Inge Mohaupt schaute von der Akte hoch, die sie gerade studierte.

„Zuerst machte die Frau einen durchaus glaubhaften Eindruck. Sie behauptete steif und fest, der Mann habe beim Fenstersturz jenen heulenden Ton von sich gegeben. Sie würde schlecht schlafen, manchmal überhaupt nicht. Manchmal habe sie aber auch schlimme Träume. Daraufhin habe ich das Personal noch einmal befragt."

„Und?"

„Die Frau hatte, so die Oberschwester, weil sie sich über die Schlaflosigkeit beschwerte, am Abend ein Schlafmittel bekommen. Also fragte ich den Oberarzt. Der meinte, es sei zwar ein leichtes Schlafmittel gewesen, aber er war überzeugt davon, dass es gewirkt haben musste."

„Die Aussage können wir also streichen."

„Ja."

Larsson ging zu seinem Büro. Huebner, davon war er nun überzeugt, war zumindest betäubt gewesen, als er seinen Todesflug antrat. Die Puzzleteile passten immer besser zueinander. Die Mail Sauters war eingegangen. Es war die komplette Ausfertigung des Protokolls. Er überflog es. Hoffmann berichtete, wie er beobachtete, dass Peter Petersen mit einem kleineren Mann aus dem Casino herauskam und er sich, wie ein Betrunkener ins Dunkel flüchtend, davonmachte.

Sauter: „Sie entkamen also ins Dunkle. Wohin genau?"

Hoffmann: „Gegenüber vom Klinikeingang ist das Gebäude einer Bibliothek. Ich suchte Schutz dahinter."

Sauter: „Was passierte dann?"

Hoffmann: „Ich konnte sehen, wie die beiden Männer an der Klinik vorbeigingen und zum Seiteneingang hin verschwanden."

Sauter: „Zum Seiteneingang? Beschreiben Sie genau, links oder rechts von Ihrem Standort.“

Hoffmann: „Von diesem Platz rechts neben dem Eingang. Links steht das Kurhotel, in dem ich ein Zimmer gemietet hatte.“

Sauter: „Gut, die beiden Männer waren nun auf dem Weg zum Seiteneingang verschwunden. Was machten Sie dann?“

Hoffmann: „Ich ging links um das Haus der Bibliothek herum, überquerte die Straße vor dem Hotel und machte, dass ich auf mein Zimmer kam.“

Sauter: „Kann Sie jemand beobachtet haben?“

Hoffmann: „Bestimmt nicht. Ich war sehr vorsichtig und habe niemanden gesehen.“

Sauter: „Sie kamen im Zimmer an. Im wievielten Stockwerk lag es?“

Hoffmann: „Im siebten. Exakt auf gleicher Höhe mit dem Zimmer Huebners. Schräg gegenüber.“

Sauter: „Wieso hatten Sie ein Zimmer auf gleicher Höhe wie Huebner?“

Hoffmann: „Weil ich beobachten wollte, was Huebner macht, wenn er von zu Hause weg ist.“

Sauter: „Woher wussten Sie, in welchem Stockwerk Huebner wohnte?“

Hoffmann: „Von seiner Frau. Die hatte mit ihm telefoniert und erfahren, dass er im siebten Stockwerk wohnte.“

Sauter: „Na gut. Nun waren Sie in Ihrem Zimmer. Ich nehme an, Sie beobachteten das Zimmer Huebners.“

Hoffmann: „Ja.“

Sauter: „Womit? Ich meine, man braucht schon mehr als gute Augen, wenn man über eine solche Distanz ... Wie weit, glauben Sie, stehen die beiden Hochhäuser auseinander?“

Hoffmann: „Ich denke, so dreißig bis vierzig Meter.“

Sauter: „Da ist ja mit dem bloßen Auge kaum etwas zu erkennen.“

Hoffmann: „Ich besitze ein starkes Glas mit Nachtsichtqualität, das ich mir gekauft habe, als ich mein Schifferpatent machte. Das liegt nun schon einige Jahre zurück. Aber das Glas benutze ich noch immer gern.“

Sauter: „Und damit konnten Sie Genaues erkennen?“

Hoffmann: „Als ich ankam, hatte ich ein wenig an der Einstellung des Glases justiert, und so konnte ich erkennen, in was für ein Blatt Huebner so interessiert schaute. Er las die Financial Times.“

Sauter: „So ein Glas ist für ein solches Unterfangen unentbehrlich.“

Hoffmann: „Ich wollte gerade das Glas absetzen, als eine junge Frau das Zimmer betrat und mit Huebner redete. Ich verfluchte, dass ich nicht hören konnte, was sich die beiden zu sagen hatten. Aber ich sah, wie sie mit einer Vase im Bad verschwand. Deutlich konnte ich sie erkennen, denn sie hatte Licht gemacht. Sie kam zurück, stellte die Vase auf den Tisch und drapierte geschickt einen Strauß roter Blumen. Ganz deutlich sah ich die roten Knospen an den grünen Stängeln. Und ich dachte: Was für eine Pracht. Und das mitten im Winter.“

Da waren sie wieder, die roten Blumen. Larsson fragte sich, ob Huebner von dieser Sitte der Triaden wusste. Und wenn ja, warum er sich nicht besser geschützt hatte. Und er fragte sich auch, ob Hoffmann die Gesichter deutlich erkannt haben konnte. Wenn ja, würde es möglicherweise viel bringen, dem Mann die Fotos vorzulegen.

Er hatte sich die Telefonnummer Arne Hoffmanns von Frau Huebner geben lassen, um sich bei ihm anzumelden. Jetzt suchte er sie, konnte sie aber nirgendwo finden. Er schalt sich, so leichtsinnig mit seinen Unterlagen umgegangen zu sein. Eine so wichtige Verbindung ließ man nicht eher abreißen, als bis der Fall zu Ende gebracht war.

Larsson rief Sauter an. „Ich möchte mich bei Ihnen für die schnelle Übersendung des Vernehmungsprotokolls bedanken.

Es war klar, dass Sie unter diesen Umständen Hoffmann nicht mehr festhalten konnten."

„Ich habe Hoffmann gefragt, ob er Ihnen bei der Identifizierung der von ihm gesehenen Personen behilflich sein will." Sauter wartete, ob Larsson etwas dazu sagte, aber der wartete ebenfalls.

„Sein Anwalt hat ihm empfohlen, Ihnen zu helfen. Er ist einverstanden, fragt sich aber, ob er dazu unbedingt nach Heringsdorf kommen muss."

„Normalerweise beobachte ich die Leute immer gern, wenn ich sie mit Fotos konfrontiere. An ihren Regungen kann man manches ablesen. In diesem Fall können wir ihm erst einmal die Bilder rüberschicken. Ich wollte Sie um seine Telefonnummer bitten."

Sauter nannte ihm die Nummer. Larsson war froh, lästigen Fragen ausgewichen zu sein. Als er den Hörer aufgelegt hatte, schaltete er sein kleines Radio wieder an. Der NDR brachte gerade eine Übertragung von Beethovens *Sinfonie Nr. 5 in S-Dur*. Es war Larssons Lieblingskonzert. Obwohl er sich nicht für abergläubisch hielt, wähnte er diesen Zufall als eine Art der Aufmunterung. Als würde er die Töne, die der italienische Pianist Arturo Benedetti Michelangeli hervorzauberte, inhalieren, saß er ganz still, bis die letzten Töne verklungen waren. Dann rief er Arne Hoffmann an.

„Sie hatten einen Haufen Scherereien", sagte Larsson. „Na ja, das ist ja jetzt vorbei."

„Das kann man wohl sagen."

„Sie waren selbst nicht unschuldig daran. Hätten Sie von Anfang an gesagt, dass Sie zur Tatzeit in Heringsdorf waren, wären wir anders an die Ermittlungen herangegangen."

„Das denke ich mir. Sie hätten mich wahrscheinlich sofort verhaftet!"

Larsson musste ihm Recht geben. „Ja, wahrscheinlich hätten wir das tun müssen. Sie haben bei Ihrer Exkursion einige Szenen beobachten können. Glauben Sie, dass Sie die Menschen wieder erkennen, wenn Sie sie sehen?“

„Ich denke schon.“

„Kriminalhauptkommissar Sauter sagte, Sie würden nicht allzu gern nach Heringsdorf kommen.“

„Mein Arbeitgeber wird misstrauisch, wenn ich dauernd unentschuldigt fehle. Er könnte annehmen, ich sei an dem Job nicht interessiert und mich entlassen. Ich habe nichts anderes gelernt als Schiffsführer mit einem Patent für den Bodensee.“

„Ich verstehe. Haben Sie eine Mail-Adresse? Ich könnte Ihnen die Bilder der fraglichen Personen mailen.“

„Wer hat das heute nicht?“

Hoffmann nannte seine Adresse und unterbrach dann die Verbindung.

Nachdenklich ging Larsson hinüber ins Büro der Kommissare und bat Simons, Hoffmann alle Fotos zu übermitteln, die von den in den Fall involvierten Personen vorlagen.

19. Kapitel

Als mitten in der Nacht das Handy klingelte, wurden sie gleichzeitig wach. Larsson meldete sich, und die Zentrale in Anklam berichtete ihm, dass ein Fischer aus Lütow eine männliche Leiche in seinem Netz gefunden habe. Kriminaloberrat Kruse selbst habe angeordnet, dass Larsson hinfahren sollte. Er ließ sich den Namen des Mannes geben.

„Wo liegt Lütow?“

„Auf der Halbinsel Gnitz.“ Monika Landris klang verschlafen.

„Und wo bitte ist die Halbinsel Gnitz?“

„Unterhalb von Zinnowitz am nördlichen Teil des Achterwassers.“

„Das ist ja gar nicht weit. Wir haben eine männliche Leiche. Ein Fischer hat sie in seinem Netz gefunden.“

Monika Landris wollte aufstehen, aber Larsson sagte: „Ich fahre allein. Simons oder Andresen werden kommen, oder beide. Ich möchte nicht, dass wir zusammen dort aufkreuzen.“

Monika Landris stand trotzdem auf. „Du fährst nicht, ohne einen Kaffee getrunken zu haben.“

Larsson rief Simons an und bestellte ihn zur Fundstelle der Leiche. Der Junge hatte nicht einmal über die nächtliche Störung geflucht. Fast machte es den Anschein, als wäre er froh darüber, irgendeiner Sache entrinnen zu können. Sollte er die Verlobung mit seinem Mädel schon bereuen? Er verwarf den Gedanken und zog sich an.

Aus der Küche erreichte ihn der herrliche Duft des frischen Kaffees. Sie ist ein Schatz, dachte er. Mit einer solchen Frau sollte man es sich nicht verscherzen. Er klappte die beiden Toastscheiben, die Monika Landris mit Butter bestrichen und mit Wurst belegt hatte, zusammen und nahm vorsichtig einen ersten Schluck des heißen Kaffees.

„Kannst du dir vorstellen, dass bei diesem Wetter und um diese Uhrzeit ein Fischer aufs Achterwasser hinausfährt, um irgendwelche Netze zu leeren?“

„Um ehrlich zu sein, nein.“

Larsson schaute zur Uhr. Drei Uhr und vierzig Minuten. Er schüttelte den Kopf. „Ich auch nicht. Als wenn die Fische, die im Netz sind, nicht auch bis zum Vormittag hätten warten können.“

„Wahrscheinlich hat er Anfragen von einem Hotel oder Restaurant. Früher war alles egal. Da sagten sich die Fischer: Privat geht vor Katastrophe. Die Leute standen an, um kutterfrischen Fisch zu bekommen. Aber heute, wo es alles gibt, geht es um die nackte Existenz. Da steht man eben auch im Winter auf, um rechtzeitig liefern zu können.“

Andresen rief an. Simons hatte ihn benachrichtigt. Er fragte, ob es nötig sei, dass auch er jetzt nach Lütow kommen müsste. Larsson verneinte, wünschte ihm eine gute Restnacht und legte auf.

„Ich könnte mit dir fahren, Lasse“, sagte Monika Landris.

„Und morgen wüsste das ganze Haus, dass wir etwas miteinander haben.“

„Und?“

„Und du könntest dir deinen Traum von der Tätigkeit bei der Kripo abschminken. Kruse würde es niemals dulden, dass ein Paar in einer Abteilung zusammenarbeitet. Und wenn du in meiner Abteilung nicht gefördert wirst, Anklam wird es sicher nicht tun. Dann bleibt dein Wusch, Dienst bei der Kriminalpolizei zu verrichten, ein Traum.“

Zwanzig Minuten später bog er von der B111 in die Straße nach Neuendorf ein, fuhr durch den Ortsteil Neuendorf und den Neuendorfer Weg bis hinunter zum Achterwasser. Im Licht seiner Scheinwerfer tauchte der Kutter auf. Als hätte man nur auf ihn gewartet, erkannte er eine Person, die vor dem Schiff stand und ihm zuwinkte.

„Ich bin der Fischer Bender", sagte der Mann. „Ich habe Sie gerufen."

„Wo ist der Tote?"

„Draußen bei meinen Reusen. Ich habe ihn nicht herausgezogen, um mögliche Spuren nicht zu verwischen."

„Das ist lobenswert."

„Man sieht das ja immer im Fernsehen. Wollen wir fahren?"

„Wir müssen noch auf einen Kollegen von mir warten."

Als wäre es abgesprochen, hörten sie in diesem Augenblick einen Motor, und nur Sekunden später tauchten die Lichter von Simons' Wagen auf.

„Nun sind wir wohl endlich vollzählig", sagte der Fischer ungeduldig.

„Hast du die Kamera mit?"

Simons ging noch einmal zu seinem Wagen, um die kleine Digitalkamera zu holen. Dann tuckerte der Kutter in die dunkle Nacht hinaus.

Sie waren nur acht Minuten unterwegs gewesen, als sie bei den Reusen ankamen. Larsson hatte es genau registriert. Der Körper des Toten wurde vom Strahler des Kutters erfasst. Er musste sich mit einem Fuß in der Reuse verfangen haben.

„Lange kann er noch nicht hier liegen", sagte Bender. „Gestern habe ich die Reusen erst ausgebracht."

„Wann gestern?"

Simons machte schon die ersten Aufnahmen.

„Gegen zwei am Nachmittag."

„Geht die Strömung hier vorbei?"

„Ja, aber sie ist nicht besonders stark."

„Wie tief ist es hier?"

„Etwa zwei Meter, vielleicht etwas mehr."

„Ziehen wir den Mann heraus oder rufen wir die Spurensicherung?" fragte Simons.

„Heben Sie mal das Ende der Reuse an“, sagte Larsson zu dem Fischer. „Karl, siehst du das Gesicht? Ist es aufgedunsen?“

„Nein.“

„Haben Sie den Mann zuvor schon einmal bewegt?“ fragte Larsson.

„Ich hatte ihn ein Stück hochgezogen. Als ich aber sah, dass es ein Mensch war, habe ich ihn zurück ins Wasser gelassen. Sie wissen ja, die Spuren.“

Larsson schaute auf das Wasser. Nicht umsonst hieß es ja: Wasser hat keine Balken. Und hier war außer der Wasseroberfläche und einigen Schollen Treibeis, die sich langsam zum Peenestrom bewegten, nichts zu sehen.

„Was hatten wir in den letzten Stunden für Wind?“

„Nord-Nord-Ost.“

„Wenn hier etwas auf dem Eis gelegen haben sollte, ist es bereits abgetrieben.“

„Joo.“

„Fahren Sie immer allein in die Nacht hinaus?“

„Eigentlich zu zweit. Aber Jens hat einen Infekt.“

Gemeinsam zogen sie den Mann aus dem Wasser und legten ihn vorsichtig auf die Planken vor dem Ruderhaus. Am Hals des Toten klaffte eine breite, tiefe Wunde.

„Man hat ihm die Halsschlagader durchtrennt“, sagte Larsson.

„Das ist auch der Grund, warum der Körper nicht aufgedunsen ist. Er war schon tot, als er ins Wasser kam“, stellte Simons fest. „Und er hatte zu wenig Auftrieb, weil sich die Faulgase im Körper bei der Kälte nur relativ langsam entwickeln.“

Der Fischer drehte den Schweinwerfer so zu dem toten Körper hin, dass er gut zu erkennen war und Simons seine Aufnahmen machen konnte

„Schau, wen wir da haben“, sagte Larsson. „Es ist dieser Li.“

„Li Kai Song“, ergänzte Simons.

„Hoffentlich finden wir Minh Hu nicht auch noch auf diese Weise.“

Der Fischer holte seelenruhig die Fische aus der Reuse. Zwei Aale, einen großen und zwei kleinere Zander, einen Barsch, einen kapitalen Hecht und diverse kleinere Fische. Dann fuhren sie zurück nach Lütow.

Während der Fahrt belehrte Larsson den Fischer, dass aus ermittlungstechnischen Gründen vorerst nichts an die Presse gehen dürfe. Schweigen über den brisanten Fund sei also angesagt. Simons rief den Bestatter an und bestellte einen Wagen, der den Toten zum Rechtsmedizinischen Institut nach Greifswald bringen sollte.

Früh um sechs kamen die beiden Kommissare in der Kriminalaußenstelle in Heringsdorf an und stellten ihre Wagen ab. Es war Dienstag, der 7. Januar.

Draußen auf dem Achterwasser war es kalt gewesen. Larsson zog am Automaten zwei Becher Kaffee und nahm Simons mit in sein Zimmer. Dort nahm er einen Flachmann mit Brandy, den er in einer stets abgeschlossenen Schublade seines Schreibtisches für unvorhergesehene Fälle bereithielt, und goss jedem einen tüchtigen Schluck davon in den Kaffee.

„Es hat sich eine Menge ereignet“, sagte er. „Wir werden damit zu tun haben, alle neuen Ereignisse zu analysieren. Dingen, denen wir bisher nicht so viel Aufmerksamkeit geschenkt haben, müssen wir mehr Interesse widmen. Verbindungen müssen abgeklärt werden. Hoffmann scheidet mit großer Wahrscheinlichkeit als Täter aus.“

Simons ging zu seinem Arbeitsplatz im Büro der Kommissare. Larsson rief seine Wingdings auf. Hinter dem Namen Li Kai Song setzte er ein dickes Kreuz.

Nach einer Weile rief Simons ihn an. „Heinrich Rüffer habe ich gecheckt. Er ist nicht besonders auffällig. Es gibt nur eine Notiz, dass er als Sympathisant der NPD einzuschätzen sei.“

„So klang er auch, der Volksgenosse“, sagte Larsson angeekelt. „Wenn das nicht auffällig ist, weiß ich nichts. Setz ihn auf die Liste derer, die der Vietnamesin gedroht haben könnten. Er ist ebenso verdächtig wie der Neffe der Warnke.“

Nur Sekunden später rief Kriminaloberrat Kruse an. „Wissen Sie schon, wer der Tote ist, der in Lütow im Netz des Fischers war?“

„Reuse“, verbesserte Larsson. „Der Mann hing mit dem Fuß in einer Reuse des Fischers Paul Bender. Er heißt Li Kai Song und ist aller Wahrscheinlichkeit nach Vietnamese.“

Kruse überging die Belehrung. „War es Mord?“

„Man hat ihm die Halsschlagader durchgeschnitten.“

„Die Halsschlagader? Was gibt es nur für Bestien.“

„Wir haben ihn nach Greifswald bringen lassen. Die Rechtsmedizin wird die genaue Todesursache feststellen.“

„Halten Sie mich auf dem Laufenden. Was machen wir mit der Presse?“

„Wenn möglich, halten wir es erst einmal zurück. Es würde den Ermittlungen schaden, wenn die Presse das Thema durchhecheln würde. Sie wissen ja, die machen aus einer Maus einen Elefanten.“

Kurz vor halb acht kam Inge Mohaupt. Wenig später Monika Landris. Es hatte fast den Anschein, als hätten sich die beiden Frauen abgesprochen. Aber das war nur Zufall. Larsson sah es von seinem Fenster, wie sie auf den Parkplatz fuhren.

Andresen kam erst zehn nach acht. „Was war denn heute Nacht los?“ fragte er nach der Begrüßung.

„Wir haben einen Bekannten mit durchschnittener Kehle bei Lütow im Wasser gefunden. Li Kai Song.“

„Das ist der Mann, der bei der Frau gelebt hat, die in der Kurklinik gearbeitet hat.“

„Es ist der Mann, den du meinst. Aber er hat nicht mit dieser Minh Hu zusammengelebt. Er hat einmal ihren Arm zum Fotografieren um die Frau gelegt. Das war alles.“

„Woher weißt du das?“

„Monika hat doch die Vermieterin befragt. Daher wissen wir das.“

Zum ersten Mal dachte Lasse Larsson mit einer gewissen Freude daran, dass er nach diesem Fall sein Büro wieder für sich haben würde. Nicht dass er Andresen nicht leiden konnte, aber er vermochte einfach besser nachzudenken, wenn er ungestört war und niemand da war, der ihn ansprach, wenn er einzelne Möglichkeiten eines Mordes gedanklich durchspielte, und ihn damit aus seinem Konzept brachte.

„Glaubst du, dass er ermordet wurde, wo ihr ihn gefunden habt?“

„Eher nicht.“

„Hast du schon die Wasserschutzpolizei befragt, wie dort die Strömungsverhältnisse sind? Es könnte Hinweis auf den Ort geben, wo man den Mann ins Wasser geworfen hat.“

„Nein.“

„Ich werde das machen. Ist dir das recht?“

Larsson nickte, und Andresen machte sich sofort daran, die Verbindung herzustellen. Er suchte sich die Nummer aus dem Behördenguide heraus. Er landete in der Zentrale der Wasserschutzpolizei-Inspektion in Wolgast, Breite Straße 21. Andresen ließ sich mit dem Leiter der Dienststelle verbinden und trug ihm sein Anliegen vor.

Larsson ging hinüber zum Büro der Kommissare. Er begrüßte Inge Mohaupt, dann Monika Landris, als habe er sie an diesem Tag zum ersten Mal gesehen. Mit keiner Bemerkung, mit keinem Blick gab er zu verstehen, dass ihn mit ihr mehr verband als die tägliche Arbeit.

„Hast du einmal bei Schubert angefragt, ob der etwas über Verbindungen des Emilio Brandes hat, was wir im Computer nicht gefunden haben?“ fragte Larsson Simons.

„Du denkst an die Kameradschaft der Neonazis, die bei den Rudolf-Hess-Feten bei den Frenzels dabei waren?“

„Zum Beispiel.“

„Ich werde das gleich machen.“ Simons ärgerte sich insgeheim, dass Larsson darauf gekommen war, eine Verbindung zu dem bereits im Vorjahr abgeschlossenen Fall herzustellen. Wieso, fragte er sich, bin ich nicht selbst darauf gekommen?

Larsson hörte, wie Monika Landris hinausgegangen war, um Kaffee zu bereiten.

„Wie macht sie sich?“ fragte er Inge Mohaupt.

Obwohl er ihren Namen nicht genannt hatte, wusste sie, wen er meinte.

Die Antwort war ausweichend. „Sie weiß, was sie tut.“

Larsson erkannte die Doppeldeutigkeit, die durch die Stimme der Frau erst eine Bedeutung bekommen hatte, und verzichtete darauf, weiter in dieser Richtung zu insistieren.

„Die Antwort von Arne Hoffmann ist gerade eingegangen“, sagte Simons.

„Druck sie aus.“

Noch während der Drucker lief, kam Monika Landris mit dem Kaffee. Sie stellte die Tassen auf den jeweiligen Schreibtisch, Larssons zur Tasse von Simons. Dann goss sie ein. Simons zog den fertig bedruckten Bogen aus dem Drucker.

„Zu eins – ich kenne die Frau nicht.“

„Wer ist eins?“

„Ich habe die Bilder durchnummeriert“, sagte Simons. „Eins ist Minh Hu, genannt Mimi, die Vietnamesin. Zu zwei – es ist die asiatische Frau, die Huebner die roten Blumen gebracht hat. Sie hat Huebner gerufen, als er aus dem Casino kam, und hat ihn zur Kurklinik begleitet. Und sie war dabei, als Huebner umgebracht wurde. Sie stand vor Ferdinand Huebner, während ein Mann hinter ihm stand. Ich konnte ihn aber nicht richtig sehen.“

„Na?“ drängte Larsson.

„Zwei ist Wu Sun Jian.“

„Wu Sun Jian.“ Jetzt hatte Lasse Larsson das Jagdfieber erfasst. „Weiter!“

„Drei – das ist der Mann, der mit dem Asiaten aus dem Casino kam und mit diesem auch in Richtung des Seiteneinganges der Kurklinik verschwand.“

Larsson schaute Simons aufmunternd an.

„Drei ist Peter Petersen.“

„Sieh da, Peter Petersen. Du wirst uns einiges zu erklären haben."

„Mit der Vier hatte ich Li Kai Song gekennzeichnet. Aber den hat Hoffmann nicht erkannt."

„Bleibt unser Asiat vom Bild der Casinoaufzeichnung."

„Den hat er auch nicht erkannt!"

Larsson rief Hoffmann in Konstanz an. „Sie haben zwei Leute auf den Bildern erkannt, zwei weitere nicht", sagte er nach der Begrüßung. „Konnten Sie den Mann im Zimmer des Mordes nicht erkennen? Warum nicht?"

„Als die Frau mit Huebner kämpfte, konnte ich nur den Umriss eines Mannes wahrnehmen. Der Store war in den Falten so dicht, dass ich das Gesicht nicht erkennen konnte."

„Auch nicht, als man Huebner zum Balkon schleifte?"

„Nein, auch dann nicht."

„Das verstehe ich nicht. Wenn der Mann mit zum Balkon gekommen war, und das war er doch, oder?"

„Er hat sein Gesicht so gehalten, dass ich ihn so gut wie nicht erkennen konnte. Zumal ich das Glas abgesetzt hatte, als sie den Körper über das Geländer hievten."

„Warum taten Sie das?"

„Ich weiß nicht. Eher instinktiv. Vielleicht dachte ich, durch das Glas könne ich etwas verpassen."

„Und der Mann, der mit dem anderen Mann aus dem Casino kam, der mit der Nummer drei gezeichnet war? Das waren die beiden Männer. Vor denen Sie sich hinter der Bibliothek versteckt hatten?"

„Ich weiß nur, dass der erheblich kleiner war als die Nummer drei."

„Haben Sie einen Schrei gehört, als Huebner über die Balkonbrüstung geworfen wurde?"

„Einen Schrei?"

„Etwa so ..." Larsson versuchte den Schrei nachzumachen, den die alte Frau bei ihrer Zeugenaussage in der Lobby der Kurklinik gemacht hatte. „Auhhhhhuiiiiiiuu! Auhhhhhuiiiiiiuu! Etwa wie ein Wolfsgeheul."

Hoffmann lachte. „Ich habe etwas gehört. Es klang etwa wie der Schrei, den die Tennisspielerin Monika Seles bei ihren Aufschlägen gemacht hatte."

Larsson bedankte sich und legte auf.

„Es hat tatsächlich einen Schrei gegeben, den die Alte gehört haben will. Nur war der sehr viel kürzer. Die Seles ... Wer von euch kann sich an die Seles erinnern? Fast zwei Dutzend Grand-Prix- und acht Grand Slam-Siege?"

Als Larsson mit dem Arm ausholte, um einen Tennisschlag nachzuahmen, hatte er die Lacher auf seiner Seite.

Andresen kam zur Tür herein. „Darf man mitlachen?"

„Nur wenn man Tennisfreak ist."

„Die Wasserschutzpolizei hat gleich schriftlich geantwortet. Das verstehe ich unter einer schnellen Amtshilfe." Andresen reichte Larsson die Nachricht.

Sehr geehrter Kollege Andresen,

vielen Dank für Ihre Anfrage. Wir haben im Kollegenkreis darüber diskutiert und sind zu folgendem Ergebnis gekommen:

Es hängt von der Strömung des Wassers im Peenestrom ab. Wir haben hier zwar keine Gezeiten, aber je nach Windrichtung haben wir einlaufenden oder auslaufenden Strom. Bei auslaufendem Strom müsste eine Leiche an der Südspitze vom Gnitz am Mövenort entsorgt werden und bei einlaufendem Strom zwischen Netzelkow und Lütow oder an der Südspitze der Halbinsel Görmitz. Dann könnte das eintreffen, was Sie angefragt haben. Es wäre noch interessant, an welcher Seite der Reuse die Leiche gefunden würde, wegen der Strömung.

„Gnitz, Mövenort. Glaubt ihr, dass man dort so einfach hinfahren kann, um eine Leiche ins Wasser zu werfen?"

„Warum nicht?" fragte Simons.

„Weil es doch die Möglichkeit gäbe, dass jetzt in der Winterzeit jedes fremde Auto an diesem relativ einsamen Ort Aufsehen erregen könnte."

„Du denkst daran, ein Boot könnte die Leiche abgesetzt haben", sagte Andresen.

„Zum Beispiel."

„Wir haben teilweise Treibeis. Die meisten Freizeitboote bestehen heutzutage aus Kunststoff. Sie sind aufgeslipt, liegen in einer Halle oder abgedeckt auf Land."

„Dann gibt es aber noch immer die Möglichkeit, dass ein Boot mit einem Stahlrumpf die traurige Fracht nach Mövenort gebracht hat."

„Ja. Aber davon gibt es zu dieser Jahreszeit nicht so viele."

„Umso besser."

„Es gibt die kleinen Eisbrecher, die die Fahrrinne freihalten, wenn es weiter friert, obendrein die Zoll- und Polizeiboote. Keinen dieser Kategorien würde ich zutrauen, eine Leiche so zu entsorgen. Außerdem sind diese Schiffe mit mehr als einem Mann besetzt. Und wer würde sich schon einen Mitwisser leisten?"

„Wir prüfen trotzdem alle Schiffe, die zu der Zeit durch den Peenestrom gefahren sind, und Rolf, du fragst noch einmal bei der Wasserschutzpolizei-Inspektion in Wolgast nach, ob größere Schiffe registriert wurden, zum Beispiel Küstenmotorschiffe oder noch größere Frachter, die jetzt den Peenestrom passieren, und wenn ja, ob Schiffe dabei sind, die auch größere Reisen machen, beispielsweise von und nach Asien, und nicht nur auf Nord- und Ostsee fahren."

Rolf Andresen telefonierte sofort mit der Wasserschutzpolizei in Wolgast. Als er den Hörer wieder aufgelegt hatte, sagte er: „Es fahren auch größere Schiffe in dem Bereich. Es könnten Küstenmotorschiffe aber auch Schubboote sein, welche ihre Behälter von Polen holen oder dorthin bringen. Allerdings ist die Größe der Schiffe auf Grund der Fahrrinnentiefe von zweieinhalb Metern begrenzt. Schiffe aus Asien haben die Beamten südlich von Wolgast noch nicht gesehen."

Wieder war eine Hoffnung Larssons zerstoben.

„Es gibt keine asiatischen Schiffe auf dem Peenestrom, ganz zu schweigen vom Achterwasser“, sagte Andresen. „Ich hätte dir das gleich sagen können. Schließlich segle ich das ganze Jahr über mit meinem Jollenkreuzer in dem Revier. Und glaub mir, wenn ich irgendwo eine asiatische Flagge am Heck gesehen hätte, würde mich glatt der Schlag getroffen haben. So viel Internationalität gibt es hier einfach nicht.“

„Und die Vietnamesen?“

„Sind ein lästiges Überbleibsel aus DDR-Zeiten. Nicht mehr und nicht weniger.“

„Die Zigarettenmafia?“ bohrte Larsson.

„Ein Ergebnis der Lebensumstände, die sich nach dem Zusammenbruch das Staatsgefüges ergeben haben. Von irgendetwas müssen die armen Kerle, die man in der DDR studieren und arbeiten ließ, ja schließlich leben.“

„Man könnte sie zurückschicken ins Ho-Chi-Minh-Land.“ Larsson lächelte spöttisch.

„Werden die Italiener zurückgeschickt oder die Türken, die in der Bundesrepublik vor der Wiedervereinigung als Arbeitssklaven tätig waren?“

Larsson ärgerte sich über den gereizten Ton, den Rolf Andresen anschlug. Er würde ihn sich vorknöpfen. Empfand er sich als oberstes Teammitglied, so lag die Betonung auf oberstes. Und dabei wollte er es unbedingt belassen.

„Es mag einige gegeben haben, die sich als Arbeitssklaven gefühlt haben. Die Mehrzahl von ihnen hat sich hier in unserem Deutschland eine Existenz aufgebaut und möchte gar nicht mehr zurück nach Anatolien, Südspanien oder Sizilien. Auf die Idee, dass in unserem Fall vietnamesische Banden ihre Organisation nach dem Zusammenbruch der äußerst glorreichen DDR auf deren Gebiet ausgebreitet haben, kommst du scheinbar nicht.“

„Spekulation, reine Spekulation.“

„Eigentlich wollte ich es gar nicht an die große Glocke hängen. Aber am Wochenende habe ich mich mit einem Fachmann für asiatische Kriminalität getroffen. Und der hat mir die Augen geöffnet. Eigentlich wäre das ja die Aufgabe des BKA gewesen, unsere Abteilung über die Aktivitäten asiatischer OK zu informieren. Ich weiß nicht, warum die sich in Schweigen hüllen."

Larsson berichtete über die Zusammenkunft am Wochenende mit Helms. Dabei vermied er es zu erwähnen, dass Monika Landris mit von der Partie war. Er versuchte ein Stück des Gespräches möglichst im Wortlaut wiederzugeben.

„Bist du nun immer noch der Meinung, dass wir es lediglich mit einem, wie sagtest du doch gleich, ach ja, lästigem Überbleibsel aus DDR-Zeiten zu tun haben, Rolf?" fragte Larsson, nachdem er seinen Bericht beendet hatte.

„Das sind neue Aspekte, von denen ich nicht einmal etwas geahnt habe."

„Und Mord, Rolf, Mord ist als eine Dienstleistung eine Domäne der Vietnamesenmafia."

„Dann liegen wir mit der Vermutung, Li Kai Song habe etwas mit der Sache zu tun, gar nicht so falsch", warf Simons ein.

„Das ist wieder eine der besonderen Ermittlungsmethoden Lasses", sagte Inge Mohaupt in Anspielung auf den letzten Fall, bei dem Lasse Larsson über Gilbert Delacroix den Namen des Mörders Wolfgang Fichter und dessen Zugehörigkeit zur Fremdenlegion herausbekommen hatte.

„Man muss sich nur Informationen dort besorgen, wo man sie bekommen kann, Inge", sagte Larsson. „Das ist das ganze Geheimnis. Und ihr solltet euch darauf besinnen."

Am Nachmittag rief Kruse wieder an. Ob sich schon etwas Neues ergeben habe. Larsson musste verneinen. Was ihn verwunderte, war, dass Kruse so oft anrief. Da das sonst nicht der Fall war, sagte er sich, dass der Kriminaloberrat wahrscheinlich unter Erfolgsdruck stand. Aber wer machte diesen Druck? Die Staatsanwaltschaft? Larsson musste das in Frage stellen. Er tippte auf das BKA. Bei genauer Überlegung musste er feststellen, dass die Leute von dieser Behörde sich für etwas Besseres hielten. Sie forderten alle Erkenntnisse an, ohne ihrerseits eigene Ergebnisse, die für die Ermittlungen hilfreich sein könnten, preiszugeben. Mit einem Wort: das Bundeskriminalamt mauerte. Larsson wollte es ihnen heimzahlen. In diesem Fall würde er erst wieder Ermittlungserkenntnisse herausgeben, wenn das BKA seine Anfragen bezüglich des Asiaten aus dem Casino beantwortet haben würde. Vorher träfen sie auf taube Ohren.

Nach dem Telefonat mit Kruse sprach Larsson Andresen auf seine Reaktion bei dem Gespräch im Büro der Kommissare an.

„Ich denke nicht, dass du einer der ewig Gestrigen bist, Rolf", sagte er einleitend, „aber ich bin schon einigermaßen erstaunt darüber, dass du so Partei für einen untergegangenen Staat ergreifst."

„Es war nicht alles schlecht in diesem Staat. Nicht alles! Die medizinische Versorgung war vorbildlich. Und zwar für alle Menschen. Nicht nur für die, die es sich leisten konnten. Wie oft hören wir hier von Kindermisshandlung, von Vernachlässigung bis hin zum Hungertod von Kindern? Kannst du mir das sagen? Monatlich? Wöchentlich? Manchmal habe ich den Eindruck, dass nahezu täglich derartige Nachrichten über unseren Ticker hereinkommen."

„Früher hat es das auch schon gegeben. Nur war da die Verbreitung der Nachricht regional beschränkt. Heute geht alles übers TV oder das Internet, bundesweit, weltweit."

„Kinder unterlagen bei uns regelmäßigen Untersuchungen. Da waren solche Zustände unmöglich."

„Das glaube ich dir sogar. Aber es war auch selbstverständlich, dass Menschen bespitzelt wurden, dass man sie einsperrte, weil sie andere Vorstellungen von einem Leben in Freiheit hatten, oder weil sie den Staat, der sie einsperrte, verlassen wollten."

Andresen widersprach nicht. Als ehemaliger Angehöriger der Kripo der DDR wusste er natürlich, dass Larsson in diesem Fall Recht hatte.

„Ich denke an die Diskussion, die es zur Weihnachtsfeier zwischen dir und Karl gab."

„Wir hatten alle ein wenig viel getrunken."

„Kinder und Besoffene sagen die Wahrheit."

„Es ist frustrierend, wenn man mit 46 Jahren auf der gleichen Gehaltsstufe stehen bleibt, auf der sich ein 28jähriger befindet."

„Hat das einen Grund?"

„Es hängt gewiss damit zusammen, dass ich bei der Kripo in Rostock war. Nur zur falschen Zeit."

„Wir sind jetzt unter uns. Kann es sein, dass du in dieser Zeit etwas getan hast, das deine Personalakte belastet?"

Andresen lachte auf. Es klang bitter. „Sag mir einen, der zu der Zeit in seinem Beruf hochkommen wollte und nicht eine gewisse Mitläuferschaft in Kauf nahm."

Es klopfte, und Simons steckte den Kopf herein.

„Nicht jetzt, Karl", sagte Larsson bestimmend. „In einer Viertelstunde."

Simons schloss die Tür.

„Ich werde dich deswegen auch nicht verurteilen. Oder hast du den Eindruck, dass ich dich benachteilige?"

„Nein. Eigentlich nicht."

„Aber ich würde es nicht dulden, einen Mann in meinem Team zu haben, der andere Menschen ans Messer geliefert hat, nur weil sie irgendeine Äußerung gemacht haben, die vielleicht nicht ganz staatskonform war."

„So einer bin ich nicht."

„Ich glaube dir. Und deshalb werden wir weiter zusammenarbeiten."

„Danke."

„Du hast keinen ans Messer geliefert, also brauchst du dich auch bei niemandem zu entschuldigen. Auch bei mir nicht."

Nach einer Weile sagte Andresen: „Wollen wir nicht Peter Petersen holen? Nach allem, was wir wissen, sollte er uns einiges sagen können."

„Ja, das wird er wohl."

„Soll ich ihn holen?"

„Nein."

„Nein?“ Andresen schaute Larsson fragend an. Sie hatten einen Hauptverdächtigen, und Larsson weigerte sich, diesen zu einer Vernehmung zu holen.

„Es ist fraglich, ob er uns freiwillig sagt, was wir wissen wollen.“

„Was hast du vor?“

„Wenn er mit der Tatsache konfrontiert wird, dass er mit einem Mann zusammen gesehen wurde, der des Mordes verdächtig ist, wird er mauern. Er versucht dann in jedem Fall, eine Verbindung zu ihm herzustellen. Und wir wollen wissen, wer der Mann ist. Habt ihr denn dem BKA dessen Foto nicht gemailt?“

„Aber natürlich haben wir das.“

„Und bisher keine Antwort?“

„Keine Antwort!“

„Besondere Situationen erfordern besondere Maßnahmen.“

„Woran denkst du?“ fragte Andresen.

„Wir müssen den Mann für kurze Zeit abhören. Sowohl sein Auto- als auch sein Betriebstelefon. Und er muss observiert werden.“

„Das wird nicht so einfach sein.“

„Wir werden so kurzfristig keine richterliche Genehmigung bekommen, das ist mir klar. Ich werde Maier fragen, was wir da machen können.“

„Paul Maier?“

„Ja.“

„Er wird es nicht machen. Jedenfalls nicht ohne richterlichen Beschluss.“

„Ja, wahrscheinlich hast du sogar Recht. Trotzdem werde ich es probieren.“

Larsson rief in Anklam an und erfuhr, dass Hauptkommissar Paul Maier in Wolgast zu tun habe. Er rief Maier über dessen Handy an.

„Was wollen Sie von mir, Lasse? Wenn Sie mich anrufen, fällt mir nur der Busch Wilhelm ein.“ Maier ließ sich nicht nehmen, schnell einen dieser Reime loszuwerden:

„Es sitzt ein Vogel auf dem Leim,
Er flattert sehr und kann nicht heim.
Ein schwarzer Kater schleicht herzu,
Die Krallen scharf, die Augen gluh.
Am Baum hinauf und immer höher
Kommt er dem armen Vogel näher.“

„Wie lange haben Sie in Wolgast noch zu tun, Paul?“ unterbrach ihn Larsson.

„Eigentlich bin ich so gut wie fertig. Ich habe nur noch nichts gegessen und möchte noch eine Kleinigkeit zu mir nehmen.“

„Hätten Sie etwas dagegen, einen kleinen Umweg zu machen, wenn Sie nach Hause fahren?“

„Sie meinen, ich soll bei Ihnen vorbeikommen?“

„Genau, Paul.“

„Gut, wenn ich gegessen habe, komme ich bei Ihnen vorbei.“

„Ich habe eine bessere Idee.“

„Sie wollen, dass ich auf mein Essen verzichte. Mann, ich habe schon Kopfschmerzen vor Hunger.“

„Es war nur so eine Idee. Wenn Sie diese halbe Stunde noch abwarten, gehen wir hier zusammen ins Brauhaus, und ich zahle!“

„Nachtigall, ick hör dir trapsen! Entweder, Lasse, Sie haben ein ganz linkes Ding vor, oder Sie sind krank.“

„Wir reden darüber, wenn Sie hier sind.“

Paul Maier murmelte etwas von unverschämter Zumutung, und immer müsse die Kriminaltechnik springen, wenn die Herren Ermittler nur pfiffen. Er erklärte sich aber bereit, angesichts einer ordentlichen Mahlzeit, die er umsonst bekäme, gleich loszufahren.

„Und?“ fragte Andresen, der dem Gespräch interessiert zugehört hatte.

„Er wird vorbeikommen, und wir werden sehen, was wir machen können.“

Dann erklärte er Andresen, wie er sich das vorstellte. Peter Petersen sollte durch Fragen derart verunsichert werden, dass der alle Vorsicht außer Acht ließ und nach seiner Abfahrt oder später mit dem Mann telefonierte, mit dem er das Casino verlassen hatte. Denn dass er nicht wusste, wer der Mann war, nahmen sie ihm nicht ab. Nicht nachdem sie von dem Treffen in dem Casino in Bregenz und dem Kontakt wussten, den Peter Petersen mit Huebner pflegte.

Larsson holte sich ins Gedächtnis zurück, was Peter Petersen bei seinem Verhör zu Protokoll gegeben hatte. Danach hatte ihm Huebner den Asiaten und dessen weibliche Begleitung mit den Worten vorgestellt: „Darf ich bekannt machen – Lin Dong Hui und Wu Sun Jian – Herr Peter Petersen aus Zinnowitz auf der Insel Usedom."

Eine Verbindung gab es da ganz bestimmt. Larsson führte seinen rechten Zeigefinger zur Nase. „Dieser gottverdammte Bastard wird uns zu dem Mann führen, den wir suchen. Ich wette, das ist die Lösung auf unsere Frage, auf die wir gewartet haben. Der Vietnamese Li Kai Song wurde ermordet. Wer sind die Täter? Aber wir dürfen es nicht überstürzen. Nicht bevor wir die Möglichkeiten geschaffen haben, ihm erfolgreich eine Falle zu stellen."

Als Paul Maier schließlich eintraf, war es zehn nach drei. Larsson meldete sich ab und ging mit Paul Maier die wenigen Schritte zum Brauhaus. Sie suchten sich einen Tisch in einer Ecke. Von hier aus ließ sich das ganze Lokal überschauen. Vor allem den Eingang behielt er im Auge, so dass niemand in das Restaurant kommen oder es verlassen konnte, ohne dass er es registriert hatte. Was er Maier zu fragen hatte, duldete keine Zuhörer.

Maier bestellte Bratwurst mit Kraut, und Larsson, der auch noch nicht zu Mittag gegessen hatte, nahm das Gleiche. Während Larsson eines der hausgebrauten Biere trank, das bestens zu dem Krautteller passte, begnügte sich der Leiter der Kriminaltechnik Anklam mit einer Mostschorle.

„Wenn Sie mich zum Essen einladen, Lasse, bin ich sicher, dass Sie mit irgendeiner Hinterfotzigkeit kommen."

„Bestimmt nicht. Ich denke eher, ich brauche einen Rat von Ihnen, und da bietet sich wirklich an, dass wir in Ruhe darüber plaudern."

„Na, dann schießen Sie mal los. Worum geht es?"

„Wir haben heute am frühen Morgen einen Vietnamesen mit durchschnittener Halsschlagader aufgefunden."

Paul Maier schaute ihn irritiert an. „Und das erfahre ich erst jetzt? Ist die Kriminaltechnik dort nicht gebraucht worden? Bin ich etwa nicht mehr für derartige Untersuchungen vonnöten?"

Larsson hatte nicht bedacht, dass Maier so extrem sensibel reagierte. Nicht dass der Mann sich übergangen fühlte, obwohl er immer den Eindruck machte, er müsse zu viel arbeiten. Irgendwie habe ich ihm die Nachricht falsch überbracht, dachte er. Ich muss meine Strategie ändern.

„Ganz im Gegenteil, Paul. Sehen Sie, die Leiche holten wir bei Lütow aus dem Wasser. Die Taschen des Toten waren leer. Er hatte sich in etwa zwei Metern Tiefe in einer Reuse verfangen. Jetzt liegt er auf dem Tisch von Doktor Beckert."

„Wenigstens wird die noch gebraucht."

„Wollen Sie uns helfen, den Mörder Li Kai Songs zu finden?"

„Ein Asiate?"

„Ein Mensch, Paul. Und er war übel zugerichtet."

„Ich denke, es ist meine Aufgabe zu helfen, einen Mord aufzuklären, wo immer ich es kann. Also, worum geht es?"

Larsson erklärte Maier, wie er sich die Lage der Beschuldigten im Fall Huebner herausgebildet hatte, und dass die schnellste Möglichkeit, den Täter zu enttarnen und dingfest zu machen, eine Falle war, die man Peter Petersen stellen wollte.

„Eine Falle?" Maier schaute ihn verständnislos an. „Und was soll ich dabei tun?"

„Wie werden diesen Petersen damit konfrontieren, dass er verdächtigt wird, Huebner ermordet zu haben."

„Aber Sie wissen doch, Lasse, dass der Mann es nicht war."

„Wir nehmen es an", widersprach Larsson. „Vielleicht war er aber daran beteiligt oder hat davon gewusst. Zumindest aber hätte er sich nach Bekanntwerden des Mordes bei uns melden und seine Einlassung mit Huebner und dem Asiaten zu Protokoll geben müssen. Das hat er nicht gemacht. Gerade deshalb ist er verdächtig.“

„Und wenn er sich unschuldig fühlt und mit der Tat konfrontiert wird ...“

„... wird er wahrscheinlich aus dem Verhör stürzen und sofort mit dem Verursacher dieser, sagen wir es vorsichtig, Unannehmlichkeit telefonieren. Er ist ein Machotyp, gebildet, aber aufbrausend und manchmal unbeherrscht.“

„Gut, Lasse. Aber wie soll ich Ihnen helfen?“

„Wir müssen sicherstellen, dass wir die Gespräche über sein Handy abhören können und auch die Telefonate in seinem Laden überwachen.“

„Wie stellen Sie sich das vor?“

„Nur für einen Tag, Paul“, sagte Larsson beschwörend.

„Ohne richterliche Anordnung nicht einmal für eine Minute! Es gibt einen Schutz für das gesprochene Wort.“

Larsson überlegte sich, dass Andresen im Recht damit war, was er über Paul Maier im Zusammenhang mit der Abhöraktion gesagt hatte. Paul Maier aber war ein ehrgeiziger Techniker, dem nichts zu ungeheuerlich schien, wenn es darum ging, den Kollegen zu beweisen, wie gut ausgebildet er war. Und das würde sich Larsson jetzt zunutze machen.

„Andresen hatte also Recht damit, als er sagte, dass der Kriminaltechniker Paul Maier nicht in der Lage sein würde, ein Handy zu überwachen“, sagte Larsson so leichthin, als handle es sich um die Feststellung, eine Zigarette sei zu Boden gefallen.

Maier fuhr wie von einer Tarantel gestochen hoch. „Das ist doch Blödsinn. Wir können alles überwachen, wenn wir den richterlichen Auftrag dazu haben.“

Larsson lachte, und es klang zweifelnd. „Ich werde das Andresen sagen. Aber er wird sich bestätigt fühlen. Einen Nachtisch?“

„Danke. Mir ist der Appetit vergangen. Ich wusste, dass ich es bin, dem Sie eine Falle stellen wollen, Lasse, nicht dieser Peter Petersen. Hätte ich bloß auf meine innere Stimme gehört. Die hat mich vor Ihrer Hinterfotzigkeit gewarnt!“

„Ich bin in Fragen der heutigen Elektronik ein völlig unbelecktes Kind. Mal rein theoretisch gefragt, Paul, wäre eine Handyüberwachung denn möglich, und was müsste ich dafür besorgen?“

„Einen richterlichen Beschluss.“

„Theoretisch, Paul. Dafür brauche ich keinen richterlichen Beschluss.“

Maier nahm einen Kugelschreiber und kritzelte zwei lange Webadressen auf eine Papierserviette. Dann schob er es Larsson zu.

„Und was soll ich damit machen?“ fragte Larsson naiv.

„Vielleicht schauen Sie sich das an und ziehen Ihre Schlüsse.“

Larsson winkte der Kellnerin und bestellte zwei Espresso.

„Sie werden es nicht glauben, Lasse, aber wenn Sie mit einem Fachmann sprechen, wird der Ihnen sagen, was geht und was nicht!“

„Können Sie mir das nicht im Schnellverfahren erklären?“

„Entweder Sie zapfen die Leitung an, was schwierig sein dürfte, oder Sie bringen einen kleinen Sender unter, der die Gespräche weitergibt. Im letzten Fall wird die Abstrahlung aber nur einige hundert Meter betragen.“

„Keine Aufzeichnungen?“

„Wenn Sie etwa 200.000 Euro anlegen wollen, ist das möglich.“

„Sonst nicht?“

„Nur mit richterlicher Genehmigung. Da trägt der Staat die Kosten.“

„Und die Festleitung?“

„Dasselbe trifft für die feste Telefonleitung zu. Entweder anzapfen oder einen Sender, der überträgt.“

Völlig desillusioniert verließ Larsson mit Maier das Restaurant.

20. Kapitel

Am Mittwoch, dem 8. Januar, trafen sie sich bereits kurz nach sechs im Büro der Kommissare in der Kriminalaußenstelle in der Seestraße Ecke Setheweg in Heringsdorf, um die Festnahme Petersens vorzubereiten. Während Karl Simons und Monika Landris mit dem alten, grauen Omega zur Adresse Petersens geschickt wurden, wo sie die Villa der PPJB im Auge behalten sollten, besprachen Lasse Larsson, Rolf Andresen und Inge Mohaupt, wie sie im Fall der Einvernahme des Mannes vorgehen wollten, ohne so viel Staub aufzuwirbeln, dass andere Dienststellen davon Wind bekamen. Vor allem das BKA, von dem noch immer nichts über das angefragte Foto des Asiaten als Rücklauf zu verzeichnen war, sollte nicht wissen, dass Larssons Ermittlungsgruppe bereits über den Namen des Mannes verfügte.

„Gut wäre, wenn wir jetzt den Vernehmungsraum in Anklam hätten", sagte Andresen und spielte damit auf die Möglichkeit an, aus einem Nebenraum durch eine große, getönte Scheibe alles mitzuhören und zu sehen, ohne selbst gesehen zu werden.

„Wenn wir das machen, laufen wir Gefahr, zu viel Aufsehen zu erregen. Falls Kruse nur einen Rundgang macht und zufällig eine Weile zuhört, könnte es passieren, dass wir den Fall los sind. Und das, kurz bevor wir ihn gelöst haben. Hältst du das wirklich für gut?"

„Lasse hat Recht", wandte Inge Mohaupt ein.

„Hier haben wir das Problem der Räume." Andresen konnte sich nicht so recht vorstellen, wie es sein würde, wenn sie zu dritt mit ihren Fragen über Petersen herfallen würden.

„Wir machen das hier in meinem Büro“, sagte Larsson. „Rolf, du stellst sicher, dass wir das Gespräch aufzeichnen können. Inge holt sich einen Laptop zu dem kleinen Tisch und einen Block für Notizen. Rolf und ich fragen.“

Das Telefon klingelte, und Andresen ging an den Apparat. „Wie?“ Er schrieb etwas auf seinen Block. Dann sagte er zu Larsson: „Gerade hat ein junges Mädchen das Haus verlassen. Karl sagt, Petersen habe sie bis zur Tür gebracht.“

„Und?“

„Im Morgenmantel.“

„Hast du noch nie eine Frau im Morgenmantel bis an die Tür gebracht?

„Karl sagt, sie sieht sehr, sehr jung aus.“

„Monika soll ihr nachgehen. Wenn sie außer Sichtweise des Hauses ist, soll sie ihre Personalien aufnehmen und sagen, dass alle jungen Mädchen kontrolliert würden, da eine Ausreißerin gesucht würde. Das ist unverdächtig.“

Andresen teilte Simons mit, was Larsson angeordnet hatte. Dann legte er auf. „Es würde uns geradezu in die Hände arbeiten, wenn Petersen mit einer zu jungen Frau die Nacht verbracht hätte“, sinnierte er.

„Ja, das wäre sicher so. Aber diesen Gefallen wird der uns sicher nicht tun“, sagte Larsson.

Inge war hinausgegangen, um aus dem Büro der Kommissare den Laptop zu holen.

„Nachdem wir nun wissen, dass es gar keine Möglichkeit gibt, in so kurzer Zeit eine gesicherte Telefonüberwachung zu organisieren, müssen wir unser ganzes Können aufbieten, um den Burschen zu fangen.“

„Du hältst ihn für den Mörder?“

„Du?“

Andresen schüttelte den Kopf.

„Ich auch nicht. Aber er war mit dem Asiaten zusammen, als Huebner umgebracht wurde. Zuvor waren sie im Casino, und da war diese ...“

„Wu Sun Jian."

„Eben diese Wu Sun Jian dabei. Und diese ist von Hoffmann identifiziert worden als die Frau, die an dem Mord zumindest beteiligt war."

„Ja, das ist natürlich ein Argument."

Monika Landris rief an und gab den Namen des Mädchens durch, das sie nur eine Querstraße weiter gestellt und deren Personalien sie aufgenommen hatte. Sie war sechzehn, und damit hatte der Staatsanwalt seine Hand nicht mehr darauf. Aber sie war auch noch nicht volljährig.

„Check sie mal", sagte Larsson. „Vielleicht haben wir ja etwas im Polizeicomputer vorliegen."

Inge Mohaupt kam mit dem Laptop, einem kleinen Drucker und brachte auch den Stromanschluss mit, denn wenn das Verhör länger als zwei Stunden dauerte, könnte sie nicht dafür garantieren, dass er durchhalten würde.

„Gegen das Mädchen liegt nur eine Kleinigkeit vor. Sie hat in der Schule zusammen mit Klassenkameraden gekifft", sagte Andresen.

„Das nennst du eine Kleinigkeit? Sauber. Aber das ist unsere lausige Zeit."

Als der dritte Anruf aus Zinnowitz kam, musste sich Larsson über das weitere Vorgehen schnell entscheiden.

„Eben ist ein Porsche auf das Grundstück gefahren. Es ist eindeutig Jørgen Bagh mit Frau", sagte Monika Landris.

„Wartet, bis sie in das Haus gegangen sind. Dann klingelt ihr, sagt, dass noch einige Fragen offen sind, die wir mit Petersen hier besprechen wollen, und bringt den Mann her. Soll ich euch noch einen Streifenwagen zur Unterstützung schicken?" Larsson schaute zur Uhr. Es war acht Uhr und elf Minuten.

„Ich denke, es wird nicht nötig sein."

„Gut, Monika, aber passt auf, dass nichts passiert."

Um neun Uhr und zwei Minuten fuhr der graue Opel-Omega auf den Parkplatz der Polizeiinspektion Heringsdorf. Andresen schaute gerade aus dem Fenster und sah zu, wie sie aus dem Wagen stiegen.

„Sie kommen.“

Lasse Larsson ging noch einmal zur Toilette. Er wollte verhindern, dass er wegen eines Bedürfnisses das Verhör unterbrechen musste. Als er zurückkam, standen die Kommissare mit Peter Petersen schon vor seiner Bürotür.

„Hallo Herr Petersen. So sieht man sich wieder. Kommen Sie!“

Er machte die Tür seines Büros auf. Andresen tat beschäftigt und schaute von seinem Schreibtisch hoch. Inge Mohaupt schien einige Protokolle zu sortieren. Alles sah so aus, wie sich Larsson das ausgemalt hatte. Er wollte total entspannt und langsam anfangen und dann nach und nach Petersen so lange in Schwierigkeiten bringen, bis der zugab, was er über den Mord an Ferdinand Huebner wusste.

„Ich weiß nicht, warum ich hierhergeschleppt wurde“, protestierte Petersen. „Man hätte mich ebenso in Zinnowitz befragen können.“

„Ja, vielleicht. Nur haben wir hier gleich die Möglichkeit, alle Angaben nachzuprüfen und sparen uns so lange Zeitverluste. Das ist auch in Ihrem Sinn.“ Larsson drehte sich zu Monika Landris und Simons. „Ihr könnt drüben die Berichte fertigmachen und uns den Rücken freihalten.“

„Ist es nötig, meinen Anwalt anzurufen?“

Larsson hob die Schultern. „Ich glaube nicht. Aber das müssen Sie letztlich selbst entscheiden.“

„Was sagen Ihnen die beiden Buchstaben RR?“

Petersen lächelte. „Rolls-Royce. Leider für mich nicht machbar. Kostet über 450.000 Euro.“

„Und sonst?“

„Nichts.“

„Nichts?“

„Nein.“

„Rita Richter.“

„Wie kommen Sie auf die? Lassen Sie mich überwachen?“

„Nein. Hätte ich Grund dazu?“

„Das Mädchen ist älter als sechzehn.“

„Aber noch nicht volljährig“, konterte Larsson. „Haben Sie mit ihr gekifft?“

„Wenn Sie mir etwas anhängen wollen, rufe ich doch lieber meinen Anwalt.“

„Schließlich hat sie sich damit vor ihrer Klasse gebrüstet, dass Sie sie mit ins Casino nehmen wollten. Wussten Sie, dass sie erst in die zehnte Klasse der Realschule geht?“

Die Behauptung, die Larsson in den Raum gestellt hatte, war ein Versuchsballon, der aber aufstieg.

„In diesem Alter ist es verboten zu spielen“, sagte Petersen. „Sie hat es sich so gewünscht, einmal zuzusehen. Und ich habe ihr versprochen, das zu realisieren.“

„Wir sind nicht von der Sitte und untersuchen auch nicht die Betrugsvorwürfe, die gegen Ihre Firma in Verbindung mit dem Bauvorhaben des Seniorenheims in Singen anhängig sind.“

Petersen schaute Larsson erwartungsvoll an.

„Wir interessieren uns ausschließlich für die Aufklärung des Mordes an Ferdinand Huebner.“

„Dann weiß ich nicht, was Sie noch von mir wollen. Ich habe Ihnen gesagt, was ich über den Vorgang weiß. Das betrifft sowohl den Kauf der beiden Porsche als auch die Bekanntschaft dieses Chinesen Lin Dong Hui, den mir Huebner in Bregenz vorgestellt hat.“

Larsson lächelte. „Und das ist alles?“

Petersen nickte.

„Immerhin weiß ich nur von einem Porsche, den Sie geholt haben.“

„Ich fuhr etwa fünf Wochen nach den ersten Verhandlungen mit Huebner noch einmal hin, um mit meinem Kompagnon Jørgen Bagh das für uns in Frage kommende Areal für den Bau des Seniorenheimes anzusehen. Dabei kauften wir den zweiten Wagen und nahmen ihn mit nach Hause.“

„Nun haben wir die Autos“, sagte Larsson. „Aber ist das alles?“

„Natürlich ist das alles.“

„Denken Sie noch einmal nach.“

„Ich weiß nicht, worauf Sie hinauswollen.“

„Ich möchte von Ihnen wissen, wann Sie zum letzten Mal mit dem Asiaten und seiner weiblichen Begleitung zusammengetroffen sind.“

„Im Sommer 2000 in Bregenz.“

„Und das war das einzige Mal?“

„Ja.“

Larsson schaute Petersen eine Weile durchdringend an, sagte aber nichts. Auch Andresen schaute ihn an, ohne etwas zu sagen.

„Wir haben die Aussage eines Mannes, der Sie am Morgen des 13. Dezember aus dem Casino kommen sah – mit Lin Dong Hui.“

Petersen wechselte die Farbe. Bisher hatte er angenommen, seine Zusammenkünfte mit dem Chinesen in Heringsdorf unterschlagen zu können. Natürlich hatte er davon gehört, dass Huebner zu Tode gekommen war. Der Sturz eines Menschen aus dem siebten Stock der Kurklinik ließ sich nicht verheimlichen. Man hatte es mit einem Achselzucken registriert. Ein Mann mit einem leichten Dachschaden sei wahrscheinlich wegen Depressionen aus dem Fenster gesprungen oder wegen Unachtsamkeit über die Balkonbrüstung gefallen. Ein Mord war nur für die Eingeweihten sicher, und bestimmt machte sich auch ein Teil der Kurpatienten solche Gedanken. Auch die Zeitungen hatten spekuliert.

„Ist Ihnen das wirklich entfallen? Es gibt darüber hinaus Videoaufzeichnungen, die aus Sicherheitsgründen im Casino allabendlich gemacht werden.“

Petersen war ein stattlicher Mann in den besten Jahren. Mit einem Mal sah er aus wie ein Häufchen Unglück. Er war in sich zusammengesunken, und sein Gesicht zuckte, als sei er kurz davor, in Tränen auszubrechen.

„Nehmen wir an, Sie würden uns helfen, den Asiaten zu fangen ...“

„Wenn ich Lin Dong Hui ans Messer liefere, wird mir das passieren, was Ferdinand Huebner zugestoßen ist.“

„Und wenn ich daran denke, was für eine Verbindung Sie da eingegangen sind, kann es sein, dass Sie ins staatliche Zeugenschutzprogramm kommen. Bedingung ist, dass Sie uns helfen. Sagen Sie mir einfach, wann Sie Lin Dong Hui nach Ihrem ersten Treffen in Bregenz wiedergesehen haben.“

Petersen lachte. „Ins Zeugenschutzprogramm? Machen Sie Witze?“

Petersen stand vor dem Panoramafenster, das hinaus auf das Flugfeld ging und so den Blick über startende und landende Flugzeuge freigab. Er schaute zur westlichsten Rollbahn, auf der jetzt ein Airbus A320 zur Landung ansetzte, der in Vancouver gestartet war. Am Heck leuchtete das rote Ahornblatt. Er war aus der Stadt an der Limmat zum Flughafen nach Kloten herausgefahren, um sich mit einer Stewardess zu treffen, die er vor einiger Zeit kennengelernt hatte und mit der er hin und wieder in Zürich zusammenkam, um einige kurze, aber stets heftige Liebesstunden zu verbringen. Er schätzte diese Zusammenkünfte, denn Yvonne gab ihm mehr, als ihm alle Frauen zusammen jemals gegeben hatten. Mit diesem Flugzeug würde Yvonne kommen.

Auf der nördlichsten Rollbahn, die parallel zur Autobahn A51 verlief, schwebte gerade ein Jumbo der Quantas Airlines aus Hongkong ein. Die Boeing 747 war ein imposantes Flugzeug, dessen Größe Petersen faszinierte. Am hellen Rumpf der Maschine setzte sich deutlich die rote Heckflosse mit dem großen, weißen Känguru ab. Der zuerst gelandete Jumbo hatte nun seine Endposition erreicht, und es würde nur noch eine überschaubare Zeit dauern, bis die ersten Passagiere aus den Gates kamen.

Peter Petersen drehte sich um und erstarrte. Vor einem der Ausgänge erkannte er Lin Dong Hui. Er wandte sich schnell ab, ging zu einem Kiosk und kaufte sich eine Zeitung. Er suchte sich einen Platz auf einer der Sitzbänke, die für Wartende aufgestellt waren. Er wählte den Platz so, dass er den Eingang des Gates und den Asiaten im Blick hatte. Instinktiv hielt er die Zeitung so vor sein Gesicht, dass es dahinter komplett verschwand. Mit dem Finger drückte er ein Loch ins Papier, so dass er die Geschehnisse verfolgen konnte, ohne selbst gesehen zu werden.

Sein Handy klingelte. Ein Blick auf das Display verriet ihm, wer es war. Er hatte keine Lust, sich jetzt mit der anrufenden Dame auseinanderzusetzen und drückte die Verbindung weg. In diesem Augenblick kamen die ersten Fluggäste der Air Canada, die die Zollabfertigung hinter sich hatten, durch das Gate. Lin Dong Hui ging auf einen der Männer zu und begrüßte ihn. Instinktiv drückte Peter Petersen den Auslöser der Kamera seines Handys, das er noch immer in der Hand hielt.

Die Männer zogen sich zuerst ein Stück zurück, und als die Ansage kam, durch welches Gate die Reisenden aus Hongkong kommen würden, gingen sie gemeinsam zu dem Eingang und warteten.

Petersen hatte seine Stellung gewechselt, so dass er die asiatischen Männer wieder genau im Blick hatte. Was jetzt kam, irritierte ihn mehr, als ihn zuvor die Anwesenheit Lin Dong Huis verunsichert hatte. Lin Dong Hui stand vor dem Gate. Und Lin Dong Hui kam durch das Gate. Ein Double. Petersen schluckte aufgeregt und drückte mehrfach auf den Auslöser der Kamera. Dann fiel ihm ein, dass er die Funktion Videoaufnahme auf seinem Gerät hatte, die er jetzt betätigte. Rein gefühlsmäßig wurde ihm klar, dass er hier eine Sensation vor die Linse bekam, die ihm noch einmal den Kopf retten könnte.

Die asiatischen Männer begrüßten sich und gingen zum Ausgang. Petersen schlich hinterher, geschickt die Besucher und Fluggäste als Deckung nutzend. Dann sah er, dass die Männer zwei Taxis bestiegen und abfuhren.

„Das klingt wie ein Märchen aus Tausendundeiner Nacht. Nur die Scheherezade fehlt“, sagte Andresen.

„Sie müssen es ja nicht glauben. Keiner zwingt Sie dazu. Ihr Chef hat mich gefragt, und ich habe geantwortet.“

„Wenn das stimmt, was Sie sagen, müssten Sie ja die Bilder noch in Ihrer Kamera haben“, sagte Larsson. „Oder sind die verloren gegangen?“

„Was war das mit dem Zeugenschutzprogramm? Sind Sie überhaupt berechtigt, so etwas anzubieten?“

„Natürlich nicht, ohne die Staatsanwaltschaft eingeschaltet zu haben. Und ehrlich gesagt, könnte es durchaus sein, dass selbst das nicht auf Landesebene entschieden wird.“

„Und was wird aus der anderen Anklage, wenn ich Ihnen helfe?“

„Welche? Die mit dem Seniorenheim in Singen? Die Bestechung oder die Veruntreuung von Geldern der Anleger?“

„Beides.“

Andresen stieß einen leisen Pfiff aus. „Glauben Sie wirklich, dass Sie in Ihrer Situation irgendwelche Vorgaben diktieren können?“

Larsson machte ihm ein Zeichen, Zurückhaltung zu üben, denn er hatte Angst, sie könnten Petersen damit so weit verschrecken, dass er nicht mehr bereit war, mit ihnen zusammenzuarbeiten. Andresen hatte das verstanden und nickte ihm kaum merklich zu.

„Nehmen wir an, Sie würden uns helfen, den Mörder Huebners zu finden. Das wäre sicher ein Erfolg. Für Sie würde sich dieser Erfolg aber erst dann auszahlen, wenn wir durch Ihre Mithilfe diesen Lin Dong Hui verhaften können. Wir werden Ihnen jetzt ein Foto zeigen, und Sie werden uns sagen, ob Sie den Mann schon einmal gesehen haben. Einverstanden?“

Petersen nickte.

Andresen stand auf und holte aus dem Schrank die Akte über den Fund der Leiche im Achterwasser. Er nahm das Bild heraus und legte es vor Petersen hin. „Haben Sie diesen Mann schon einmal gesehen?“

„Ja.“

„Wo?“

„An dem Abend, als wir aus dem Casino kamen und ich mich vor dem Nebeneingang von Lin Dong Hui verabschiedete, stand er mit Wu Sun Jian, der Begleiterin des Chinesen, da.“

„Und Sie haben ihn wirklich erkannt?“

„Er schaute kurz zu mir herüber, als er wahrscheinlich nicht daran dachte, dass ich mich in dem Augenblick zu ihm wenden würde. Es waren nur Sekunden. Aber es war der Mann.“

Larsson wollte gerade weitersprechen, als Petersen noch ergänzte: „In diesem Augenblick sah Lin Dong Hui einen Mann über die Straße zum Hoteleingang gehen. Er fragte mich, ob er mir schon aufgefallen sei.“

„Und? War er das?“

„Ich will mich nicht festlegen. Aber einige Minuten zuvor war irgendein Betrunkener ins Halbdunkel verschwunden. Vielleicht hat der Chinese gemeint, dass es genau der Mann war.“

„Was geschah dann?“

„Ich weiß es nicht. Lin Dong Hui brachte mich bis zu meinem Wagen, und ich fuhr ab.“

„Es stand ja in allen Zeitungen, dass ein Mann vom Balkon der Kurklinik gefallen und zu Tode gekommen war. Ist Ihnen das entgangen?“

„Natürlich nicht. Aber es hieß ja, es sei ein Unfall gewesen. Ich habe dem keine Bedeutung beigemessen.“

„Sie haben nicht gewusst, dass es sich um Huebner handelte, der dort zu Tode gekommen war?“

„Nicht bei der ersten Meldung. Als ich es schließlich erfuhr, war ich total verunsichert.“

„Sie zogen in Betracht, dass der Tod Huebners etwas mit Lin Dong Hui zu tun haben musste“, sagte Andresen.

„Es schlich sich zumindest ein Gefühl des Unbehagens ein.“

„Weil Sie gefühlsmäßig wussten, dass der Asiat hinter dem Todessturz steckte.“

„Wusste ist zuviel gesagt. Vielleicht ahnte ich es. Auf jeden Fall fürchtete ich mit einem Mal, die Verbindung zu Lin Dong Hui könnte mir Unglück bringen. Ich verfluchte den Tag, an dem Ferdinand Huebner mir den Chinesen vorgestellt hatte. Ich sah das Lächeln, dieses unergründliche, immer gleichbleibende Lächeln. Es sah bei unserer ersten Zusammenkunft ebenso aus wie an dem Tag in Zürich-Kloten, an dem er sein Double abholte oder in der Nacht vor der Kurklinik. Es war immer das gleiche, fast Güte ausstrahlende, aber immer undurchdringliche Lächeln.“

„Kommen wir noch einmal auf den Flughafen Kloten zurück“, sagte Larsson. „Sie sagten, Sie hätten die Bilder noch in Ihrer Kamera.“

„Für wie leichtsinnig halten Sie mich? Natürlich habe ich die Bilder noch. Aber ganz sicher nicht in der Kamera.“

„Wo dann?“

„Gespeichert auf einem Stick, den ich versteckt habe.“

„Fein. Das ist Ihre Versicherung. Wenn Sie uns den Stick zugänglich machen, werde ich mich dafür verwenden, dass Sie ins Zeugenschutzprogramm aufgenommen werden.“

„Das sagten Sie. Aber ich will Ihnen ehrlich sagen, ich hatte mich auch schon damit befasst.“

„Na, sehen Sie. Das klingt doch ganz vernünftig.“

„Und habe festgestellt, dass das Zeugenschutzprogramm einen Scheißdreck wert ist.“

„Wieso?“ fragte Larsson irritiert.

„Sagt Ihnen der Name Doris Glück etwas?“

„Nein.“

„Es ist ein fiktiver Name. Glück. Wahrscheinlich, weil sie das Glück hatte zu überleben.“

„Ich weiß nicht, wovon Sie sprechen.“

„Sie war die Frau eines islamistischen Terroristen aus Ägypten. Als Zeugin bekam sie einen neuen Namen, man riss sie aus ihrer Welt. Nun findet sie nicht zurück.“

„Und was haben wir, was haben die Sicherheitsbehörden definitiv damit zu tun, wenn diese Frau nicht ins Leben zurückfindet?“

„Sie ist auf Ihr Zeugenschutzprogramm reingefallen.“

„Was soll das heißen?“

„Die Normalität ist der Frau abhanden gekommen, als sie ins Zeugenschutzprogramm aufgenommen wurde. Sie ist heute 49 und lebt irgendwo in Deutschland.“

„Kommen wir zurück zu den Bildern“, sagte Larsson.

„Ich gebe Ihnen die Bilder und werde kurze Zeit später irgendwo mit durchschnittener Kehle aufgefunden. Glaube Sie, dass das ein guter Tausch für mich wäre?“

„Das Zeugenschutzprogramm wird Sie auffangen“, sagte Andresen.

„So wie Frau Glück?“

„Wenn das so ist, wie Sie sagen, ist es in der Tat unglücklich gelaufen. Ich bin aber sicher, dass die zuständigen staatlichen Stellen das revidieren werden.“

Larsson wandte sich an Inge Mohaupt. „Kannst du bitte mal für Kaffee sorgen, Inge?“

Während die Hauptkommissarin aus dem Raum ging, sagte Larsson: „Der ausländische Abschaum darf sich nicht ungestraft ausbreiten. Dafür zu sorgen, ist unser aller Pflicht. Meinen Sie nicht auch, Herr Petersen?“

„Kann ich mal telefonieren?“

Als Lasse Larsson zustimmte, nahm Petersen den Hörer auf und wählte die Nummer der Finanzservice GmbH. Sie konnten nicht hören, wer sich auf der anderen Seite meldete. Aus dem Gespräch, das Petersen führte, konnten sie aber entnehmen, dass er mit Gabriele Bagh, der Frau seines Kompagnons, sprach. Er erklärte ihr, dass sie in seinem Wohnzimmer eine Vase mit einem Strauß langstieliger, künstlicher Seidenrosen finden würde. Sie solle die Rosen herausnehmen, die Vase vorsichtig in die Kriminalaußenstelle Heringsdorf bringen und nach Hauptkommissar Lasse Larsson fragen. Dort würde er auf sie warten.

„Eine Vase?"

„Eine sehr schöne Meißner Vase."

„Ich nehme an, sie birgt einen besonderen Inhalt", ließ sich Andresen vernehmen.

„Sie wollen doch die Aufnahmen vom Flughafen Kloten."

Inge Mohaupt kam mit dem Kaffee, und sie schwiegen eine Weile, um die ersten Schlucke zu genießen.

„Sie halten sich für gefährdet?"

„Ja. Zumindest, wenn ich die Rückzahlungen der Raten für die beiden Porsche nicht einhalten kann."

„Und? Können Sie das nicht?"

„Ich habe einige Engpässe."

„Sie können nicht fristgerecht zahlen."

„Zugegeben. Wir sind im Augenblick nicht liquide genug, um die noch ausstehende Rate von rund 160.000 Euro zu zahlen."

„Deshalb die Demonstration mit Ferdinand Huebner?"

„Huebner war hoch verschuldet. Auch der Verkauf des Autohauses reichte bei Weitem nicht aus, die Forderungen des Chinesen zu befriedigen. Sie haben ihm eine letzte Frist gestellt, und Huebner hat sie nicht nur verstreichen lassen. Er hat sich nach Heringsdorf abgesetzt. Man hat ihm eine letzte Warnung zukommen lassen."

„Die roten Gladiolen?"

Petersen nickte.

„Also doch", sagte Andresen.

„Huebner hat wohl Wu Sun Jian gesagt, dass er nicht zahlen könne und, was viel schlimmer ist, dass er sich keinesfalls fürchte vor dem, was kommen würde."

Als Gabriele Bagh die Vase brachte, sagte ihr Petersen, dass er für einige Zeit nicht für ihre gemeinsame Firma zur Verfügung stehe. Obwohl die Männer merkten, dass dies der Frau nicht passte, fassten sie in diesem Punkt nicht nach.

„Es ist ein wunderschönes Kobaltblau“, sagte Petersen begeistert. „Und achten Sie auf den Goldrand. Es ist eine verdammt teure Vase. Neben meiner Sammlung von moderner Malerei ist es das alte Meißner Porzellan, das es mir angetan hat.“

„Teure Hobbys haben Sie da.“

Petersen hielt die Vase in der Hand. „Du solltest jetzt gehen, Gabi! Und grüß Jørgen von mir!“

Er nahm eine Klammerzange vom Schreibtisch Larssons, mit dem der sonst immer Aktenblätter anzuheften pflegte, küsste demonstrativ die Vase und sagte: „Leb wohl, mein teures Stück.“ Dann zerschlug er die Vase. Dabei ging er sehr vorsichtig zu Werke, um den Stick, der, in einer Folie verschweißt, im Inneren des Vasenbauches angeklebt war, nicht zu zerstören.

„Was hat die Vase für einen Wert?“

„Genug, dass mich diese Aktion ärgert.“ Petersen riss die Folie auf und nahm den Stick heraus. „Stecken Sie ihn in den USB-Anschluss Ihres Computers. Dann haben Sie, was Sie wollen.“

„Wir lassen die Bilder über den Laptop laufen.“ Larsson ging zum Tisch Inge Mohaupts und gab ihr den Stick. Sie rief die Daten auf. Bild für Bild klickte sie an. Als das erste Bild des Ankömmlings der Maschine aus Hongkong auf dem Bildschirm erschien, sagte Andresen: „Es ist der Tote aus dem Achterwasser.“

Das zweite Bild vergrößerte sie unaufgefordert, und Larsson fand die Bestätigung für die Aussage Petersens, er habe gedacht, einen Doppelgänger Lin Dong Huis zu sehen. Einen Augenblick dachte er an das doppelte Lottchen, den Kästner-Film, den er in der Jugend so gern gesehen hatte.

„Es sieht aus, als wären wir eineiigen Zwillingen auf der Spur.“

„Ja, das wird es sein.“

Petersen sagte, dass er selbst über diese frappierende Ähnlichkeit verwundert gewesen sei, als er die beiden Männer zu sehen bekam.

„Wir können sie hier ausdrucken“, sagte Andresen.

„Das werden wir lassen. Ich möchte vorerst nicht, dass etwas über den Polizeicomputer läuft."

„Karl hat gesagt, dass er alle seine Bilder selbst herstellt", wandte Inge Mohaupt ein.

„Karl?"

Sie nickte.

„Zu Hause?"

„Ja."

„Bring ihm den Stick. Er möchte bitte umgehend nach Hause fahren und die Bilder ausdrucken. Darüber hinaus soll er die Daten kopieren, so dass wir über sie verfügen können."

„Ich will den Stick nicht aus der Hand geben", protestierte Petersen.

„Es ist nur für eine halbe Stunde. Dann bekommen Sie Ihr Eigentum zurück."

„Was ist mit dem Zeugenschutzprogramm?"

„Sie sind also interessiert?"

„Bleibt mir etwas anderes übrig?"

Andresen lächelte ihn an und sagte: „Nein. Bei genauer Betrachtung nicht."

„Ich werde mich dafür einsetzen", sagte Larsson. „Aber das kann ich erst morgen, und es wird einige Tage dauern, bis klar ist, ob die deutschen Behörden einsteigen."

„Haben Sie eine Möglichkeit, mit Lin Dong Hui in Verbindung zu treten?"

„Ich habe eine Handynummer. Wenn ich die wähle, meldet sich Wu Sun Jian. Ich sage, was ich möchte. Sie unterbricht die Leitung, und ich werde nach einiger Zeit zurückgerufen."

„Geben Sie uns die Nummer."

Petersen schrieb die Nummer auf einen Zettel, den Larsson ihm zuschob. „Kannst du mal bitte anfragen, was für eine Nummer das ist, Rolf?"

Während Andresen sich bemühte, über die Auskunft zu erfahren, für wen der Anschluss eingerichtet wurde, sagte Larsson zu

Petersen: „Der Chinese hat Ihnen eine Frist gesetzt, in der Sie das Geld übergeben haben müssen?“

„Ja.“

„Wann ist der letzte Termin?“

„Am 12. Januar.“

„Also diesen Sonntag schon.“

„Ja.“

„Werden Sie zahlen?“

„Ich sagte schon, wir sind derzeit nicht liquide.“

„Wer holt das Geld, wenn Sie welches zahlen?“

„Ich habe erst einmal gezahlt. Da kam Wu Sun Jian.“

„Wu Sun Jian. Glauben Sie, dass er sie allein schickt?“

„Eher nicht. Ich denke, dass Lin Dong Hui immer in ihrer Nähe ist.“

„Oder der Doppelgänger vom Flughafen in Kloten? Kann das auch sein?“

Petersen deutete ein Lachen an und zuckte mit den Schultern. „Woher bitte soll ich das wissen? Sie haben ja gesehen, die gleichen sich wie ein Ei dem anderen.“

Das stimmte. Larsson fragte sich, was das in einem so hoch angesiedelten Fall bedeuten würde. Und er fragte sich weiter, ob das BKA überhaupt ahnte, wer Lin Dong Hui war, dass es ihn im Doppelpack gab und was aus dieser Tatsache für Konsequenzen für alle weiteren Ermittlungen zu ziehen seien. „Wissen Sie, wohin die Asiaten gefahren sind, nachdem sie den Flughafen Kloten verlassen haben?“

Petersen schüttelte den Kopf. „Yvonne kam erst nach etwa vierzig Minuten. Ich konnte dem Auto nicht folgen. Außerdem hätte ich es ohnehin nicht gemacht, weil es viel zu gefährlich gewesen wäre, entdeckt zu werden.“

„Ja, das wäre es wohl. Sie wissen, dass Sie in der Gefahr leben, umgebracht zu werden, wenn Sie am Sonntag nicht zahlen können.“

„Lin Dong Hui hat keinen Zweifel daran gelassen, wie jemand endet, der ihn zu linken versucht.“

„Bis Sonntag sind Sie freilich in relativer Sicherheit. Wir werden so tun, als wollten Sie das Geld übergeben. Dann setzen wir die Bande um den Chinesen fest und schicken Sie ins Zeugenschutzprogramm.“

„Aber ich habe das Geld nicht.“

„Ich werde versuchen, es aufzutreiben. Es ist ja nur für einige Stunden.“

Larsson schickte Petersen nach Hause.

Simons, der zuvor den Sticker mit nach Hause genommen hatte, kam und brachte die Bilder, die er in sehr guter Qualität ausgedruckt hatte. Gegen 18 Uhr beendeten sie ihre Tagesarbeit und fuhren nach Hause.

21. Kapitel

Larsson schreckte hoch. Es war sein Telefon, das ihn weckte. Er verfluchte, den Apparat so laut eingestellt zu haben. Er tastete sich zum Schalter der Nachttischlampe, schaute zur Uhr. Es war kurz nach halb drei. Er brauchte einen Augenblick, um zu erfassen, dass er sich nicht wie in den letzten Tagen in Loddin im Haus von Monika Landris befand, sondern in seinem eigenen.

Unbewohnte Gebäude pflegten schnell zu verfallen, und die eingefrorene Heizungsleitung war Warnung genug, hier nichts verkommen zu lassen. Es hatte einigen Widerstand seitens Monika gegeben. Sie wollte nicht gelten lassen, dass er sie so ohne Vorwarnung allein in Loddin ließ. Aber er hatte sie auch nicht aufgefordert, mit in seinem Haus zu bleiben. Ihn darum zu bitten, war sie zu stolz gewesen.

„Ja."

„Höhler. Notrufzentrale. Hier ist eine Frau in der Leitung, die nur mit Ihnen sprechen will."

„Wissen Sie, wie spät es ist? Vorgestern Nacht bin ich kurz vor vier geweckt worden, heute ist es noch früher."

„Sie sagt, sie heiße Minh Hu, und sie würden sie schon überall suchen. Und wenn Sie jetzt nicht mit ihr sprechen, wäre es vielleicht gar nicht mehr möglich, weil es sie nicht mehr geben würde."

Mit einem Schlag war Larsson hellwach. „Stellen Sie durch."

Es knackte in der Leitung. Larsson hörte, wie jemand atmete.

„Minh Hu?"

„Sie Hauptkommissar Larsson?"

„Ja. Hauptkommissar Lasse Larsson."

„Sie mich suchen?“

„Ja. Wo sind Sie?“

„Ich nicht kann sagen.“

„Hören Sie, Minh Hu. Ich möchte Sie treffen, und wir können uns unterhalten, ohne dass irgendjemand etwas davon erfährt.“

Es dauerte einen Augenblick. Larsson hörte, wie jemand flüsternd miteinander sprach.

„Minh Hu? ... Minh Hu? ... Minh Hu?“

„Ich nicht alleine.“

„Wer ist bei Ihnen?“

„Mein Ehemann.“

Von einem Ehemann wusste Larsson nichts. Irgendetwas musste ihnen bei ihren Ermittlungen entgangen sein. „Ich dachte, Li Kai Song würde mit Ihnen leben. Wir haben ein Foto gefunden, in dem der Mann den Arm um Sie legt.“

„Sie nicht glauben müssen, was Foto sagt.“

„Was sagt das Foto denn?“

„Nur, dass Mann bei mir war.“

„Können wir uns treffen?“

Wieder hörte Larsson, wie getuschelt wurde.

„Jetzt?“

„Ja, jetzt?“

Es blieb einen Augenblick ruhig. Dann sagte die Stimme: „Wo wollen Sie treffen?“

„In Heringsdorf?“

„Nicht Heringsdorf.“

„Gut, machen Sie einen Vorschlag.“

„Kommen nach Greifswald?“

„Greifswald?“

„Kommen allein?“

Larsson verfluchte innerlich, zu nächtlicher Stunde den Weg nach Greifswald antreten zu müssen. Das waren fast 70 Kilometer.

„Wo in Greifswald?“

„Kennen Bahnhof?“

„Ja."

„Kommen Parkplatz. Bleiben in Auto sitzen. Ich Sie finden."

„In Ordnung."

„Haben Handy?"

„Ja. Ich habe ein Handy."

„Wie Nummer?"

Larsson nannte seine Handynummer.

„Gut, wenn nicht allein kommen, dann ich weg."

„Ich komme allein."

Es knackte in der Leitung. Minh Hu hatte die Verbindung unterbrochen.

Lasse Larsson schälte sich aus dem Bett und ging ins Bad. Die morgendliche Toilette erfolgte im Schnelldurchgang. Für Kaffee gab es, sehr zu seinem Leidwesen, keine Zeit.

Die Straßen waren um diese Zeit nahezu autofrei. Trotzdem brauchte er eine knappe Stunde. Kurz nach halb vier am Morgen ließ er seinen Wagen auf dem Parkplatz am Bahnhof ausrollen. Zwei andere Wagen standen da. Ein alter Citroën stand in einer dunklen Ecke und nahezu in der Mitte unter einer Laterne ein kleiner Polo. So sehr er versuchte, die Dunkelheit zu durchdringen, er konnte niemanden in den Autos entdecken. Plötzlich stand sie neben der Beifahrertür. Sie war wie aus dem Nichts aufgetaucht. Larsson war so erschrocken, dass seine Hand zum Griff seiner Dienstpistole ging. Er fragte sich, wie es passieren konnte, dass sich jemand seinem Fahrzeug genähert hatte, ohne dass er das mitbekam.

„Ich sehen, Sie allein. Darf ich reinkommen?"

„Ja, natürlich."

Minh Hu setzte sich neben ihn, der ungläubig die Umgebung in den Außenspiegeln musterte. Aber er konnte nichts feststellen.

„Und Sie? Sind Sie allein?"

Minh Hu lächelte. „Hier bei Ihnen allein. Aber nicht denken, dass Minh Hu leichtsinnig. Kopf von Hauptkommissar im Visier von Kanone."

Obwohl er lachte, traute er ihren Worten. Er würde abgeknallt, sobald er versuchte mit Minh Hu abzufahren. Ich muss dämlich gewesen sein, dass ich mich auf dieses Spiel eingelassen habe, dachte er.

„Sie mich suchen", begann Minh Hu das Gespräch. „Li Kai Song mein Cousin. Er nun tot. Schade, denn er eigentlich guter Mensch. Für böse vietnamesische Männer tätig, sonst Familie in Xuân Lôc muss hungern."

„Er war Ihr Cousin?"

„Ja. Ich sagen schon."

„Und was ist mit dem Ehemann, von dem Sie gesprochen haben?"

„Minh Tu Le. Er jetzt aufpassen auf mich."

„Aber er hat nicht bei Ihnen in Benz gewohnt."

„Nein. Er noch nicht lange mein Ehemann. Er illegal hier in Deutschland. Aber er kennt Li Kai Song."

„Er kannte Ihren Mann?"

„Ja. Li Kai Song und Minh Tu Le zusammen in Schule gegangen in Xuân Lôc."

„Wo ist dieses Xuân Lôc?"

„Ho Chi Minh-Stadt."

„Also Saigon."

„Früher Saigon, ja."

„Ich dachte, im Mai 1975 hätte der Vietcong gesiegt und zur bedingungslosen Kapitulation der südvietnamesischen Regierung geführt, deren Mitglieder überwiegend ins Exil gingen. Und seither sind dort die Kommunisten. Also, wie kann denn ein Mann aus dem kommunistischen Vietnam in Deutschland auftauchen und hier für irgendeine Bande tollwütiger Hunde einen Mord begehen?"

„Li Kai Song und Minh Tu Le haben gearbeitet für den südvietnamesischen Nghé-Tinh-Bund. Wegen Streit von Chefs kam Aufteilung in Quan-Binh und Ngh-Gruppen. Beide Gruppen im Großraum Berlin tätig."

„So weit, so gut“, sagte Larsson, als Minh Hu einen Augenblick schwieg. „Und nun?“

„Li Kai Song nach Kanada, wo Spezialausbildung, und Minh Tu Le nach Berlin, wo Zigarettenverkauf organisiert.“

Das Handy Larssons klingelte, und ein Mann sagte: „Geben Telefon Minh Hu.“

Larsson reichte der Frau das Handy, und sie palaverte einige Sätze mit dem Anrufer. Dann gab sie Larsson das Handy zurück.

„Was für eine Spezialausbildung?“

Sie sagte nichts, machte aber eine unmissverständliche Handbewegung zum Hals.

„Mord?“

Minh Hu nickte.

„Li Kai Song hat Auftrag an Minh Tu Le gesagt. Jemand verraten an Boss. Boss sagen, Li Kai Song müssen sterben, weil nicht an Schwur gehalten. Chinesischer Drachenkopf haben Li Kai Song zum Tode verurteilt, weil er den Mann selbst getroffen hat und weiß, wie aussieht.“

„Chinesischer Drachenkopf?“

„Li Kai Song waren für diese Arbeit direkt Drachenkopf der 14K-Triade Cheung Lang Bao unterstellt und haben gebettelt für Leben, aber Boss sagen: ‚Dui nei – fick dich selbst!‘ Und war sehr wütend. Als Li Kai Song weiter gebettelt, er noch wütender und sagen: ‚Dui nei loumou! – Fick doch deine Mutter!‘ Da wusste er, dass nichts helfen würde zu retten sein Leben.“

„Cheung Lang Bao?“

„Chef von 14K-Triade in Hongkong und Kanada. Heißen auch Zheng Chenggong. Haben viele Namen und viele Passe.“

Larsson schluckte. Das organisierte Verbrechen in Deutschland war schon kompliziert genug. Nun kamen auch noch diese lausig gefährlichen asiatischen Banden hinzu. Was anfangs fast harmlos aussah, mauserte sich zu einem Knäuel nahezu unwirklicher Verwicklungen. Er fragte sich, ob er wirklich hörte, was er hörte, und er malte sich aus, wie Deutschland weiter im Schlamm des organisierten Verbrechens versinken würde, gelänge es nicht, diesen international operierenden Gruppen Einhalt zu gebieten.

„Und nun wollen umbringen Minh Tu Le und Minh Hu, weil zu viel wissen.“

Larsson wusste, worauf die Frau hinaus wollte. Die beiden wären nicht sicher in Deutschland und schon gar nicht sicher in Vietnam. Man würde sie töten, wie man Li Kai Song abgeschlachtet hatte. „Nun haben Sie Angst und hoffen darauf, dass der deutsche Staat Ihnen hilft.“

„Ja.“

„Ich kann nicht garantieren, dass das klappt. Aber ich will sehen, was ich für Sie tun kann. Geben Sie mir Ihre Handynummer. Ich werde Sie anrufen. Morgen oder übermorgen. Früher wird es nicht werden.“

„Ich kann keine Handynummer geben. Ich rufen an auf Ihr Handy. Ist das okay?“

Larsson wusste, dass es zwecklos war, zu insistieren. Als sie sich trennten, war es kurz vor fünf. Der Tag hatte noch nicht zu dämmern begonnen. Aber das war so am Anfang eines jeden Jahres.

22. Kapitel

Lasse Larsson kam kurz vor sechs in Loddin an. Er sah Licht durch das kleine Badezimmerfenster fallen. Monika war also schon aufgestanden. Er versuchte die Tür mit seinem Schlüssel zu öffnen, aber sie hatte ihren von innen stecken lassen. Larsson klingelte kurz. Es dauerte einen Augenblick, dann hörte er ihre Schritte zur Tür kommen.

„Ist da jemand?"

„Ja."

„Lasse?"

„Mach schon auf! Es ist nicht sonderlich warm hier draußen."

Als sie die Tür öffnete und vor ihm stand, dachte er daran, wie schön sie doch war und dass er sie auf keinen Fall verlieren wollte.

„Wo kommst du her? Kannst du nicht schlafen?"

Er trat in den Flur. Er versuchte sie zu umarmen. Aber sie machte sich los.

„Kaffee?"

„Ja, das wäre eine hervorragende Idee. Ich bin schon einige Stunden unterwegs, ohne etwas im Magen zu haben. Da friert man noch mehr, als es bei der Kälte ohnehin schon der Fall ist."

„Setz dich rein. Ich mache nur noch meine Haare fertig."

Larsson schaltete das Radio ein. Sie hatte seinen Sender noch nicht durch einen anderen ersetzt. Er stellte es mit Befriedigung fest. Nach der Zeitansage kam ein Ausschnitt aus Verdis *La Traviata*. Pavarotti sang und eine Sopranistin, deren Stimme er nicht erkannte. Manche Stimmen erkennt man unter Tausenden, denn sie sind einmalig, dachte er. Pavarotti gehört dazu und Hermann

Prey, Fischer-Dieskau und Fritz Wunderlich. Und die große Maria Callas natürlich.

Monika kam herein. Sie war nun vollständig angezogen und sah bezaubernd aus. Wieso, fragte er sich, zweifle ich daran, dass diese Verbindung hält? Sie gibt keinen Anlass zu irgendeinem Zweifel. Vielleicht bist du es ja selbst, der nicht mehr bindungsfähig ist. Bei diesem Gedanken erschrak er. Möglicherweise hatten ihn seine Erfahrungen mit Frauen so abgestumpft, dass er nicht mehr liebes- und bindungsfähig war. Er verdrängte es, sich diese Frage zu beantworten.

„Ich mache uns ein Frühstück, und wenn wir uns ein wenig beeilen, sind wir auch pünktlich zur Arbeit."

„Ist deine Mutter noch nicht aus Greifswald zurück?"

„Nein."

Sie ging in die Küche, und er hörte sie hantieren.

Warum kommt diese Frau nicht aus Greifswald wieder zurück, dachte er. Ihm fielen die Worte Monikas ein, die sie über ihre Mutter gesagt hatte. „Sie will mich nicht am Leben hindern." Was aber beabsichtigt sie wirklich? Will sie bei ihrem Bruder in der Stadt wohnen bleiben? Oder mag sie damit der Tochter zeigen, dass sie nicht allein in dem kleinen Haus in Loddin wohnen möchte? In jedem Fall bringt sie Monika in Zugzwang, eine Entscheidung zu treffen, und damit in erhebliche Schwierigkeiten.

Nur im Unterbewusstsein registrierte er, dass der Sender nun Beethovens *Pastorale* spielte.

Würde sich Monika dafür entscheiden, mit ihrer Mutter in dem Haus weiterzuleben, müsste sie sich gegen ihn entscheiden. Lasse Larsson war nicht bereit, in einem so kleinen Haus mit einer Schwiegermutter sein Leben zu verbringen. Als sie mit dem Frühstückstablett kam, riss sie ihn aus seinen Gedanken.

„Ich hatte wieder einen Nachteinsatz", begann er das Gespräch. Und dann erzählte er ihr von der Begegnung mit Minh Hu auf dem Bahnhofsparkplatz in Greifswald.

„Was willst du jetzt tun? Die Sache wächst dir über den Kopf."

Obwohl er sich über diese Bemerkung ärgerte, musste er ihr Recht geben. Die Möglichkeiten, die ihm die Polizeidirektion Anklam bot, reichten bei Weitem nicht aus, um die Sache ordnungsgemäß zu Ende zu bringen. Ordnungsgemäß hieß in diesem Fall, Petersen, Minh Hu und deren Ehemann in einem Zeugenschutzprogramm unterzubringen. Selbst wenn er sich seiner Kollegen in Anklam, die das organisierte Verbrechen bearbeiteten, bediente – sie waren hauptsächlich für das Rotlichtmilieu und bestenfalls für Geldwäsche zuständig –, es würde ihre Möglichkeiten bei weitem übersteigen. Hier lag das Spielfeld beim LKA oder sogar beim BKA.

„Ich werde den Dienstweg einhalten“, sagte Larsson. „Gleich um acht rufe ich Kruse an. Der kann festlegen, wie es weitergeht.“

„Ja, das ist eine gute Entscheidung.“

Sie frühstückten gemeinsam. Der Kaffee belebte Larsson soweit, dass er sich zu einer Frage aufraffte. „Was ist mit deiner Mutter? Wann kommt sie zurück? Oder wollen wir sie heute Abend abholen?“

„Sie hat gestern Abend noch mit mir telefoniert. Mein Onkel hat sie gefragt, ob sie bei ihm wohnen bleiben möchte.“

Als Larsson vermied, eine Bewertung abzugeben, sagte sie: „Ich weiß, was du denkst, Lasse. Und ich sage dir, dass ich gern mit dir zusammenbleiben würde. Hier in Loddin oder in deinem Haus in Heringsdorf. Und die Meinung meiner lieben Mutter, Jung und Alt gehören auf Dauer nicht unter ein Dach, kann ich so nicht nachvollziehen. Früher haben drei Generationen unter einem Dach gewohnt.“

„Die Zeiten haben sich geändert.“

„Aber ich respektiere ihre Entscheidung. Und nun möchte ich von dir wissen, wie du dich entscheiden wirst. Willst du mit mir leben oder ohne mich? Aber warte mit der Antwort nicht allzu lange.“

Als sie jeder mit dem eigenen Auto aufbrachen, hatte Larsson Zeit, über ihre Worte nachzudenken. Warum, so fragte er sich, setzt sie mich jetzt so plötzlich unter Druck? Es war mein Wunsch, sie zu erobern. Es ist mein Wunsch, mit ihr zusammenzuleben, aber warum muss ich mich so schnell entscheiden? Ich brauche noch Zeit.

Monika Landris wiederum dachte, dass er ein schwieriger Mann sei und weniger lenkbar, als sie sich das vorgestellt hatte. Mit ihren 27 Jahren war sie zwar noch keine Frau, die man als alte Jungfer abtun würde, und ihre Chancen bei den Männern standen gut. Aber sie wollte, was nahezu jede Frau in ihrem Leben will: Kinder, denn die machen erst eine Familie aus. Und sie wollte diese Kinder nicht von irgendeinem Mann, sondern von einem, der weiß, was er will, der sich im Leben durchsetzen konnte und einer Familie Sicherheit bieten würde. Lasse Larsson wäre ein solcher Mann, wenn er sich endlich entscheiden könnte.

Dieses Mal achteten sie nicht darauf, getrennt auf den Hof der Polizei in Heringsdorf zu fahren. Andresen stand oben am Fenster, sah sie kommen und machte sich seine Gedanken.

„Kommt alle zusammen zu mir ins Büro“, sagte Larsson zu Monika, als sie die Treppe hochgingen. „Ich möchte die Leute davon unterrichten, dass wir den Fall abgeben werden. Es wird ihnen nicht passen. Mir passt es auch nicht. Aber wir haben nicht die Möglichkeiten, die Personen zu schützen, die es zu schützen gilt.“

Andresen stand noch immer am Fenster und drehte seinen Kopf zu ihm herum, als er ihn begrüßte. „Ich habe euch auf den Hof fahren sehen. Monika und dich. Ihr gebt ein schönes Paar ab. Hast du schon einmal darüber nachgedacht?“

„Ich habe über etwas ganz anderes nachgedacht.“

„Und?

„Du wirst es gleich erfahren, zusammen mit den anderen. Ich habe kaum Lust, es in wenigen Minuten zu wiederholen.“ Larsson setzte sich an seinen Schreibtisch, und Andresen dachte, dass es selten vorkam, ihn so mürrisch zu erleben.

Karl Simons, Inge Mohaupt und Monika Landris kamen herein und nahmen die Plätze an der runden Tafel ein. Sie waren nun zu fünft.

„Dann fangen wir an. Setz dich, Rolf! Du nimmst mir die Ruhe. Also! Wir haben Petersens Aussage zu seinen Einlassungen mit Huebner und seine Verbindungen zu Lin Dong Hui und dessen weiblicher Mitarbeiterin Wu Sun Jian."

„Geliebten?" sagte Simons.

„Vielleicht auch das. Aber nachdem Hoffmann, ihr erinnert euch an den Geliebten der Frau Huebner, Wu Sun Jian als die Frau erkannt hat, die Huebner den Strauß roter Gladiolen überbracht hat, und Petersen bestätigte, dass es die Frau war, die er am Mordtag mit dem getöteten Vietnamesen Li Kai Song vor dem Seiteneingang der Reha-Klinik gesehen hat, halte ich sie für ... für eine Auftragskillerin."

Er machte eine Pause und schaute in die Runde. Es gab keine Einwände. „Die Fotos, die Petersen am Flughafen in Kloten gemacht hat, beweisen zwei Dinge. Erstens – der Mörder Huebners war Li Kai Song, der mit einer Maschine der Air Canada aus Vancouver eingeflogen wurde."

„Was ist mit den anderen Aufnahmen, die in Kloten gemacht wurden?" fragte Inge Mohaupt.

„Eine andere Aufnahme zeigt uns, dass es Lin Dong Hui in doppelter Ausführung gibt. Wir können nur spekulieren, jedenfalls im Augenblick. Ich denke, es könnten eineiige Zwillinge sein."

„Oder ein gut gemachtes Double."

„Ja. Wäre durchaus möglich. Aber wie gesagt, alles ist noch Spekulation."

„Und wie willst du weiter vorgehen, Lasse?"

„Es hat keinen Zweck, die Sache allein oder weiter mit unserer Abteilung für OV in Anklam zu bearbeiten. Ich werde Kruse davon verständigen. Er soll selbst entscheiden, ob er das LKA oder das BKA hinzuziehen will."

Er beendete die Zusammenkunft, und Inge Mohaupt, Monika Landris und Simons verließen den Raum.

„Das BKA hat nicht einmal auf unsere Anfrage mit dem Bild des Chinesen geantwortet. Glaubst du, dass sie ausgerechnet jetzt etwas Vernünftiges zustandebringen werden?"

„Ich kann es dir nicht sagen. Mir bleibt nichts anderes übrig, als Kruse zu verständigen."

Um neun unterrichtete Larsson Kriminaloberrat Kruse von der Entwicklung, die der Fall genommen hatte. Und er sparte nicht mit Kritik am BKA, das bisher nicht auf die Bitte, die asiatische Person zu identifizieren, die von der Überwachungskamera des Heringsdorfer Casinos aufgenommen worden war, reagiert hatte. Kruse versprach, sich sofort darum zu kümmern.

Zwei Minuten vor zehn rief er an. „Zwei Leute des BKA sind mit einem Hubschrauber unterwegs und werden in ungefähr eineinhalb Stunden hier in Anklam eintreffen. Ich erwarte, dass Sie sofort mit allen Unterlagen herkommen. Ich möchte mir einen Überblick verschaffen, bevor die Herren da sind."

23. Kapitel

Als Lasse Larsson an diesem Freitag, dem 10. Januar, kurz vor elf in Anklam ankam, wurde er schon erwartet. Die Sekretärin Kruses hatte den Besprechungstisch bereits eingedeckt.

„Helle Aufregung, Täubchen", begrüßte Larsson die Frau, die Tauber hieß und die alle nur Täubchen nannten. Sie war nicht gerade das, was man eine jugendliche Liebhaberin nannte. Obwohl sie ständig mit dem Übergewicht zu kämpfen hatte, verlor sie den Kampf ebenso regelmäßig, wie sie sich selbst Abmagerungskuren verordnete. Aber sie war eine zuverlässige Mitarbeiterin ihres Dienstherrn und ein manchmal nützliches Übertragungs- und Beeinflussungsorgan, wenn es galt, wichtige Informationen zu transportieren. Nur wer sie verärgert hatte, musste mit ihrer unnachsichtigen Blockade rechnen. Larsson gehörte nicht dazu. Und das nutzte er reichlich aus.

„Der Chef ist ganz aufgeregt", sagte Täubchen mit einem unschuldigen Augenaufschlag. „Irgendwie scheint der Vorgang, den Sie bearbeiten, so brisant, dass sich das BKA in Wiesbaden dringend dafür interessiert. Und das beflügelt ihn."

„Das beflügelt ihn?"

„Er sagte, wenn wir was von denen wollen, dann sind wir wie Bettler. Jetzt müssen sie zu uns kommen, weil sie etwas wollen. Und das gefällt mir."

Sein Gesicht umspielte ein Lächeln. Auch er hatte Erfahrungen mit Leuten gemacht, die ihre Stellung als Machtposition verstanden und ihre Mitmenschen das spüren ließen.

Kruse begrüßte Larsson. „Ich bin gespannt, wie sie sich herausreden werden, weshalb sie die Anfrage bezüglich des Bildes nicht beantwortet haben." Er bot Larsson Platz an und ließ sich die Handakte geben.

„Sie haben sich also heute Nacht mit dieser Vietnamesin getroffen."

„Ja."

„Darüber gibt es noch keinen Bericht."

„Nein. Die Zeit hat nicht gereicht. Entweder bin ich pünktlich hier, oder ich wäre zwei Stunden später mit dem Bericht gekommen."

„Was sind das für Bilder?"

„Es sind Fotos von unserem Chinesen und anderen asiatischen Personen, die auf dem Flughafen in Zürich-Kloten gemacht wurden."

„Wie sind Sie an diese Aufnahmen gekommen?"

„Sie sind bei der Vernehmung eines anderen Verdächtigen ans Licht gekommen. Auch für diesen Mann brauchen wir das Zeugenschutzprogramm. Gegen ihn wird noch in einem anderen Fall ermittelt."

„Petersen?"

„Ja."

Es klopfte. Täubchen steckte den Kopf zur Tür herein. „Der Wagen ist eben auf den Hof gefahren. Sie werden gleich da sein."

„Ich habe die Herren vom Flughafen abholen lassen. Dreieinhalb Kilometer sind eben schnell zu fahren. Schade, ich hätte mich gern besser informiert."

Als es klopfte, stand Kruse auf und ging zur Tür, die sich öffnete. Eigentlich hatten sie zwei männliche Beamte erwartet. Doch nun kam ein Mann, der die Mitte seines Lebens bereits weit überschritten hatte, und eine relativ junge, gut aussehende Frau.

„Mein Name ist Franz Geiger", sagte der Mann im urbayrischen Dialekt, ohne seinen Dienstgrad zu nennen. „Ich leite die Arbeitsgruppe Asiatische Kriminalität innerhalb der Abteilung OV. Das ist meine Kollegin Janina Seyfert, meine Stellvertreterin."

Larsson schätzte die Frau auf 35. Wenn sie in diesem Laden Stellvertreterin für eine so wichtige Aufgabe ist, muss sie schon sehr qualifiziert sein, dachte er.

„Kriminalhauptkommissar Larsson hat Ihnen ein Bild eines Asiaten geschickt und um Auskunft gebeten“, begann Kruse das Gespräch. „Leider hat er vergeblich auf eine Antwort gewartet.“

„Das liegt daran, dass wir eine Anfrage bei Scotland Yard gestellt haben, die von den Briten sehr zögerlich beantwortet wurde.“

Larsson wusste, dass Geiger log. Und Kruse wusste das ebenfalls. Mit irgendeiner Äußerung würde er verraten, warum das BKA mauerte.

„Wissen Sie denn jetzt, wer der Mann ist?“

„Ich setze voraus, dass unser Gespräch hier vertraulich ist und in diesem Raum bleibt.“

„Warum diese Geheimniskrämerei?“

„Weil es hier um eine weltweit operierende Geheimtruppe geht, von der wir bisher weitgehend verschont geblieben sind.“

„Halten sie Drachen für Kraken, die sich in Deutschland ausbreiten wollen?“ fragte Larsson. „Weil wir über Triaden reden, deren Ausbreitung Sie fürchten?“

„Es ist schwer, in irgendeiner Weise in die geschlossene Gesellschaft gewisser Verbrechersyndikate einzudringen.“

„Der Mann, den Sie für uns gesucht haben, ist Lin Dong Hui, ein chinesischer Lebemann“, sagte Larsson.

Geiger lachte. „Nein, nein. Es ist Cheung Lang Bao, der sich Zheng Chenggong nennen lässt – nach einem historischen Armeeführer und halbstaatlichen Seeräuber. Er ist der Drachenkopf, der in Hongkong das Sagen bei der 14K Triade hat. Die 14K Triade ist eine der größten und brutalsten Triaden, die nicht vor Morden zurückschreckt, wenn es um ihre Interessen geht. Unerlaubtes Glücksspiel, Schutzgelderpressungen, Menschenhandel und Prostitution, vor allem aber Rauschgifthandel sind ihre Profession. Und das macht uns Kopfzerbrechen.“

„Ich beharre darauf, der Mann, den wir bei Ihnen angefragt haben, heißt Lin Dong Hui“, sagte Larsson.

„Wie kommen Sie darauf?“ fragte Janina Seyfert ruhig.

Larsson zog die Bilder aus der Handakte und berichtete zwei Stunden lang, was seine Gruppe zusammengetragen hatte, dass Petersen bereit sei, Wu Sun Jian, der Frau, die sich sinnigerweise nach einer chinesischen Generalsgattin benannt hatte, welche im Jahr 2002 bereits verstorben war, eine Falle zu stellen. Larsson konnte die beiden BKA-Leute davon überzeugen, dass die Asiatin an dem Mord an Ferdinand Huebner beteiligt gewesen war. Er berichtete über den doppelten Drachenkopf, der in Zürich-Kloten aufgenommen wurde, und über Li Kai Song, den vietnamesischen Auftragsmörder. Und belegte alle seine Behauptungen durch Beweise in Form der vorhandenen Fotos, die er mit seinen schriftlichen Berichten ergänzte.

Als er sich um halb drei auf den Weg nach Heringsdorf machte, hatte er den gesamten Fall abgegeben.

Den Mord an Huebner hatte die Heringsdorfer Ermittlungsgruppe ebenso aufgeklärt wie die Verbindungen zu international agierenden chinesischen Triaden und vietnamesischen Auftragsmördern.

Aber die Lorbeeren dafür würden andere bekommen. So war nun einmal das Leben.

Epilog

Der 25. August 2003, ein Montag, würde den Mitarbeitern der Reederei noch lange in Erinnerung bleiben. Die sechs Fähren hatten den ganzen Tag über die Urlauber in ihren Autos von Meersburg nach Konstanz und in umgekehrter Richtung befördert. Es hatte keine Probleme, keinerlei Beschwerden gegeben. Nur zufriedene Menschen. Während der Tagesfahrplan vier Abfahrten pro Stunde garantierte, gab es zur Nacht stündlich nur noch eine Abfahrt auf dieser Route. Die letzten der um diese Zeit nur noch spärlich kommenden Fahrzeuge rollten auf das Schiff. Zuletzt ein Bus aus Kiel. Pünktlich um Mitternacht startete die Maschine. Ein leises, monotones Brummen ging durch das Schiff, das sacht erzitterte.

Die Leinen wurden losgemacht, und nur wenige Minuten später verschwanden die weißen Aufbauten in einem Dunst, der sich über den windlosen See gelegt hatte. Einige Fahrgäste des Busses versuchten noch irgendeine Aufmunterung, einen Kaffee, Tee oder ein Wasser, eine Tafel Schokolade zu ergattern. Doch die Frau am Kiosk verkaufte nur noch unwillig. Sie hatte ihre Arbeitszeit hinter sich und war schon bei der Abrechnung. Für die 4.200 Meter über den Bodensee brauchten diese Schiffe nur fünfzehn Minuten. Niemand fiel der alte Citroën auf, der in Fahrtrichtung auf der rechten Seite als erster Wagen stand, der das Schiff nach seiner Anlandung würde verlassen können. In dem Wagen befanden sich zwei Männer. Einer schien über das Lenkrad gebeugt zu schlafen. Der zweite stieg aus, um an der Steuerbordseite ein wenig Luft zu schnappen. Kurze Zeit später stieg er wieder in den Wagen, gerade rechtzeitig, denn mit einem kurzen Ruck hatte die Fähre ihren Bestimmungsort Konstanz erreicht.

Aus dem Lautsprecher dröhnte zweimal die Stimme des Bootsmannes: „Arne, komm endlich auf die Brücke! Arne auf die Brücke!“

Die Leute in dem neben ihm stehenden Fahrzeug schienen von weit hergekommen zu sein. Die Beifahrerin hatte sich mit dem Kopf gegen die Scheibe gelehnt und schlief. Rings um sie herum sprangen die Motoren der Autos an. Auch der Bus wartete darauf, das Schiff zu verlassen. Er war auf dem Weg nach Lugano.

Der Festmacher öffnete die Ausfahrt und bedeutete dem Mann in dem Citroën, er möge langsam von Bord fahren. Der asiatisch aussehende Mann ließ ohne Hast sein Fahrzeug anrollen. Der Bootsmann machte sich auf die Suche nach Arne Hoffmann, fand aber nur ein wenig Blut an der Reling neben dem Ausgang der Herrentoilette. Als er Hoffmann nirgendwo fand und merkte, dass hier nicht alles mit rechten Dingen zuging, waren alle Fahrzeuge bereits von Bord. Er verständigte die Bereitschaft der Reederei, die auch während der Nacht in Konstanz Dienst hatte, und diese die Polizei.

Spezialisten der Kripo stellten schnell fest, dass es sich um menschliches Blut handelte.

Sieben Tage nach dieser Überfahrt fanden Kinder beim Spielen in der Nähe von Allmannsdorf einen im Wasser treibenden, aufgedunsenen Körper. Die Besatzung eines Streifenwagens, die man gerufen hatte, sah nach der Bergung des Leichnams aus dem Wasser eine klaffende Wunde am Hals des Toten und rief über Funk die Kriminalpolizei.

Es war Arne Hoffmann.

Mein Dank

gilt all den Menschen, die mir bei der Erstellung des Romans mit ihrer Fachkompetenz behilflich waren:

dem Hauptkommissar Hans-Joachim Finn von der Polizeidirektion in Anklam für die Beratung der lokalen Gegebenheiten auf der Insel Usedom in Verbindung mit der Polizeiarbeit,

dem Geschäftsführer der Ostsee-Spielbanken, Herrn Rainer Dittrich, für Auskünfte die Gewinnmöglichkeiten betreffend und die Einführung in den allgemeinen Casinobetrieb,

dem Psychotherapeuten Hans-Georg Hinderer aus Salem am Bodensee für die Beratung über die Probleme der Casinos bei der Ambivalenz, der die Angestellten ausgesetzt sind, ebenso wie die Hilfestellung, die der Spielsucht verfallenen Menschen seitens der Casinos gegeben wird, um von einer möglichen ruinösen Sucht loszukommen.

Über die elektronischen Spionagemöglichkeiten wurde ich kompetent von Herrn Michael Radtke von der Alarmsysteme RADTKE GmbH in D-32278 Kirchlengern beraten.

Ebenso danke ich Herrn Michael Kaehny von der M. Kaehny GmbH in Maulburg in Baden-Württemberg für die ausführliche geduldige Beratung im Punkt Waffenkunde.

Die gerichtsmedizinische Beratung hat auch diesmal freundlicherweise die Leiterin des Instituts für Rechtsmedizin der Ernst-Moritz-Arndt-Universität Greifswald, Frau PD Dr. med. habil. Britta Bockholdt übernommen. Ihr gilt mein besonderer Dank.

Dankbar in besonderer Weise für seine Beratung bin ich auch dem Wissenschaftler und Fachpublizisten Berndt Georg Thamm aus Berlin für sein Engagement, der seit 37 Jahren Rauschgiftkriminalität, organisiertes Verbrechen sowie das Phänomen Terrorismus erforscht und Polizei, Zoll und Geheimdienste in diesen Fragen berät. Er ist einer der wenigen wirklich ausgewiesenen Spezialisten in Deutschland unter anderem auf dem Gebiet der Triadenforschung. Seine Sachbücher „Drachen erobern die Welt“, „Mehrzweckwaffe Rauschgift“, „Terrorismus“ und die Gespräche mit ihm gaben mir fundamentale Einblicke über die Entwicklung und den derzeitigen Stand der Triadenforschung im Vergleich mit dem weltweit agierenden organisierten Verbrechen.

Ich hoffe sehr, er wird mich auch weiterhin in Fragen des internationalen Terrorismus beraten.

Auch meine beiden Assistentinnen Gabriele Raetzer und Grit Weber, die mich nicht zuletzt in meinen Bemühungen um die Einhaltung des Terminplanes erfolgreich unterstützt haben, verdienen meinen ausdrücklichen Dank.

Aus dramaturgischen Gründen sind einige Vorkommnisse und Berichte zeitlich oder lokal versetzt worden.

George Tenner, im Frühjahr 2008

Bisher erschienene Bücher von George Tenner

DER WÜSTENWOLF. Thriller
Herbig: München 1982 (vergriffen)

AUSGEFLIPPT. Satiren
MV-Verlag: Münster 2004

DAS SPIEL DER NYMPHEN. Roman
MV-Verlag: Münster 2005

DAS PETERSPLATZ-KOMPLOTT. Thriller
MV-Verlag: Münster 2005

DER SCHREI DES PELIKANS. Thriller
MV-Verlag: Münster 2006

SINGLE, UNVERMITTELBAR. Roman
Frühjahr 2009 (in Vorbereitung)

JAGD AUF DEN INSELMÖRDER. Usedom-Krimi
Lasse Larsons erster Fall
Oldenburg: Schardt Verlag 2007 (2. Auflage 2007),
320 Seiten, 12,80 €

DAS LÄCHELN DER MONA LISA. Dresden-Krimi.
Oldenburg: Schardt Verlag 2008, 304 S., 12,80 €

GEORGE TENNER IM SCHARDT VERLAG:

Jagd auf den Inselmörder. Usedom-Krimi. Lasse Larssons erster Fall. Oldenburg 2007 (2. Aufl. 2007), 320 S., 12,80 €

GEORGE TENNER IM SCHARDT VERLAG:

Das Lächeln der Mona Lisa. Dresden-Krimi.
Oldenburg 2008, 304 S., 12,80 €

Im Schardt Verlag erschienen:

Udo Gümpel: Massaker im Altersheim. Ostsee-Krimi

Oldenburg 2006, 174 Seiten, 12,80 Euro

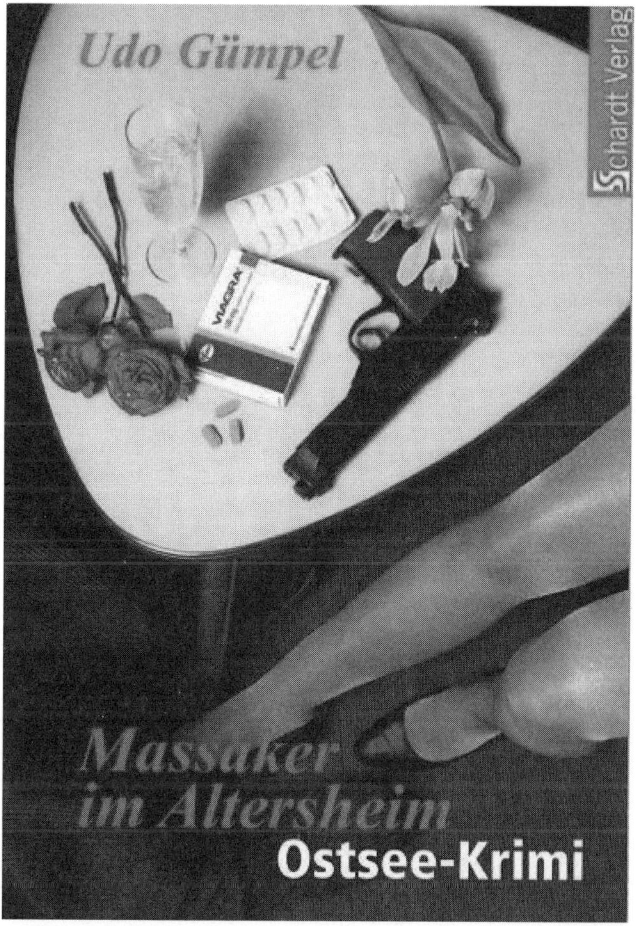

„Witzig, unterhaltend und urkomisch, was die Alten im Altersheim so treiben, verfasst von einem, der die 80 schon weit überschritten hat.“ *Rostocker Zeitung*

Im Schardt Verlag erschienen:
Bernd Müller-Gödecke: Lehrer Lampes Tod. Lübeck-Krimi
Oldenburg 2007, 208 Seiten, 12,80 Euro

„Eine spannende Story, viel Lokalkolorit, interessante Charaktere und ein ungewöhnliches Ermittlerteam garantieren ein prickelndes Lesevergnügen.“ *Lübecker Nachrichten*